白月照楚渊 3

语笑阑珊 著

许你此生安康喜乐。

长江出版社
CHANGJIANG PRESS

图书在版编目（CIP）数据

白月照楚渊 .3/ 语笑阑珊著 .—武汉：长江出版社，2022.4
ISBN 978-7-5492-8220-3

I. ①白… II . ①语… III . ①长篇小说—中国—当代 IV . ① I247.5
中国版本图书馆 CIP 数据核字（2022）第 037382 号

白月照楚渊 .3/ 语笑阑珊著 .
BAIYUE ZHAO CHUYUAN. 3

出　　版　长江出版社
　　　　　（武汉市解放大道 1863 号　邮政编码：430010）
项目策划　紫总 派派
市场发行　长江出版社发行部
网　　址　http://www.cjpress.com.cn
责任编辑　陈辉
装帧设计　漫爹 米粒尔
封面绘图　SEGRETO
印　　刷　三河市嘉科万达彩色印刷有限公司
版　　次　2022 年 4 月第 1 版
印　　次　2022 年 6 月第 1 次印刷
开　　本　880×1250mm 1/32
印　　张　12
字　　数　485 千字
书　　号　ISBN 978-7-5492-8220-3
定　　价　42.80 元

目录

第四十一章

东方微微露出一线鱼肚白，金色光线将晨雾驱散了许多。楚渊站在高台上远眺，虽说知道段白月此行并不会有太大变数，却依旧难免担忧。

叶瑾在甲板上挥挥手："下来，吃早饭。"

楚渊道："你去吧，朕不饿。"

叶瑾心里咬牙。

楚渊突然眼中带笑，冲远处挥挥手。

叶瑾唰啦回头。

果然，一艘小船正披着朝霞急速驶来，临近主舰时，段白月索性纵身而起，凌空跃到了楚渊身边。

楚渊问："事情如何？"

"一切顺利。"段白月道，"楚项果真拉拢过吴登，不过却遭到了拒绝。昨夜吴登已表明态度，两不相帮，只闭国等着这场战事结束。"

"意料之中，这结果不算坏。"楚渊道，"你也累了，回船舱歇着吧，还是想先用早膳？"

"还有件事。"段白月道，"我带了个人回来见你。"

"是谁？"楚渊问。

段白月示意他往船上看。

妙心从船舱内出来，施礼道："小僧参见皇上。"

叶瑾顿时惊为天人，觉得自己有些目眩神迷。

"大师？"楚渊倒是颇为惊喜，几步走下眺望台。

西南王在后头深吸一口气，跟上。

"先前在关海城时，见那南菩小叶寺已蛛网遍布，还在挂念大师去了何地。"楚渊道，"却不承想会在此处相逢。"

"这南海局势不稳，小僧与暹远国吴登国主颇有几分交情，担心他会被奸人所害，便出海前去相护。"妙心道，"昨晚恰巧遇到西南王夜探，就一道跟来，助大楚海军一臂之力。"

"如此就再好不过了。"楚渊扭头看向段白月，原本想叫大家一道去前厅，却见他正在四处乱看，于是微微一愣。

司空睿忍不住咳嗽提醒，你还能更丢人一点吗。

西南王："……"

楚渊叫过内侍，吩咐下去替他准备住处，又道："想来大师这一路也累了，先用过斋饭歇息片刻，再议事也不迟。"

妙心一笑，低头道："多谢皇上。"

待到他走后，楚渊让四喜另送了两份早膳到自己的船舱，加了三大勺肉酱的拌面，酸酸辣辣的西南口味。

段白月坐在桌边："怎么连你也没吃东西，这都什么时辰了。"

"是妙心欺负你了，还是你欺负妙心了？"楚渊单手撑着腮帮子，用筷子敲敲桌面。

段白月："……"

"说。"楚渊道，"否则不给你饭吃。"

段白月举手投降："还真不是欺负不欺负，这一路都相安无事，天明时他还要帮我算命。"听起来颇为友好。

"算出什么了？"楚渊问。

段白月道："我没答应。"

"还说相安无事。"楚渊坐在他身边。

"真没事，昨晚我将坤达送回家，坤山去了皇宫请吴登，那和尚也跟着一道过来，说要随楚军一道征战，我自然不会拒绝。"段白月道，"毕竟你先前也常提到此人。"

楚渊盯着他看了一会儿，然后道："说了半天，重点就最后那一句？"

段白月清了清嗓子："没有没有。"

楚渊道："妙心大师的确是世间奇人，我才愿意经常同你说起。"

段白月道："那和尚说他先前经常去你寝宫。"

"我睡不好，那阵没有小瑾在身边。"

"初登基那阵？"

"嗯。"楚渊道，"闭上眼睛就是噩梦，夜夜都是睁眼等天明。后头刘大人将妙心带进了宫，晚上听他讲佛法，能睡得安稳些。"

段白月叹气："方才逗你的。"

"他的内力极为高深。"楚渊道，"刚一到宫里，就说我周围有不少人盯着，我不想解释西南与皇宫的关系，便只敷衍推说是刘府的人。再加上他不愿多生事端，所以后头再要与我说事情，都会避着你那些眼线，并非存心要避开西南府。”

段白月无奈：“你再这么细细解释下去，可就当真是我小心眼了。”

楚渊笑着拍拍他，又将面拌开：“吃完便歇着吧，有事下午再说。”

船舱外，叶瑾问沈千枫：“妙心大师，你知道这人吗？”

“早有耳闻，却是第一次见到真人。”沈千枫道，“南菩小叶寺，论起武学修为在江湖中能与北少林齐名。不过僧人却都是深居简出，妙心更是神龙见首不见尾，据传是个绝世高手。”

“方才看他走路的姿态，内力的确不弱。”叶瑾道，“看着皇上对他颇为信任，应当不会有什么问题吧？”

“南菩小叶寺向来就有从戎护国的传统，妙心能来不算稀奇。”沈千枫道，“至于脾气秉性，多相处几日便能知晓。”

叶瑾点点头。

“还有件事。”沈千枫特意提醒，“先前也就罢了，如今船上多了妙心大师，不准再动不动就说秃头，记住了？”

叶瑾：“……”

哦。

司空睿坐在高台上，看着下头，为何就自己形单影只，连早饭吃没吃也无人问一句，到现在还饿着肚子。

司空睿伤感之意顿生，感觉马上就能吟一首诗。

薛北岳下令船队调转方向，向着白象国驶去。

“做梦了？”段白月道，“一直在皱眉。”

“想不起来。”楚渊道，“外头像是有人在吹笛子。”

段白月顿了顿：“是妙心。”

楚渊撑着坐起来：“走吧，一道去议事厅。”

午睡的时间久了，脑袋也昏昏沉沉。楚渊洗了脸又喝了半壶凉茶，也没能彻底清醒过来。段白月见他懒洋洋趴在桌上，一双眼睛只跟着自己四处转，人却动也不动，一时间有些好笑：“怎么，不想出门？那不如明日再议事。”

“你这人，难道不该劝天子勤政自律。”楚渊撇嘴，“一直这样，怕是要留个骂名了。”

“那可不成，我还想建功立业，光宗耀祖。”段白月俯身，“起来，干活。”

楚渊笑着躲开他，脑袋倒是清醒过来。一道出了船舱，正好看到妙心往这边走来。

“大师。”楚渊道，“在这船上，吃住可还习惯？”

“出家之人，能有一碗茶饭一张薄席，便已足够。”妙心道，“多谢皇上挂念。”

日头已经沉沉下坠，甲板上有些风凉。段白月于是道：“去船舱再说吧。”

楚渊点点头，差四喜去将其余人也请了过来。叶瑾一进议事厅，就见明晃晃一个光头，视线忍不住便飘了过去，不过幸好又及时拉了回来。

沈千枫：“……”

薛北岳前几日便派出亲信，前往白象国周围打探消息。说是在扫清朝中固执派的老臣后，那假纳瓦倒未再折腾出太多花样，只是与楚项交好的意图愈发明显，其余朝臣目睹了鲜血淋漓的几桩惨案，哪里还敢再反对。而与此同时，在民间也传出风声，将西南府的易容术说得神乎其神，甚至连脾气秉性昔日记忆也能一道跟着挪移，听起来不像是易容，倒像是附体。

“看来楚项自己也担心。”段白月道，“毕竟当初潇潇儿失手，让我们抢回了纳瓦与坤达等人。而现在白象国内谣言横生，这当口就算我们将真的纳瓦带回去，也能推脱是易容假冒，到时候再加上对方的暗线煽风点火，只怕这真的会永远变成假的，假的反而会变成真的。”

薛北岳点头：“末将也是在担忧这一点。”

楚渊问：“温爱卿怎么看？”

温柳年答曰：“最省事的办法，便是将假的在神不知鬼不觉时重新换成真的，就如同对方当初调包一样。这样在百姓眼中，从来就没有两个皇上出现过，一直就是同一个纳瓦。而为何脾气秉性迥异，是因为先前失忆了，这阵又想起来了，如此便能将所有事情都掩盖过去。”

楚渊笑笑：“不错。”

“现在白象国内想必早已里三层外三层，严防死守固若金汤。”段白月道，“想闯进去都不容易，更何况是神鬼不觉太子换狸猫。”

楚渊又问：“大师？”

妙心手中握着念珠，一直在双目微闭无声念经，像是未曾在意众人的言谈。这晌听到有人叫，方才睁开眼睛，道：“半月后在白象国内会有一场祈福集会。”

“哦？”楚渊问，“在海边？”

妙心摇头：“在城中市集，到那时所有的百姓都会上街欢庆，年年如此，已经持续了百余载。”

楚渊道：“即便是有节庆，也未必就会放松警惕。”

妙心道：“祈福集会时，百姓都会参与，而国主会在一座高塔之上祭祀海神。那塔乃是木塔，又在风口，一旦烧起来，火顷刻便会上蹿，百姓见状势必会大乱。”

叶瑾抱着茶杯坐在对面，倒是有一丝丝意外，心说这什么和尚，开口便是杀人放火。

妙心又道：“到那时趁乱在众目睽睽下，将假纳瓦打晕带走，用此要挟与白象国谈条件，便可。”

温柳年附和：“这倒也是个办法。将假的当众带走，再绑到高处示众，对方总不能再弄个假的出来，过几日再将真的送回去便是，更何况我们手中还有纳西刺。”

“如何？”楚渊看向段白月。

段白月笑笑：“你若觉得可行，我便去做。”

“此事说来简单，但要在众目睽睽下抢人，也绝非易事。”沈千枫道，“即便当真要做，也要仔细谋划，有八成把握再做。”

楚渊点头，吩咐四喜拿来一卷地图。数年前在得知楚项拥兵南洋时，他便暗中派人以商队的名义，将南洋诸多岛国的重要城镇都暗中绘制下来，以备不时之需。白象国祈福的木塔位于城中偏北，离海岸港口极近，想要带一个人杀出来并非完全不可能。

叶瑾趁机问：“据说大师武功出神入化？”

妙心道：“九殿下谬赞了。小僧无论功夫高低，只要皇上下旨，无论为何，自当慷慨以赴。”

“还有几日能到白象国？”楚渊问。

“大军要慢些，要是只派出先锋队驾铁甲战船，大概十天就能到。”薛北岳答。

楚渊点点头，想了片刻后，道："去将吴三磊与木痴前辈也传来，再吩咐大军，加快速度前行。"

众人商议了足足三个时辰，方才定下前往白象国的计划。外头天已经黑透，楚渊裹着披风站在船头，想要稍微透透气。

段白月道："起风了，在这待太久会着凉。"

楚渊低低应了一声，却依旧不肯动。

"在想什么？"

楚渊道："沈小公子。"

"沈千凌？"段白月意外，"怎么突然想起了他。"

"先前我借着沈家的名义，让秦宫主替朝廷做了不少事。"楚渊道，"今晚才知道是这般滋味。"

段白月失笑："如此这般知遇之恩，此时莫说是让我去白象国，即便是去刀山火海，也认了。"

楚渊扭头与他对视。

"区区一个白象国，还不至于难住我。"段白月道，"况且赵大当家也会一道前往，温大人可不像你，连晚饭都不肯吃，他方才散了就高高兴兴跑去厨房吃包子，想来现在连汤底都没了。"

难怪是国之栋梁呢，食量也很"栋梁"。

按照众人商议出的计划，会派出吴三磊与沈千枫制造动乱，段白月与赵越则是趁乱抢人。四人中有三人都是绝世高手，仔细想想也的确没什么可担心。温柳年按照历年来的洋流与风向，计算出了精准的行动时间，木痴老人也带着段瑶一道昼夜赶工，只为做出机关工具助战。万事俱备，只等着东风。

这日天气很好，楚渊独自在甲板上看着远处，身后传来脚步声。

"小僧参见皇上。"妙心双手合十。

"大师不必多礼。"楚渊道，"找朕有事？"

"皇上最近看着脸色不大好。"妙心道，"可是仍旧彻夜难眠？"

"彻夜难眠是因为战事，不是因为梦魇。"楚渊摇头，"这回大师再讲佛法，怕也不行了。"

妙心道："白象国内并无几个高手，哪怕只是沈盟主一人独闯，也能来去自如，更何况还有西南王与赵大当家，皇上着实不必因此烦恼。"

段白月远远从另一头走过去，手里也不知抱了些什么东西。

楚渊笑道："多谢大师劝慰，只是今日朕还有些事情，等到闲时再来听大师讲经。"

妙心微微点头，一直目送他离开。

楚渊一路紧走追上段白月："又去做什么了，两个时辰不见人影。"

"喏。"段白月手里捧着一堆虾蟹，"坐小船现捞的，晚上让厨房做海鲜煎饼给你吃。"

楚渊头疼："将自己弄得满身都是水，就为了弄这些东西？"

"你没胃口，我也变不出别的东西。"段白月道，"下回捞海带、紫菜你吃不吃？"

楚渊哭笑不得，将人带回船舱换衣裳。叶瑾坐在船舷上，两手托着腮帮子，看着他哥的住处。

沈千枫伸手拍拍他。

妙心上前道："九殿下。"

叶瑾猫一样细细"嗯"了一声，有气无力，并不是很想说话。

沈千枫问："大师找小瑾有事？"

妙心道："有几件事想要讨教。"

"与国事有关？"叶瑾问。

妙心点头。

"那大师去问温大人，反而要更快些。"叶瑾道，"我虽说担着王爷的名头，却一年有大半时间都在江南，对朝廷里的事情并不熟悉。"

妙心道："那倘若与皇上有关呢？"

叶瑾微微皱眉："皇上？"

船舱内，楚渊取了伤药，正在帮段白月处理伤口。说是伤，其实就是被螃蟹夹出来的一道血痕，换成文弱书生或许还要包一包，但落在段白月身上，却当真和被蚊子叮没什么两样。

幸好楚渊自幼习武，也是经常受伤，被太医包扎多了也就有了经验，并未将西南王的手缠成棒槌。

楚渊道："往后都要平平安安的，嗯？"

"好。"段白月笑笑。

当晚，外头掀起风浪，晃得船舱中的人也有些晕，直到后半夜才消停下来，得以安睡片刻。再到醒时已是天色大亮，段白月进门靠在床边，正在把玩一只紫色的小老虎——先前那紫玉珏虽说阴错阳差被厉鹊还了回来，楚渊却是不想再让他戴，最后只将这老虎给他。

"醒了？"段白月放下玉雕，"头还疼吗？"

楚渊摇摇头，又躺了好一会儿方才道："今晚前往白象国，务必要小心行事。"

"自然。"段白月道，"来回顶多也就半个月，这回当真算不得什么，将来还有翡缅国与星洲之战呢。"

楚渊道："嗯。"

段白月笑出声，方才叫四喜进来伺候他洗漱，自己去找沈千枫等人议事。

四喜公公乐呵呵地跑前跑后，替皇上把围巾裹好。

"还笑。"楚渊在他肚子上拍了一把。

四喜公公赶忙道："笑才好，笑了喜庆，大楚战无不胜呐。"

楚渊揉揉眉心，拿他没辙。总觉得不管是谁，与段白月一道待久了，都是这副无赖相貌。

是夜，两艘小船顺着海流与风势，向着白象国的方向急速而去。先前楚渊打算让沈千枫率领一支先锋队前往，后头众人商议过后，却又觉得人太多反而容易误事，况且有个天生神力的吴三磊在，似乎也不一定非要派出数百人才能赢。

七日之后，几人顺利抵达白象国附近。沈千枫与吴三磊暂留在一处岛礁上，段白月则与赵越趁夜潜入白象国，先一步守在宝塔中。

第二天便是祭祀大典。吴三磊头回参战便是这极有分量的单独行动，心里自然激动不已，天色才麻麻亮就爬起来，在礁石上搓手干笑，等着干一票大的！

沈千枫随手丢给他一个馒头，道："等会可就看你的了。"

"那是。"吴三磊拍拍胸脯，"沈盟主尽管放心！"

这场集会对白象国的百姓来说，无异于中原过大年，再加上要祭祀海神，所以即便是时局不稳楚军压境，大街上也依旧是挤了不少人，盼着能沾些仙人的福泽，免了这场战乱祸事。正午时分，号角声呜呜响起，百姓纷纷噤声跪地，等着迎接国主。片刻之后，果然便听楼梯上传来脚步声，那假冒的纳瓦一身华服，被人搀扶着缓缓站到围栏处，即便地方狭窄，也依旧跟了十几名护卫，楼梯上亦有不少人把守。段白月与赵越对视一眼，彼此点了点头。

号角声毕，假纳瓦清了清嗓子，方才说了一句话，身后却骤然传来一声轰鸣，而后便是滚滚浓烟冲天而起，呛得人眼睛都睁不开。

众人心知有异，还未来得及拔刀，那假纳瓦便已经惊呼出声。段白月单手硬同铁爪，一把拎住他的衣襟从巍巍高塔一跃而下，飞檐走壁如履平地，身形快若风影，向着海边冲去。其余侍卫想追，却都被挡在后头的赵越一刀扫开，瘫在地上半天爬不起来。

与此同时，在听到那声巨响后，吴三磊撸起袖子，单脚狠狠踩上一个木台，一跃数丈高，双手各拿着一把轰天雷，当空就朝着白象国的方向丢了过去。沈千枫远远看着，心里也是称奇。即便是弄一个高大的投掷塔来，也未必能丢如此远的距离，还当真是神人一个。也是吴三磊傻人有傻福，这阵恰好在刮北风，那轰天雷顺着风势落在白象国岸边，接二连三轰鸣炸开，虽没有强力火药，里头却灌满了刺鼻的滚滚迷烟。段白月与赵越屏住呼吸闯过烟雾，劫了一艘战船驶向海中央，后头虽有漫天箭羽射来，却也只是徒劳无用。

段白月站在船头，朗声道："楚皇有事要与贵国国主相商，十日之后，自当送回。"

吴三磊意犹未尽，还想再扔几个雷，却被沈千枫拦住，只得狠狠握了下手，等着下回再过瘾。

赵越右手在那假国主耳后摸了一阵，果然撕下来一张面具。那男子面容苍白憔悴，倒是与纳瓦有几分相似。

"不认识。"段白月蹲在他面前，"怎么样，楚项当初拉你来假扮纳瓦，只说了是做皇帝，没说还有这一茬吧？"

那男子被段白月卸了胳膊，只是粗着嗓子喘气，心下却也骇然。他是会功夫的，但方才却连一丝还手之力也无，甚至还没来得及反应过来是怎么回事，便已经被挟持到了这艘船上。

赵越也道："先前一直只是听小柳子说，此番亲眼所见，段兄身手果然了得。"

段白月笑笑，道："好说。"

大楚水军大营中，楚渊处理完公务，刚想着要透透气，掀开帘子便见妙心正站在甲板上。

"皇上。"妙心低头。

"大师是来找朕的？"楚渊问。

妙心问："小僧今早见叶谷主在配药，可是皇上龙体不适？"

楚渊笑道："朕好得很。小瑾是大夫，配药是每日都要做的事，大师多虑了。"

段瑶一路噔噔噔跑来，见楚渊像是在与人谈事，又赶忙顿住脚步，转身往回走。

"瑶儿。"楚渊叫住他，"怎么了？"

"皇上。"段瑶挠挠脑袋，"没什么事，我就来说一句，该吃饭了。"毕竟哥哥走之前就叮嘱过，要看着皇上吃饭，一顿也不能落下。

"你呢，用膳了吗？"楚渊替他整了整衣领。

段瑶摇头，一脸苦兮兮。哥哥说了，皇上不吃饭，自己也不准吃，真是禽兽。

楚渊道："走吧，朕陪你去吃东西。"

段瑶顿时心花怒放，想着要叫大师一道，又觉得出家人有出家人的讲究，于是只打了声招呼，便高高兴兴带着楚渊一道往饭厅走，准备吃红烧蹄髈和黄鱼面。

妙心看着两人的背影，久久之后，双手合十，轻念了一声阿弥陀佛。

叶瑾怀中抱着几条鱼，小心翼翼贴着墙走——鱼是刚打发暗卫去捞的，打算腌了吃，结果刚洗干净就看到妙心在这里，出家人自然不该看这些血腥的东西，只好用布兜着藏在怀中，一路挪回了厨房。

妙心："……"

叶瑾一边抹盐一边在心里嘀咕，这大师怎么一天到晚站在船头，难道不该回去打坐念经礼佛。

妙心道："九殿下。"

叶瑾被惊了一大跳，"哐啷"将鱼塞进罐子里，紧张道："啊？"

妙心道："小僧只是来道声谢，叶谷主的迷烟之法，的确要强过小僧所提的火烧宝塔。”

“无妨无妨。”叶瑾摆摆手，松了口气，“其实大师所言并无差错，用火攻的确更省事些，只是想着百姓无辜，能不伤就不伤罢了。”弄半天就为这事，悄无声息出现在厨房门口，还当你要给这三条鱼超度。

饭厅中，楚渊陪着段瑶吃完饭，见时间还早，便与他一道去找木痴老人。船左侧有一大片空地，上头堆了不少零碎木料，还有些未做完的小玩意，看着都颇为精巧。

“呀！”段瑶走得快，没留意险些和一个壮汉撞在一起，却是白象国的纳西刺。

“段小王爷。”纳瓦赶忙赔礼，“受惊了。”

“跑什么？”楚渊往他身后看了一眼，就见木痴老人也正在往这边瞅，像是没弄清楚到底发生了什么事。

纳西刺低着头，整个人有些哆嗦——自从先前死过一回后，他便一天到晚都如见了猫的老鼠，像是被吓破了胆，失掉了魂。方才也是，纳瓦原想着带他去甲板上晒一阵太阳，谁料刚一转弯，也不知是看到了什么，突然就急匆匆掉头往回跑，与段瑶撞了个满怀。

纳瓦沉声道：“楚皇在问你话！”

“我，我……”纳西刺抖若筛糠，也不知在怕些什么，脑子里又疼又乱又混沌，到后头索性“扑通”跪在地上，自己将事情说了出来。

先前在宫里的时候，木痴老人就曾说起过，自己当年在江南茶山被人追杀之事，当时对方自称是奉白象国主之命。待后头阴差阳错纳瓦被楚渊所救，问及这一茬时却一头雾水，甚至连木痴老人是谁都未听过，于是此事便被暂时压了下来。这阵倒好，恰巧被纳西刺见着木痴，一时惊恐之下，自己招认出数年前，他曾无意中在剑门听到有客商出大价钱，要买木痴老人手中的机关图，便也动了歪心思，去弄了幅木痴的画像，派人借由白象国主的名义前往中原武林抓人，想着要发横财。

纳瓦一听险些气昏过去，也不知这草包暗中还做了些什么见不得人的事，抬手便要打他。楚渊示意段瑶将人拉住，问纳西刺：“当初那客商是谁，你可知？”

纳西刺连连摇头，只说看着阔绰，像是来自大楚。

不用猜也知道是谁啊。段瑶挠挠下巴，心说怎么阴魂不散的。

楚渊摆摆手，让纳瓦将纳西刺先带了回去。木痴老人恰好也走了过来，问：“出了什么事？”

“没什么，做多亏心事罢了。”楚渊道，“前辈又在忙？”

“这回可没做机关，做了些小东西。”木痴老人乐呵呵地拉着两人看，栩栩如生的喜鹊、倒挂着的蝙蝠、活灵活现的并蒂莲花。

楚渊打趣：“前辈是要改行开媒人馆？”

木痴老人赶紧道：“这可不卖。”

晚上歇息时，楚渊靠在床头想了一阵，困意沉沉袭来，将睡未醒之际，远处却隐隐传来号角声，楚渊心里一喜，顿时清醒过来，披着衣服想要出去，还没走两步，却已经被人一把拉了过去。

“就知道你又没睡。”段白月反手关上门，“都什么时辰了，还亮着烛火。”

“怎么这么快。”楚渊道，“还当最快也要三天后。”

“有吴三磊在，船工划水可比不上他，一个顶十个。”段白月道，“一切都在我们的计划之中，那假冒的纳瓦我已经带回来了，不过看着没什么大用，今晚日月山庄的影卫会先看着他，你明早再审也不迟。”

“嗯。”楚渊叫了热水，又将此次行动的经过全部问了一遍，方才道，“好了。”

段白月道：“还当至少会夸我两句。”

“本就是探囊取物之事，有什么好夸。”楚渊道。

“探囊取物？”段白月笑，“这阵说得轻巧，那是谁先前一直担心？”

楚渊与他对视：“是谁？”

西南王很识趣：“是我。”

第二天一大早，消息便在军中传开，都说西南王孤身一人将白象国的国主带了回来，这一仗不用打了，稳赢。于是纷纷派人去主战船打探消息，也该那假冒之人倒霉，被绑在高处示众暴晒了好几个时辰，待所有人都看过一轮，方才被放了下来。

段白月看着楚渊吃完一碗酒酿蛋之后，问：“还要不要？”

“大家都在厅里等着，不吃了。”楚渊皱眉，“你自己去煮的？打翻了糖罐子，又齁又腻。”

段白月道：“瑶儿。”

楚渊改口：“还挺好吃。”

段白月：“……”

楚渊拍拍他的脑袋，带着一道去了前厅。那假货吃了叶瑾一瓶药，看着精神尚可，甚至面色还很红润。

温柳年问他："叫什么名字啊？"

对方只是盯着他，却不答话。

"算了，你叫什么不重要，说了也不认得。"温柳年改主意，又问，"是楚项命你假扮纳瓦的？"

那人依旧沉默不语。

温柳年倒是很有耐心："你看着武功不高，脑子也不算好用，应该也不会在楚项手下身居要职。就是实在倒霉，长得与纳瓦国主有几分相似，身形更是一模一样，便被挑中易容送往白象国，本官说得可对？"

对方握了下拳头，像是要辩驳什么。

温柳年却已经转身，满脸诚恳上奏道："回皇上，此人没什么用。"

看着那人一脸见了鬼的表情，叶瑾一把掐住沈千枫，他实在很想笑，但是似乎又不该笑。沈千枫哭笑不得，暗中示意莫要闹。

楚渊淡淡道："既然没用，便带下去吧。"

侍卫答应一声，上前便将人拖走，连说话的机会也没给，直接镣铐加身，哐啷丢进了舱底的暗室中。

段白月笑着摇头："温大人审起案子来，可当真是速度快。"

温柳年很谦虚："西南王过奖。"

"你猜他能忍几天？"楚渊问。

"这就看牢头了。"段白月道，"若是一日三餐按时送，他或许还能多考虑十天半月，要是哪天恰巧忘记送饭，可就难说了。"

楚渊道："那此事交给你。"

段白月点头："好。"

"众目睽睽之下国主被掳走，现如今白象国内定然已经大乱。"沈千枫道，"虽说约了十日后将人送回，但按照楚项的性格，怕不会就此放弃，八成还会翻出风浪。"

"楚项自然想开战，只是若他能指挥得动白象国军队，也不必找个假傀儡。"段白月道，"如今最该担心的，反而是那丞相聂远山，此人位高权重又心狠手辣，对朝中各党派都有所了解，只可惜在祭祀当天未曾露面。”否则一道抓了来，倒也省事。

“若由他出面煽动，有可能指挥得动白象国大军吗？”叶瑾问。

楚渊吩咐四喜：“去将纳瓦国主请来。”

四喜应一声，片刻后便将人带了过来。楚渊也没兜圈子，直接问道：“国主对聂远山怎么看？”

“先前觉得忠心耿耿。”纳瓦叹气，“只是后来听纳西刺所言，没想到他这么快就被收买。”

楚渊又道：“那他在军中威望如何？”

“军中？”纳瓦摇头，“丞相是文职，白象国不比大楚幅员辽阔，兵马数量不多，向来便是由我亲自掌管，不会假手他人。”

“所以白象国内的军队，只会听命于国主？”楚渊道。

纳瓦道：“的确如此。”

“若楚项以刀相逼呢？”叶瑾问。

纳瓦道：“若以刀相逼，定然会有人选择保命。只是用刀逼出来的军队，又如何会真心打仗。”

“这话说得不错。”楚渊笑笑，“国主尽管放心，无论楚项想做什么，朕都定然会将白象国替你夺回来。”

妙心却摇头：“白象国自是要夺回，但皇上乃万金之躯，未必就要亲上前线。”

“大师多虑了。”段白月道，“本王赌楚项有九成不会开战，或者说他想开战，却调动不得白象国的水军，只能玩阴招。”

妙心皱眉：“如此不知根底，便更不能让皇上以身涉险。”

温柳年在旁揣着手，热情地插话道：“西南王会保护好皇上。”

楚渊也道：“朕自有分寸，大师不必担忧。”

段瑶附和：“就是，哥哥功夫高得很，大师是先前没见过，见过应当就不会再担心了。”

“小僧倒是的确未曾见识过西南王的功夫。”妙心与段白月对视，眼底情绪微冷，“不知可否讨教几招？”

楚渊道：“不可。”

叶瑾：“……”

段白月笑笑，未说话。

“想要切磋，战后也不晚。”楚渊语调似有不悦，“今日便到此为止，散了吧。”

“不继续商议要如何应对白象国？”叶瑾有些不解，怎么这就散了。

沈千枫带着他出了船舱。

温柳年也笑眯眯的，用胳膊肘捣捣妙心：“大师一道走？”大家同桌吃素斋，顺便聊聊佛法经文，听起来便颇为闲适。

段白月问：“你呢，想吃什么？”

“这阵吃什么饭。”楚渊径直往外走，“过来！”

温柳年充满同情，小声道：“皇上似乎动怒了啊？”

段白月笑着摇摇头，跟着一道。

楚渊问：“你与妙心，究竟是怎么回事？”

“你这阵才看出矛盾？”段白月道，“我说我委屈，你还不信。我当真没招惹过他，一句多余的话都没说过。”

楚渊皱眉。他也说不上哪里不对，但今日看来，却总觉妙心在有些时候会有意无意只针对一人。

楚渊道：“我当真从未把妙心当过外人。”

段白月很自觉，说道：“那大师的确不怎么喜欢我，虽然他对谁都是冷冰冰的，但冷和冷是不一样的，我自然能觉察到。

“小瑾不喜欢你也就罢了。”楚渊道，“可你又没招惹过妙心。”

“谁说叶谷主不喜欢我了。”段白月纠正，“充其量见面追着打，反正又追不上。”

楚渊哭笑不得：“你要求倒是不高。”

“你把妙心当朋友，若他对你忠心耿耿，我自然不会多计较。”段白月道，“此事就算过去了，你也别放在心上。”

楚渊看着他：“嗯。”

段白月觉得好笑：“知道别人不喜欢我，你便把人丢在前厅里，哪有这么做皇帝的，这还打仗呢，六岁还是八岁？”

楚渊瞥他一眼。

段白月摸摸下巴，咳。

楚渊道："四喜！"

段白月："……"

四喜公公笑呵呵地将西南王撵了出去，然后又低声安慰。

不妨事，不妨事。

另一头，叶瑾还在莫名其妙，沈千枫道："没看出来？皇上有话要问西南王。"

"你觉得那位妙心大师为人如何？"沈千枫又问。

"妙心？"叶瑾摇头，"没什么看法，就是有些神出鬼没，平日里又不说话，就站在船头，搞得我胆战心惊。"

沈千枫意外："你怕他？"

"我怕他做什么。"叶瑾抱怨，"我要给你煮肉炖鱼，回回都像是在做贼。"这么大一艘船，站哪里不好，偏偏站在厨房梯子口。

沈千枫："……"

"怎么突然问起这个？"叶瑾踢踢他。

沈千枫道："他似乎不喜欢西南王。"

"是吗？"叶瑾皱眉，不过很快便道，"有什么好稀奇，我也不喜欢。"

沈千枫道："你再闹得凶，顶多也就嘴上不饶人，这船上的人天天都在看你与西南王一个追一个跑，算不得稀奇。可妙心今天只说了一句话，皇上便觉察出了异样，这才叫当真不喜欢。"

"……"叶瑾想了一会，"你也看出来了？"

沈千枫点头。

"那就不大妙了。"叶瑾摇头，"这当口，自己人之间如何能有二心。"

"所以皇上才要问。"沈千枫拍拍他，"不过也不必太担心，若是真有问题，皇上自然会找你我。"

叶瑾一头蒙。

真是活见鬼。

晚些时候，楚渊和衣靠在床上，随着船一晃一晃，想过几日的战事。

隔壁有人敲墙。

楚渊："……"

西南王伸手，在木板上捅出一个洞，然后便凑近一只眼睛。

楚渊忍笑。

妙心独在甲板上，闭着眼睛沐雨听风，似是在坐禅。

如同众人先前所想，在眼睁睁看着自家国主被人掳走之后，白象国内可谓大乱。百姓自不必说，朝中官员亦是惶惶不安，心里多有埋怨——那暹远国吴登多精明，关闭港口囤积粮食，两头的闲事都不管，也没见被大楚的皇帝找麻烦。两下相比，便更觉得纳瓦是中了邪，硬要蹚这趟浑水，害了国民不说，连他自己也被楚军俘虏，能不能保住性命都难讲。再退一步，即便是楚皇愿意放人，只怕也要用半个国库去换，真是何苦。

国不可一日无君，纳瓦既已被抓走，那剩下一个纳西刺，就算再草包也只能认。于是群臣打起精神去佛堂，想将老太后请出来，却在途中被聂远山阻拦。

“丞相这是什么意思？”众人不解。

“恕在下直言。”聂远山道，“小王爷的品行，大家都是知道的，至于太后，则是年事已高向来多病，若是被她知道国主出事，只怕又会卧榻不起，更别提是主持大局。”

“那丞相的意思？”这话说得有几分道理，因此群臣并未觉察出异样。

“诸位随我来。”聂远山转身，向着书房的方向走去。只是没承想，在众人都进屋之后，木门骤然便被落了锁，而后便有冰凉的钢刀架上脖颈，于是个个骇然。

“诸位，得罪了。”聂远山漫不经心挽了挽袖口，“识时务者为俊杰，这里是看书的地方，我可不想沾上血。”

“你想做什么？”有人壮着胆子问。

“我想做什么不重要。”聂远山一笑，“诸位愿不愿意陪着我一起做，才重要。”

另一处院落里，刘锦德正坐在桌边，手中把玩两枚玉球，眼神漠然，许久之后似乎想起了什么，却是阴恻恻地笑了起来。

翌日清晨，便有一张榜文贴到了闹市，落款是纳西刺的印章。说白象国不会出战，而是要与楚国商谈，将国主换回来，让大家在约定之日全部前往海滩，求大楚的天子宽恕。百姓看过之后倒是松了口气，就是说，放着好好的日子不过，非要与叛党勾结，平白生出这许多事端。

而与此同时，另一封信函也被使臣送到了楚军大营中，内容与榜文并无二致。

“纳西刺？”段白月道，“这阵对方倒是想起来了，还有这草包能用。”

“公然表明态度不会出战，那便说明不会动用白象国的军队，楚项理应不会调他自己的军队过来。”楚渊道，“接下来要唱哪一出戏？”

“猜怕是猜不到了。”段白月道，“约定的日子是三天后，到时候便知。”

“不怕有陷阱？”楚渊问。

“不是怕有陷阱，而是必然会有陷阱。”段白月道，“行军打仗，比的就是阴谋诡计。”

楚渊吩咐：“说说看你的想法。”

“这封信只说了一件事，三天后，会率领臣民在海滩恭迎大楚的天子。”段白月道，“那时可是黑压压的一片人。”

楚渊问：“人多又如何？”

“人多便容易出乱子。”段白月道，“国主被别国俘虏，又不是什么光彩事，就算要赎回，也该灰溜溜地暗中进行才对，谁会让百官与百姓都站在海边，只为了等着看自家国主是怎么被放回来，还嫌人丢得不够多？”

“所以你的意思，楚项是想将百姓都聚集在一起。”楚渊道，“可都是些渔民商贩，又能做什么？我明摆着不会下船，甚至不会去近岸，他还能在人群中隐藏杀手不成。”

“所以才说要静观其变。”段白月道，“装神弄鬼，多是因为没有别的法子，否则楚项若能有数十万铁甲战船玄衣将士，哪至于在区区一个白象国上花费如此多的工夫。”

楚渊想了想，还是觉得心里头不畅快。

“有我呢，怕什么。”段白月道，“多少大风大浪都闯过来了，这阵仗算什么。”

“早知今日，当初就该一杯酒赐死了他。”楚渊道，“埋了干净。”

两人在船舱里低声说话，妙心裹着僧袍，双目微闭，正在甲板上低声念经。而温柳年恰好在外启禀，“下官有事求见。”

“去吧。”段白月道，“我也正好要去找瑶儿。”

温大人笑容很纯良，这事拖不得。

段白月独自走向船后。

妙心道："西南王。"

"大师。"段白月笑笑，"找本王有事？"

"大战在即，王爷或许应该更小心一些。"妙心与他对视。

"这就没道理了。"段白月转身往后看了一眼。

妙心道："皇上乃一国之君，肩负万民苍生。王爷既为臣子，便该有臣子的本分。"

"西南府的人，从来就不知何为本分。"段白月收了笑意，"皇上视大师为知己，极为尊敬仰慕，提及时也只说飘然超脱。可在本王面前，大师似乎像是完全换了个人，这又是为何？"

妙心兀自握紧手中念珠。

"无妨，大师慢慢想。"段白月与他擦肩而过，"何时想清楚了，再来找本王也不晚。"

第四十二章

温柳年来找楚渊，只为了一件事，说是前往白象国的暗线已经回来，城中并无动乱，百姓都打算几日之后前往海边，迎接纳瓦回宫。聂远山则是称病卧床，一直待在府里闭门未出，其余官员也是该做什么做什么，未见有楚项的人出现。

“如此风平浪静？”楚渊问。

“的确如此。”温柳年道，“微臣也觉得有些奇怪，却想不通对方究竟意欲为何。”这当口，谁都清楚皇上定然不会上岸，甚至根本就不会接近白象国，除非楚项能在海底布下机关，才能解释清楚这一切，可那几乎是不可能的事情。

想来想去，温柳年又猜测：“莫非对方想对付的，是护送纳瓦回去之人？”

“朕顶多派出精兵两千，楚项的胃口可不止这些。”楚渊道，“那假冒纳瓦之人，可曾问出了什么？”

“回皇上，西南王与微臣昨日审过了。”温柳年道，“他的确不是什么心腹，饿了三天便什么都招了，却也没说出多少有用的东西，顶多算个傀儡替身罢了。”

叶瑾端着汤药，在窗户口往里看。楚渊上前打开门：“找朕有事？”

“温大人也在啊。”叶瑾道，“煮了些驱湿气的汤，趁热喝了才有效。大人若想要，厨房还有。”

“爱卿也去喝汤吧。”楚渊吩咐道，“管他背后在耍什么心机，几日后自会见分晓，多加小心便是。”

温柳年领命，退出了前厅。叶瑾问：“又在说楚项？”

“装神弄鬼。”楚渊道，“论起见不得人的勾当，可当真没人能比得过他。”

“方才我遇到了妙心大师。”叶瑾看着他吃东西，“他说愿亲自送纳瓦回宫。”

“是吗？”楚渊搅了搅碗里的汤料，“若如此，倒也行。”

“那位大师，”叶瑾斟酌了一下用词，压低声音道，“是不是有些六根不净？”

楚渊无奈呵斥：“胡闹，这种话不准乱说。”

“谁胡闹了。”叶瑾道，“他前段日子还来找过我，让劝你尽快纳妃立后，还说皇家理应子嗣绵延，方能江山永固，比护国寺的方丈管得还要宽，快赶上了陶太傅。”

楚渊表情僵了僵：“当真？”

“我骗你做什么。”叶瑾莫名其妙，“他先前没找过你？”那为什么要跑来找我，我也并不是一个很好说话的人啊，难道真有人相信江湖中那张破榜。

楚渊皱眉。

“如此盼着天子大婚，莫非他老家也有个入狱的三娘舅？”叶瑾推断。

楚渊哭笑不得：“你啊。”

叶瑾撇撇嘴：“好了，歇着去吧，我去厨房收拾。”

楚渊将空碗递给他，还在想妙心之事。过了阵子段白月回来，见他独自在桌边出神，于是凑近道：“在想什么啊？”

楚渊答：“在想妙心。”

段白月：“……”谁？

“方才小瑾来找我了。”楚渊道，“说妙心前几日去找过他，你猜是为什么事？”

段白月趴在桌上，缓慢地，坚定地，捂住耳朵。

楚渊好气又好笑，“坐好！”

“他找叶谷主做什么？”段白月语调泛酸。

楚渊道：“催我大婚，和陶大人一个论调，立后纳妃充盈后宫，再为皇家开枝散叶。”

“饭吃多了吧，干他甚事。”段白月道，“朝中那帮死老头还能说得通，他一个出家人，管得倒是宽。”

楚渊被他气得没了脾气，挥手：“行了行了，朕要安静一会儿，你退下吧。”

段白月笑着说：“看你这几天一直眉头紧锁，想逗个开心也不行？”

“那现在说正事。”楚渊道，“不准再闹。”

“说什么正事，妙心？”段白月道，“我可猜不透他在想什么，只想让你离他远些，你也未必愿意。”

“你当真不喜欢他？”

段白月告状：“他都不喜欢我，我为何要喜欢他？”

“那以后你再见他，我都跟着？”段白月得了便宜，又趁机道，“好不好，嗯？”

楚渊于是头疼道：“好好好，答应你便是。”

段白月心情很好，得意扬扬。

不过在后头几天，妙心却都未再找过楚渊，只在约定前一日，众人一道商议行动时，又说了一遍愿亲自率军，护送纳瓦回宫，待到扫清叛党后再回来。

“明日先看看楚项到底想做什么。”楚渊道，“而后再做定夺也不迟。”

妙心低头：“是。”

这一夜过得安稳，船队依旧按照原计划前行，第二天早上，恰好抵达白象国海域，远远就见沙滩上站满了百姓，黑压压一大片人。

“楚皇。”打头的是一名中年男子，身穿官服恭敬行礼，却不见丞相聂远山的踪影。

赵越在高处看了一阵，未见有何异常，于是跳到甲板上，道：“不像是有官兵，都是些百姓。”

楚渊点头，命人将纳瓦请了出来，至于纳西刺，则暂时未露面。妙心带他上了一艘小船，两人一道向着白象国的方向驶去。

随着距离越来越近，百姓也看得清楚，见自家国主并未缺胳膊少腿，神情也未见痛苦，理应没吃多少亏，于是纷纷跪地俯首恭迎。纳瓦目光极快扫了一眼，见官员们都垂手而立，除了聂远山外一个不缺，周围也未见陌生面孔，一切都像是极为正常，却又实在很不正常。

妙心手中握着佛珠，面色淡然，眼中亦是无风无浪，待到船只停稳后，便带着纳瓦一道下了船。有小姑娘伏在地上的，此时也好奇瞄了一眼，脸跟着一红，这大楚来的师父可真好看。

“国主。”几位大臣赶忙迎上前，“此番受苦了。”

纳瓦心中各种情感沉浮，回首望了眼大楚战船的方向，就见楚渊正站在甲板上，也在看着自己。

四周一片寂静，百姓心里都在忐忑，不知那不远处的战船，是否会在下一刻开向岸边。

纳瓦右手放在心口，微微躬身行礼。楚渊笑笑，抬手示意大楚战船后撤，像是要准备离开。百姓见状自是松了口气，还在想着往后便能像那暹远国一般，安安生生过日子，脚下却骤然传来轰鸣声。

浓烈的火药味充斥在空气中，楚渊心里一紧，急急几步走向船头，远看就见迅速升起一片滚滚浓烟，爆炸声伴随着百姓的惨叫声，不多时沙滩便被染成血色。

妙心拦腰抱起纳瓦，飞身跃过海面，足间踩过水面折返船队，稳稳落在了甲板上。

“岸上出了什么事？”温柳年惊问。

妙心摇头，看向白象国的方向。短暂而又惨烈的爆炸已经结束，呻吟痛呼此起彼伏，海面上漂浮着尸体，沙滩上有无数人翻滚，只是一瞬间的工夫，便由人头攒动的港口变成了修罗地狱。

看着那血红的海岸、暗色的海水，与惨叫的百姓，楚渊脸色苍白，向后退了两步。

“怎么了？”段白月扶住他。

楚渊闭上眼睛，竭力让自己冷静：“没事，去救人。”

“带皇上回船舱。”妙心沉声道，“别再看这些。”

段白月稍微犹豫后，便带着人回了住处。

叶瑾急匆匆吩咐沈千枫去调遣军医上岸，自己则是掉头跟去船舱，心里万分不解。这一幕固然惨不忍睹，但楚渊也是东征西战沾了无数鲜血才登上皇位的，方才何至于会连站都站不稳。

沈千枫抽出两千精兵，带着军医一道登岸，检查过四处无异后，方才就地替幸存之人治伤。纳瓦重重跌坐在甲板上，远远看着，木讷如同木雕，像是还没从方才的惨剧中回神。段瑶蹲在旁边，伸手拍了拍他，却也不知该如何劝慰，只恨那幕后之人凶残，自知无法与大楚抗衡，竟然会拿无辜百姓的性命泄愤。

“没事了。”船舱内，段白月轻声道，“都交给我。”

“我没事。”楚渊后背湿冷。

叶瑾与段白月对视一眼，也不知这到底是怎么回事，只得先取了两丸安神的药让他服下，先冷静下来再说。

妙心急急过来，道：“皇上如何了？”

“留步。”叶瑾果断拦住他，问，“大师方才为何要让西南王将皇上带回船舱？”

妙心答：“皇上宅心仁厚，自然见不得这些。”

叶瑾道：“大师若不肯说，那便不用进去了。”

妙心却坚持：“九殿下再问，小僧也只会答这一句。皇上如今被恶影相缠，还请九殿下莫要再拦着小僧，以免误事。”

叶瑾不解：“什么恶影？”

妙心摇摇头，绕过他大步进入船舱。

楚渊吃过药后，已经沉沉睡了过去，段白月将他放在床上，轻轻盖好被子：“好好睡。”

楚渊手指颤抖了一下，呼吸慢慢平稳起来。

妙心站在床边，手指探上楚渊的脉搏。段白月抬眼，与他对视。

须臾之后，妙心垂目道：“皇上龙体暂时无恙。只是有些事，西南王不必问小僧，也不必再问皇上，徒增麻烦罢了。”

叶瑾在外头往里看，就见段白月正坐在床边守着楚渊，但旁边偏偏还站着个和尚，不动也不说话，不知要做些什么，又不像是在作法驱魔，于是撸撸袖子，进门将人硬拉了出来。

妙心：“……”

叶瑾道：“方才的话，大师可还没说完。”

妙心只道：“是心魔作祟。”

“你的意思是说方才楚项滥杀无辜，是为了唤醒皇上的心魔？”叶瑾闻言倒是松了口气，他先前以为是什么妖法，若只是这样，那事情还要好办一些。

外头闹哄哄的，段白月关上窗户，又靠回床边，楚渊只觉得鼻尖是熟悉的熏香味，梦境也更安稳了些。

“国主。”叶瑾扶住纳瓦，“先回去歇着吧。”

“我去岸边看看。”纳瓦脸色惨白，想要挣开他自己站起来。

“有千枫在，会妥善处置伤者。”叶瑾道，“现在百姓情绪激动，又不明真相，国主若是上岸，怕是会被误伤。”

纳瓦道：“出了如此惨案，我又岂能躲在后头。”

“这不是躲，而是权宜之策。”叶瑾道，“这当口，能上岸的楚军数量有限，一兵一卒都要用来护着百姓，若是再抽调出一支队伍保护国主，只会延误救治百姓的时机。”

纳瓦喉咙滚动，却也不知该说些什么，最终被他搀着进了船舱。

为了迎接纳瓦，几乎城中所有的百姓都被聂远山集中到了港口码头，一轮爆炸之后，城里也空了大半，只剩下些老弱妇孺，与少数未被殃及的年轻男子。卓云鹤派出一支军队前往附近的岛国收购药草，又在城里集中收拾了一片空宅，将伤员全部抬了进去，一直忙到深夜，方才安置了不到一半人。

船舱里亮着一小盏烛火，楚渊睁开眼睛，后背有些濡湿。

“醒了？”段白月依旧等在他身边，“饿不饿？”

过了好一阵子，楚渊才稍微清醒了些，问：“外头怎么样了？”

“沈盟主与卓云鹤带着人在救治百姓。温大人与赵大当家陪着纳瓦。”段白月道，“城里药草不够，已经去别的岛上找了，顶多三日，便能将伤员处理完，其余事情与纳瓦商议之后再定夺，也不迟。”

楚渊点点头：“嗯。”

“你呢？”段白月将人扶起来，“外头的事情说完了，你怎么样？”

“没事。”楚渊摇摇头。

段白月道：“没事？”

“许多年前了。”楚渊道，“那阵我还是太子。”

“嗯。”段白月手在他背上轻拍。

“青州边境有部族作乱，父皇便派我与楚项去率军剿灭。”楚渊道，“后来他设下圈套，煽动当地百姓，将我与三十影卫围在了格木湖边。”

“百姓？”段白月皱眉。

楚渊继续道：“边境部落的牧民，不通汉话，加起来约莫有五六百人，也不懂我在说些什么。当时我知道他们无辜，也能轻而易举杀出去。可若留下活口，他们惊慌失措下便有可能会逃出大楚，前往漠西一带求援。那时西北边境本就不安稳，再让古力一族得知大楚兵马与百姓起争执，有了此借口起兵，那时便不是匪祸，而是战乱了。”

“自那之后，我几乎每个晚上都会做梦。”楚渊声音低哑，“梦里都是血，整片湖水被染成红色，无数双无辜枉死的眼睛都看着我。”

“别说了。即便是错，也是楚项的错。”

“楚项趁机上书父皇，说我带兵作乱滥杀无辜，想让父皇废了我。”楚渊道，“只可惜最终也没能如他所愿，父皇只是罚我跪了三日，又领了二十军棍，此事便过去了。”

段白月问：“为何不写信告诉我？”

“我想忘了这件事，可是却偏偏忘不掉。”楚渊道，“那阵所有太医都围着我转，可不管吃多少药，该睡不着也依旧睡不着，如此便是许多年。直到后来妙心进宫，听他讲经论道，才能勉强睡一阵子。”

段白月道：“我叫些热水，你擦擦身子，然后吃点东西。”

“小瑾呢？”楚渊道，“今日怕又让他担心了。”

“我去告诉他这件事？”段白月道，“叶谷主是大夫，或许能开些药方安神。”

楚渊点头：“嗯。”

段白月起身去了船舱外，段瑶与四喜在外头说话，看到后赶忙过来：“皇上怎么样了？”

“没什么事。”段白月低声吩咐，“在这守着，谁都不准放进去，若有人要硬闯，宰了他。”

“好。”段瑶一口答应，一句理由都不多问。

段白月大步去了后厨，正好叶瑾也在熬药。

“皇上醒了？”叶瑾站起来。

“嗯。”段白月点头，将方才的事情大致与他说了一遍。

“那就和妙心说的一样了。”叶瑾道，“下午的时候我追问，他也说是心魔作祟。楚项可当真不是个东西，只是为了刺激皇上，居然能如此毫无人性，那可是数百条无辜人命啊。”

“有药能治吗？”段白月问。

“心魔要怎么治，顶多只能安神罢了。”叶瑾道，“不过也不必担心，皇上不是一般人，是从血里一路踩上去的，你多陪着他些，心结打开也就没事了。”

段白月笑笑：“多谢。”

“谢什么。”叶瑾撇嘴，往炉灶里捅了一根烧火棍。

厨房很快便送来热水，楚渊擦洗了一遍，又换上干净里衣。四喜端来粥饭与小菜，小心翼翼看了一眼，见皇上神情如常，脸上也多了几分血色，便放了心，又躬身退了下去。

“明日叫纳瓦过来吧。”楚渊道，“若是国中重建人手不够，便留下一支军队帮他，再让暹远国也抽派一些人。其余大军顶多只能在此处停留三天，否则便会延误战机。”

段白月点头，“好。”

“还有，不知楚项还会不会在白象城中有下一步举措，但务必不能有谣言传开，将此惨案推给纳瓦。最差便是赖到楚军头上，那也成。”楚渊道，“这当口，只有让纳瓦威望尚存，才能让百姓不生二心，有他在王位上，一切都好说，否则只怕后续麻烦会更多。”

楚渊又道：“还有件事。”

段白月无奈：“嗯？”

楚渊道：“妙心是小叶寺的住持，让他去做场法事，超度那些无辜亡魂吧。”

段白月摸摸鼻子：“那位大师方才想进来看你，被瑶儿硬挡了，不如这事交给温大人去说？”

楚渊：“……”

“这可不怪我。”段白月道，“你昏倒的时候，我问他究竟是怎么回事，结果说话说一半，我自然放心不下。”

“又不是什么好事，他不说就对了，难不成还要逢人就讲？”楚渊道，“下回不准。”

“难道不该告诉我？喏，你想知道我的事，我能从三岁记事起说到现在。”

“油嘴滑舌。”楚渊撇嘴。

“那你还要见他吗？”段白月道，“我去请。”

楚渊好笑，吃完最后一勺粥饭，将空碗塞给他：“明日再说。”

“那接着睡？”段白月道，“还是想出去吹吹风。”

“走吧。”楚渊站起来，“船舱里头闷，透个气也好。”

段白月扯了厚厚一件披风，方才带人出去。原本只想着看看海，楚渊却自己绕到了前头。

段白月将人拉住。

“无妨的。”楚渊道，“看看百姓，我心里也踏实。”

段白月道，“这罪孽是楚项的，将来我们把公道替百姓讨回来便是。”

楚渊点头：“嗯。”

段白月陪他一起站在围栏边。远处沙滩上火把绵延，篝火堆也燃得旺盛，不少人穿梭往来，抬着百姓往城里走。黑色的天幕遮盖住了沙滩上的暗红，空气中的血腥味也已经被风吹散去。

楚渊眼睛映着远处的火光。

叶瑾抬着药筐，远远往这边看了一眼，然后便绕了好大一个圈，从另一头将药材递给了下头等着的小船。

“现如今白象国遭遇重创，是否能重建，将来可就靠小王爷了。”船舱内，温柳年正双手扶着纳西刺的肩膀，目光殷殷。

赵越：“……”

纳西刺受宠若惊，又惊慌失措：“我我我我？”

“是。”温柳年点头，“你。”

纳西刺双腿打战：“可我什么都不会。”

赵越在心里摇头，这阵倒是有自知之明。

温柳年笑眯眯道：“不会不打紧，本官教你，该做什么说什么，有样学样便是。”

由于对方基本是个草包，又被吓得有些神志不清，所以温柳年足足教了大半夜，确定不会再有问题后，方才叫赵越将他暗中送回白象国。

“早些回去睡。”临走前，赵越叮嘱。

“好好好。”温柳年点头，笑如春风。

赵越又道：“不准再去吃夜食。”

温大人：“……”

赵越叫来两个侍卫，送他回船舱。

温柳年一边走，一边摆出官威来，沉声道：“本相去厨房看看。”

侍卫只当没听到，一人一边架着他，强行带回了住处。

温柳年趴在门上，愁思如潮，很想写一篇凄楚文章。为何当了丞相也不能在半夜喝黄酒吃肘子，那人生还有何意趣。

出了惨案，白象国内人心惶惶，皇宫的守卫自然也就松懈了许多，部分城门已经由楚军暂时监管，赵越轻松便带着他去了后院佛堂，挥起一拳将人打得鼻青脸肿，又扯烂了衣裳抹上土，从窗户里踢了进去。

屋子里头传来惊呼声，而后便是一阵骚动与纳西刺声泪俱下的哭诉，倒真是与温柳年教的一字不差。赵越听得好笑，抱着刀翻身上了屋顶，坐着等天亮。

天光一点一点泛出白，海滩上的伤民已经差不多都转移到了城中，正在登记名册。其余遇难者则是找了艘大船，在海中火化送别。哭声连绵一片，听得旁人心里也要落泪。妙心长叹一声，替亡者诵经超度，只求来生能平静安稳，免受乱世之苦。

船只带着残余火光沉入海中，连最后一缕烟也被吹散。段白月道："好了，回去吧。"

"叫纳瓦过来。"楚渊道，"还有千枫与薛将军，温爱卿也一道吧。"

段白月点头："好。"

沈千枫与薛北岳皆是忙了一夜没合眼，不过也不知叶瑾熬了什么汤，喝下去倒也不见困乏。楚渊道："城中情况如何了？"

"卓统领已经带兵搜过一遍，并未发现楚项等人的踪迹。"薛北岳道，"朝中臣子被炸死了大半，只剩下不到五人，都说是聂远山逼迫他们带领百姓，前往海滩迎接纳瓦。否则按照惯例，这种国主被俘丢人现眼的事情，定是不会大张旗鼓的。"

"司空兄已经带人出海去寻药，他对南洋极为熟悉，说两三日便能折返。"沈千枫叹气，"伤员倒是不多，军医足够照料他们。那炸药极烈，多数百姓都是当场殒命。"

纳瓦坐在一旁，脸色白了又白，整个人都神思恍惚。

楚渊走下来，伸手拍了拍他的肩膀："国主可还能上岸？"

纳瓦点头："自然。"

"上岸不是为了触景伤情，而是为了重建家园。"楚渊摇头，"若国主这副样子，莫说是朕，就算是贵国百姓，只怕也不会信服，还不如一直待在船上，将这国家让给旁人。"

“楚皇。”纳瓦赶忙站起来。

“所有人都在等你。”楚渊道，“既是一国之君，为了子民与疆土，无论前头是刀山还是火海，都只有赤着脚踩上去，没人能替你。”

“小王明白。”纳瓦微微低头。

“温爱卿。”楚渊又转身回到龙椅，“纳西刺如何了？”

“回皇上，该教的都教了，看起来学得似乎还不错。”温柳年道，“只要还没蠢得无药可救，那便不会有问题。”

此话一出，现场所有人都在想，那人似乎还真就是无药可救。

温柳年又赶忙道：“若当真没救了，说错了，阿越会一直在他身边，一刀打晕了拖走便是。”

薛北岳觉得，自己对“文人”的印象，已经因为这位大楚丞相改了不止一回，审案像流氓，缺德起来一个顶十个，还说打人就打人，一点都不斯文。

楚渊点头：“甚好。”

温柳年喝了口茶，又细细将计划给纳瓦说了一遍。

城中处处扎起白布，妙心赤脚一路走过小巷，喃喃诵经超度亡魂，由北到南，户户都是屋门紧闭，并无人出来给他一盏茶饭。突然遭此惨祸，百姓心里都是忐忑，虽不知究竟幕后之人是谁，但凭着本能一猜，也觉得十有八九是与大楚有关——若非他们绑走了国主，大家又怎会一道去海滩上，这种乱世，躲在家中尚且还怕不安稳。心里生了疑惑与怨恨，却又不敢说出来，毕竟现在城中处处都是楚军在巡逻，受伤的亲人也要靠着大楚的大夫才能治，便只有锁好了屋门，只求莫要再生事端。

茫茫南海，正停着另一艘大船，楚项靠在软榻上，怀中抱着一个女子，却是当初从天鹰阁逃出来的厉鹊。她自从那日看清楚渊的长相后，又听哥哥与沈盟主说过楚项之事，便隐约猜到了些什么，在家中也是被软禁，索性便逃了出来，只想知道当初扰乱自己心神的人究竟是谁。一路乘船出海下南洋，在传闻中的翡缅国外徘徊，最后竟是硬被她找到了楚项。

“女人一旦傻起来，可当真是傻。”楚项看着她啧啧道，“怎么，要来寻仇？”

厉鹊与他对视，两行眼泪悄然落下。她也不知，自己此生唯一一次心动，为何便给了这人。自那之后，她便留在了楚项身边，即便知道他做的事一旦失败，便是死路一条，却又觉得即便是死了，好歹也厮守恩爱过，总好过独自一人被关在绣楼中，只能望着头顶一片天。

“主子。”有人在外头道，“刘将军回来了。”

“进来吧。”楚项放开手，示意厉鹊暂时退下。

刘锦德推门进来，将带了水雾的斗笠放到一边：“为何你不守在翡缅国？竟亲自来了。”

“翡缅国有黑鸦守着，不缺我。”楚项道，“便过来看看，或许能帮上忙。”

刘锦德自己倒了杯热茶：“有话直说，少阴阳怪气。”

“我还真没话说。”楚项啧啧，“杀了几百人，就只为了刺激他，却将那白象国白白交出去，旁人想不服都不行。”

“白象国原本就吃不下，炸了岂不是更干净？”刘锦德阴冷道，“否则纳瓦若是答应出兵，又多出份事端。”

“是是是，你说什么都对。现在白象国也毁了，人也杀了，总该回去了吧？”楚项站起来，“过了白象国，下一处可就是翡缅与星洲，前头这些小打小闹，顶多算是蚊子叮，过了便过了，也没什么用，顶多能令你心里畅快些。”

刘锦德扫了他一眼。

“怎么，我说错了？”楚项道：“那梦魇缠了他十几年，现在又有数百人因他而死，血流成河的，怕是又要夜夜做噩梦，若是命短——”

“住嘴！”刘锦德狠狠打断他。

“我又没说他会死。”楚项摇头。

“聂远山我也一道带回来了。”刘锦德道，“将人带去给黑鸦吧，吩咐船工加快速度，我要在最短的时间里赶回翡缅国。”

暮色已然沉沉，城里的百姓煮好饭菜，拎着食盒去善堂送给伤员，依旧低头不敢看大楚来的人。饭吃了还没几口，外头却突然传来一阵嘈杂声，铁桶满街乱滚，纳西刺顶着一张淤青的脸，气势汹汹拿着把大刀，疯了般连喊着要集结军队，去攻打翡缅国。

闻讯赶来的朝臣与侍卫都吓得不轻，赶忙将人拉住——先前都当他被纳瓦禁足在思过，时间久了也就忘了，横竖也是个草包。在爆炸过后，大家忙着善后，就更没人记起他，没想到这阵竟自己跑了出来。

“王爷，”一个侍卫劝慰，“还请三思啊。”

“三什么思，那楚项派人将我关在房中，又想强迫我签下榜文，让百姓全部前往海滩上等着，我不肯，便被打成这样，还要忍？”纳西刺嗓门奇大无比，袒胸露乳罗刹一般，周遭百姓只是听着，压根就不敢从门里出来。

“皇兄也被他们下了药，你们这些蠢材，居然没看出异常？”纳西刺又骂。

那些几个臣子都低着头，道：“当时以为国主是受伤失忆，连王爷自己也——”

“我？我怎么了？”纳西刺瞪大眼睛，惊得那人连连摆手，口中一迭声认罪。

如此在街上闹了整整半个时辰，将温柳年教的都说完，纳西刺才“不甘不愿”，被楚军请回了皇宫歇着。晚些时候，太后与众位妃子们也被放出来，召见一些女眷议事，说是近些日子名为诵经，实为被软禁，提及惨祸，又是一番唏嘘。

第二日清晨，薛北岳回到战船，将城中的事报给楚渊，又说百姓态度已经有所缓和，甚至还给楚军将士送了饭菜，问纳瓦何时才能回去。

“多谢楚皇。”纳瓦躬身。

“不必客气。”楚渊道，“大军明日便会撤离海境线，前往翡缅国。朕会留下些人手帮你重建家园，往后这白象国是好是坏，就全看国主了。”

“是。”纳瓦又道，“此番亏得有大楚相帮，有份薄礼，还请楚皇收下才是。”

“哦？”楚渊道，“是何物？”

纳瓦请薛北岳派人去皇宫中的暗格内取来一个匣子，打开后是一朵干花。

“此物名换汨昙。”纳瓦道，“有起死回生之效。”

叶瑾：“……”

“多谢国主。”楚渊接过来，“那朕便不客气了。”

纳瓦又道了谢，方才转身离开。

叶瑾冷静伸手。

楚渊将盒子递过去，笑道：“就知道你想要。”

叶瑾揣进袖子里，转身往门外溜达。

“今日不炖汤给朕了？”楚渊叫住他。

“有个秃子在厨房。”叶瑾望天，“中间秃的那个。”

楚渊心里生疑，自己过去看究竟。

段白月蹲在炉灶前，正在研究一把铲子。

楚渊道："这战船若是被你烧了，下半辈子便别想出宫了。"

段白月站起来："你怎么过来了？"

"听说有人要亲自下厨。"楚渊撇嘴，"我自然要来瞧稀罕。"

段白月道："今日是你的生辰。"

"所以你就要烧船？"楚渊问。

"就不能说些吉利的。"段白月哭笑不得，"想煮碗面给你吃。"

楚渊嫌弃："拿开拿开。"一股子煤灰味。

第四十三章

段白月拿下手，而后便表情一僵。

楚渊不解：“嗯？”

段白月道：“花猫。”

楚渊愣了愣，反应过来，来回擦了半天。

段白月笑着说：“我当你早上要去忙，现在空了？”

“纳瓦已经回去了，还送来了一样东西。”楚渊道，“是汨昙花，据说能起死回生。”

“这世间哪有这么多起死回生的玩意，上回楚项假扮我接近厉鹊，也说是为了骗天鹰阁内能起死回生的琉璃盏。”段白月道，“叶谷主呢，他怎么看？”

“有这些稀奇古怪的玩意，小瑾自然会喜欢，即便不能起死回生，那也是他先前没见过的东西。”楚渊又道，“脏死了，这行军打仗的，谁还要过生辰。你若有心，陪我一道吃碗面便是，哪里用得着自己来煮，你会吗？”

段白月答：“应当和洗米差不多。”

楚渊带着他往外头走，打定主意不能让这人在厨房多待，看着便是一副要闯祸的架势。

段白月笑：“瑶儿与木痴前辈已经帮忙弄好了，我丢进锅里便是。”

楚渊看了一眼，果然就见案板上面条码放整齐，两个大碗里头酱料青菜都已经备好，甚至还有一张纸，上头密密麻麻写着不少字，配着画，看起来不像是食谱，倒像是武功秘籍。

楚渊：“……”

“来。”段白月将人按在一边坐着，“在这等我。”

楚渊双手撑着脑袋，坐在小板凳上看他忙活。片刻之后，段白月将面捞出来一碗，回头有些自得道：“如何，厉害吧？”

楚渊幽幽道：“锅溢了。”

段白月赶紧转身，手里面碗晃动，汤洒出来，烫得倒吸冷气，还得小心翼翼先放下，又忙着掀锅盖加冷水，兵荒马乱打仗一般。

楚渊将头埋在胳膊里，肩膀有些抖。

段白月熄了火，蹲在他面前问：“哟，气哭了啊？”

楚渊踢他一脚，抬头眼泪都要笑出来。

段白月笑道：“走，吃饭去。”

两碗简单的汤面，几片肉几片菜，味道也是家常，楚渊却吃得很干净，满满一碗，汤都没剩下。

四喜在外头道：“皇上，薛将军求见。”

“宣。”楚渊放下筷子。

“皇上，西南王。”薛北岳进门后见二人正在吃饭，一时间有些歉意，“可要末将稍后再来？”

“不必了。”楚渊道，“将军找朕何事？”

“回皇上，白象国内已经搜查完毕，并无异样。”薛北岳道，“伤员已经安置妥当，纳瓦国主也已回宫，不过朝中与城中都空了大半，想要重建起来，怕要费一番气力。”

“派王猛率八百人暂时留下，一来保护纳瓦，二来也能多点人手。”楚渊道，“过一个月再来与大军会和。”

“是。”薛北岳点头，“那末将便下去准备了。”

“还有，”楚渊又想了想，“去请妙心大师过来。”

薛北岳领命，转身出了船舱。

段白月单手撑着腮帮子，看船顶，思考人生。

楚渊道：“坐好！”

段白月道：“好端端的，找那……嘶，那位大师做什么？”

楚渊道：“你猜。”

段白月道：“我不猜。”

楚渊道：“你敢抗旨。”

西南王自暴自弃，从鼻子里道：“嗯。”

楚渊半气半笑，又有几分无奈：“别闹了。我知道你不喜欢妙心，也知道妙心不喜欢你，可就像你说的，这还在打仗呢，卓云鹤也不喜欢薛北岳，你何时见他们起过矛盾？”

“又开始讲道理。”段白月坐直。

“说正事的时候不许闹。”

四喜公公引了妙心进来，又手脚麻利地将桌上的两副碗筷收拾走。

“大师，”楚渊站起来，“这几日辛苦了。”

“皇上言重了。”妙心道，“只是些力所能及之事罢了。”

“快则今晚，迟则明日，大军便要前往翡缅国。”楚渊道，“只是这白象国现如今满目疮痍，想重建怕是要花一番力气。朕会留下王猛率八百楚军，只是为确保纳瓦的安全，还需一个高手护他左右，不知大师可愿留下？”

咦？段白月摸摸下巴，心中春风得意，甚好甚好。

妙心微微迟疑了一下，而后便道：“若吾皇有旨，小僧自当从命。”

“那便多谢大师了。”楚渊道，“稍后朕会宣王猛前来，往后他便只听从大师调遣。一个月后，待到一切都安稳下来，大师再率军撤离此地。”

“是。”妙心双手合十，低头道，“小僧遵旨。”

“那大师便回去歇着吧。”楚渊走到他面前，“有劳了。”

妙心轻声叹气，转身出了船舱。

楚渊微微皱眉，看了他的背影一阵子，转身道：“你有没有……笑什么？”

段白月咳嗽两声，道：“心情好。”

“可我觉得妙心似乎有些心事。”楚渊坐在他对面。

段白月道：“有心事就对了，估摸着又是要让你早些成亲。”如此执念，若不是那位陶太傅易容，估摸着就是他的儿子，子承父业，很合理。

楚渊：“纳瓦身旁无人，妙心又武功高强，出家之人慈悲为怀，留下护着他再合适不过。”

下午，妙心果然便率人去了白象国。其余大军也收拾行囊，分批启程离开，继续前往翡缅国的方向。

叶瑾在捣鼓了那朵汨县大半天后，终于后知后觉想起了楚渊的生辰，不过行军途中条件艰苦，于是跑过来问：“不如我送你一捆绳子？”

楚渊不解道：“什么绳子？”

叶瑾道：“天蚕丝织成的，即便是千枫与少宇加起来也未必能挣断，你可以把那个谁捆起来。”

楚渊道：“四喜，送九殿下回房。”

四喜公公笑容满面，将叶瑾劝了出去，不过回来时依旧拿了个盒子，满脸为难说是推不掉。楚渊头直疼，打开后还真是一捆绳子一瓶药，于是随手放在桌上，又宣了温柳年进来议事。

另一头，段白月与沈千枫清点完出港战船，一转眼便已经天黑。心里惦记着楚渊，段白月匆匆回去主船，就见楚渊果然还没用晚膳，桌上摆了几盘小菜一壶酒，一根烛正在跳动作响。

“怎么也不先吃点东西。”段白月道，“我那头事情多，想着一时片刻弄不完，还特意让瑶儿过来说一声。”

“我知道。”楚渊笑笑，“反正也不饿，等着便是了。”

饭菜重新被热过，色香味都失了大半，不过酒却是好酒。西南府酿的酒都在宫里，这一坛是叶瑾去白象国寻来的陈酿，也是出自大楚，名唤“红裳”。

段白月一饮而尽，道：“听着像是姑娘家的名字。”

“是酒娘的名字，她是大楚江南人，此生只酿这一种酒。”楚渊道，“据说为人豪爽仗义，又嫁得良人，所以附近百姓在成亲时都喜欢买上几坛，一来入口绵软不易醉，二来也想取个好兆头，像她那般富足安稳。”

“是吗？”段白月笑。

楚渊又替他添了一杯酒：“虽说没什么后劲，不过也不许多喝。”

“自然。”段白月道，“忙了这么多天，难得有个闲适安稳的夜晚，又是你的生辰，我如何会舍得喝醉。”

几杯酒下肚，身上与心头都暖了些。船只摇晃，桌外头有些嘈杂，是大军撤离的号角声响。两人简单吃过饭后，出去看了一阵子，就见火把绵延不绝，像是要一直烧到天的尽头。

“早些时候你宣见薛将军，我闲来无事，便去了趟白象国，与那里的百姓聊了几句。”段白月道，“这南洋一带原本大家都是安安稳稳的，水路纵横商贸发达，要多自在便有多自在，没人想着要打仗。”

楚渊看着他：“然后呢？”

“还能有什么然后。”段白月道，“楚项能折腾出的风浪，顶多也就是翡缅国与星洲，再加上那东海的潮崖，其余百姓即便嘴上不说，心里也恨他恨得要死。”

“东海潮崖。”楚渊转身往下走，“南洋之战若能擒得楚项与黑鸦，那里便会是一盘无主的散沙，管他上头在做些什么，都不惧。”

段白月跟他回了船舱，道：“有件事，要不要听？”

楚渊问：“什么事？”

“与大明王有关。”段白月道。

楚渊道：“云断魂？”

“上回攻打白雾岛时，我去彩虹口找过一回大明王。”

楚渊眯起眼睛。

“后头他答应我会出兵相助。”段白月又道。

“小瑾与温爱卿，再加一个赵大当家都没请动鱼尾族，为何偏偏你就能？”楚渊狐疑。

段白月道：“大明王并非难请，只是担心你身居高位，有时做事会身不由己。”

楚渊道：“嗯。”

“不过后头我动之以情，晓之以理——”

“说人话。”楚渊拍他一巴掌，“到底是怎么说服前辈的？”

段白月摸摸鼻子，道：“这事等战后再问，成不成？”

“那你为何要这阵说？”楚渊莫名其妙。

段白月道：“理由可以战后再问，不过我在出海前又写了封信给大明王，前日刚收到回信，潮崖一带除了你先前派去的楚军，云前辈也会暗中打发人盯着，他对东海一带极为熟悉，即便楚项战败逃窜，也断然登不上岛，所以你只操心南洋便好，不必分神。”

楚渊越发纳闷：“为何云前辈这么听你的话？”

段白月道：“待到战后，我定然一五一十交代给你。”

“装神弄鬼。”楚渊踢踢他，“也罢，随你。”

段白月笑笑，“正事便只有这么多，余下的时间，可不许再提战事了。”

楚渊枕在软枕上，无语心想，若非你先提，我连潮崖都不想听。

段白月在枕头下摸出一个盒子，又递给他：“喏，送你的。”

楚渊有些意外。

“还真当我就煮了一碗面啊？”段白月侧身，“怎么这么好打发。”

楚渊坐起来，打开盒盖后，里头是个明晃晃的镜子，镶金镶玉，要多难看便有多难看。

“怎么不说话？”段白月道。

又笑，将他的手按上那镜子，竟是一股温热的触感。

楚渊不解：“到底是什么东西？”

段白月道：“这在南洋一带是圣物，叫月落，据说是海神娘娘遗留的梳妆之物。上回出海寻我时，你或许没注意，这南洋诸国大街小巷上，可到处都是这玩意，不过那些都是仿品，这个却是真的。”

楚渊拿起来看了看，镜中人影模糊，看着的确像是有了些年份。但即便的确是宝贝，送个女儿家的梳妆之物，感觉也还是很……值得打发。

段白月替他收起来，又道：“自然不是让你拿着梳头，据说此物能呼风唤雨，亦能掌控潮汐涨落，就算只是传闻，也能图个好兆头，让海神一路庇护大楚，战无不胜。”

楚渊笑笑：“也是，多谢。”

“你我还要言谢。”段白月下床打开柜子，将盒子与衣物一道收了起来。

军队已经悉数离开白象国，按照计划行航倒也没什么大事，即便是有，薛北岳与沈千枫也足以解决，倒也难得安静了一早上。

楚渊睁开眼睛，看了眼刚进门之人。

段白月问：“醒了？”

楚渊还是有些昏沉，于是又闭上眼睛，自己发了好一会呆，方才道：“嗯。”

“今日估摸没什么事。”段白月道，“若是不舒服，便不起来了，我去打开窗户，你透透气就接着睡。”

“大军都撤离了？”楚渊问。

“是。”段白月扶着他坐起来，“一切都按照我们的计划，除了王猛与妙心，以及那八百将士外，其余人全部已经清点完毕。”

“那就好。”楚渊伸手掀开被子，“走吧，出去透透气。”

两人一道出了船舱，却恰好看到温柳年正在另一头的甲板上，蹲着也不知在做什么，神情专注，眼睛都不眨一下。

楚渊顺着他的目光看过去，就见那里放了一张宣纸，也不见有何稀奇，不知为何会如此全神贯注。

段白月试探着叫了一声："温大人？"

温柳年被惊了一下，赶忙站起来行礼："皇上，西南王。"

"免礼吧。"楚渊不解道，"这就一张宣纸，盯着它作甚？"

"回皇上，方才卓统领来找微臣，说军中有位老渔民提醒他，今晚或许会有风暴，让大家都小心着些。"温柳年道，"可看这天色，着实不像要下雨的样子，那渔民便教说可用一张宣纸铺在甲板上，记下水雾将其浸透的时间长短。"

"如此便能预测风暴？"楚渊问。

温柳年摇头："也不能十成准，微臣在这里已经守了半天，这纸也没见有变化。这南海之中天气变幻莫测，即便是风里来浪里去的老手，只怕也未必就能次次都猜中。"

天上日头明晃晃的，一丝云彩都没有，看着的确没有预兆要下雨起风。不过楚渊依旧下令全军多加提防，大战在即，多留几分心总没错。段白月站在瞭望台上，看大军忙着用铁索固定小一些的战船，再远眺，便是一片茫茫雾气，像是凝结在一起，风吹也不散。

楚渊在下头朝他挥挥手。

段白月纵身跳下来："谈完事情了？"

"只是些例行问话罢了，也就一盏茶的工夫。"楚渊道，"走，带你去吃好东西。"

段白月笑道："这话可不像你，温大人还差不多。"

楚渊拖着他一路到了厨房，还没进门便闻到一股香气，锅里也不知在煮些什么，咕嘟咕嘟的。

段白月问："鱼？"

"是赵大当家特意出海，替温爱卿捕来的。"楚渊道，"平日里难得一见，离水即死，制成鱼干也不好吃，只有在这海里能吃到新鲜货。"

段白月掀开锅盖看了一眼，道："你若是喜欢，我明日也去捞给你。"

"你凑什么热闹，这三目黄只能碰运气，可不是出海就有。"楚渊道，"况且我又不吃鱼，只想让你尝个鲜罢了。"

段白月低头喝了口汤，楚渊问："喜不喜欢？"

"你专门替我抢来的，自然喜欢。"段白月顺势分给他一勺，"温大人少吃这一碗，想来又要愁苦许久。"

楚渊坐在桌子对面。

船却猛然一晃。

“小心！”段白月将他一把扶住。下一刻，船便晃动得愈发厉害，外头的侍卫跌跌撞撞跑来，道：“启禀皇上，西南王，起大风了。”

段白月带着楚渊走出船舱，就见天色竟已是一片昏黄，狂风掀起巨浪，重重打在船舷上，溅起数丈高的水花。

段白月道：“去高处看看？”

楚渊点头，顶着风与他一道艰难登上高台。就见风浪虽大，不过由于一早就做好了防范，所以大军并未受太多影响，阵营也不见慌乱，倒不必过分担忧。

大雨倾盆而下，段白月带着楚渊回到船舱，这当口自然烧不出热水，于是只取了一块干的手巾，又打开柜子，想要拿件厚实些的披风出来，不料居然摸到了一手水。

“怎么了？”楚渊坐在床边问他。

段白月赶忙将柜子里的东西拿出来，伸手一摸最底，依旧是干燥的，方才松了口气。

见他不说话，楚渊走过来，又问：“你在干什么？”

“没什么，方才吓我一跳，以为船里进了水。”段白月拎出一件披风，“不知为何，其余衣物都是干的，只有这一件到处都是水。”

楚渊伸手摸了一把，又看了眼地上的东西，道：“不是披风，是这个盒子在渗水。”

“我送你的月落？”段白月意外，打开那木匣一看，果然便见铜镜上已布满雾气，还在滴滴答答往下淌水。

“还真不是一般的东西。”楚渊道，“八成的确是海神娘娘留下来的。”

段白月往里看了一眼，道：“依旧照不出人影。”

“先拿出来吧。”楚渊道，“等风平浪静了，再找温爱卿，看他知不知道是怎么回事。”

段白月点头，一手扶住人，另一只手抓着床头，以免被越来越剧烈的颠簸甩出船舱。

又一个巨浪打来，船只被抛到顶点。原以为顶多一两个时辰便会过去，谁知足足过了三天，天上依旧是一个惊雷接一个惊雷，黑压压的，白日里也像是子时。

这日午间，段白月去厨房拿了馒头与淡水，回来就见楚渊正坐在桌边，于是道：“回床上待着，这才刚安稳多久，外头天色可是一点光亮都不透，估摸着还有巨浪。”

“我却觉得快要放晴了。”楚渊拿起桌上月落，道，“这镜子不渗水了。”

段白月接到手中一看，果然镜面已经极为干燥，不再像前几天那样，一直淅淅沥沥往下滴水。

“若明日天当真晴了，你可就是大功一件。”楚渊道，“月落看着像是能预知往后几日的天气，海中行军作战，这比什么都重要。”

段白月啧啧道：“运气好了拦也拦不住。”

如此又过了一夜，第二天早上，乌云居然当真便散了开去，晨光穿破云层，暖融融洒在甲板上。大海一片平静，所有将士都松了口气，忙着将被风浪损毁的船体修补。楚渊也将那面月落锁入木匣，放到了床头的暗格里。

段白月道：“吃了这几天馒头咸菜，人都瘦了。”

“乱说，哪这么快。”楚渊道，“走吧，去看看温爱卿。”

“我方才遇到了，一点事都没有，正在与赵大当家一起煮腊肉。”段白月道。

“饿了？”

段白月委屈道：“嗯。”

楚渊笑着放下手里公文：“那我叫人传膳，你想吃什么？”

段白月还未来得及说话，四喜便在外头禀告，说是先锋队抓到了一个姑娘，自称是天鹰阁的人，要见皇上与西南王。

“天鹰阁，厉鹊？”楚渊意外。

“说不定还真是，先前探子就说她出了海。”段白月道，“我去看看，你留在此处吧。”

楚渊点头，又道：“这里距离翡缅国已经很近，无论她说什么，都多留几分心。”

“自然。”段白月推门出去，让四喜先给楚渊拿些点心垫肚子，自己登上一艘小船，命船工带着去了最前头。

一个女子正低头站着，身上裹着楚军的棉袍，头发也湿了，看着颇为狼狈。

“王爷。”卓云鹤道，“就是此人。”

听到有人说话，那女子怯怯抬头，果真是厉鹊。

“厉姑娘？”段白月上前，“你怎么会在此处？”

“王爷。”厉鹊唇色惨白，冻得瑟瑟发抖，哑着嗓子道，“我是听到楚军来了，所以特意赶来投奔的。”

卓云鹤也在一边道：“这位姑娘就在不远处的淡水岛上，弟兄们去取水时撞到了她，原以为不是奸细便是妖精，后头却听她自称认识皇上与王爷，属下不敢疏忽，便顺道带来了。”

“的确是一位朋友的家眷。”段白月道，“罢，将人交给本王便是。”

厉鹊看着像是松了口气，道：“多谢王爷。”

段白月叫来段念，让他找了一身干衣裳让厉鹊换了，又带上另一艘船，问道：“姑娘为何会出现在这南海荒岛上？”

“先前我与哥哥闹脾气，心知若待在大楚境内，无论何处都会被他寻到。”厉鹊道，“便跟随商船出了海，后来被人骗了银子，便一直在各个岛国间流落辗转。这阵要开始打仗了，人人都闭门不出，我也找不到活干，便想着赌一把，看能否侥幸找到王爷，带我一道回楚国。”

另一边的船舱内，楚渊处理完政务之后，见段白月久久不回来，于是出去想看看到底是怎么回事，却被四喜拦住，说王爷方才差人回来过一趟，那头没什么大事，让皇上不必特意过去。

楚渊：“……”说了将近半个时辰，还叫没事？

四喜道：“王爷的确是这么说的。”

楚渊撇嘴，转身回了住处。

四喜赶忙跟过去。

如此又过了小半个时辰，段白月方才回来，还未进船舱，四喜公公便小声对他道：“皇上还没用膳呐，一直在等王爷。”

段白月笑笑，推门就见楚渊正坐在桌边看地图，听到动静后抬头，冲他勾勾手指：“过来。”

段白月大步走过去，却又被一指：“好了，就站在那里，不许动。”

西南王很配合。

楚渊问：“厉鹊有问题？”

“她自然有问题，先前自己驾船出海找楚项，现在又离奇出现在翡缅国附近，说要随我们一道回大楚。”段白月笑笑，“没问题才叫见了鬼。”

“她想做什么？”楚渊又问。

“管她想做什么，都交给我便是。”段白月拉开椅子，“你就别操心了，只管去做正事，嗯？”

楚渊道：“她也算是在楚项跟前待过一阵子，这阵贸然被放回来，身上若是有蛊……你一直看着我做什么？”

段白月道：“西南府的人，你还怕会中蛊毒？”

“可翡缅国也是巫国。”楚渊提醒。

“这么点小事也不放心我？”段白月笑。

楚渊一脸怒意。

“五天。”段白月又道，“五天后我便告诉你，这厉鹊到底是怎么回事，成不成？”

“谁要听。”楚渊不理他。

“你不想听，我却想说。”

楚渊哭笑不得，这人像个无赖一般，也不知是从何处学来的腔调。

“饿。”

“饿就饿着吧。”楚渊推门出了船舱。

“皇上。”四喜赶忙上前。

“去找薛将军，卓云鹤，温爱卿，所有水军分营统领来见朕。”楚渊道，“小瑾与千枫若没事做，也一道吧。”

“是。”四喜低头领命，小跑下去传唤。

段白月靠在门口，问：“那我呢？”

楚渊拍拍他的肩膀：“除了厉鹊，你这几日什么都不必做。”

段白月蹲在门口，双手撑着腮帮子看他走远，然后道：“出来！”

段瑶立刻无辜举起手：“我什么都没看到，只是恰好路过而已！”毕竟这船再大也不比陆上，大家三不五时就会撞到一起，很正常。

“去，盯着那艘船。”段白月伸手指了指。

“厉鹊？”段瑶看了一眼，“有段念还不够，我也要去？”

“看你也挺悠闲，还有空听我的墙角。”段白月站起来，“不如去干活。”

段瑶冷静地转身：“我其实刚要去找木痴前辈。”

段白月从领子拎住他。

段瑶一脸衰相：“真要去盯啊？”

“带红荀了吗？”段白月问。

“带了。”段瑶道，“在小罐子里。”

“让它多生些小的，将来好送给那位。”段白月扬扬下巴。

“太缺德了吧？”段瑶嫌弃，“即便是奸细，那也是个姑娘家，抓了自有律法去办，非得要下这种下三烂的毒？”

“照我的去做便是。”段白月笑笑，“听话，否则回去哥哥便给你说个媳妇。”

段瑶：“……”

段白月道：“五彩寨里打跑了七个相公那位。”

段瑶站直道：“我这就去养红荀。”

西南府里毒虫多，又有南摩邪在，哪怕一只蚂蚁也能养成蛊。这红荀便是由普通大青虫所炼，幼卵倒也没什么大的毒性，就是满身看不着的毛刺乱飞，扎一下能肿一大片，还无药可解，只能慢慢熬过去。段瑶原本只是带来瞎玩的，也没几只，足足过了四天，方才收集了一小瓶子虫卵，全部丢给了他哥，坚决表示坑姑娘的事情自己不干！

楚渊走过来问：“你们在说什么？”

“说这个。”段白月晃了晃手里的小瓶子，“忙完了？”

“嗯。”楚渊看了眼段瑶，“一道来用饭？”

“还是不要了，叶大哥说中午要来找我。”段瑶道，“一道去木痴前辈那儿。”

“那去吧。”楚渊笑笑，“小瑾现在恰好有空闲。”

段瑶应了一声，蹦蹦跳跳去了后头。四喜公公也恰好小跑过来，说方才小船上来了人，说厉姑娘求见皇上，自称有要事要禀告。

“要事？”楚渊看了眼段白月，“这么多日，你不知道？”

“她可没告诉我。”段白月随意道。

楚渊眉头一拧，总觉得而他方才的表情似乎有些邪气：“出了事？”

“想见她吗？”段白月问。

楚渊一头雾水：“你这阵又肯让我见了？”

“去带她过来。”段白月吩咐了一句，便带着楚渊到了一处开阔的甲板上。

不多时，段念便带着厉鹊乘船过来。楚渊道：“你究竟在搞什么鬼？”

段白月凑在耳边，低语。

这里平日不会有人来，也不会有人看到，但即便如此，楚渊也依旧僵硬了瞬间，而是迟疑地看着他。

段白月笑笑。楚渊虽说不知究竟出了什么事，却也知道他定然已经有了计划，便也没有再反抗。

不远处传来“咚”的一声，应当是厉鹊已经登船，楚渊想要看过去，却被段白月微微转了转，将视线挡得严严实实。

段念带着厉鹊站在一边，远远看着两人，猜想这一时半刻怕是没空，只好对她道：“不如姑娘先随我回去，暂避一下？”

厉鹊却站着不肯动，双眼直直盯着两人。

“姑娘，姑娘？”段念在她面前挥挥手。

一句话还未说完，面前娇小的女子便已经怪叫一声，身形陡然拔高，骨骼嘎巴作响，脸上也掉下一张面具——竟是一张男人的脸。

几乎是同一时间，段白月将楚渊一把推入房中，屋门哐啷关上。二十余人从四面八方持刀杀出，将那人牢牢围在了最中间。

段白月嘴角一勾，道：“缩骨功倒是练得不错。”

刘锦德看着他，眼底杀机与恨意几乎要溢出。脖颈一片冰凉，是段念的刀。

段白月上前，在他耳边低声道：“易容混上船又如何？”

刘锦德勃然大怒，握拳攻向他的心口，指尖骤然刺出利刃。段白月身体向左滑出，玄冥寒铁铮鸣作响，带出凛冽寒气。周围都是大楚的人，刘锦德自知不宜久留，因此打了个呼哨，转身便向海中逃去。

段念伸手想抓住他，却被段白月扬起一道掌风打开："小心有毒。"

前头传来大楚将士的惊呼声，海面上一个白色巨物正在破浪而来，也不知是何物。刘锦德在水面上踩过几步，稳稳跨坐在那巨物背上，调转方向向远处冲去。

段白月抬手甩出一把飞镖，对那怪物竟是丝毫作用都没有，宛若打在铁壁上。大楚弓箭手数箭齐发，刘锦德纵身跃起，衣袖将箭雨悉数扫落，却没留意当中还有一个瓷瓶，被击碎之后，飘出一片黑蒙蒙的东西，也不知是何物，于是慌忙擦了两下脸，乘着那怪物一个猛子扎进海里，等到再次冒头，已在数里之外。

"不必追了。"段白月道，"追不上的，徒劳罢了。"

"是。"段白月领命，示意暗卫与弓箭手也撤下。

段白月转身回了船舱。

楚渊问："跑了？"

"故意的。"段白月道，"我自然想将他千刀万剐，只是这阵让他回去，比宰了要更有用。"

"何时发现的？"楚渊审问。

"从他刚出现的时候。"段白月道，"其实他也并未漏出什么大的破绽，只是有些人，你若是发自内心讨厌，那对方只要一出现便能感觉到，无论变成什么样子。"

楚渊道："神神道道的。"

"你或许不懂。"段白月道，"这样的人，烧成灰我也认得。"

楚渊道："瞒了四五天，现在能说你的计划了？"

"这次刘锦德前来，可当真是一点用都没有。"段白月道，"我们不可能会信任凭空出现的厉鹊，无论她是不是天鹰阁的大小姐，这一点楚项心里自然清楚。"

楚渊点头："嗯。"

"可刘锦德还是来了。"段白月道。

楚渊有些头疼，他是当真不想提这个人，却又不得不提。

"扮成厉鹊，顶多就是能见到你，又或者是想要趁机下毒，不过这些都不重要。"段白月道，"有我在，他连想见你一面也不可能。"

楚渊道："大战在即，他这行径可当真不像是率军之将，更不像是当初楚项身边那个人，吃错药了吧？"

“我却能想通。”

楚渊怔了片刻。

段白月笑笑。

“不要为了这些事心里不痛快。”楚渊拍拍他的胸口，“不值。”

段白月答应：“好。”

“为何要放他走？”楚渊又问。

“如你方才所说，大战在即，刘锦德却乔装成女子混入楚军大营，这事可不是谁都能想通的，更别提是楚项，估摸着早就已经咬牙切齿了。”段白月道。

楚渊皱眉。

段白月道：“方才在刘锦德逃走之时，我往他身上撒了一瓶红荀虫卵，等他一路逃回翡缅国，少说也会将此物传给一两百人。”

“毒药还是蛊虫？”楚渊先前从没听过。

段白月摇头：“刘锦德在翡缅国内泡了这么多年，一般的蛊虫近不到他的身，这红荀也不是什么阴毒之物，被粘上之后不死不伤，就是全身奇痒无比百爪挠心，多则一月，短了也能有个七八天，而且无药可救。”

楚渊闻言好笑：“你西南府里头到底都养了些什么东西。”

段白月立刻道：“红荀是瑶儿养的。”和我并没有关系。

“慌什么，我是想说，还挺有意思。”楚渊道，“将来若是有空，你教我。”

“你想学？”段白月倒是有点意外，但是想想他蹲在罐子旁拨弄虫，似乎还挺可爱，于是一口答应。

“这回刘锦德回去，非但一无所获，反而还弄得上百人浑身瘙痒，若是运气再差一些，说不定连楚项与翡缅国主黑鸦都会被殃及，肯定会抱怨。”楚渊道，“你想让他们自己起矛盾？”

段白月点头，从袖中取出一封书信：“前几日你一直在忙，我便没说，这是鬼手前辈刚差人送来的。”

“秦宫主的师父？”楚渊抽出信纸。

“鬼手前辈即便隐居仙山不问世事，但也总归是身处南海。”段白月道，“据他信中所说，楚项与刘锦德之间虽是合作关系，却经常会起争执，两人性格差异极大。

在刚到南洋之时，刘锦德靠着残暴铁血的手腕，的确帮了楚项不少忙，不过这么多年下来，楚项带兵打仗的能力早就超了他。毕竟是皇家出身，眼界与谋略是打小就练出来的，相比那一直小心谨慎耳听八方想要谋逆的刘府来说，天上地下。”

“刘锦德应当也能觉察到威胁。”楚渊道，“我了解楚项，他最容不下大权旁落，兔死狗烹，鸟尽弓藏，现在战时尚且能忍，可账却是一笔都不会少记，会等着秋后一起算。”

“刘锦德越能感觉到，就会把现有的兵权抓得越牢靠。”段白月道，“有他在，看似我们多了一个敌人，但却能在某些事情上牵制住楚项。若能再多挑拨几次，让他二人间的隔阂越来越大，对我们而言反而是好事。”

楚渊点头：“你决定便是。”

看着他眉毛鼻子都皱在一起，一脸衰相，楚渊眼中带笑。叶瑾听到这头发生的事情，赶忙与段瑶过来看，结果还未来得及敲门，就从窗户里看到两人正说说笑笑，难免有些呆滞。不是说有叛贼混上了船，为何不是在议论公事。

幸好段瑶反应快，及时拖走了叶瑾。

叶谷主痛心疾首，脚步虚缓，这一定是秃头的错。

船舱中，段白月看着楚渊欲言又止，楚渊却道：“我知道。”

段白月意外：“知道什么？”

“知道你想我回西南。”楚渊道，“现在做不了也无妨，记着便是，总有一天，你我能将这所有烦心俗世都抛在脑后，日日看泉听风，手谈品茗。”

段白月考虑自己要去找谁学下棋，品茗倒是不用愁——喝茶还是不难的，只消张开嘴。

楚渊安慰：“五子棋也是棋。”否则看这愁眉苦脸之相，怕是要吓出病来。

段白月僵了一下，是吗。

由于刘锦德出现的时间极短，因此并未招来太多人注意，甚至大部分人都不知道还有这么一出戏。大楚军营里依旧风平浪静，按照原计划一路南下。而相对来说，翡缅国内可就没这么消停了。刘锦德回去之后，前两日还好，到了第三天，却全身骤然起了大片大片的红色疹子，摸着粗糙不平，时时刺痒难耐，几乎要用手抓出脓血来。楚项自然知道他前一阵子出了海，只猜定又是与楚渊有关，也懒得问。没曾想回来居然就带了病，担心是什么厉害的蛊虫，当即请来黑鸦亲自在他房间周围撒了一圈药，以免其余人也被染上。

刘锦德在屋内坐立难安，还要听外头黑鸦嘴里絮絮叨叨摇铃念咒，也不知在说些什么，心里更烦躁，握拳狠狠砸到了墙壁上，随口骂了句脏话。

黑鸦在外头听到动静，眼底闪过一丝寒光。楚项拍拍他的肩膀，推开门进去后平心静气道：“巫医已经在煎药了，泡完澡后，许会舒服一些。”

刘锦德知晓这回是自己大意，倒也没多说什么。

楚项又道：“据说那秃驴被留在了白象国，你可是着了他的道？”

刘锦德道：“这回是段白月。”

“姓段的？”楚项闻言倒是有些意外。妙心先前经常进出寝宫，这他是知道的，却没想到刘锦德居然没去白象国，而是去了楚军大营。

刘锦德挥手将桌上茶壶打了下去，摔得粉碎。只要一想到甲板上所发生的事情，就恨不得将段白月千刀万剐，方才解恨。

看着他的神情，楚项心里已经明白了几分，嗤笑。

刘锦德脸色阴沉，一语不发。

“你要算账，要做什么，都不急于这一刻。”楚项站起来，劝慰，“先安下心来，将这一身红斑退了，再抢人也不迟。”

刘锦德道：“按照楚军的速度，约莫还有半月便会抵达。”

“我现如今可是等着盼他来。”楚项语调轻松，转身出了房间。

黑鸦正在不远处等他。

“走吧。”楚项道，“去看看丹药。”

黑鸦道：“为何要对他如此忍气吞声？”

楚项摇头：“这不叫忍气吞声，顶多算心平气和。”

“他是中邪了吗！”黑鸦暗自怒骂。

“他不是中邪了，而是疯了。”楚项边走边道，“先前也算是有勇有谋，只不过软肋太过明显。你我都是想要江山，他却除了江山，还想要别的。大家目的不同，原本也是可以合作的，不过若他为了自己心头所想，便不惜牺牲这么多年大家的苦心谋划，那这段关系也就算是结束了。”

黑鸦问：“你想杀了他？”

楚项道：“现在还不会，不过以后未必一直不会。”

黑鸦摇头："大战为先。"

"自然，我可不是他，轻重缓急还能分开。"楚项道，"况且他在不疯的时候，还能有大用。"

两人正在说话，却又有人急匆匆前来，说是岛上不少人都得了与刘将军一样的病，正在哭爹叫娘，登时心里一惊。急急赶过去时，巫医已经在替众人诊治。里头横七竖八躺了不少人，门口也围着许多，一个个顶着大红脸，口眼歪斜，看着有些滑稽。

"如何了？"楚项问巫医。

"回主子，与刘将军的症状一样。"巫医道，"不是蛊毒，看着更像是毒虫，倒无性命之忧，扛几天就会过去。"

楚项点头："那就好。"

巫医退下继续去替病员医治，黑鸦摇摇头，满心烦躁，已经不想再多说一个字。

"忍着些。"楚项拍拍他，"你自己清楚，他手里的兵，可比你我加起来还要多，轻易招惹不得。"

黑鸦转身离开房间，黑色斗篷被风吹起，像是一只巨大的乌鸟。

楚军大营中，温柳年正坐在甲板上，研究那面落月神镜，天空此时虽是艳阳高照，那镜面却水雾蒙蒙，是第二日要落雨的征兆。

"温大人。"段白月打招呼。

"西南王。"温柳年赶忙站起来，"要去找皇上？"

"皇上在与薛将军一道议事。"段白月道，"我找叶谷主。"

温大人觉得自己出现了幻听，往常不都是一个追一个跑，感觉随时都会满天撒药，难道不该躲着些。毕竟那可是叶谷主。

段白月咳嗽两声，道："有正事。"

第四十四章

行军打仗，自然会有人受伤。除了几艘医船之外，在主舰上也有一处药房，极大，里头各类药草摆放得整整齐齐，叶瑾平日里一大半时间都待在此处。

段白月站在门口："早。"

叶瑾看了眼天上那明晃晃的日头，又看了眼门口的人，思考了一下该不会是发烧了。于是随手抓了把药，问他："吃吗？"

段白月微笑道："不吃。"

叶瑾撇撇嘴，自己抽了一根嚼："找我有事？"

居然不是毒药？西南王摸摸下巴，道："谷主可有什么药，用完之后便能疯？"

叶瑾倒吸一口冷气。

段白月又补充："给虫子用。"

叶瑾："……"

叶瑾道："没有。"

段白月与他对视。

叶瑾揣着手，很冷静。

就没有。

段白月道："有。"

叶瑾哼了一句："什么虫？我看一眼。"

段白月从袖中掏出一个瓷罐，打开之后，里头是一只反着光的大红虫，两只铁甲大钳生着黑刺，看着虎虎生风。

叶瑾道："西南府里也有这么常见的铁刺虎？"还以为是什么了不得的玩意。

段白月道："毒虫不在稀有，而在好用。"

叶瑾问："你为何想让这东西发疯？"

段白月道："当日刘锦德仓皇逃窜之时，曾从海中钻出一只庞然大物，像是他的坐骑。我用暗器打过一回，那怪物坚韧无比，刀枪不入。"

"所以你便想用这铁刺虎？"叶瑾找了个小镊子，将虫子夹起来。

段白月道："即便是最坚硬的鳞片，也会有缝隙，刀剑进不去，毒虫却可以。"

"倒也可以。"叶瑾道，"试试看吧，越疯越好？"

段白月点头。

"不过那怪鱼身上或许带着毒。"叶瑾道，"得先想个办法，让这铁刺虎百毒不侵才是。"

段白月道：“有谷主在，自然可以想出办法。”

叶瑾哼道：“七天。”

段白月道：“多谢。”

谢什么，和你并没有什么关系。叶瑾挠挠手背，将铁刺虎放入小瓶子里，揣着进了药房。

楚渊闻讯后夸奖：“有进步。”

段白月道：“实不相瞒，还是有些腿软。”

楚渊笑着拍他一掌，靠在栏杆上看着远处，金色阳光细碎，在海面上闪烁微光。

四周很安静，段白月问道：“累不累？靠一阵子。”

“海里有东西？”楚渊看向远处。

“什么？”段白月顺着他的方向看过去，就见海中似乎有个黑色的巨物，正在隐隐浮动，看不清究竟是什么。

“不会又是楚项弄出来的幺蛾子吧？”楚渊道，“怪物？”

“哪有这么多怪物，都被他找到。”段白月道，“我去看看。”

“小心些。不清楚究竟是什么，可要先调拨一支军队过来？”

“无妨。”段白月道，“看着不算大，应当折腾不出大风浪。”

海水晃晃悠悠，不停泛出泡。段白月凝神盯了片刻，右手缓缓握住剑柄，刚欲行动，楚渊却道：“等等。”

见那东西似乎在往上浮动，段白月将人挡在自己身后。

楚渊道：“是龟。”

“龟？”段白月道，“怎么看出来的？”

“你信我，当真是龟。”楚渊看着海面浮上来的丝缕暗红，道，“似乎受伤了。”

“捞上来？”段白月问，“若真是龟，这么大也该是有些年岁，说不定有灵性。”

楚渊点头，吩咐官兵拿了张铁网过来，将巨龟捞了上来。

“嚯！”一个撒网的官兵原本是老渔民，见着后也惊叹，“这龟背上的花纹先前可是从未见过，看着像是神物，了不得啊。”

巨龟被放在甲板上，很安静温驯。前爪不停流出鲜血，段白月蹲下检查了一下，道，“像是被其余凶类咬伤的，有些脓肿了。”

“去叫小瑾过来。”楚渊吩咐。

四喜点头，赶忙小跑过去将叶瑾请了过来，后头还跟着不明就里，跑来看热闹的段瑶与木痴老人。三人见到巨龟后，也觉得甚开眼界。叶瑾替它检查了一下伤口，拿银针取干净脓血后，又撒了药粉。段瑶从海里捞出来一兜小鱼，蹲着一条一条喂过去，不多时便吃得一干二净。

“看着一点都不怕人。”楚渊道。

段白月道：“百多年的神物，不如留着给你当坐骑？”

楚渊：“……”

段白月问：“如何？”

楚渊道：“太蠢。”刘锦德当日那条白色的大鱼，虽说邪乎得紧，破浪而来时看着却也颇有几分气势。但若换成这龟，慢悠悠漂在海面上，光是想一想便要崩溃。

段白月道：“你不能只看模样，说不定能翻江倒海。”

楚渊拍拍他的肩膀，道：“赐你了，谢恩吧。”

叶瑾在旁道：“咳！”

“治完了？”楚渊问。

“原本就能自愈，上些药便能更快罢了。”叶瑾拍拍手站起来，“放回海中吧。”

段白月将巨龟搬到小船上，轻轻放回了海中。

众人现在围栏旁，就见那大龟沉入海底，登时就不见了踪影。

段瑶道：“为何和书里写的不一样。”难道不该恋恋不舍，徘徊感恩才是，甚至还可以留下两滴泪。

并没有人理他。

段瑶：“……”

楚渊揉揉他的脑袋：“乖，以后朕挑一些书给你看。”

段白月忍笑。

段瑶很是无辜，其实我也并不是经常看这些。

随着距离翡缅国越来越近，楚军的戒备也就越来越森严。这日清晨，先锋队回来禀告，说是前面一片海域有些异常，像是有迷魂阵法。楚渊下令大军暂时原地待命，薛北岳亲自率人前去查看，就见那片海面暗流浮动，的确有些阴沉森然，像是会吞噬人一般。

“可看出是何阵法？”楚渊问。

薛北岳道：“并无头绪，看着有些邪门。”

“若真有猫腻，这便算是我们与翡缅国叛军交锋的第一战。”段白月道，“输赢关乎全军士气，不可掉以轻心。”

“皇上。”温柳年在旁道，“微臣愿前往一观。”

“好。”楚渊点头，“务必要小心，一有异常，即刻撤回。”

赵越带着温柳年再度前往那处海域，过了足足两个时辰，还不见返回。楚渊心里担忧，刚打算派兵前去接人，叶瑾却已经在瞭望台上招手，说是温大人与大当家回来了。

“如何？”楚渊问。

温柳年道：“微臣可以一试。”

楚渊闻言大喜，道：“朕就知道，爱卿定能破阵。”

温柳年赶紧摆手：“微臣只能先试试看，能不能破，还要再另说，只是略懂，略懂。”

旁边薛北岳道：“温大人自谦了。”

叶瑾道：“咳。”

……

几年前在攻打东海的时候，楚军也曾在一处名曰贝沙湾的海域内遇到过一处阵法，当时温柳年亦是如此这般，连连说自己学艺不精，只是略懂。大家听了当他只是自谦，没当回事，结果后来设计将叛军引入迷阵后，却发现阵门找不到了，很茫然。于是其余人才知道，这位大楚第一才子说的略懂，是真的很略。

温柳年道：“试试看。”

楚渊问：“爱卿要几日？”

温柳年想了想，道：“两个时辰。”

叶瑾闻言更想扶住额头。略懂，还只要两个时辰，听上去便很够呛。

温柳年弄了张纸，在上头写写画画，旁人也看不懂。一个多时辰后，他吹吹未干的墨迹，道："阿越去吧。"

赵越点头："好。"

楚渊问："不需要军队？"

温柳年摇头："顶多三人入阵破解，多则生乱。"

段白月道："我也去，何时出发？"

温柳年先偷眼看了眼楚渊，方才小心翼翼回答：明早，日出之前。

这世间阵法虽说千变万化，破阵之理却都一样，只消找出阵门将其捣毁便可。

直到回了住处，楚渊方才道："一切小心。"

"自然。"段白月笑笑，"别担心。"

楚渊闷闷不乐。

段白月道："等这场大战结束后，你再将我留在宫中也不迟。好歹也是立下过战功的，到那时我要日日用燕窝漱口，再躺在孔雀毛的毯子上看角儿演才子佳人翻墙私会。"

楚渊哭笑不得。

"我是说真的，若有危险便及时撤回来，破不了阵就想别的办法，明白吗？"

段白月道："我懂。"

另一头的船舱中，赵越问道："这破阵图，当真靠谱？"

温柳年道："七成。"

赵越："……"

温柳年道："还有三成，我写几张纸给你，若是遇见什么怪事，按次序打开看便是。"

赵越点头："好。"

"我还能坑你不成。"温柳年裁开几张宣纸，"况且还有西南王一道同行。"

赵越看着他写锦囊，几笔之后或许觉得哪里没写好，于是涂了个墨疙瘩，又重新写，写几笔，又干脆将纸撕了，重新写。

赵大当家心情颇为复杂。

但不管怎么样，段白月与赵越两人依旧按照原计划出了海。临行之前温柳年将那面月落镜递过来，道：“若是遇到暴风雨，而阵法又未破，务必要尽早撤回，以免出事。”

“好。”赵越接过铜镜，揣入怀中。

楚渊道：“一路小心。”

段白月点头，转身上了小船。

目送两人离去，温柳年道：“定然是能在五日内回来的。”

楚渊拍拍他的肩膀：“辛苦爱卿了。”

温柳年赶忙朗声道：“微臣只是纸上谈兵，西南王深入敌营，才是当真辛苦。”

周围一圈官兵耳朵嗡嗡响，心说温大人虽是读书人，嗓门还挺大。

船上，段白月觉得鼻子有些痒痒的。

赵越丢给他一壶水。

“多谢。”段白月接到手中，喝了一口后表情一僵。

赵越及时解释：“是小柳子特意泡的崂白水，虽说味道怪异，却能提神醒脑。”

段白月将水囊递给他，道：“有温大人这般关心大当家，真是令人……羡慕。”

赵越笑笑，仰头又面不改色灌下半瓶。

段白月回味了一下嘴里的破草席子味，对他只剩满心崇拜。

八卦阵周围暗流涌动，还未靠近，便能感受到其中压抑。两人不敢放松警惕，驾船缓缓驶入其中，一直在凝神留意周围的状况。按照温柳年绘出的图，刚入阵时都颇为顺利，在拐过七八个水湾之后，面前却出现了一道浓厚水雾凝结的屏障，看不清对面是什么。

段白月看了眼温柳年绘出来的地图，此处却该畅通无阻才是。

赵越道：“临行前，小柳子还曾给过几个锦囊，可在遇到异常时打开。”

段白月看他从怀中掏出一摞纸，侧面起码有两指的厚度，又写又画，内容丰富。

西南王觉得，这或许是他此生见过最良心翔实的锦囊。

赵越打开一张纸。

段白月问：“温大人怎么写？”

赵越道：“放炮。”

段白月：“……”

船舱里果然有一盘鞭炮，红艳艳的。段白月点着后朝着那浓雾抛去，惊天动地的噼里啪啦声中，雾气被炸开了一瞬间，让两人看清雾气后的大片海面。

“没什么异常。”段白月道，“走吧。”

船只缓缓驶进去，四周一切如常，再走一阵子，却又是一道浓雾。

赵越随手扔了另一串鞭炮进去，依旧和前一次一样。靠着这个方法，两人连闯过了八道迷雾墙，到了第九道，纸上却写着硕大几个字——若看到这张，凡事务必小心。

段白月与赵越对视一眼，拿出最后一串鞭炮。这回浓雾后却不是水面，而是斑驳凸起的礁石群。

“看着邪门。”段白月道，“船只进去不知会发生什么，大当家留在此处吧，我先去看看。”

赵越点头：“王爷一切小心，若有危险，以信号弹传递信息。”

段白月纵身跃起，几步踏过水面，稳稳落在了石头上。赵越将船固定在岛礁边缘，目送他进岛。四周很是安静，除了浓重到散不开的雾气之外，其余看似都很平常。海风带着海腥味扑面而来，在脸上留下一层湿气。礁石上生有不少海菜，踩上去滑滑腻腻。前头一段路倒还好，到了岛礁中间，海菜越来越少，脚下却越来越费力，像是有糨糊粘着一般。

段白月皱眉，蹲下看了一眼那礁石，就见上头极为光滑，甚至还在微微反光。段白月抽出匕首，想将那黏腻之物挑起来一块，没料到竟从上面揭下了一整张软膜。

还没看清是什么，那软膜却已经骤然卷在一起，若非段白月反应快，险些被打到手上。与此同时，隔壁礁石上也有了动静，再接着是不远处，更远处，没过多久，几乎整片石阵中的软膜都立了起来，在天光下悠悠闪着光。

段白月从怀中取出一瓶药粉，倒了些在其中一只上，就见那怪物嘶嘶蜷缩着化作一摊黏稠的糨糊，闻之有一股恶臭。气味散开后，其余软膜像是受到刺激，愈发焦躁不安起来。耳后传来呼啸声，段白月反手抽出玄冥寒铁，当空一剑将其劈成了两半。无数软膜凌空飞来，甩出散发着异味的黏稠滑液，段白月斩碎一批，又有新的从海底涌上，像是永远都不会结束一般。

一滴黏液溅在裸露的手背上，带来一阵灼热的痛感。心知此物定然有毒，段白月并未恋战，而是转身折返船中。

“如何？”赵越问。

段白月将情况大致说了一遍，又道：“在海里不知还有多少，杀不完，船怕是进不去，我一人闯过去便好。”

“一人？”赵越道，“前路凶险，王爷此举怕是不妥。”

“若有异常，我自然会回来。”段白月拍拍他的肩膀，独自一人折返礁石阵中。

赵越犹豫片刻，又拿出那摞纸条，就见其中一张上写着“倘若王爷要独自去找阵门，务必跟着他”。再往下，又是一张，“若是鞭炮已经用完，船也不必要了，破阵之后，皇上会派人来接你们”。

赵越笑笑，丢下船只，独自闯了进去找段白月。

“大当家？”见着他之后，段白月先是一愣，旋即便反应过来，“温大人在锦囊中说的？”

赵越点头：“他说破阵之后，皇上会派船只来接我们。”

段白月也未再多说。两人都是绝世高手，想要闯过这片礁石群自然轻而易举，偶有几只怪物扑来贴在了段白月手上，都被撕成了两半扔回海中。

赵越道：“看着泛蓝光，会不会有毒？”

“西南府的人不怕毒。”段白月擦擦手，看着前方不远处一片连绵矮丘，“这里便是阵门？”

赵越道：“若小柳子的图没错，捣毁了那片山丘，此阵便会自行破解。”

“那就不会错了。”段白月抽出玄冥寒铁，“走吧，你我合力，应当不至于太难办到。”

虽说矮丘与这片礁石之间尚且有些距离，不过两人纵身一跃，都是不出片刻便稳稳落在了地上。赵越四下看看，余光无意中扫见几十个银色光点，于是心里一惊，还未来得及说话，段白月却已经一把拉住他的胳膊，将人拖离了原地。

无数铁矛自地下飞出，在空中交织成网。赵越拔刀扫开一片暗器，与段白月一人一边冲向阵门。海浪滔天，一个接一个打到岸边，水花短暂蒙住了双眼，段白月只觉胳膊上传来一阵刺痛，而后便是又一个浪花，被海水侵蚀过的伤口像是有数百只蚂蚁在啃咬，鲜血顷刻就染红了白色衣袖。

楚渊站在瞭望塔上，远远看着那处海域先是黑云滚滚雾气沉沉，后又隐约传来咆哮声，如同有海底的巨兽被唤醒，不多时，连楚军的战船也开始摇晃起来。

“不用担心。”叶瑾站在他身后，“西南王与赵大当家都是高手，别说这点风浪，哪怕是整片海被倒过来，也定能安然而归。”

楚渊点点头：“嗯。”

温柳年亦是担忧，趴在船舷上踮脚往前看，连刚卤好的肘子也顾不上再吃。

厨娘端着食盒站在后头感慨。

海中巨浪与天边黑云连为一体，像是要吞噬万物。楚渊一颗心悬在嗓子眼，又一个惊雷劈来，在那处迷雾阵上空炸开。温柳年暗自握了握拳头，转身想上去找楚渊，却见叶瑾正急匆匆跑过来。

“谷主。”温柳年赶忙道，“可是皇上宣召微臣？”

“皇上没说什么。”叶瑾道，“是我自己想来问问大人，这风浪如此骇人，可要派兵前去救援？”

“阵法未破，才会有这般惊涛骇浪。”温柳年又转身看了一眼，“此时迷雾未散，大军闯入怕是会有危险。”

“可……”叶瑾欲言又止，将话咽了回去。这般毁天灭地的阵仗，连船上的将士都心里头发毛，更别提是身处岛上的两人，只怕早已被雷电包围。

温柳年原想安慰几句，身后却在瞬间闪起一片红光，将天穹也照亮。地底深处传出巨响，一股气流自当中呼啸涌出，带着海水与碎石冲上半天，而后又暴雨般重重砸入海底。

一切都发生在眨眼间，等众人反应过来之时，四周已经安静下来，只有一股浓烟自迷雾中升起，带来呛鼻的火药味。

“来人！”楚渊几步下了瞭望塔，“调拨三千人，随朕一道出战！”

“让千枫去吧。”叶瑾拉住他。

“朕亲自去。”楚渊道，“千枫与薛将军留守此处，看着瑶儿，温爱卿也不准下船，一切随机应变。”

温柳年定了定神，低头道：“微臣遵旨。”

叶瑾心知拦他不住，于是在心里叹了口气，吩咐几句后拿着药箱，也跟了过去。

此时海上风浪已然停止，方才那如同刚从墨汁中捞出来的云朵也已散开，天空渐渐恢复了澄澈的蓝，只有空气中那久久挥不去的硫黄味，与众人被海浪打湿的衣摆，提醒着那地动天摇的惊心一幕。

巨浪已止，阵门已破，巨石中的怪物也已经消失无踪，楚军便一路顺畅闯了过去。在一片浅滩上倒扣着一艘船，正是段白月与赵越所驾驶的船只，破破烂烂，船底已经被砸得粉碎。

“前头都是礁石浅滩，弃船反而更有利于行动，况且这也在温大人的预料中。”叶瑾道，“不必担心。”

楚渊下令大军提高警惕，列队跟随引导船只在石缝中穿梭。越往里走，海水便越混浊，不少水面都被炸碎的石头与泥土堵住，狭窄处几乎寸步难行。

楚渊索性跳下船只，踩着裸露出的地面一路寻去。

一处空地上，赵越正在给段白月包扎伤口，虽说看着鲜血淋漓，试过脉象后倒也无大碍。

“多谢。”段白月额头冒出些冷汗。

赵越叹气：“王爷独自冒险前去破阵，言谢之人该是我才对。”

段白月勉强笑笑：“能一个人做的事，自然没必要两个人一起上。所幸除了这些皮外伤，其余倒也无碍，阵法已破，也算是没有白来一趟，只管等着人来接我们回去便是。”

赵越道：“皇上怕是会亲自前来。”

段白月看了眼自己满身的鲜血，沉默。

赵越建议：“不如我去弄些水来，给王爷擦擦脸？”

段白月道：“好。”

虽然都是带着泥的海水，但也没得挑，总比满脸血要强。赵越撕下一片衣裳，在海中拧了一下，抖了好半天，方才把沙子抖干净。

“嘶……”段白月倒吸冷气。

脸上有不少细小的伤口，赵越小心翼翼避开，大致替他擦洗了一番，而后便看着那张花脸安慰道：“好多了，好多了。”

段白月与他对视：“恕本王直言，大当家方才的表情看起来，并无几分可信度。”

赵越僵了僵。

段白月心里叹气，只求叶瑾能将人留在船上，哪怕只让自己换个衣服洗把脸也好。

远处传来呼喊声，是大楚的援兵，赵越站起身挥手，大声道：“这边！”

段白月问：“谁带兵？”

赵越答：“皇上。”

段白月扶住额头。

楚渊踏着泥水一路跑过来，叶瑾拎着药箱，紧紧跟在他后头。远远见段白月满身是血靠在巨石下，心里也是一惊，赶忙加紧冲过去。

“你怎么样了？”楚渊惶急。

段白月笑笑，道：“皮外伤罢了，只是看着瘆人。你怎么自己跑来了？”

“小瑾！”楚渊来不及多说，站起来让开位置。

叶瑾打开药箱，替段白月检查了一遍伤口，看着像是松了口气，脸色也和缓下来，道：“没什么大事，就是以后或许会秃头，这个没办法，只有认了。”

赵越震惊道：“啊？”

段白月“噗”一声笑出来。

“伤好后再与你算账。”楚渊方才悬在嗓子眼的一颗心总算是落了回去。他清楚叶瑾的脾气，若段白月当真有事，是定然不会在看诊时胡闹的，而现在既然还有心情说秃头，那便说明的确只是些皮外伤。

叶瑾将绷带包扎好。

段白月称赞：“叶谷主真是华佗再世。”

叶瑾纳闷：“你哆嗦什么？”

段白月表情很是一言难尽：“若是下手再轻一些，嘶，那便是赛华佗了。”

叶瑾道：“哼哼。”

楚渊听得哭笑不得，也不再同他二人闹。转身对赵越道：“此番有劳大当家了。”

赵越摇头：“皇上言重，只是分内之事而已。况且在破阵之时，是王爷孤身一人前往，我并未多做什么。”

“大当家先回去吧。”楚渊道，“温爱卿想来，朕没准，这阵怕是早就等急了。”

赵越道谢后，转身大步回了战船。

叶瑾也弄来一个担架，吩咐人将段白月抬了回去。

“哥！”段瑶等不及，自己划着船找过来，见着他亲爱的哥哥血淋淋被缠成了粽子，正半死不活躺在担架上，顿时“哇”一嗓子就哭了出来。

段白月脑子直疼：“你哥还没死。”

楚渊闻言眉头猛然一皱。

段白月：“……”

段瑶跳上船，上上下下把他哥的筋骨捏了一遍，确定似乎真没啥事，这才从怀里扯出布巾擦鼻涕。

楚渊拍拍他的肩膀，道：“没什么事，方才朕担心其中还有机关，便让千枫看住了你，不生气吧？”

段瑶摇头，打嗝。

楚渊要过一块干净的帕子，替他仔细将脸擦干净。段白月看得直龇牙，死小鬼。

“啊！”段瑶突然叫了一声，将船上其余人都吓了一跳。

“怎么了？”楚渊问。

外头也传来一阵骚动，所有人都在往一个方向看。就见在不远处的半空中正飘浮着一支军队，打扮怪异，黑色的袍子和面具，有种说不出的森然。而打头一人则是披着黑色斗篷，像是由某种鸟类的羽毛织成，手握一根权杖，正在向众人说着什么。

叶瑾道：“应当是蜃影。”

楚渊点头：“若朕没猜错，为首那人便是翡缅国的国主黑鸦。”

叶瑾看了好一会儿，直到那影子淡去，方才道：“满身毛啊。”

楚渊："……"

叶瑾又撇嘴："黑鸦倒也名副其实。"

段白月撑着也想坐起来，却同时被三双手压住。

楚渊与段瑶有些意外地看向叶瑾。

叶谷主冷静道："看什么？"

段瑶咳嗽两声，换了个话题："方才那蜃影维持的时间不算短，想来大楚的水军应当全部都看到了。"

"看到才好。"叶瑾啧啧，"奇形怪状，一看便知肾亏，还毛乎乎的，打仗不行，唱戏倒是可以。"

段瑶附和："说得没错！"

"都说黑鸦擅长巫蛊之术。"楚渊道，"不可掉以轻心。"

"巫不知道，蛊却还有西南府。"段白月咳嗽两句，"别怕。"

"那你便快些好起来。"楚渊蹲在他身边，"皮外伤也是伤，流了那么多血，回去好好养一阵子。"

段白月点头："好。"

看着两人像是还有不少话要说，段瑶赶忙强行将叶瑾扯了出去，生拉硬扯，力大无穷。

叶谷主："……"

楚军大营中，温柳年听赵越说了遍岛上发生的事，又知西南王受了伤，便一直哭丧着脸，蹲在角落里盯着红甲狼，发呆。

"怎么了？"赵越问他。

"王爷受伤了。"温柳年道，"若我再将阵法研究透彻些，说不定便能让大家都安然而归。"

赵越道："王爷只是皮外伤而已，对习武之人来说不算什么。"

"那也是伤。"温柳年皱皱鼻子，道，"我觉得我要内疚一会儿。"

赵越哭笑不得。

温柳年蹲着往他身边挪了挪。

其余兵士路过看到，都觉得莫名其妙，温大人与赵大当家这挤作一团不言不语，又是要作甚。

蜃影散去后，赵越问：“你怎么看？”

温柳年道：“看着并无什么稀奇，应当不是故意装神弄鬼给大楚，就是无意中被映照出来。”

“我曾写信给师父，他对黑鸦也并不熟悉。”赵越道，“这茫茫南海中，翡缅国算得上是最隐秘的存在。”

“大明王在东海，对南洋不熟也应当。”温柳年站起来，看着那影子一点一点淡去，“不过在东海还有个潮崖，那也算是楚项的地盘，大意不得。”

“师父会愿意插手吗？”赵越问。

温柳年道：“只怕西南王已经先你一步，想到了这点。”

“怎么说？”赵越不解。

“此番大楚兵力布控，明里是皇上与薛将军，暗中却必然还有个西南王。”温柳年道：“明知潮崖是楚项的势力范围，却依旧将所有兵力都压在了南洋，敞着东境防线不管不顾，定是因为心中清楚东海有人帮着守。那除了大明王，还有谁能有这般本事？”

赵越道：“师父与先皇有过节，与薛将军根本就不认识，所以做出这个决定的，只能是西南王。”

温柳年点头：“嗯。”

“原来师父与西南王关系这般亲近。”赵越笑笑，“那你我便更不用担心了。”

温柳年揉揉鼻子，在栏杆上趴了一会儿，突然问：“将来你想去哪里？”

“什么？”赵越没明白他的意思。

“我是说，等我不当丞相了，你想去哪里？”温柳年看着他，极认真。

“皇上会舍得放你？”赵越道。

温柳年道：“不会的，顶多二十年，我便辞官，和你闯江湖去。”

“为何？”赵越道，“你喜欢做官，喜欢替百姓做事，现在这样的日子很好。”

“你不懂。”温柳年打了个呵欠，低声道，“一朝天子一朝臣。”

赵越转头看他。

温柳年眯着眼睛看远处碎金夕阳。

许久之后，赵越笑笑：“也行。”

一支船队自远方驶来，温柳年道：“是皇上与西南王他们回来了。”

“要去看看吗？”赵越问。

那自然是要看的，毕竟西南王受了伤，严格说起来自己也有过失，若皇上要罚俸罚没肉吃，往后还不知要怎么活。于是赶忙小跑过去，神情凄楚做好准备，待段瑶与其余人刚将段白月抬上大船，便感情充沛大声道：“微臣——”

“行行行！”楚渊抬手制止他，脑子直疼，“你让朕安静一会儿。”

温柳年眼神很无辜：“哦。”

楚渊叫来赵越，将人先带了回去。叶瑾配好药膏，又拿了新的绷带来替段白月重新处理伤口。

天色已经渐渐暗了下来，外头飘起雨丝。楚渊替段白月盖好被子，凑近看了看他脸上的伤口：“疼不疼？”

段白月弱不禁风道：“疼。”

楚渊拍他一巴掌：“那就忍着。”

段白月笑出声：“怎么这么凶。”

段瑶在外头敲门，送来一碗粥汤。行军途中自然没有鸡鸭滋补，海中鱼虾都是发物，受伤也不能吃，只有一碗白粥加了药材，楚渊道，“当药吃吧。”

段白月直皱眉：“皮外伤罢了，为何要吃这玩意？”

“流了那么多血，管你是皮外伤还是内伤。”楚渊道，“总之在痊愈之前，你休想出这房门。”

段白月道：“我若不穿白衣裳，你看着便不会那般瘆人了，真没多少血。”

楚渊道：“你别说话。”

段白月嘴一撇：“嫌我烦啊？”

楚渊闷闷道：“嗯。”

“怎么还来真的了。”段白月无奈，“演了半天也没将你逗开心，看来师父说错了，我这样的哪能去戏班子唱戏。”

楚渊道：“你以后要再小心些。”

段白月拍拍他：“这点算什么伤，当年与瑶儿一道练武，他捅我一刀也比这严重。”

段瑶正好路过门口，听到之后内心充满哀怨，还说不记仇，分明就记了这么多年。

楚渊道："先睡一会？"

段白月点头："好。"

楚渊伸手想替他放好枕头，却摸到一个坚硬冰冷的东西，拖出来一看，是那面月落镜。

"去破阵的时候，一直揣在怀中。"段白月道，"方才四喜收拾衣裳的时候问我要放在哪里，便顺手压在了枕头下。这回没用得上，你收回去吧。"

楚渊扭头看了眼外头的天色。

"怎么了？"段白月问。

"这镜子是干的。"楚渊道，"可外面却正在下雨。"

听他一说，段白月也觉察出了异样。这一路过来天气阴晴，众人全靠这面海神娘娘的镜子来预测，百试百灵，这还是头一回不准。

"皇上。"温柳年也在外头敲门，"微臣有事要奏。"

一道来的还有沈千枫与叶瑾，以及薛北岳。

"皇上，王爷。"温柳年道，"这雨下得有些邪门啊。"

"哪里不对？"楚渊问。

"像是只有一片云从东飘到西，而且落下来的玩意还有一股子香气。"温柳年道，"薛将军已下令全军暂避入船舱中，尽量不要接触雨水。"

"喏，就是这个。"叶瑾递过来一个小瓶子，"千枫收了小半瓶，粗看看不出什么，倒入白瓷盘里头，却有一丝丝红色。"

楚渊伸手想要接过来，却被段白月中途劫走，拔开木塞闻了一下。

"喂！"楚渊皱眉。

"别担心，不算毒。"段白月将塞子塞好，"瑶儿应当知道这是什么，他先前抓过许多。"

"哦？"不仅是楚渊，在场其余人也眼前一亮。

于是刚刚爬上床打算睡觉的段小王爷，就又被拎了过来。

"这个？"段瑶闻了闻，"是火蝴蝶烤干后磨成的粉，因为自打出生就栖在紫叶桂上，所以会有桂花的香气。"

"有何用途？"楚渊问。

"做迷药的时候用。"段瑶道，"西南府里养过一些，人若是沾了这玩意，少则三日多则三月，便会头晕畏水，严重者眼前会出现幻象，就好像是被火焰焚烧。”

楚渊问：“有药解吗？”

“有的。”段瑶道，“弄点蜜水喝就成。”

楚渊闻言松了口气，这船上蜂蜜倒是有不少，于是便下旨让厨师连夜取了蜜糖冲水，给淋了雨的将士们服下。

外头的雨已经停了下来，叶瑾探头出去看了眼，道：“这回的毒虽说解了，可也架不住对方三不五时便弄来一片云，这玩意有人能破吗？”

所有人都将目光投向温柳年。

温大人：“……”我不会啊。

楚渊道：“这军中可有老渔民？”

薛北岳点头：“有不少。”

“去传召几人，去前厅等着。”楚渊道，“其余人也先过去吧，朕随后就到。”

段白月躺在床上，目送众人离开，然后道：“听也不让我听啊？”

“你喜欢生病了让全大楚将士轮着看？”楚渊替他放好枕头，“先睡一觉，想知道什么，我待会回来说给你听便是。”

段白月眼睁睁看他出了门。

过了阵子，四喜公公笑眯眯推门进来，说皇上吩咐过，让守着王爷，哪里也不准去。

段白月：“……”

四喜公公端了把椅子坐在床边，道：“皇上是关心王爷，才会如此，幸好这皮肉伤也不重，躺个几日，待到结疤也就没事了。”

段白月哭笑不得：“公公这一脸严肃，本王倒不知道该如何接话了。”

“皇上打小就关心王爷。”四喜揣着手。

“哦？”段白月侧身，“比如呢？”

“这可不能说。”四喜公公摇头，“皇上若是知道，该怪罪下来了。”

段白月道：“公公若是不说，本王便不躺了，这便冲出去找人打架。”

四喜公公乐道：“王爷说笑了，这和老奴有什么关系。”

段白月：“……”

段白月提醒：“皇上是派公公来看着本王。”

“话虽如此，”四喜双手一摊，道，“可王爷若是硬要出去，老奴着实想拦也拦不住啊，若皇上龙颜大怒，老奴也只有陪王爷一道受罚了。”

屋内很安静。

段白月道：“本王认输。”

四喜笑眯眯，看起来颇为慈祥。

“公公，”段白月趴在床上拍他的肚子，“就说一个，一个也成。”

四喜公公哎哟哟躲开：“王爷下手轻着些。”

段白月盘腿坐在床上，单手撑住腮帮子，要听。

四喜扯过被子将他裹好，道：“皇上十六岁那年，王爷来宫里看皇上，结果没见着人，还记得这回事吧？”

“自然。”段白月道，“千里迢迢的，结果面都没见到。”

四喜道：“皇上那阵被先皇罚了，躺在床上动不了，可不得躲着王爷。”

段白月龇牙：“又是为了立太子妃？”

“这回不是。”四喜压低声音道，“当时先皇的确是想赐婚，不过不是给皇上，而是给王爷。”

第四十五章

“赐婚给本王？”段白月意外，“这件事还真没听说过。”

“被皇上拦了下来，王爷自然不知道。”四喜道，“当时朝中刘氏一脉权势滔天，先帝爷又顽疾复发，担心将来皇上会吃亏，而西南当时也……咳。”

“西南当时也不安稳，或者说西南一直就没安稳过。”段白月笑笑，“父王征战一生，听起来天天都在打仗收归边境部落，虽说他心里没想过王位，只图个痛快，可在先帝心里怕是不这么想。”至于自己，初时更是处处与朝廷作对，只求能不被打扰方便行事，替他守住江山，却弄了个天下皆知的狼子野心。

“是啊。”四喜公公道，“朝中有刘府，西南不安定，皇上又只有十六七岁。王爷是不知道，先帝那场病来得凶猛，不单单是太医，连民间的大夫都请来了，险些就……唉，那阵可真是人心惶惶。”

“所以便想通过赐婚，先安抚拉拢住西南府，免得乱中又生乱？”段白月笑笑，“此举倒也说得通，可当时宫中似乎没有待嫁的姑娘，是谁？”

“先帝爷当年遗落在民间的女儿，比皇上小一些，那年刚刚及笄。”四喜公公小声道。

段白月啧啧：“先帝爷当真是……厉害。”

“这小公主的娘亲是位大家闺秀，家中人也都知道此事，因此在皇上走后，便将她带回山西老家，悄悄生下了女儿。”四喜公公道，“后头也给宫里送来过书信，可先帝看是看了，却也没放在心上，足足过了十几年，才想起来。”

段白月揉揉眉心，过了好一阵，才道：“佩服。”

“而后先帝便派人去山西，将那小公主接回了王城。”四喜道，“打算挑个吉日，认祖归宗。”

段白月道：“再将她赐婚给本王？”

四喜公公道：“正是。”

段白月摊开手向后靠在软垫上，无话可说。

四喜公公看得乐，替他盖好被子，又低声说：“在册封大典之前，一切都是在暗中进行的，可天下哪有不透风的墙，皇上没过几天就知道了。”

段白月一笑：“生气了？”

“可不是。”四喜道，“皇上生气同旁人不一样，不吵不闹的，就坐在那，也够吓人的。”

段白月挠挠下巴：“然后呢？”

“然后皇上就翻墙去了溯洄宫，将那小公主偷偷放了。”四喜道，“自那时起便音讯全无，不知去了何处。”

段白月追问：“放了还是把人绑了？”

“放了，这事是老奴和皇上一起办的，那小公主也不是简单人，像是原本就有人打算闯进来救她，皇上只是开了几道门而已。”四喜又将声音放低了些，“临走时还和皇上说，死都不会嫁王爷，脑袋有病才愿意跟王爷。”

段白月胸闷道：“本王又没招惹她。”嘴倒是挺毒。

“这事原本也没人知道，可后来先帝爷派人去追，皇上派人去阻挠，这就露馅了。”四喜道，“先帝当时龙颜大怒，可皇上就是一口咬定，不知道小公主去了哪。”

“又挨罚了吧？”段白月问。

四喜叹口气：“可不得。”

“公公那阵也是，透个气都不肯。”段白月又拍了一下他的大肚子，“我都去了宫里，躲着不见面我还真当又哪里惹他生气，也不敢来硬的，若早知道是受罚起不来床，死都要闯进东宫去。”

四喜呵呵笑道：“王爷这阵来硬的，也不迟，补回来便是。”

“公公，”段白月双手扶住他的肩膀，“将来回大理时，公公也一道来，西南府天天有红烧猪头肉吃，黑毛野猪配烧酒。”

四喜公公乐道：“那敢情好。”

楚渊抱着胳膊靠在门口，凉凉道：“你们在做什么？”

“皇上，”四喜赶忙站起来，躬身道，“老奴陪王爷聊会儿天。”

“聊天？”楚渊走进来，“笑成这样，聊什么了？”

段白月使了个眼色，四喜会意悄声退了出去，笑眉笑眼替两人关上门。

“胆子不小，敢拉拢朕身边的人。”楚渊扯住他的耳朵。

段白月“嘶嘶”吸气：“怎么这么早就回来，事情谈完了？”

“没谈完，可大家都没什么头绪，那些老渔民也不知道，甚至听都没听过还有这种降雨之术。”楚渊松开手，“不如早些散了，明早等脑子清楚些，再商议对策。”

“那明早我就能去了吧？”段白月活动了一下手臂。

“不能。”楚渊坐在床边。

段白月道：“哦。”

月上中天，四喜公公听着里头没动静，自己也打着呵欠回了住处。叶瑾在方才众人都散去之后，又去问了几个淋雨的官兵，因此回来得有些迟，路过他哥的住处时，习惯性要看一眼。

沈千枫提醒：“西南王都受伤了。”即便是要追着到处跑，也要等明日。

叶瑾愤愤。

沈千枫道：“白日里累到了？”

叶瑾嘟囔：“吓到了。”

“吓什么，那片莫名其妙的云？”沈千枫问。

“不是。”

“那就是西南王了？”沈千枫又道。

叶瑾撇嘴，满身血还穿白衣裳，吓唬谁。

沈千枫笑笑，也没再说话。

过了一阵子，叶瑾补充：“主要是还没宰掉。”并不是因为别的。

沈千枫道：“嗯。”

段瑶坐在船顶上，看两人一路回了住处，双手撑着腮帮子继续望天。

江湖小报也不是处处都瞎编，至少叶谷主在这阵看起来，还当真挺安静乖巧。

虽说众人睡得挺晚，不过第二天却都是天刚亮就起床，守在前厅中等楚渊与段白月。段瑶呵欠连天，从叶瑾手里拿糖吃，酸得眉毛鼻子皱在一起，倒是清醒不少。

“诸位早。”段白月掀开帘子，与楚渊一道走了进来。

“皇上，哥。”段瑶将小罐子递过来，“糖吃吗？我们刚分完。”

“都在分，有这么好吃？”楚渊随手拿起一粒。

喂喂！段瑶诚恳建议，“不如让哥哥先吃。”

段白月啧啧：“你当我傻？”

楚渊笑着摇摇头，将糖还过去：“不许闹。”

段瑶很委屈，没有闹啊，我真在吃。

温柳年咂了一下嘴，小声对赵越道：“其实里头还挺甜。”

赵大当家拍拍他的后背。

“诸位昨日辛苦了。”楚渊坐在首位，“今日再来接着说那黑云之事吧。”

“蜜水已经分给将士们喝了，大家都没出现中毒的症状。”薛北岳道，“军医们也已经检查过，说并无大碍。”

楚渊点头：“那就好。”

“有人看清那片云了吗？”段白月问。

“看清？”温柳年道，“先前没注意，谁下雨还会看乌云。不过后头大家发现那场雨落得诡异，我便多抬头看了一会儿，就是偌大一片黑云，在天上飘移，若要说不同，也似乎只比普通的乌云要低一些。”

段白月猜测：“那会不会根本就不是云？”

“也有可能，翡缅国擅长巫术。”温柳年道，“可即便知道不是云，也不知道那究竟是何物，照样找不到法子破解。”

“皇上。”四喜在外头禀告，“妙心大师与司空少侠率军回来了。”

“这么快？”楚渊惊喜，“快请。”

段瑶赶紧看了眼他哥，听到没有，和尚回来了，这时间跟专门挑似的，刚赶上你挂彩一身伤，还花脸，穿得跟粽子一样站那，哎哟。

段白月很想把弟弟丢进海里。

妙心依旧是一身青灰僧袍，躬身行礼：“参见皇上。”

“大师免礼。”楚渊道，“此番有劳了。”

司空睿站在一边，上下打量了一番段白月，表情很丰富，为何这般狼狈，哈哈哈哈哈哈。

段白月：“……”

楚渊咳嗽两声：“司空少侠也辛苦了。”

“皇上过奖。”司空睿立刻站直，“男儿自当为国效力，况且这一路，大师也教了在下不少东西，获益匪浅。”

段白月与他对视，笑容颇有深意。

是吗。

“大师与司空少侠看着风尘仆仆，衣服都湿了，应当也是昼夜不停在赶路。”叶瑾道，“不如先回去稍事休息，再一同来议事。”

“也好。”楚渊道，“那便先回去更衣再喝杯茶，休息好了再来吧。”

段白月道："我送司空回去。"

司空睿赶紧摆手："王爷这就不用了，我又不是十六七的小姑娘，回房还让人送……我去！"

段白月直接将人拖了出去。

楚渊哭笑不得，无奈摆摆手："大师也快些回去吧。"

妙心低头，转身出了船舱。

"段兄，段兄，王爷，段白月！"司空睿一路痛呼，"别以为你挂了彩老子就不敢动手，割袍断义，割袍断义啊！"

"说！"段白月将他丢在角落里，"否则就自己跳海。"

司空睿盘腿自己坐在地上："喂，我好心帮你盯着，不识好歹。"

"盯什么？"段白月坐在他对面。

"那和尚啊。"司空睿道，"原本我在收完药材送往白象国后，便该来找你们，不过后头一想不行，你这不容易，可不能再出乱子，兄弟就跟过去了。"

段白月拍拍他的肩膀。

"怎么样，不把我扔海里了吧。"司空睿往他跟前挪了挪，"不过说真的，这大师倒真像是高僧，慈悲为怀悲天悯人的，在白象国待了短短一月，百姓都对他极为尊敬仰慕。"

段白月单手撑住头，眼神幽幽。

司空睿咳嗽两声："这都不行？"

"我自然知道那和尚不会是大奸大恶之徒，否则小渊不会愿意与他结交。"段白月与他对视，沉声道，"但你是谁的兄弟？"

"你的。"司空睿正色，"好，我以后注意一下措辞，该不夸的，绝对不夸。"

"继续说。"段白月点头。

"他看着无欲无求，也确实无欲无求。"司空睿道，"却对你颇有几分兴趣。"

段白月："……"

段白月道："这就是你所谓注意过的措辞？"

司空睿提醒："小时候，是你将我爹请来的夫子打跑的。"所以话说成这样也不能怪我。

段白月忍了忍，继续道："为何你觉得他对我'颇有几分兴趣'？"

“这位大师一有空，就来找我聊天。”司空睿道。

段白月道：“那这叫对你有兴趣。”

“我还没说完啊，说的事情，都是在问你要何时成亲。”司空睿补充。

段白月沉默了一会儿：“他是有给别人说媒的瘾？”

“可却从没问过我成亲与否。”司空睿道，“我这也相貌堂堂的，对吧。”

段白月大声道：“秀秀。”

“你别叫！”司空睿一把捂住他的嘴，“脑袋疼。”

段白月将他的手拎开：“只打听我要何时成亲？”

“是。”司空睿道。

段白月问：“那你是如何答的？”

“我说你何时成亲，可不由自己决定。”提及这个，司空睿颇为得意。

段白月果然称赞：“说得好。”

“可他为何要关心你的婚事？”司空睿纳闷。

“不单单关心我，还关心小渊。”段白月道，“像是想让我们早点各自成婚。”

司空睿：“……”

“管他，只要不是心怀叵测，其余事都能到战后再说。”段白月站起来。

“等等等等，我还没问，你这一身伤怎么弄的？”司空睿拎着他的胳膊看了看，“苦肉计？”

“喏，前头那片海，前几天是迷雾阵。”段白月道，“我去破阵时被炸药击碎的石块划伤，并无大碍。”

“这里已经距离翡缅国很近。”司空睿道，“幺蛾子只会越来越多。”

段白月道：“昨夜上空飘来一片黑雾云，下了场毒雨，应当也是黑鸦在搞鬼，你在东海这么多年，可曾听过？”

“有毒？”司空睿想了片刻，道，“那压根就不是雨了，否则谁能有本事在雨水里下毒。”

段白月点头：“我也猜那不是云，可又不知到底是什么。”

“你别急，我再想想。”司空睿很有使命感，“得多捞些战功，将来才能多吹几句。”

段白月抽抽嘴角：“多谢。”

“黑雾云。”司空睿一路挠着下巴回了房，段白月笑着摇摇头，也转身折返前厅。

其余人都在外头透气，只有楚渊一人在桌前喝茶。

“瑶儿给你的？”段白月端起他的茶盏，“西南茶山的普洱。”

“这也能闻出来？”楚渊奇道，“刮目相看。”

段白月颇为得意。

“不过猜错了。”楚渊从他手中抢过杯子，“是杭州毛尖，与普洱差了十万八千里。”

段白月撇嘴。

“外头还有人，别闹。”楚渊笑，“又出去说妙心了？”

“我说他做什么。”段白月不屑，咳嗽两声，“嗯，就两句。”

“司空把妙心夸上了天，慈悲为怀悲天悯人，活菩萨，还说百姓都喜欢他。”段白月哼道。

楚渊挑眉：“那你们还没打起来？”

段白月：“……”

“说吧，还有什么？”楚渊放下茶碗。

“还有那位大师，一路都在打听我要何时成亲。”段白月道。

楚渊一愣：“什么？”

“我可没骗你，司空也觉得费解。”段白月道，“妙心像是想让你我早些各自成婚。”

“他会不会是算出了什么？”楚渊皱眉，“所以……”

“能算出什么。”段白月道，“金光寺的大和尚都说了，我命好着呢，一人之下，万人之上。”

楚渊被噎了一下，你倒是记得清楚。

“不过你放心，只要他没有别的心思，我不会与他作对。”段白月又倒了一盏茶，“喏，这一壶是普洱，我没认错吧？”

楚渊笑笑：“好了，叫其他人都进来吧。”

过了阵子，妙心与司空也来到前厅中。薛北岳将战况大致向两人说了一遍，包括那片离奇飘来的黑雾云。

楚渊道："大师可知这是何物？"

妙心摇头："小僧不知。"

司空睿赶紧咳嗽两声，道："或许段兄知道。"

段白月莫名其妙看他，我知道个鬼。

司空睿循循善诱："西南府中有不少毒虫，其中有一种，名曰钱串子。"

段白月眼底一动。

"带来了吗？"楚渊问："长什么样？"

"没有。"段瑶摇摇头，"不是什么稀罕物，也没什么用，就是碗口大的黑甲虫。"

温柳年眼前一黑，后背唰拉起了一层汗毛，多大？

赵越伸手扶住他。

段瑶有些不解："大人怎么了？"

叶瑾低声道："温大人除了红甲狼，其余虫子都怕，蟑螂蜘蛛之类，见着就跑。"更别说是如此骇人的黑甲虫。

"这样啊。"段瑶为难，那我还说不说了。

"无妨无妨。"温柳年摆摆手，定神道，"小王爷但讲无妨。"

"虽说看着笨重，可这甲虫却会飞。"段瑶继续说。

温柳年："……"要死了要死了。

"而且飞得还挺高，喜欢成群结队连在一起，远看便是黑乌乌一大片，跟一吊大钱一般，故而大家都叫它叫钱串子。"段瑶道，"有毒，不过咬一口顶多起个大红包，发几天烧。"

段白月若有所思看着司空："你的意思，那片云雾其实是一大片钱串子结群？"

司空一拍大腿："段兄果然机智，我只是随口提了提钱串子，段兄竟就能与那片黑云联系起来。"

段白月："……"

你还能不能更丢人一点。

"虫子能飞那么高吗？"叶瑾疑惑。

"只是个猜测而已。"段白月道，"也有可能是别的东西，不过这思路却是没错的，那一定不是云，而是某种会飞的虫子。"

“如果是虫子，就好办多了。”温柳年道，“直接点一把火就能烧干净，可又有一处弊端。”

楚渊点头：“说说看。”

“能在半空中撒雨，翅膀与背壳上定然会有油脂，否则一湿还怎么飞。”温柳年道，“叶谷主方才说得对，虫子的确不能飞成和云雾一般高，极有可能是对方用了障眼法，不过不打紧，只要确定那玩意飞不高，用火流箭能射中便成。”

“可若是在半空中烧着火掉下来，落到船上可了不得。”段白月道，“这不比陆上作战，一点火星都不能有，漫天着火着实太冒险。”

温柳年点头：“这便是下官方才所言的弊端。”

“除了火烧，还有什么法子能对付毒虫？”楚渊又问。

段白月与叶瑾异口同声道：“撒药。”

楚渊笑：“小瑾先说吧。”

叶瑾咳嗽两声：“也没什么，虫子嘛，总是怕药的，连蛊王也不例外。药粉我几天就能配出来，不用怕会沾到将士身上，哪怕落到眼中嘴里也没事。不过问题就是，要如何将药粉撒得那么高。”

段白月道：“先前制出来的那跳塔，还有用吗？”

楚渊点头：“问问木痴前辈，应当可以试试看，等会瑶儿随朕一道去。”

段瑶道：“好。”

“毒雾一事暂且就到这里吧。”楚渊打开桌上的海域图，“若无意外，这两天大军就会正面撞上黑鸦，第一战，大楚务必要赢。”

薛北岳道：“末将已经将军队调度完毕，随时可以开战。”

楚渊点头：“辛苦将军。”

茫茫白雾后，刘锦德转身下了点兵台，道：“明日出海！”

黑鸦并无异议：“好。”

“为何你不亲自带兵？”楚项在他身后问，“这倒是出乎我的意料。”

刘锦德冷冷道：“为何我要亲自带兵？”

“这还用说？”楚项道，“你我之间知根知底，何必要装腔作势。”

“每一场仗，我都要赢。”刘锦德道，“谁带兵赢的可能性大，那便由谁带兵，只有这一个理由。”

“不错。”楚项拍拍他的肩膀，“看来先前是我想太多，以为你会迫不及待去见他。”

刘锦德脸色猛然一阴。

“不过现在这样最好，”楚项笑笑，“不急于这一时。”

“阿嚏！”司空睿从厨房里冲出来，“要人命了这是。”

段瑶炒了一盘辣椒出来，夹在馒头里吃：“至于吗。”

“还当在偷煮什么好货。”司空睿揉揉鼻子，“段兄可真虐待你，吃个馒头都要自己弄菜。”

段瑶不屑道：“说得好像他没虐待过你一样。”

“交友不慎，交友不慎。”司空睿蹲在他身边，“对了，南师父呢，怎么这么久了还不见人，都要开战了。”

“对啊，我也在纳闷。”段瑶道，“按理来说不该啊，这南海最近在打仗，大家都躲在家里，四周寂寂静静，也不该被什么拦在半路。”

司空睿道：“会不会又钻了坟堆？”

“不会吧。”段瑶顿时愁眉苦脸，“可也说不准。”想了想，更心烦，连吃馒头的心思都没了。

“你吃你的，哥不说了。”司空睿哄他，“来张开嘴，不然我再去给你夹块腊肉？”

段瑶用后脑磕了一下墙板，不高兴，想师父。

海中一处荒岛上，南摩邪正在喜滋滋烤鱼，破衣烂衫蓬头垢面，也懒得洗，觉得不用梳头洗脸的日子甚是美好。反正包袱里有一套新衣裳，绸缎做的，等将来见徒弟的时候再穿也不迟。

楚渊将药瓶打开，又将灯火挑亮了些。

习武之人平时糙惯了，段白月也未将身上的小伤放在眼里，在外头跑了一天，难免又出了些血。楚渊将绷带都解下来，又换了新的药粉。

段白月道：“包得真好看。”

“还贫。”楚渊道：“身上这些伤都是小事，可左臂却是被利箭所伤，别再乱动了。”

“听你的。”

船舱外，妙心吹罢一曲，余音悠悠。

船舱内，烛火跳动，温情脉脉。

“大师，大师，”司空睿在下头愁眉苦脸地喊，“我这人觉浅啊。”

“对的，我也睡不好。”段瑶帮腔。

妙心收起玉笛，歉意道：“打扰了。”

“无妨无妨。你别吹了便是。”段瑶笑靥如花，“大师也早些睡吧。”

妙心微微点头，目送他二人各自回去，倒是真的没有再吹笛，只是一直看着楚渊的住处，眼底一片墨黑。

第二天一早，四喜公公来伺候。楚渊不解：“弄个围巾作甚。”

四喜道：“外头风大，风大。”

“风大也不用这玩意。”楚渊扯下来，“在王城寒冬腊月也没用过几回，朕又不是温爱卿，还会怕吹风。”

“起来了？”叶瑾探头看了一眼，便自己走进来，“鱼汤面吃不吃？”

楚渊转身：“吃。”

叶瑾单手撑着头，看他哥吃面。

楚渊热得心慌，被他盯着看就更头疼，还吃着烫嘴的面，不多时便一身汗。

楚渊放下空碗，转移话题：“外头有敌军吗？”

“有。”叶瑾懒洋洋道。

“不许闹。”楚渊带着他一道往外走，“说正事。”

“大家都在前厅。”

“皇上！”卓云鹤远远跑来，禀告道，“对方有动静了！”

白雾缭绕的海面上，一片黑色的战船正森然而立，赤红旗帜上画着一只乌鸦，率军之人身披黑色斗篷，正是当日在蜃影中出现过的黑鸦。随着双方距离越来越近，叶瑾也就看得越来越清楚，然后道：“真的满身毛啊。”

沈千枫很头疼，千万别说这玩意也要养一只，那还要在日月山庄内专门修个地牢。

段白月道：“是黑鸦，看来楚项与刘锦德都没来。”

“这当中可有什么阵法？”楚渊问温柳年。

“看着不像有猫腻。”温柳年答，“应当就只有一支军队。”

薛北岳抬手，示意大军停在原地。

黑鸦嘎嘎笑道：“你便是那沈千帆？”

此言一出，现场所有人都有些皱眉，两军交战，对方却装作不认识主帅，这话可不单是挑衅，还有几分侮辱的意思在里头。

薛北岳只一笑，道：“沈将军驻守东北边关，那可比你这弹丸小国要重要许多，若阁下实在仰慕我大楚战神，等做了俘虏，自然能见着。”

“可我这小国，却引来了大楚的天子。”黑鸦嚣张道，“莫非你的意思，是楚皇比起一个将军还不如？”

温柳年听得直牙疼，街边大娘吵架也比这水准有听头。

“皇上御驾亲征，是为了曾经的高王楚项。”薛北岳道，“和你这鸡毛掸子还真没关系。”

大楚将士听到，都哈哈笑了出来，再看那黑鸦身披羽毛大氅，倒真是挺像一根掸子。

段白月好笑，低声问：“习武之人的嘴皮子也能这般利索？”

“两军对垒，吵架赢了也算赢。”楚渊挑眉。

黑鸦嘴里大喊了一句，像是在下令，身后船队一阵响动，叶瑾眼尖，道：“是钉鱼。”

“这便是赫赫有名的翡缅国国主？”司空睿坐在船顶上，看对方将筐里的鱼倒入海中，难以置信道，“看着却像是个二傻子，还当有什么神兵利器，搞了半天就是这玩意。”

“不该啊。”段瑶道，“会不会还有什么幺蛾子，否则这也太……不过说不准，万一他本来就脑子进水。”如果这样，那还挺好，不战而胜。

钉鱼又叫阎罗鱼，是渔民起的外号，只因这种鱼牙齿锋利，喜欢在船底钻孔，在海里可不是闹着玩，撞到鱼群就等于撞到了阎王。不过战船不比渔船，木板都用铁器护着，船头拖着药草包，泡在海中之后，鱼群便不敢再靠近。

大量鱼群被撒向海中，果真没有靠近大楚的船队，反而自相残杀起来，不多时便漂起一片尸体，海水也染了红。

“乖乖，你看我就说，肯定有问题。”段瑶站起来，“走，去看看那黑鸦究竟在搞什么鬼。”

海水已殷红一片，鱼群却还在疯了一般相互撕咬。叶瑾道：“对方像是想用血腥味引出什么东西。”

话音刚落，便有巨大的气泡接二连三浮上海面，段白月将楚渊挡在自己身后，右手握住剑柄。

只过了片刻工夫，海面激荡便越发剧烈起来，连带船只也开始一起摇晃。薛北岳挥手下令弓箭手准备，只是还未等兵士拉弓上弦，却已经有一条七八尺长的怪鱼自海中猛然跃起，大张着嘴，密密麻麻的锋利牙齿泛出光，双目暴突鱼鳍炸开。而后便是第二条，第三条，越来越多的大鱼自海底冲出，如同蚊子见了血，一窝蜂地涌上来咬住大楚战舰，利齿卡在坚硬船体上，虽说不能将玄铁的船板咬穿，但数十条大鱼叼着船只四处拖动，加上水流的冲击，也足以令船上的人站立不稳。更有凶狠一些的，索性直接扑上甲板，咬住人的小腿一拖一拽，便能将其拉入海底，鱼群瞬间涌上，顷刻便只余一具白骨。

“什么鬼东西。”叶瑾伏在船边往下看了一眼，见怪鱼似乎无穷无尽，远近都是，用弓箭明显不可能杀干净，于是急道：“不行，先撤！”

楚渊微微犹豫，还未来得及说话，对面就已响起号角声。数百战船齐刷刷展开风帆，向着楚军船队急速驶来，却是丝毫也没受到鱼群的影响，反而在其中穿梭自如。

双方交战，在此等状况下势必是大楚吃亏。段白月对楚渊道：“叶谷主说得没错，先撤，不过别怕，这仗我不会让你输。”

“你想做什么？”楚渊问。

段白月单手拔出玄冥寒铁，另一手握住楚渊的手腕，将他的食指在剑锋上轻轻划了一下。

“嘶。”楚渊猝不及防。玄冥寒铁猛然颤动了一下，细听像是有东西。

“撤！”段白月将他的手松开，自己转身踩上船舷，掠过水面向着翡缅国的方向冲去。

双方尚且有一段距离，但海中鱼群挤得密不透风，反而如同架了一座桥。黑鸦身旁站着的正是先前白象国丞相聂远山，他见一人远远踏浪而来，便道：“国主，是西南王段白月。”

“就是他？”黑鸦饶有兴致，“功夫看着不错，胆子也不小，只可惜命短了些。”

“杀了他。”聂远山道，“大楚的皇帝势必会疯。”

“弓箭手！”黑鸦转身走上高台。

数百支利箭密密麻麻交织成网，刺开狂风夺命而来。段白月看在眼中，身体猛然一跃，手中玄冥寒铁划出一道冰冷剑气，内力凝结成无形屏障，将那些箭羽呼啸着卷入风中，又在半空调转方向，流星一般射向翡缅国的阵营。一切都快到似乎只发生在瞬间，那些弓箭手还未来得及反应过来，便已经被寒意刺穿心口，直直向后倒去。

“拦住他！”没料到此人功夫如此邪门，黑鸦大惊失色，急急下令先锋船前去堵截，自己转身匆忙离开。见他似乎想躲入船舱，段白月随手砍断身边一艘敌船的桅杆，将那笨重的木柱重重砸向主战船。眼见巨物从天而降，甲板上的人纷纷惊呼躲避，黑鸦则是纵身一跃，跳上了旁边一艘小船。

段白月紧随而至，玄冥寒铁通体幽蓝不断铮鸣，像是有了生命，迫不及待要尝到久违的鲜血滋味。黑鸦警觉侧身一闪，剑锋堪堪从脖颈擦过，虽未碰到，却也已被凛冽的寒气所伤。

深知若硬碰硬，自己绝非面前这人的对手，黑鸦也不想恋战，应付几招之后便转身跳入海中，这头鱼群稀少，也并不会攻击他。段白月随手抖落几枚飞镖，皆是闪着幽幽蓝光，在空中一闪即逝没入海面，黑鸦闷哼一声，血顷刻自后背涌出，附近的大鱼嗅到气息，纷纷贪婪地调转方向涌过来。

衣物与身上都擦了药物，血液里却没有，依旧对鱼群有着致命的吸引力。黑鸦挥手打开面前一条大鱼，被迫重新跃出海面，刚刚一冒头，迎面便是一道寒光铮鸣，肩头传来剧痛，竟是眼睁睁看着自己整条左臂都飞起，又“扑通”落入海中。

黑鸦面容扭曲，惨叫着从空中跌下，眼看就要落入鱼群中，却有另一条白色大鱼从海底跳出，将他接到背上，朝远处游去，速度极快。其余怪鱼虽尝到了血的甜头，紧紧尾随却也没追上，只在海中留下一条转瞬即逝的红色水路。

亲眼看见主帅被人砍断胳膊生死未卜，翡缅国的战船有了片刻骚乱，虽说有鱼群在与楚军撕咬，阻隔了水路，战局算是对己方有利，却也不知还该不该攻。聂远山早已躲入了船舱中，副将原想下令撤退，但见大楚战队似是寸步难行，着实机会难得，便心一横，打算去碰碰运气。

楚渊虽令楚军暂时后撤，鱼群却不依不饶，依旧疯狂紧追船只，驱之不散。沈千枫折返主战船，手里拎着一块木板，是他方才自敌方战船上拆下，随手丢给叶瑾道：“能看出上头有何古怪吗？”

叶瑾抱着那烂木头闻了闻，没什么特殊的味道，心里也有些慌乱，于是闭着眼睛想强迫自己镇定下来。

“别急。”沈千枫拍拍他，“慢慢来。”

大楚将士们围在船边，轮番与鱼群厮杀。砍死一条大鱼后，立刻便会有更多的鱼过来争夺它的尸体，而后又重新涌向战船，像是来自地底的饿兽。

“怎么办怎么办怎么办。”温柳年在船上来回转圈，心急如焚。负责保护的侍卫刚想先将他劝回船舱，温柳年又惊呼道：“敌船来了！”

“只有一艘。”侍卫看后道，“旗帜已降，应当是西南王。”

“王爷劫持了一艘船？”温柳年远远望过去，还未找到段白月在何处，那巨型船只却已经四分五裂，沉入了海中。

楚渊自然也在看那艘船，见状心里猛然一空，不过幸好下一刻，便见段白月已经上了一艘小船，正划着桨朝这边驶来。

大船落水，上头的伤兵也跟着一起跌入海面，鱼群嗅到鲜血的味道，本能便转身去捕食，大楚的将士总算有了片刻喘息的机会，将剩余的大鱼合力掀翻后，赶忙扯起风帆朝着海洋深处开去。

看着鱼群上下翻腾撕咬着那些叛军，妙心双手合十，几不可闻地叹了口气。

段白月纵身跳上甲板，将玄冥寒铁插回剑鞘。

“你怎么样？”楚渊扶住他。

“我没事，一点伤都没有。”段白月下令侍卫去那艘小船上，从船舱中拖出来一个人，船尾还挂着一个网兜，里头兜了两条活的怪鱼，打算留着给叶瑾。

“他是谁？”楚渊问。

“看穿着应当是个副将，武功不算低。”段白月道，“至于黑鸦，废了一条胳膊，可惜人跑了，是当初来接刘锦德的那条大鱼。”

“我都看到了。”楚渊道，“无妨，你没事就好。”

“虽说没真正打起来，不过这仗也算我们赢。”段白月道，“就是难看了些，以后顶多史书不记便是。”

楚渊远远看去，就见对方的战队已经隐没在了迷雾中，鱼群也消失不见，海面重新恢复平静，只留下一片若有似无的暗红。

虽说双方未正面交战，不过依旧有不少楚军将士都受了伤，薛北岳下令船队先撤回之前的岛礁群，天色已暗，军医驾着小船穿梭替众人诊治。温柳年与叶瑾都在研究那条大鱼，至于被段白月俘虏回来的那名副将，一直昏迷不醒，还锁在船中被人看着。

“这一战可当真是憋屈。”温柳年用木棍戳了一下那条大鱼，打没打起来，赢也赢得仓皇，甚至还有些狼狈。亏得是西南王武功盖世，可单单靠着西南王一个人，将来也不成，还得要找出破解的法子。

叶瑾蹲在地上：“嗯。”

另一处船舱里，段白月正在替楚渊缠绷带，将手指握在手中捏了捏：“伤口不深吧？”

“没事。”楚渊抽回手，“不过倒真有些意外。”

“先前玄冥寒铁本就是用你的血唤醒。”段白月道，“我一直舍不得，但这次情况特殊。”

“不然，再试试？”楚渊问。

“不行。”段白月摇头，“它醒时有些疯，若是现在要饮血，我总不能拿它去杀鱼。”

“听着有些邪门。”楚渊担心，“你能压制住它吗？”

段白月点头：“一把剑而已。”

“可玄冥寒铁不是一般的剑。秦宫主就曾因赤影剑入魔，你……”

“赤影剑是上古妖剑，自然会有邪性，会反噬不意外。”段白月道，“可玄冥寒铁是由鱼尾族的先祖所锻造，他们天性纯良不问世事，又如何会有魔性，所以顶多只是件兵器罢了。”

“鱼尾族？”楚渊道，“先前没听你说起过。”

“那现在说了，是不是就不用担心了？”段白月将玄冥寒铁放回桌上，“去看看叶谷主吧，鱼群的事情不解决，只怕大军也难以攻入翡缅国。”

待到两人过去时，叶瑾依旧在研究那块沈千枫带回来的船板，以及段白月驾回来的小船。温柳年则拿着一根小木棍子，正在戳网兜中的两条鱼——都是沉在水底毫无精神，看起来半死不活。

“皇上，西南王。”沈千枫正靠在门口，“小瑾与温大人一直在看，不过暂时还没发现什么。”

“辛苦了。”楚渊走进船舱，“若是太累，便早些歇着吧，睡一觉脑子反而要清醒些。”

“只能看出这木头要比寻常的船木黑一些。”叶瑾道，“大概是在海水中泡久了，风吹日晒的，闻起来只有海腥味，完全辨别不出来是何药材。”

“那怪鱼呢？”楚渊又问。

“回皇上，先前闻所未闻。”温柳年道，“不过深海之中的怪物多了去，没见过也不稀奇。这大鱼嘴里生有十几排利齿，轻而易举便能咬穿一般厚度的木板，倒是没毒，就是极为凶悍狂躁。”

“没毒也不好闯过去，数量那么多。”段白月道，“况且即便能硬闯过去，为了一群鱼损兵折将耗费精力，也不划算。”

“好了。”楚渊将那木板从叶瑾手中拿走，替他整了整头发，“听话，早点回去休息，看你这一脸苦大仇深的，还当要啃一口这玩意。”

“说不定也行啊。”叶瑾目光扫向船舷，不然舔一下？当然的确有点恶心就是了。

看他一脸嫌弃又跃跃欲试，沈千枫脑袋直疼，将人直接扛了出去。

“温爱卿也早些歇着吧。”楚渊道，“仗要打，觉也要睡，习武之人还有些底子，文人这么熬可不成。”

温柳年赶忙道："无妨，微臣吃得多。"

赵越："……"

楚渊示意他将人带了回去，自己蹲下看了阵那大鱼，也站起来道："走吧，我们回去。"

"古往今来，怕是只有你一个这样的皇帝。"段白月道。

"我怎么了？"楚渊不解。

"不单要操心军国大事，还要催着臣子去睡觉。"段白月道，"真不知是要夸你，还是要取笑你。"

"有何可取笑的，这是大楚的福分。"楚渊笑笑，"比起想方设法催满朝文武起床干活，我更愿意逼他们去休息。"

"不看这大鱼了？"段白月带着他往回走，"也好，明早再说。其实不必太过担心，再狂躁也只是鱼群而已，不算难对付，若是红烧出来好吃，说不定连温大人都能徒手宰个七八条。"

四喜打开门，听到这句也偷摸笑。赶忙吩咐内侍烧了热水送来，洗漱之后，楚渊又将段白月全身上下都检查了一遍，确认没受什么伤，方才道："睡吧，我走了。"

"没奖励啊？"段白月道，"喏，孤身深入敌营，一招便斩断了叛军首领的手臂，如此传奇，写进戏班子里也能唱三天。"

"你是孤身斩断了黑鸦的手臂，当年秦宫主是孤身杀退了漠北数万骑兵。"楚渊挑眉，"怎么办，似乎听起来要比某人更厉害一些。"

"谁说秦兄是孤身了，他当时可还带着沈公子。"段白月道，"那自然是不一样的。"吃饭都能多吃三碗，杀敌也一样。

"是这样吗？"楚渊想了想，"不然下回我陪着你？"

"那可不成。"段白月道，"秦兄可以由着性子来，我不行，你半分危险也不能有。"

"你有没有……"听到这话，楚渊心里一动，"二十余年前，初见那阵，你的性子其实与现如今的秦少宇如出一辙。"

"我可当这话你是损秦兄呢。"段白月失笑，"他今年多大，你却说与八九岁的我一样。"

“你知道我是何意。”

“说你是傻子，就真傻了，这也能乱想？人的性子都是会变的。”

段白月笑着摇头，又道，“况且秦兄虽活得自在，却也没什么可羡慕，至少他不能用燕窝漱口。”

楚渊提醒：“你也不能。”

“休息吧。”

“明天早些叫我起来。”楚渊道，“军中还有不少事情要忙。”

“好，不过你信不信，明早保管不用我叫，又是自己睁眼醒。”段白月抱怨，“不用上早朝，也不知自己偷个懒。”

这一夜众人都睡得安稳。虽说两军正面交锋的第一场战役打法有些怪，但也算是赢了，而且今日看黑鸦带出来的船队，装备并不像传闻中那般精良，只要解决了海中鱼群，余下来的战役几乎能称得上是碾压，并没有什么好值得特别担心——不过叶瑾除外，他几乎做了整整一晚上的梦，最后索性坐了起来，道：“我再去看看那木头。”

同房的沈千枫拉住他：“你先冷静一下。”

“我很冷静啊。”叶瑾扯枕头。

“听我说话。这楚军上下十几万人，不管遇到任何麻烦，都必然有人能出面解决。或许是将军，或许是个普通的兵士，或许用谋略，或许用家乡的土办法，所以一切你以为的阻碍，其实都不是什么大事，懂吗？”

“可这是药草的事。”叶瑾道。

“药草怎么了，难不成你是这大楚军营中唯一的大夫？”沈千枫笑笑，“大家都在想法子，却只有你一人不吃不睡。”

“那不一样，他们是大夫，我是神医。”叶瑾揪住他的衣领。

“是是是，你是神医。听话，再睡一个时辰，我到时候叫你醒来。”

“也行。”叶瑾打了个呵欠，迷迷糊糊闭上眼睛。只是还没等他睡过去，外头却又传来动静。

“小瑾。”楚渊敲门，“起了吗？”

“有眉目了？”叶瑾瞬间从床上爬起来，披着外袍打开门，就见段白月正端着一盘包子站在栏杆边吃。

“像是吵到你了。”楚渊道，“不过是好事。”

叶瑾压低声音，在他耳边神秘万分地问：“当真秃了？”

段白月道：“咳！”

“关于那块船板，”楚渊道，“用什么药材泡过，如果查不出来，那便暂时不用查了。”

叶瑾疑惑：“你的意思是不管了？”

“翡缅国巫药众多，即使查出来，也未必就能找到现成的，更何况是用来包裹船只，定然用量极大，不太现实。”楚渊道，“方才我们闲聊，却无意中找出另一个方法。”

“是什么？”叶瑾追问。

“在引出那怪鱼前，对方先倒了数百筐钉鱼下去，为的就是让它们在自相残杀时，血腥味方能引来鱼群。”段白月将盘子放在一边，“这说明一件事，那怪鱼只有感受到海中的血味，才会聚集在一起发疯争夺。而它们会攻击我们的战船，也是因为木头的船体被血水浸泡过后，留下了血味。”

“所以血腥味是吸引钉鱼的关键？”叶瑾顺着他的意思道。

段白月点头：“敌方用的是什么药物，什么木材，这些其实都可以暂时不着急。我们只要想个办法，能去除海中的血腥味，那怪鱼群自然就不用涌上抢食，我们的战队也能一路畅通。”

“这个嘛……”叶瑾摸摸下巴。

“如何？”段白月问。

叶瑾拍板：“我要三天。”

“三天就三天，不过这次不单是谷主一人，还有瑶儿。”段白月笑笑，“他那一罐子宝贝虫，多少也要派些用途。”

西南府的侍卫正守着段瑶的住处，见着自家王爷与皇上一道过来，赶忙行礼，说小王爷昨晚半夜才回来，还未起床。

“又在搞什么。”段白月伸手推开门，就见段瑶趴在床上，正抱着被子呼呼大睡。

楚渊上前捏了捏他的脸颊：“吃早饭了。”

段瑶迷迷糊糊坐起来：“啊？”

段白月摇头："习武之人，半分警觉也无。"

段瑶打了个呵欠，闭着眼睛含糊辩解："我早听到了，怎么了。"

"借你的蓝剑虫用用。"段白月很直接。

段瑶立刻瞪大眼睛清醒过来。

楚渊道："看来是个了不得的东西。"

段白月伸手。

段瑶皱皱鼻子，打算酝酿一下号啕大哭的情绪——毕竟皇上还是很疼自己的，可以适当阻拦禽兽哥哥。

"不准闹。"段白月敲了一下他的脑袋，"事关重大，与破阵有关。"

"嗯？"段瑶收拾了一下情绪，问，"破什么阵？"

楚渊将事情大致说了一遍给他。

"这样啊。"段瑶很爽快，"自然是可以的。"说完又赶紧补充，"但是用完就要还我。"

楚渊笑："怎么，难不成还怕小瑾抢了你的宝贝虫？"

"不是叶大哥。"段瑶用充满警惕的目光看着他亲爱的哥哥，从小到大这种事也不是没有过，不得不防。

段白月笑容和蔼，且慈祥："不是叶谷主，那是谁？"

段瑶死死抱住楚渊的胳膊。

下一刻，西南王便被大楚的天子赶出了门。

侍卫看向自家王爷的眼中充满同情。

段白月咬牙切齿，死小鬼。

段瑶拿出一个小罐子，里头是一只约莫半个巴掌大的蓝色甲虫，四周生着黑色小爪，眼睛红色，楚渊只看了一眼，便觉得后背发麻："这个就是蓝剑虫？"

"这只品相算不得好，不过也不错了。"段瑶道，"连哥哥都很喜欢的。"

楚渊心里很是嫌弃，这有什么好值得喜欢。

"那我带着它去找叶大哥了。"段瑶草草洗漱过，"皇上尽管放心，有蓝剑虫在，多少血腥味都能被遮过去。"

楚渊点头，陪着他一道出了船舱。

段瑶一路小跑去药房，段白月待到他背影消失，立刻解释："我并不喜欢那只虫。”

“喜欢就喜欢了，西南府本就蛇虫多。”楚渊好笑。

“将来我会把你的住处四周都清理干净。”段白月举手保证，“绝对不会有一只虫。”

“皇上，王爷，”四喜公公从另一头跑过来，气喘吁吁道，“南师父送来了一船东西，说是要王爷亲自去接。”

“师父？”段白月心里一喜，“他人呢？没一道前来？”

四喜公公摇头：“没人，就雇用了一个船工，捎来了一封书信。”

段白月抖开信纸，满篇狗爬和墨疙瘩，旁人想伪造也伪不来，的确是亲笔所书。

“这是什么意思？”楚渊也凑过来看，指着纸上一个勉强有些人形的墨疙瘩，有些疑惑。

段白月道：“应当是位海外仙人。”

楚渊惊道：“你还真认得啊。”

段白月道：“瞎猜的。”

楚渊：“……”

段白月将书信看了一遍，道：“船上是从别处讨要来的好东西，不过未明说是什么。”

楚渊道：“南师父年轻时行走江湖，见过的大场面不计其数，他口中的‘好东西’，应当不会差才是。”

“管它是什么，”段白月道，“去看看便知。”

叶瑾与段瑶等人听说南师父送来了一船好货，也跟来凑热闹。段白月跳上小船，掀开帘子往里一看，表情顿时僵住。

“嗯？”楚渊在大船上问他，“是什么？”

段白月回头看他，哭笑不得：“不然你亲自来看看？”

第四十六章

听他这么说，其余人便更加好奇，纷纷伸长脖子看。楚渊跳上小船，伸手掀开帘子，就见里头正坐着一个三四岁的小男娃，白白胖胖的，穿一身绸缎衣裳，一看便知是出自大户人家。

“这……”温柳年有些费解，两军交战势同水火，还当前辈会送来破阵秘籍刀枪棍棒，怎么却弄来一个小娃娃。

“这又是谁家的小孩。”楚渊失笑，进去将他抱起来，“还挺胖乎。”

小娃娃不哭也不闹，看着还挺喜欢楚渊，莲藕似的胳膊抱着他，扭头四处看。

“会说话吗？”段白月捏捏他的手。

“会。”小娃娃奶声奶气，看着像是刚睡醒。

“叫什么名字啊？”楚渊问。

小娃娃想了一会儿，摇头：“不知道。”

“是一个头发乱糟糟的老爷爷送你来的，是不是？”楚渊抱着他上了大船。

“嗯。”小娃娃趴在他肩膀上。叶瑾也凑上前，从袖中摸出一个小香包递过去。

驾船而来的船工已经消失无踪，据楚军的哨卫说像是个高手，一个猛子扎到海中就不见了踪影，也没说上话，不知对方是什么来路。

“又搞什么鬼。”段白月脑仁子直疼。

段瑶倒是挺稀罕这个小娃娃，与叶瑾一起抱着，招呼厨子去煮些鱼汤与米粥来喂。楚渊看着众人散去，问：“有没有什么想法？”

“我？”段白月摇头，“满脑子雾水。”

“南前辈虽说平时风风火火了些，却也不会在这当口胡闹。”楚渊双手扶住他的肩膀，“没办法，既然送来了，便只好养着了，幸好看着还算乖。”

段白月叹气：“送就送吧，也不多写两行字将事情说清楚。”

“看你愁眉苦脸的。”楚渊道，“一个小娃娃而已，况且有小瑾与瑶儿在，你想带都抢不来。”

“来，张嘴。”段瑶将米粥吹凉，小心翼翼喂过去。

小娃娃吃饭挺乖，一口接一口不带眨眼，赵越抱着刀站在一边，低声问：“你小时候是不是就这样？”

温大人道：“嗯。”

吃饱了肚子，小娃娃在叶瑾怀里又开始打盹，一群人围着他七嘴八舌，最后也就问出来他像是有两个爷爷，一个头发挺整齐，一个头发像鸡窝。

“南前辈有师兄弟？”叶瑾问。

段瑶茫然地摇头：“从没听过啊，先前师父只说要到南海给友人贺寿，也没说到底是谁。”

贺寿啊……在场的人不约而同心里都在想，看这架势，千万别说是吃着喜宴顺便偷走了别人家的孙子。

这人品，还有谁。

“你这老贼！”一处岛屿前，一个白胡子老头险些气疯，手里拎着宝剑怒喝，“把我的孙子藏哪去了？”

“你追着我做什么，我这真没有。”南摩邪很是无辜，“不信尽管来搜，就这破舢板，莫非还能藏活人不成。”

“混账！”白胡子老头拿着剑哇哇追他，“我今日要同你决一死战！”

“喂喂喂。”南摩邪一把握住他的手腕，“有事好好说，小金子在楚军大营。”

“你居然把我孙子送到了军营？”白胡子老头眼前发黑，一跺脚便要去寻，却反被从身后一把拖住。

“天色尚早。”南摩邪扯着他往岛上走，“既然追了这么远，不如再多做一件事，给我那傻徒弟寻个好东西。”

白胡子老头吹胡子瞪眼：“我为何要管你这闲事？”

南摩邪诚恳道：“因为来都来了。”

“我——啊！”白胡子老头一句话还没说完，面前石丛后便骤然喷出一股巨大的水柱，嘶吼声响彻四野，一个巨大的头颅腾空出现，身下连着青红色的颈子与蛇一般的身体，虎视眈眈看着两人。

“乖乖。”南摩邪后退两步，道，“你先上。”

白胡子老头胸口发闷，瞠目结舌：“龙？”

“龙归我徒弟，这玩意叫野赤蛟。”南摩邪将腰带扎紧，“它身下护着落朝珠。”

说话间，那青红的蛟已经张大嘴扑了上来，长满铁鳞的身体滑过石丛，再扬起时身下已是一片粉末。南摩邪一拳击中它的头颅，将之逼到老伙计身前，自己猫着腰一溜烟冲向水潭，打算给大徒弟捞宝贝。

吃痛后的野蛟越发狂躁，尾巴卷起巨石砸向四周，白胡子老头忙不迭地躲开，扭头冲南摩邪怒吼："你就不能智取？"

南摩邪一个猛子扎入潭底，只留下一串咕噜噜的水泡。

楚军大营中，楚渊处理完军务，又去叶瑾的住处看了眼，那小娃娃已经趴在被窝里睡着，手里捏着个布包，旁人抽都抽不走。

"是我的药包。"叶瑾轻轻关上门，"他似乎挺喜欢药香。"

"看来你们聊得挺好。"楚渊笑笑，"问出什么了？"

"他叫小金子，先前生活在一座海岛上，听起来有下人伺候。"叶瑾靠在船舷上，"旁人都唤他的爷爷仙翁，爹娘是谁却不知道。"

"仙翁？"楚渊道，"这南海除了鬼手前辈，却没听过还有别的隐士高人。"

"既是隐士，又如何会让外人知道。"叶瑾道，"不过既然是南前辈的友人，也不必担心什么，等着便是。"

楚渊道："辛苦你了。"

"那我与瑶儿接着去配药了。"叶瑾道，"小金子有温大人与赵大当家照顾，不会出什么事。"

楚渊道："去吧。"

"妙心大师来了。"叶瑾往他身后看了一眼。

楚渊皱眉。

"怎么，不喜欢他啊？"叶瑾低声道，"我以为你们关系不错。"

楚渊摇头："罢了，朕自己处理。"

"你有没有想过，或许是他算出了什么？"叶瑾道，"所以才一直想让你……立后。"

"大楚国运如何，全握在朕手中。"楚渊道，"若只娶几个妃嫔便能国泰民安千秋万世，那又为何要有这场战事？"

"也对。"叶瑾撇撇嘴，"那我走了，你自己应付。"

四喜悄摸转身，一路小跑去了后头，抱着大肚子，速度还挺快。

楚渊："……"

"皇上。"妙心在他身后道。

“大师。”楚渊转身，深呼了一口气，“找朕何事？”

“皇上。”妙心敛下双目，“小僧只是恰好路过，见皇上与九殿下正在此处，便过来请安。”

“若没有其他事，朕就先回去了。”楚渊道，“大师自便。”

“皇上。”妙心叫住他，欲言又止。

另一头，四喜气喘吁吁道：“王爷，妙心大师与皇上正在甲板上。”

“多谢。”段白月拍拍他的肚子，一路寻过去，恰好看到楚渊正在往过道走。

“跑什么？”楚渊好笑。

“你说呢。”段白月道，“就知道，我半步也不该走远。”

“走吧，回去。”楚渊道，“小瑾与瑶儿在配药，我们去看看战船修复的状况。”

段白月将人一拉。

“做什么。”楚渊道，“他只说让我成婚，又没硬塞个女子过来，你气什么。”

“果然又是为了此事。”段白月站定。

“谁都摸不清他心里在想什么，坦白讲，我也有些后悔让他随军。”楚渊叹气，“可事已至此，总不能将人打发走，只会出更多乱子。”

段白月道：“我是怕你吃亏。”

“先前在宫里的时候，听他日日讲经，心里便会安稳许多，那阵我只敬他是高僧。再到后来，一起议论国事，也颇有见地。”楚渊坐在围栏上，“可此番南下，他不知是怎么想的，一门心思让你与我各自成亲，像是疯魔了一般。”

“都说了，”段白月道，“陶大人派来的。”

楚渊好笑，踢踢他：“陶大人一样不喜欢你，也一样隔三岔五催促立后，可顶多就招人心烦，躲着便是。换作妙心，却怎么想怎么别扭，这不该是他做的事。”

“你能心存戒备，这便足够了，其余事情都交给我。”段白月道，“放心，我分得清轻重缓急，天大的事，也会等到战后再与他清算。”

“你也离他远一些。”楚渊说得犹豫，“我……”

“我知道。”段白月笑笑，“走吧，我陪你去看看薛将军那头。”

楚渊暗自叹气，他不想怀疑妙心，却也本能地不想让他接近段白月，总觉得有些没底。

“我什么阵仗没见过，还会怕一个秃……嘶，得道高僧。”段白月委屈道。

“你猜南师父何时会来？”

“十日之内吧。”段白月道，“估摸着这小娃娃又是抢谁家的，他再不来，别人爹娘就该寻来了。”

楚渊：“……”

是吗。

“这当口，他不会胡来，心里有数的。”段白月道，“否则将来等他老了，我天天喂他吃咸菜。”

楚渊抿着嘴，眼底带笑。

“快跑啊！”荒岛上，南摩邪扯着嗓子大吼。

白胡子老头跟在他后头狂奔，欲哭无泪。堂堂仙翁居然沦落至此，情何以堪。

直到将那狂躁的青蛟远远甩在后头，南摩邪方才瘫在甲板上，粗喘道：“你划船，去楚军大营。”

白胡子老头气闷：“你起来！”

“我不起来。”南摩邪将手举到眼前，仔细欣赏那玲珑珍珠，“那是你孙子，又不是我孙子，你爱划不划。”

……

小金子趴在叶瑾背上，看他捣药材，而后亲昵道：“娘。”

段瑶震惊：“他刚才叫你什么？”

叶瑾伸手一指刚进门的沈盟主：“记住，这个才是你娘。”

小金子乖乖道：“哦。”

沈千枫哭笑不得，将小娃娃从他背上抱起来，问：“药物配得如何了？”

“亏得有瑶儿。”叶瑾指了指桌上一排小瓶子，“这玩意入海之后，别说是血腥味，就连海腥味，也会一道变成冲天恶臭。就是大楚的将士们要忍一忍，自己寻些棉花塞住鼻孔，不过鱼群是肯定不会来了。”

“没有那些怪鱼，叛军根本就不会是大楚的对手。”沈千枫道，“放心吧，这场战事不会持续太久。”

“那就再好不过了。”叶瑾站起来活动了一下腰，“先前在日月山庄的时嫌闷得慌，现在出来了，才知道还是家里好。”

沈千枫道：“累坏了？”

小金子笑嘻嘻凑上去，抱住叶瑾“吧唧”亲一口：“甜。”

段瑶眼底充满崇拜，神医也能逮着就亲，亲完还要撩，也不知这小鬼爹娘是谁，如此年少有为，不服不行。四周日月山庄的暗卫看到，也挺乐呵，再往远看，是碧波粼粼的无边海面，被太阳一照闪着碎碎的金色，心情也会连带着一道好起来。

而比起有条不紊的楚军大营，翡缅国内则要阴沉许多。先前那群恶鲨虽说也重创了大楚船队，却并未伤其主帅，反倒是黑鸦被人砍断手臂，险些丢了性命。军营中私下都在传，说段白月武功盖世，孤身一人便能迎战大军，更别提对方还有武林盟主沈千枫坐镇，光是听听，便知不是好对付的主。

“也是没料到，黑鸦竟会如此不中用。”楚项摇头，“真是可惜你我先前的苦心谋划。”

“他人醒了吗？”刘锦德问。

“醒了，不过浑浑噩噩，半死不活。”楚项道，“那把剑是玄冥寒铁，剑气冻住了伤口，黑鸦才会保住命。可同时寒气也伤了心脉，说不定脑子也受了创，更不知道剑刃有没有毒，他算是毁了。”

刘锦德摇头：“废物！”

“他是废物不打紧，你我不是废物便可。”楚项道，“恶鲨虽说凶猛，不过楚渊也不好对付，有我那九弟在，说不定一毒便是一大片。第一场仗输了不打紧，第二场势必要赢。”

刘锦德问：“一切都部署好了？”

“走吧。”楚项站起来，“一道去看看。”

“搞定！”段瑶拍拍手，“够用了吧？”

“足够。”叶瑾伸了个懒腰，苦着脸道，“你抱这个小胖子一会，我腿都在抖。”

“也不知师父是从哪里弄来的小孩。”段瑶捏捏他的小胳膊，“若是没人要就好了。”还能带回西南府。

小金子手里捏着一只大虫，玩得挺开心。

四周暗卫牙根直疼，让叶谷主与段小王爷一起带娃娃，这得教出个什么来啊。

大军在这片岛礁歇息了三日，第四天下午，薛北岳前来禀告，说先前受损的船只悉数修缮完毕，受伤的将士们也已妥善安置，大军随时都能再次迎战。

"辛苦将军了。"楚渊走下龙椅，"这几日想来又是不眠不休，快回去歇着吧。"

"谢皇上。"薛北岳刚要退下，却想起来一件事，道，"对了，今晨西南王与末将一道巡查军营之时，似乎身体颇有不适。"

楚渊："……"

薛北岳咳嗽两声，又觉得自己似乎有些莽撞，于是欲盖弥彰道："原是末将是想找九殿下的，不过一直没碰到，所以顺便说一说。"

"下去吧。"楚渊挥挥手，"朕知道了。"

薛北岳退出船舱，深呼一口气，小跑回了主帅营——自己方才也是中邪，怎么这事也能随便提。

楚渊叫来四喜，问："王爷呢？"

"回来了，方才刚回来。"四喜乐呵呵道："像是回了住处，皇上可要老奴去请？"

"不必了。"楚渊站起来，"朕自己过去。"

段白月坐在桌边，一口气喝了三杯凉茶，才觉得嗓子舒服了些。

"怎么了？"楚渊推门进来。

"什么怎么了？"段白月放下茶杯，"外头出了事？"

"外头能出什么事，我是问你怎么了。"楚渊伸手试试他的额头温度，无奈，"在发热，自己不知道？"

"染了风寒，下午就没事了。"段白月道，"而且我这不回来歇着了吗。"

"去床上。"楚渊道，"我去找小瑾。"

"这就不必劳烦叶谷主了吧。"段白月道，"随便寻个军医，或者瑶儿也成。"

"怎么，怕真把你治不举了？"楚渊好笑。

段白月道："也不是不可能。"

楚渊懒得与他贫嘴，差四喜去请叶瑾，又让内侍送来热水，"还剩下些什么事情，交给瑶儿与千枫吧，你好好睡两天。”

“风寒也要——嘶，好好好，我睡。”段白月倒吸冷气。

楚渊道：“嗯。”

叶瑾伸手推开门。

楚渊：“……”

段白月冷静地躺回床上。

叶谷主坐在床边，先用眼神谴责了一下他哥，而后便探脉看诊，半晌之后，表情很严肃。

楚渊问：“除了秃头与不举，还有没有别的病症？”

叶瑾被噎了一下，不甘心道：“风寒。”

“有劳。”楚渊拍拍他的肩膀。

叶瑾愤愤回去煎药，温柳年端着一盘咸鱼过来，恰好碰到。见他嘴里一直在念念叨叨，于是好奇道：“叶谷主在说什么？”

“秃头有什么好啊。”叶瑾双手扶住他的肩膀，很需要寻找一些心灵慰藉。

温柳年呵呵干笑，看向他身后：“妙心大师来了。”

叶瑾扶着船舷咳嗽。

妙心道：“阿弥陀佛。”

叶瑾淡定转身。

妙心道：“小僧正好有事要找九殿下。”

“这阵不成，我得去煎药。”叶瑾将温柳年推到身前，诚心建议，“不如找温大人。”

温柳年：“……”

妙心道：“与皇上有关。”

温柳年道：“叶谷主已经走了。”

妙心道：“小僧看见了。”

温柳年又道：“与皇上有关的事情，本官也无权干涉。”所以不如放我回去喝粥吃咸鱼。

妙心微微侧身，温柳年忙不赢道谢，生怕晚了又会被拉住。也说不上究竟哪里不对，但这位大师，当真有些难以言说的吓人。

“药还要一阵子才能煎好。睡一会？”楚渊道。

段白月点头：“好。”这些天一直忙于军务，他也的确有些累，这阵又发热头晕，不多时便睡了过去。

“皇上。”司空睿正在外头与四喜闲聊，“段兄病了？”

“风寒罢了。”楚渊道，“小瑾在煎药，还没送过来。”

“风寒啊。”司空睿关切，“饭吃了吗？”

楚渊顿了顿，摇头。

“生病了哪能不吃饭。”司空睿一拍大腿，道，“这什么时候才能好。”

“四喜。”楚渊道。

“皇上放心，老奴这就去吩咐。”四喜躬身。

“别别，段兄生病的时候口味刁。”司空睿叫住，“一般的饭菜定然不肯吃。”

楚渊问：“那要吃什么？”

司空睿道：“白粥。”

楚渊道：“……”

“这白粥可不是普通的白粥。”司空睿揣着双手，凝重道，“得是金婶婶亲手熬的。”

楚渊哭笑不得：“可这阵要到哪里去找金婶婶。”

“没有金婶婶啊，”司空睿从牙缝里含含糊糊往外挤字，声音细若蚊蚋，“没有金婶婶，那皇上煮的也成。”

楚渊表情骤然一僵。

“我找木痴前辈还有些事情。”司空睿冷静道，“就先走了。”

楚渊一路目送他离开，站在原地没动。

四喜公公在旁边小心翼翼守了好一阵子，才道：“其实煮些粥汤，也不难。”

楚渊踢了一下船帮。

四喜笑呵呵：“不如老奴做，皇上在旁看着，就当是瞧个稀罕。这阵军中的厨师都要忙着给将士们煮饭，一碗粥汤，自己能熬就熬了。”

楚渊道：“走。”

这处小厨房原本是楚渊的小灶，不过他大多时间都是随军吃大锅饭，这次难得用一回，上次还是因为要给段白月炖甜汤。楚渊自己捏了一枚大枣吃，顺便看四喜淘米放水，又生了火慢慢煮着。

楚渊问："这就好了？"

"等熬小半个时辰，便能吃了。"四喜道，"方才听西南王嗓子有些干哑，吃些软和的也舒服。"

"皇上？"段瑶抱着小金子路过，探进半个脑袋纳闷，"在这做什么？"

楚渊道："煮粥。"

段瑶很茫然，军中找不出一个多余的厨师了吗，为何堂堂天子居然还要亲自煮粥。

"王爷病了，风寒。"四喜公公小声道。

段瑶道："哇哦。"

楚渊好笑："嗯？"

"哥哥很少生病的，除了先前中毒。"段瑶走进来，小金子挺喜欢四喜，一直看，想着大概很软和。楚渊捏捏他的小手，也跟着笑："这般可爱，真讨人喜欢。"

小金子顺势扑到他怀里，抱着脖子上去亲了一下，傻笑。

"胖了。"楚渊抱着他坐在小凳子上，"看来被你与小瑾养得挺好。"

"可不止我和叶大哥，大家都喜欢这个小东西。"段瑶蹲在旁边，拿着小扇子扇火，"尤其是司空哥哥，夜夜回来的时候，绕路也要来看一眼。"

天色渐渐暗下来，四喜点燃桌上的蜡烛，小心翼翼用防火的罩子罩住，又沏了热茶端给两人。楚渊一手抱着小金子，一手拿着扇子学扇火，段瑶笑嘻嘻蹲在一边，说些西南府的事情给他听。灯火昏黄，三人挤在一处小小的厨房里，声音低低地说笑，透出一股子暖意。

叶瑾远远看到，望天，并不是很想参与。

沈千枫轻声提醒："妙心大师。"

"什么？"叶瑾看他。

"妙心大师，"沈千枫道，"在前头。"

叶瑾扭头望过去，就见妙心站在阴暗处，也正在看着厨房。半个人隐匿在夜色里，看不清脸上是何表情。

"装鬼啊。"叶瑾受惊，"若是温大人看到，该吓昏了。"

"过去看看。"沈千枫道。

叶瑾撇嘴，鬼鬼祟祟跟在后头。

“大师，”沈千枫恭敬道，“入夜风寒，为何独自站在此处？”

妙心微微闭上眼睛，道：“皇上不该这样。”

叶瑾立刻附和：“嗯！”

沈千枫有些头疼。

叶瑾哼了一声。

妙心道：“战事一触即发，任何事都不该令皇上分心，九殿下若是有空，就该多劝着些。”

听他语调有几分强硬，叶瑾莫名其妙，刚想说话，沈千枫却已经道：“多谢大师提醒。”

妙心双手合十：“那小僧就先回去了。”

沈千枫笑笑：“大师自便。”

一路目送他离开后，叶瑾问：“什么意思？”

“不知。”沈千枫摇头，“不过正因为不知，才不能多问。”

叶瑾摇头：“我不懂。”

“你也说了，最近妙心大师的举止有些奇怪。”沈千枫拉着他走到光亮处，“他是皇上带来的，你我心里有疑虑，也该先问问皇上才是。”

“此人功夫极高。”叶瑾道，“可千万别出什么乱子。”否则真发了疯，还得专门空出人手去对付他。

“皇上应当有分寸。”沈千枫拍拍他的肩膀，“况且小叶寺忠心为国代代如此，还不至于出大纰漏，只是小乱子也不可不防。”

“哪有这样多管闲事的大师。”叶瑾又看了眼厨房，“还有，什么叫皇上不该如此。”煮个粥泡个茶罢了，又能如何？

“明日再说吧。”沈千枫道，“不急于这一时。”

叶瑾脑袋疼，被他拉回住处，走了一阵子又怒：“秃头就是事情多！”

不管是中间秃，还是完全秃，那都没有区别。

一碗热气腾腾的粥饭煮好，楚渊端着回了船舱，段瑶抱着小金子，与四喜并排站着，就差笑出满脸褶。

段白月听到动静嘴角一弯，道：“什么时辰了？”

“天都黑了，你睡了挺久。”楚渊扶着他坐起来，“舒服些了吗？”

“嗯。”段白月道，“风寒而已，哪这么娇贵。若不是你，我下午喝杯茶便又出去做事了。”

“真当我大楚军中无人啊。”楚渊端了粥递给他，“要靠你一个人忙东忙西。”

“那不一样。”段白月有些咳嗽。

楚渊笑笑，“好不好吃？”

段白月道：“凑合。”

楚渊把碗端走。

段白月诚心道：“好像煳了。”

楚渊与他对视。

段白月道：“琼浆玉液。”

楚渊咬着下唇，忍笑。

段白月好笑，“真煳了，不信你自己吃吃看。”

“煳了也吃完，一口都不准剩下。”

段白月也不挑，几口吃得干干净净：“喏，高兴了？”

习武之人向来体健，第二日段白月便已是神清气爽。楚渊一早就宣召了薛北岳等人去书房，段白月靠在船舷边伸了个懒腰，转身便见段瑶正与司空睿站在自己身后，笑容灿烂。

段白月道：“中邪了？”

“这回你可得好好谢我。”司空睿上前，亲热搂住他的肩膀，“昨晚吃粥了吧？”

“那玩意是你煮的？”段白月满脸嫌弃，“怕是锅都黑了，一股子烟熏味，还感谢你？”

段瑶道：“不是司空哥哥，是皇上。”

段白月一惊，道：“谁？”

“怎么样，头功在我。”司空睿感慨万千，万万没想到，自己还能有打发皇上去煮饭的一天，如此丰功伟绩，简直应当写进族谱之中，裱起来，挂墙上。

“本来先前挺好的，可后来皇上听我说西南府的事情，忘了看火，就煳了。”段瑶道，“但也没煳得很严重，上头一层还能吃……”

司空睿扶住额头，嫌弃道：“你也就这点出息了。”大小也是个边疆王，为何看起来像是街边的二愣子，自己如果这阵和他绝交，不知还能不能来得及。

段白月用力拍拍他的肩膀，心旷神怡。

一艘小船在海面上穿梭前行，是忙忙碌碌的卓云鹤与温柳年。大楚首战告捷，将士们士气自然高涨，都摩拳擦掌准备打第二场仗。叶瑾与段瑶配好的药物已经被发到每一艘船上，两日后的清晨，战队再次朝着翡缅国的方向碾压而去，薄雾笼罩下的岛屿静谧而又阴森，随着双方距离越来越近，视线也就越来越清楚。

刘锦德站在船头，身后是数百战船与黑色的猎猎战旗。

段白月皱眉不悦。

楚渊笑笑。

看着对方丝毫也不避讳的贪婪目光，段白月握紧玄冥寒铁，眼底闪过无边杀机。

小金子奶声奶气道：“娘！”

“乖，听话。”四喜抱着他哄，“九殿下在外头呢。”楚军大营里的人都知道，这小娃娃也不知是出于什么原因，就只把叶谷主当成娘，亲得很。

小金子把手里的胖虫塞进兜里，继续高高兴兴道：“娘！”

“你有没有听到什么怪声？”段白月低声道。

“怪声？”楚渊微微闭上眼睛，凝神听了会，“哨子的声音？还是风声，辨不清楚。”

“小心些吧。”段白月道。

楚渊点头，抬手示意大军暂时停在原地。

与此同时，刘锦德也下令，依旧是数以千计的钉鱼被倾泻入海，海中瞬间泛上暗红的血丝，不过这回大楚将士反应奇快无比，将鼻子一塞便扒开木塞往海中倒药。楚渊虽说戴着叶瑾特意准备的面具，却依旧被熏得不轻，道：“这究竟是什么东西？”

“蓝剑虫啊。”段白月道，“放个屁能熏跑半山的蛇虫鼠蚁。”

海中钉鱼漂浮起来，恶鲨却毫无踪迹。薛北岳趁机下令全军进攻，刘锦德亦命先锋官吹响战斗号角。两军很快便厮杀一片，一时之间号角声响彻海天，剑指四野，银枪光寒。

叶瑾刚开始时还在看着妙心，后来却见他孤身一人深入敌营，腾空而起的袈裟如同蝶翼，一串念珠所到之处，尸横遍野血光冲天，于是心里也惊了一下。

“这才是小叶寺的僧人。”沈千枫道，“两军交战，没必要心慈手软。”

“我知道。”叶瑾定了定神，“你也要小心。”

段白月陪着楚渊站在船头，看两军激烈厮杀。仅仅过了一个时辰，楚军便明显占了上风，刘锦德见势不妙，裹紧披风转身进了船舱。

“不准去。”

……

“他诡计多端，不会真的和大楚硬碰硬。”楚渊继续道，“定然还有别的部署，我不准你冒险。”

“那还追吗？”段白月问，“对方可像是要撤了。”

“皇上。”温柳年一溜烟跑过来，“西南王，对方像是有诈。”

“别急。”楚渊伸手扶住他，“慢慢说。”

“借着方才打斗，对方四十余艘战船故意插在了大楚的船队中，这里看不出什么，高处却能发现异常。”温柳年道，“像是在布阵。”

楚渊眉头猛然一皱。

刘锦德嘴角渗出阴森笑意，听若有似无的歌声缥缈响起，如同一根一根的细丝，在空中交织成网，牢牢笼住楚军战营。

赵越跃上甲板，抖开披风将温柳年的脑袋裹了进去。

楚渊问：“潮崖迷音？”

“八九不离十。”段白月道，“先令全军塞住耳朵，我去上头看看都是哪些船。”

“自己小心。”楚渊叮嘱。

段白月纵身上了高台，那妖媚的歌声变得愈发清晰，细细刺入心里，像是有毒蛇在啃噬心脉。有不少楚军将士已经痛苦地捂住耳朵跪倒在地。薛北岳心知有诈，想下令大军后撤，对方却骤然从迷雾中杀出数百艘战船，直冲大楚战队而来。

段白月飞身跃下，与沈千枫一左一右，想将那些混入大楚战队布阵的船只解决干净。刘锦德远远看在眼中，神情越发阴森，楚军中有人惨叫出声，双目赤红，竟像是变了个人，挥刀便向着段白月砍了过去。

“不行，得想个办法。”叶瑾急道，“不然等到全军都发疯，可就来不及了。”

海面泛起巨浪，那魅音也开始变得尖锐刺耳，搅得人头晕眼花。段白月挥刀砍断最后一艘敌船桅杆，声音却依旧响彻四野，刘锦德大笑道：“阵法已成，你怕是甩不掉了。”

如同有女鬼在耳边号哭，连叶瑾也有些心悸。楚渊示意他回船舱暂避，单手拔剑出鞘，远远看着刘锦德。感受到他的目光，刘锦德几乎要全身发抖。

“将军！”卓云鹤擦了一把脸上的血水，吼道，“再这么拖下去，我们要吃大亏啊！”

几乎一半的大楚将士都被魅音所伤，倒在甲板上痛苦翻滚，任由叛军驾船自如穿梭其中。虽说段白月等人皆是绝世高手，却也不敢放手杀敌，怕会误伤了狂躁入魔的大楚将士。不多时，卓云鹤左臂也被血染透，眼见有越来越多的弟兄落水，他情急之下索性扛着大刀，想要冲到对岸去斩杀刘锦德。

“阵门并非在他，你杀了也没用。”赵越将人拦住，“留在这里保护入魔的将士，免得他们自相残杀。”

“可……”卓云鹤心里急躁又无计可施，狠狠吐了一口带血的唾沫。

“娘亲！”船舱里，小金子拔掉耳朵上的棉球，自己爬下床。

“啊哟，可不能。”四喜赶忙抱住他，又忙不迭将耳朵捂住，“听话。”

“娘亲来了。”小金子含糊道。

“九殿下在隔壁哪，乖。”四喜抱着他塞回被窝里。

小金子撇撇嘴，捏手指头。

天边传来一声清亮的哨音，而后便有一艘白色的小船，从远处斩断风浪雷霆而来。

楚渊心里一喜：“莫非是南前辈？”

“怕不是。”方才被魔音所伤，叶瑾脸色有些发白，这阵刚刚走出船舱，远远看着对方道：“是一男一女。”

第四十七章

那艘小船前行速度极快，不单单是楚渊，另一头的刘锦德也觉察出异样，心知对方定然来者不善，为免横生枝节，便派手下令弓箭手就位，想将这凭空冒出来的二人中途拦截斩杀。

船上的女子看在眼中，冷笑一声道：“不自量力。”

男子却像是压根就没注意到刘锦德那头，反而饶有兴致盯着楚渊道：“这便是你那皇兄？他像是要派人来救我们。”

“这当口，你就别添乱了。”女子拎着他腾空跃起，在空中避开银光利箭，脚尖踩过剑身，如履平地一般稳稳落在了主战船上。

大内侍从纷纷拔刀出鞘，却被楚渊制止，示意不要轻举妄动。

“娘亲。”小金子从船舱里头溜出来。四喜虽说塞着耳朵，却也有些力不从心，捂着胸口跌跌撞撞追出来，刚好看到那女子笑着抱起了小金子：“这么胖了啊。”

小金子咯咯笑着，脸蛋贴在她肩头，很是亲昵。

“阁下是？”楚渊迟疑着问。

“我是他娘。”女子望了一眼混乱的战场，对身侧的男子道，“先去破阵。”

楚渊闻言一喜：“多谢。”

男子纵身跳上一艘小船，令船工照着他所说的方向来回行驶，将一枚银哨吹得清脆悠扬。说来也怪，如此几次三番后，那尖锐的魔音居然渐渐减弱，直至最后彻底淹没在海浪声里。

段白月一剑扫开面前叛军，回头看向对岸，就见刘锦德所乘的主战船已经消失无踪，只留下一片淡色雾霭。

“阁下便是西南王？”男子驾着小船，特意过来看他。

看他像是文人打扮，段白月抱拳道：“方才多谢先生破阵。”

“在下姓曲，名蕴之。”男子道，“久仰王爷威名，今日得见，果真名不虚……嘶。”

段白月处变不惊，扭头淡定看向别处。

女子松开他的耳朵，柳眉倒竖扫了一眼。

曲蕴之态度诚恳：“我的确很想结识王爷。”

女子抱着胳膊，冷笑道：“这么巧，我也想结识。”

曲蕴之立刻怒曰：“你先前分明一直在说，傻子才能看上他，为何这阵又想结识了？”

段白月无辜道：“为何？”

“王爷，二位侠士，”一名大内侍卫上前道，“皇上宣诸位快些回去。”

女子道：“王爷不用理会此人，我叫阿离。”

曲蕴之一脸凄楚：“人家又没问你。”为何要如此自觉。

“阿离。”段白月笑笑，“多谢姑娘出手相助。”

楚渊抱着小金子，看着下头三个人一直在说话，就是不肯上来，也有些莫名其妙。先前莫非认得不成，怎么这么久还没说完。

魔音虽退，却有不少将士都受了伤，军中也有些乱。不知对方究竟还有何诡计，薛北岳并未指挥人追击，而是鸣金休战，暂时撤回了岛礁。

前厅内，小金子骑在曲蕴之脖子上，双手将他的头发抓得如同鸟窝，咯咯傻笑。

阿离道：“爹爹与南前辈还没到吗？”

楚渊摇头：“南师父只差人将小金子送了过来，书信中说了要耽误几天才能到，却也没说是为了何事。”

“我们也是回岛之后，才听人说小金子被带来楚军大营，便一路寻了来。”阿离道，“没想到刚好撞到迷音阵。”

“此番真是多谢二位了。”楚渊道，“不如干脆留在船上，等南前辈与仙翁来之后，也好一道聚一聚。”

曲蕴之眉眼一挑：“怎么，想让我们帮你打仗？”

阿离问：“怎么，你不想打？”

曲蕴之胸闷，虚弱道：“你才刚刚见到皇上。”与西南王。

与西南王。

西南王。

为何就开始胳膊肘向外拐。

楚渊笑道：“若先生愿意，自然再好不过，可若不愿，朕也断不会横加逼迫。”

阿离爽快道：“既然来了，我们自然不会袖手旁观，就当是报恩。”

“报恩？”此言一出，厅内其余人都有些意外，楚渊道，“姑娘这是何意？”

“喂，你真不认识我啦？”阿离看着他。

楚渊皱眉，觉得似乎有些眼熟，但犹豫了一阵，却还是摇头。

阿离道："十余年前，是你放我出的皇宫，还说天高海阔，让我永远都不要再回王城。"

楚渊猛然反应过来，喜道："原来是你？"

"对啊，是我。"阿离笑道，"我可就真听你的话了，这么多年一直在南海，从未回过王城。"

听他二人说话，段白月也猜出几分真相。曲蕴之站在一边，用余光瞥瞥他——那是我媳妇儿，这是我儿子，和你没啥关系。

阿离道："将你的白眼收一收。"

曲蕴之悻悻。

段白月笑道："当初的事西南府可什么都不知道，将来若有机会，还想请二位到大理喝杯水。"

曲蕴之顿时松了口气，用胳膊肘捣他一下，也不早说，又感慨："那要早些去讨杯酒喝。"

段白月嘴角一扬："实不相瞒，我也想早些，不过至少要等到战后。"

"这好说。"曲蕴之将儿子塞给自家媳妇，打包票道，"有我在，先前要半年才能完的仗，包你三个月攻下。"

段白月大笑："如此甚好，那往后便有劳曲兄了。"

叶瑾一直在忙着诊治伤员，直到深夜方才扶着腰回到住处，连站着都有些哆嗦。

"小金子的爹娘，什么来路？"叶瑾趴在被子上，还在想这件事。

"皇上同他们聊了挺久。"沈千枫道，"据说是来自鸣鼓岛，男子名叫曲蕴之，是鸣鼓岛的少主人。至于那名女子，你猜是谁？"

"我猜是谁？"叶瑾不解，"我怎么能猜到，先前在船上的时候也看了一眼，不认识啊。"

"她同你有几分相像。"沈千枫道，"所以小金子才会一直追着你叫娘。"

叶瑾："……"

"皇上派四喜公公前来说了一声，不过也没太仔细。"沈千枫道，"当年先帝在民间留了个女儿。"

叶瑾觉得脑袋一震："啊？"

“她娘亲本是大户人家的小姐，后来家人写了封书信给先帝，可也没有回音。”沈千枫道，“你出宫早，或许不知道此事。一直等过了十几年，西南府越来越强势，朝中刘府也蠢蠢欲动，先帝便想先送个公主前往西南府和亲，一来安抚，二来拉拢。”

“这阵又想起自己还有个女儿了？”叶瑾啧啧。

沈千枫点头：“小公主被接进了宫，她自然是不愿意嫁的，于是皇上便使了个手段，将她暗中放出了宫。从此天高地广，她再也没有回来过。”

叶瑾哼了一下，又道：“所以这小公主长大之后到了鸣鼓岛，嫁给了曲蕴之，生了小金子，这回恰好皇上御驾亲征，便赶来帮忙？”

沈千枫点头：“八九不离十。”

“你说我那父皇。”叶瑾侧身看着他，“怎么就这么大本事呢。”

沈千枫笑笑。

“宫里头的除了皇上都不怎么样，留在外头的倒挺不错。”叶瑾道，“大当家算一个，这小公主也算一个。”真不知将来还会不会冒出更多。

“倒没说仙翁是谁，江湖中并无这一号人存在，不过也定然是大有来头的。”沈千枫道，“否则怕是教不出曲少主与阿离姑娘，小金子也不像普通娃娃。”

“真好。”叶瑾道，“这就叫天降奇兵，想不赢都不成。”

另一处船舱中，楚渊正趴在桌子上，看着前头的蜡烛出神。

“怎么了？”段白月在他面前晃晃手。

“在想阿离。”楚渊道，“当初送她走的时候，可没想过还会有今日。”

“这就叫好心有好报。”段白月道，“老祖宗说的话，有道理着呢。”

“我那算什么好心。”楚渊坐起来。

段白月笑：“又犯傻了不是。”

楚渊想了想，也笑：“不过如今这样，真好。”

“多了个妹妹，又多了个小外甥。”段白月道，“我是不是该恭喜一下你？”

“话说回来，若不是阿离，这场仗的伤亡怕是会更大。”楚渊道，“是你我低估了楚项。”

“我们可从来就没有低估他，只是这场仗的确有些考虑不周。”段白月道，“下回注意便是。”

“前有潮崖，我就该事先想到对方会用这一招。”楚渊摇头，“太过粗心大意，着实不应该，找再多借口也推不掉责任。”

“那要怎么办？”段白月道，“你看你是皇上，即便错了，也没人敢罚。”

楚渊哭笑不得，拉着他站起来：“走吧，军医定然又要忙一夜，去陪我看看受伤的将士。”

“皇上，王爷。”章明睿端了一筐药草，正急急往过走，见着两人以后赶忙行礼。

“受伤的将士们如何了？”楚渊问。

“回皇上，已经差不多都安置好了。”章明睿道，“除了有三百余人伤势较重外，其余都无大碍。阿离姑娘与曲先生教了我们一个方子，可以减轻迷音带来的心悸之症。”

楚渊点头：“辛苦了，去忙吧。”

章明睿谢恩之后，又小跑着去了船舱。段白月问：“要去找薛将军吗？”

“明日吧。”楚渊道，“他也累了，此时去找他，估摸这一夜又不会睡了，你陪我到各处走走。”

段白月道：“好。”

海面寂静无风，却也有些凉意。两人这一视察便又是大半个时辰，回到船舱后，四喜送来热汤，闻着有一股子药味，说是九殿下送来的，喝完可以安神驱寒。

段白月喝了一口：“当大夫是顶尖的，当厨子可不怎么样。”

“我就知道。”段白月单手撑着腮帮子，呵欠连天，“都这样了，还要吃药安神啊？”给个枕头便能倒三天。

楚渊道：“劳碌命。”

第二日一早，阿离便与曲蕴之一道过来，途中恰好遇到叶瑾。

“叶谷主？”阿离笑吟吟，“我没认错吧，久仰。”

叶瑾松了一口气，幸好没有姐姐与弟弟这种令人落泪的认亲大会。

“叫我阿离就好，这是我相公。”阿离又道，“小金子还在睡，他昨晚一直闹着要找谷主，天快亮了才消停。”

“在下曲蕴之。”曲蕴之道，“谷主要去找皇上？”

叶瑾点头：“昨日一直在忙，还没来得及感谢二位，此番可是帮了大忙。”

“我们本该早几天就到的，只是途中一直遇到风浪，耽搁了。”阿离道，“还当来就能见到爹爹与南师父。”

“不知可否冒昧问一句，小金子口中的仙翁爷爷究竟是何人？”叶瑾试探，“先前从未在江湖中听说过。”

“家父并非江湖中人，自然不会有江湖传闻。”曲蕴之笑道，“曲家世代居于鸣鼓岛，武学秘籍也是先祖亲手所创，平日里贸易亦多是同南边的岛国，与大楚并无多少往来。”

叶瑾点头：“原来如此。”

“曲家原本是不出岛的，不过家父年轻时贪玩，偷偷乘船到了大楚，才得以结识南前辈。”曲蕴之道，“到了我这一辈，便更加顽劣，不过倒也运气好，误打误撞救了阿离。”

“真好。”叶瑾笑笑，“独居仙山海岛，听着便是一派逍遥。”

“走吧。”阿离道，“我们一道去找皇上。”

船舱外，阿离问：“皇上还没起？”

四喜公公点头：“估摸着快了，不如诸位先去吃个早饭？”

不该啊。阿离在心里嘀咕，不都说大楚的天子勤政爱民，日日都是天不亮就起床上朝，莫非又是吹嘘出来的不成。

片刻后，段白月从隔壁推门走出来，见到众人后打招呼：“早。”

楚渊也正好出门，道：“早。”

曲蕴之热情道：“王爷这么早便来找皇上啊。”

“走吧，去吃早饭。”楚渊看上去心情不错，“今日有阿离与曲先生在，厨子或许会多做几道小菜。”

看着两人有说有笑的架势，阿离于是扫了一眼段白月。

“看什么？”楚渊饶有兴致，笑着问她。

段白月亦是唇角上扬。

朝阳照着无边海面，一片金粼粼的波光中，两人一个玉树临风，一个华贵俊朗，画中神仙，不过如此。

阿离道：“没看什么。”

又道：“哇哦。”

段白月大笑，楚渊敲敲她的鼻子："胆子不小。"

阿离挑眉，晃悠悠跟在两人身后。曲蕴之心中悲切又茫然，为何感觉自己完全成了局外人，这到底又是发生了什么事。

昨日阿离与曲蕴之破了迷音阵，楚军大营里人人都感激，厨子也使出本事，做了满满一桌早饭，丰盛至极。楚渊笑道："朕可是沾了两位的光。"

"阁下便是温大人吧？"阿离问。

温柳年赶忙放下筷子："正是。"

"据说摸一下大人的手，便能生个文曲星？"阿离目光闪闪。

温柳年："……"

为何女侠也能信这些。

阿离伸出手。

温柳年看了一眼赵越，看了一眼曲蕴之，又看了一眼皇上。

"快呀。"阿离催促。

并没有人阻止，相反大家似乎还兴致勃勃，温柳年只好与她碰了一下手背。

司空睿在旁看得心思活络，盘算战后是不是要找个机会，也让自家媳妇摸一下这位大楚第一才子，司空家世代习武经商，还从没出过有名的读书人，更何况是状元郎。

"得。"段白月低声道，"温大人将来有的忙了。"

"曲先生久居南洋，想来定然听过许多翡缅国的传闻吧？"沈千枫问。

曲蕴之点头："不单单是听过，自打知道黑鸦与叛军勾结后，我们还特意打听过不少回，甚至派人乔装前去查探。"

"哦？"楚渊有些意外，"为何？"

"阿离说她清楚皇上的性子，定不会让这群人在南海嚣张太久。"曲蕴之道，"反正迟早都会打，不如早些做准备，到真正两军交战时，也能多些稳赢的筹码。"

楚渊道："没想到二位如此有心，当真不知该如何感谢了。"

"黑鸦擅长巫蛊之术，翡缅国周围环绕着不少小岛，想要布下迷阵再简单不过，而且各个阵法之间都有不同。"曲蕴之道，"想挨个将其破解未免太费精力，最简单的法子，便是等一场狂风海啸，巨浪能将阵法冲散，到那时楚军便可长驱直入。"

"狂风海啸。"楚渊放下筷子，"温爱卿先前也曾提到过，可此事总不能靠人为，要等老天爷，却也不知要等多久。而且一旦真的发生海啸，大楚的军队若躲避不及，反而更吃亏。”毕竟对方在岛上，总比在船上要安稳些。

“蕴之的意思是，破阵最简单的办法便是引大水去冲。”阿离道，管它里头有什么，大浪一卷，什么幺蛾子都能消失无踪。

“皇上。”众人正说话间，又有探子急急来报，说对面异动，敌军来犯。

“来了多少人？”楚渊问。

“回皇上，这回不少。”探子道，“船只如同山峦，黑压压的，在雾气中一眼望不到头，不过旗子却换成了金色，不再是先前的黑底红字。”

“金色？”叶瑾皱眉，“莫不是楚项亲自来了？”

“走吧，去看看。”楚渊站起来。

众人随他一道出了船舱，远远就见一艘大船正停泊在白雾中，通体漆黑，形状有些诡异。一人正站在船头，看穿着打扮该是楚项，身边站着一个女子，身材单薄，黑发红衣。

待到双方距离近了些，沈千枫道：“厉鹊，天鹰阁的人。”

“中邪了吧这是。”叶瑾摇头，“厉鹰若是知道，八成会气昏过去。”

“知道该怎么做了吗？”楚项问。

厉鹊沉默点点头。

“去吧。”楚项一笑，“此战若是能赢，我便带着你回大楚。”

“疯了。”叶瑾道，“好好一个天鹰阁的大小姐，却非要将自己逼上绝路。”

“她想做什么？”司空睿不解，“楚项那头总不会是无人可用，派一个弱女子出来率军进攻吧？”

厉鹊独自驾着小船，带着百余条中型战船向着楚军的方向攻来，手中举着一面鲜红旗帜。待到距离近了些，众人才看出异常，那些战船上的人皆是面无表情动作僵硬，倒更像是从地下钻出来的尸体。

“怪不得。”段瑶道，“脑子里被下了蛊，得找个领路人带着，否则只怕打仗都找不到对手。”

"带着一群僵尸作战，这差使可没人愿意干。"叶瑾皱眉，"她怕是活不了了。"

说话间，就见那些战船的速度已经越来越快，这些人平日里受训时，都是对着捆绑有楚军战袍的草垛砍杀，此时一旦看清敌手，便如同蚊子闻到了血，兴奋地啊啊叫着，争先恐后扑上前来，再也不需要靠着旗帜引导。厉鹊所乘坐的小船像是一片枯叶，随着浪潮起伏上下，不时被身边的战船碰撞，不多时便灌满了海水。

叶瑾一把握住沈千枫的手腕："不准去！"

厉鹊站立不稳，趴伏在船上惊恐回头，想看楚项打算何时来救自己回去，迎面却是一个大浪打来，船只倾覆于海，须臾便沉了下去，连带着那身红衣一起消失无踪。

楚项面上挂着冷笑，像是根本就没有注意到她，只是远远看着僵尸军与楚军的厮杀。

"自己选的路，生死由命。"叶瑾松开手，"哪怕她是千帆的朋友，我也不准你冒险。"

沈千枫叹气。

"谷主！"段瑶急急跑过来，"那些僵尸手上都有毒。"

"走吧。"叶瑾拉着沈千枫，"我们去看看皇上那头。"

两军交战，杀声震天。对方的军队虽人数不及大楚，却像是毫无痛觉，哪怕全身流血，只要还有一口气在，便依旧能摇晃着挥刀砍杀，掌心都泛着蓝色，即便楚军有盔甲护体，喷溅出来的鲜血一旦落在脸上，下一刻便是一阵难耐麻痒。

"走！"段白月拎着司空睿，飞身上了一艘小船。楚渊拉他不及，眼睁睁看着两人乘船离开，怒道："段白月！"

"喂喂，生气了生气了。"司空睿一边划船一边道，"我这算不算忤逆圣上？"

"知道忤逆就快些划。"段白月道，"绕侧翼，随我去宰了楚项。"

"交友不慎。"司空睿加快手速，早知如此当初就该找个地主老财员外公子，此时说不定大家正在一起拎着鸟笼斗蛐蛐，穿一身花花锦缎吃着席面，要多滋润便有多滋润，何至于会如此凶险。

"皇上！"段瑶眼疾手快，一把拉住楚渊，千万别说你也要一道跟过去，大家还在打仗，你追我赶要不得。

楚渊大声道：“来人！”

“皇上。”副将上前。

“带人将西南王给朕截回来。”楚渊咬牙，“现在就去！”

“末将遵命。”副将赶忙退下，急急调拨了船只追了过去。谁知行至中途却遇到一个大浪，生生又逼退了一大截。再看段白月，却已经纵身一跃，挥刀向着敌营中的楚项杀去。司空睿拔剑出鞘紧随其后，虽然依旧很想骂脏话，但也要杀完了再骂。

楚渊一颗心悬在嗓子眼，拳头也不由自主握在一起。

妙心道：“皇上。”

段瑶赶紧护在楚渊面前，道：“大师为何不去杀敌？”哥哥刚一走就来，还能不能成了！

妙心劝道：“此地凶险，皇上还是暂进船舱吧。”

楚渊远远看着那个黑色身影，像是没听到他在说话。

“大师。”叶瑾上前，将人一把拖了就走，“来帮我个忙。”

段瑶松了口气，继续守在楚渊身边，心里盘算等这回哥哥回来，不知要睡几天厨房。

司空睿一剑扫开面前数十叛军，眼底有些嗜血的亢奋，觉得是比吃席面要痛快些。楚项平地跃起，闪身躲过逼至面前的玄冥寒铁，嘎嘎笑道：“西南王为了报效皇上，还真是连命都愿意豁出去。”

段白月手腕一抖，招招夺命。无数死士从四方扑上来，将他团团围住，数百招后，海面上已漂浮起无数尸体。楚项收招落地，右手一挥，未见再有人攻上，却不知从何处传来一阵锣鼓响。

楚渊眉头猛然一皱，吴三磊正杀得兴起，听到声响后也一愣，这是要娶媳妇还是办丧事。

余音绵延不绝，司空睿心口猛然一钝痛，赶忙捂住耳朵，只觉得一股巨大的力量从耳边擦过，向着另一头冲去。

“小心！”司空睿心里大惊。

如同被一股巨大的吸力包围，段白月躲避不及踉跄两步，喉头涌上一股腥甜，眼前也有些纷乱。凭借本能躲过面前寒光，右手狠狠掐住楚项的脖子，带着他一起摔入海中。

“哥！”段瑶远远见着，面色陡然一白。身边人影一晃，再看楚渊已经纵身跃上一艘小船，向着两人落水的方向冲去。

所有人都被这突如其来的变故惊了一下，妙心双目微敛，借着海浪暗中一脚踩在船帮上，催动内力将整整一船僵尸叛军推了过去，重重撞在楚渊所乘坐的小船上。船体顷刻四分五裂，段瑶趁机如同海鹰一般冲下来，将楚渊带着回到了大船上。

“去救他！”楚渊全身湿透，眼底赤红。

“沈大哥已经去了。”段瑶也有些惊慌，一边帮他擦脸上的海水，一边扭头看向敌营的方向。

司空睿被数百人缠住，脱身不得，只能挥剑拼命砍杀，想着腾出空去救人。海中，段白月挥起一拳，狠狠砸在楚项头上，将他拖着按向海里。冰冷的海水灌满口鼻，楚项挣扎着从衣袖中拿出一枚药丸，融化于海之后，甜腻的香味瞬间传开，一条大鱼飞速游来，正是当日驮着刘锦德离开的那条。

叛军亦驾着小船从四面八方驶来救援，楚项趁机一掌击中他的胸口，自己狼狈跃出海面：“放箭！”

段白月闭气钻入海中，用尽最后的力量抓住怪鱼鱼尾，在那凸出的眼睛上举手落拳。吃痛后的大鱼狂躁翻腾，段白月趁机翻身跃上鱼背，单手握住鱼鳍，被它带着一路快速冲向了深海。

“段兄！”司空睿情急之下只能大吼。

“哥！”段瑶声嘶力竭，眼圈通红。

楚渊双手死死握着船舷，几乎要将木料攥掉一块。那条大鱼的速度何其快，几乎只是一眨眼的工夫，便消失在了众人的视线中。

海浪愈发滔天，沈千枫所驾的船只此时几乎寸步难行，司空睿扭断面前一个叛军的脖子，总算是杀出敌营，却不知段白月已去了何处。沈千枫腾空跃起，单手甩出一根长鞭，卷着他的腰肢将人带回了船上，踉跄几步后总算稳住身形。巨浪一个接一个迎面打来，小船随时都有被吞噬的危险，幸好此时卓云鹤驾着大船顶风艰难驶来，将两人拉上了甲板。

“哥哥不会有事的。”段瑶定了定心神，道：“那大鱼带走他了。”

“皇上。”薛北岳上前，“风浪越来越大了，可要暂时停战？”

“继续杀。”楚渊道，“无论如何也要攻下落日口。”

“是！”薛北岳转身离去。

“向冽。”楚渊又道，“带三千人从侧翼冲出去，到方才那片海域找人。”

“是！”向冽不敢多言，用最快的速度集结了三千水性最好的渔民兵，又抽调出两千水军护卫，从侧路杀了出去，只想着务必要将西南王找回来，否则只怕……天都会塌。

段瑶咬着下唇，眼泪一直在打转，眼巴巴盯着向冽。他也想一道去找，却又想着哥哥在战前就叮嘱过，不管出了什么事，都要寸步不离守在皇上身边。正在胡思乱想，却被人揽住肩头。

“皇上。”段瑶转头。

“你哥哥不会出事的。”楚渊轻轻道，“别怕。”

“嗯。”段瑶赶紧点头，将剩下的眼泪全部憋了回去。

这场仗打得极为惨烈，从日暮到月升，再到下一个日出日落。过了足足两天，楚军方才攻下落日口，叛军死伤无数仓皇而逃，五名大将皆葬身海中，算是打了个酣畅淋漓的痛快仗。只是段白月却依旧毫无踪迹，五千余人几乎将海底翻了个遍，人影也不见一个。最后还是叶瑾出面，让向冽先带人回来休息，再商议下一步计划。

日头暖融融落在脸上，段白月在昏睡中皱了皱眉头，原本不想起来，胸口却被什么重重拍了一下，几乎又吐出一口血，于是挣扎着睁开眼睛，坐起来过了好一阵才清醒。

怪鱼已消失无踪，一只巨大的龟趴在一边，正懒洋洋晒着太阳。

“原来是你。”段白月勉强笑笑，单手敲了敲他的背甲，“多谢。”

巨龟看他一眼，自己缓缓爬向海中。

“喂，不带我回去啊？”段白月忍着疼，跌跌撞撞站起来。

一个大浪卷来，将巨龟卷入深海之中，连一丝痕迹也未留下。

……

段白月低头看了看自己的破烂衣衫，以及手臂上的伤口，深深叹气。

此番回去，怕是连柴房都没得睡。

第四十八章

方才不觉得，此时被风一吹，才觉得周身伤口刺痛难当，被海水泡过的衣裳湿漉漉贴在身上，着实难受。横竖岛上没人，段白月索性解开腰带，打算先将衣服脱下来晾干。

身后突然有人尖叫：“啊！”

段白月受惊不浅，赶忙扯过外袍裹住身体，转身却是个十六七的小姑娘，拎着篮子穿着裙装，眉眼很是秀气。只是秀气归秀气，嗓门却着实不小，尖叫声就没停过。段白月心里直发颤，连声道：“在下并非歹人，是遭遇海难的渔民，姑娘不必惊慌。”

“胡说，渔民哪有你这样的打扮，还满身都是伤。”小姑娘总算是停了尖叫，想了想，又不放心道，“我方才将你给看光了，你不会让我负责吧？”

段白月：“……”

段白月道：“不会。”

“那就好。”小姑娘松了口气，从篮子里摸出一个馒头丢给他，“你到底是谁？是那些打仗的人吗？”

“姑娘也知道这南海的战事？”段白月饥肠辘辘，啃了口馒头道，“是大楚和翡缅国。”

“自然听过的。”小姑娘蹲下来，将岸边石头上晒着的海菜一条条整理好，“什么时候会打完？”

“说不准。”段白月四下看看，“我以为这是座荒岛。”

“这里叫天之涯，可不是什么荒岛。”小姑娘道，“我的族人们世世代代都生活在这里，种田织布，即便是要与外头通商，也是打着别处的名义，不会将海岛的名字告诉外人，你还是第一个被海浪冲上来的人。”

“怪不得。”段白月又从她手里接过一个馒头，“不知姑娘能否想个办法，将我送回去？”

那小姑娘拍拍手站起来，用奇怪的眼光看着他，道：“你都知道了这座岛的秘密，还想走？”

“咳咳。”段白月被噎了一下，愁苦与她对视，道，“讲道理，方才我并没有问，是姑娘自己要说的。”

“那也不成，总之我说了，你听了，就不准走了。”小姑娘往回跑，“你等着，我叫阿爷他们来抓你。”

段白月道："喂！"

小姑娘疾步如飞，而且一点声响都没有，眨眼便消失在了林子里。

段白月哭笑不得坐回地上，没想着要跑，也跑不掉。这种状况，只要对方不是抓了人就要煮来吃的野蛮部族，总好过自己孤立无援在这荒岛上天地不应，其实不算太糟糕。

不多时，林中果然冲出一群人，手中拿着刀枪棍棒，都是渔民打扮。

段白月半闭着眼睛装昏迷，心里留意着四周的动静，却微微有些诧异。先前那小姑娘能在自己毫无觉察时突然出现，内力着实不浅，而现在这一群人与她比起来，脚步更是轻灵飘忽，如同踩在棉花堆上。

"就是他？"一个青年男子将长刀收起来，松了口气，"下回将话说清楚，只说海滩上来了打仗的，还当是那群黑蛮子征兵征到了这里，原来只是个遭遇海难的人。"

小姑娘嘟嘟嘴："哦。"

"看打扮的确不是渔民，应当是大楚的人。"一位长者试了试他的鼻息，"还没死。"

"是没死，他刚才还在说话呢，吃了我两个馒头。"小姑娘道。

"翡缅国那头也有楚国的人，这个保不准是站哪一方。"青年男子道，"况且就算是大楚的人，也与天之涯无关，阿爷要救他？"

"救吧，一条命呢。"小姑娘道，"而且他方才说话声音好听得很，不像坏人。"

青年男子气结："说话声音好听就不像坏人，若再加上长得好看，你是不是就又要嫁了？"

小姑娘嘀咕："他脸上有伤，不好看。"

其余人眼神同情看着青年，想着他或许迟早要被阿妹气死，真是可怜。

"反正我不救，你们谁爱救谁救，我……喂，阿爷，阿爷！"青年男子负气走到一边，嘴里还在念叨，一回头却见大家已经背着段白月在往回走，险些气得背过气，一路骂骂咧咧追了过去。

穿过那片树林，走不了多久便是一片村落，炊烟袅袅，一股子饭菜香，在潮水声中显得格外安宁祥和。听说阿爷在海边捡了个后生，村子里的大娘们手脚麻利收拾出一处空房，都挤来看热闹，七嘴八舌议论这人可真是命大，天之涯是座孤岛，漂这么远还能留下一口气，将来老天爷估摸也不会亏待。

听了半天众人小声交谈，段白月心里有了底，这座海岛上的人并不野蛮，而且相反似乎还向着大楚，于是缓缓睁开眼睛。

“你又醒啦。”小姑娘站在床边，“阿爷说了，等会就将你煮来吃。”

段白月笑笑，强撑着坐起来，眼光扫了一圈，对着其中一名白胡子老者道：“多谢老先生。”

“你是打仗的兵吧？”老者问。

段白月点头，并未隐瞒：“我是大楚的人。”

“想活命吗？”老者又问。

段白月点头：“自然想活。”

“那便留在岛上，以后也别再走了。”老者打开药包，替他处理伤口，“这天之涯原是不收外人的，可既然潮水在祭祀这天将你送来，那便是天意，岛上多你一人也无妨。”

“留在此处？”段白月迟疑。

“怎么？”老者停下手，“不愿意？”

“倒也不是。”段白月清清嗓子，“只是我留下了，我那媳妇怕是要伤心。”

“啊？”小姑娘撇嘴，“你有媳妇了啊。”

段白月点头：“非但有媳妇，而且还……怀孕了，刚满三个月。”所以千万别让我娶别人。

“你媳妇在军队里？”青年男子狐疑，“女子也能参军？”

段白月淡定道：“寻常女子自然是不行的，可我媳妇会煮饭，是伙夫。”

男子摆手道：“你都落海了，你媳妇自然当你已经死了，说不定等你回去，人已经改嫁了，即便是生了儿子也已姓了别家，索性还是忘了她吧。”

段白月嘴角抽抽：“兄台说话还真是……直爽。”怎么诛心怎么来。

“还没问呢，你叫什么名字？”小姑娘道，“我叫月萝，这是我哥哥叫阿敢，你呢？”

段白月道：“张三。”

阿敢眉头一皱，不悦道：“连真名都不愿告知？”

段白月道："睿。"

阿敢："……"

段白月道："对不住，方才嗓子有些痒，在下姓张，名三睿。"

"挺好听。"月萝推推老者，"阿爷，这个人声音好听，我也想嫁。"

段白月很后悔为何自己方才没有装出一副公鸭嗓。

老者头疼道："加上这个，你已经在寨子里占了十八个后生，到底要嫁哪个？"

月萝顿时很为难，都喜欢，可最喜欢的那个出海打鱼也不带着自己，像是没戏。

"罢了，都随我出去祭祀海神。"眼看已经快要日落，老者站起来，"三婶留下来照顾他。"

众人答应一声，簇拥着老者出了房间。留下一个慈眉善目的婶子，手脚麻利用隔夜饭煮了一碗粥，端着给他吃下，笑道："月萝被村子里的人宠坏了，她可不是真的要跟你，大家伙都知道，她将来是要嫁阿沉的，旁人可降不住。"

段白月顿时松了口气，道谢之后吃完咸粥，又试探着问："这岛上的人，根也在大楚吧？"

"听出来了？"婶子将碗收走，又替他倒了杯热茶。

段白月点头："半分南洋人的口音都没有。"

"是归是，"婶子道，"可已经数百年没有回去过了。"

"为何？"段白月又问。

婶子没有回答，却问他："心里还想着你那怀孕的媳妇哪？"

段白月："……"

楚渊裹紧披风，打了个喷嚏。

叶瑾道："回船舱吧，日落后要起风了。"

"没事。"楚渊看着远处，"朕在这里站一会，脑子能清醒些。"

叶瑾叹气："向统领又带人去找过两回，依旧毫无踪迹。"

"毫无踪迹是好事。"楚渊嗓音沙哑，眼底黯淡，"朕现在只怕向冽当真将人找到带回来。"

"好了好了。"叶瑾将他的身子强行转过来，"三天不吃不睡，你命还要不要，仗还打不打了！"

"楚项那头怎么样了？"楚渊问。

“你下令全军横扫，傻子才敢冒头。”叶瑾将他拉进船舱，“不过这一带海岛众多，对方在暗我们在明，打起来未必能占到便宜，还是要小心戒备。”

楚渊点头：“辛苦了。”

“还有，”叶瑾道，“你信我，段白月不会有事，你可是眼睁睁看着他被大鱼带走。当年少宇中毒掉下悬崖都没事，西南王与他功夫不相上下，又怎会没有生路。”

楚渊道：“朕知道。”

“那我去给你弄点东西吃。”叶瑾拍拍他的肩膀，“好好睡一觉，有事明天再说。”

待叶瑾走后，温柳年站在船舱外，在心里排练了一遍，又回头看了一眼。

司空睿，段瑶，阿离，加上曲蕴之，都是一脸期待与鼓励。

赵越拍拍他的肩膀：“去吧，安慰下皇上。”

安什么慰，若被看穿，欺君之罪啊这可是……温大人满心泪花，深呼吸了一下，伸手毅然推开门：“皇上，微臣有事要奏。”

“何事？”楚渊示意他进来，“楚项那头又出了乱子？”

“这倒没有。”温柳年赶紧摇头，“薛将军用兵如神，我军势如破竹，已攻下了翡缅国十七处岛屿。”

“那爱卿是为了何事前来？”楚渊问。

温柳年在心里握了一下拳头，道：“西南王。”

楚渊皱眉。

温柳年沉声道：“微臣这几日夜观天象，此番坠海是西南王命定的劫数，但此劫之后，往后便是一帆风顺，无灾无难，皇上不必过分担忧。”

楚渊问：“当真？”

温柳年一脸赤诚，拼命点头。

楚渊道：“原来爱卿还有这等本事。”

温柳年心虚道：“只是略懂，略懂。”瞎编的。

门外一行人齐刷刷蹲在窗下，听得聚精会神。

楚渊又问：“那他还会回来吗？”

“自然会回来。”温柳年赶紧附和。

楚渊道："命中注定会回来？"

温柳年继续点头。

楚渊道："那朕还要派人去找吗？"

温柳年："……"

温柳年道："不然还是找一找吧。"

楚渊与他对视了一阵，笑着摇摇头："下去吧，让朕一个人安静一阵子。"

温柳年蔫头蔫脑出了门，赵越伸手拍拍他，示意没关系。其余人相互对视，也在心里叹了口气——这般不吃不喝不发火，还不如掀桌子骂人来得更让人安心些，总这么憋着，别憋出病来。

"段兄不会有事的。"司空睿单手环过段瑶的肩膀，用力晃了晃，"别怕。"

段瑶吸溜了一下鼻子，点头："嗯！"

天之涯上，段白月试着提了下气，心口依旧有些闷痛。楚项的功夫不算低，当日在海中吃他一掌，多少伤了心脉。又不知此地距离楚军大营究竟有多远，没有船只没有干粮，就算再着急，也只能先耐下性子等待时机。

三婶子话多，平日里也没事情做，因此挺喜欢来找他聊天，端着一筐花生豆子，边说边剥，在房中一坐便是一下午。

"当真这么喜欢你那媳妇啊。"三婶子道："长得好看吗？"

"好看。"段白月点头。

"你这叫情人眼里出西施。"三婶子笑道，"别怪婶子心直口快，这伙夫啊，都好看不到哪里去。不过丑媳妇是宝，长得太好看了，不是过日子的人。"

段白月也笑："婶子说得也对。"

"能摊上这么个相公，你那媳妇命可真好。"三婶道，"这几日就听你一直在提她，没歇过气。"

段白月趁机道："那婶子觉得，我还能再见到媳妇吗？"

三婶摇头："这天之涯的秘密，大家伙齐心协力守了这么多年，如何会因为你一人而冒险，还是别再想了。"

段白月闻言沉默。

三婶见他这样，又道："你算是死过一回的人，该看开些。这岛上的姑娘不少，待到伤好了，再让阿爷给你寻个差事做，重新成个家，往后也就慢慢好了。"

段白月道："这岛上虽说衣食不愁，可也算不上富裕。若是肯和外界通商联系，日子定然要比现在宽裕，为何非要避世不出？"

"祖训便是如此。"三婶道，"况且要那么富裕做什么？这南海战事一起，翡缅国的黑蛮子疯了一般到处征兵抢银子，白象国与暹远国那样的大海岛或许能幸免于难，可其余小岛都遭灾不浅，年轻男子被抓去了不少。天之涯隐而不出，才能至今安稳，否则只怕这回也没人救你。"

"为了避祸，所以避世？"段白月问。

三婶子埋怨地看他一眼："你这后生，话怎么比我还多。"

段白月无辜道："躺在床上无事可做，只能说话。"

窗外闪过十几个人影，以及一阵笑闹声。是十四五岁的男娃娃们在相互追着玩，段白月扭头看了一眼，赞道："轻功当真了得。"若放在中原武林，十几岁能有此资质，怕也只有日月山庄的人能与之比一比。

三婶子抬着筐站起来，道："等你好了，若想学，也让阿爷教你。"

"那挺好。"段白月目送她出了房间，又大声道，"晚上能吃鱼汤面吗？"

"好。"三婶答应一声，"正好阿敢捞了新鲜鱼货，我去取些来煮汤。"

段白月笑笑，靠回床头，又往窗外看了一眼。那群男娃娃早已经跑远，此时怕已经到了海边。

在刚被月萝救起来时，他以为这里是遗世而独立的海外仙山，不过几天下来，却似乎又有些不同——天之涯上的人之所以隐世，不是因为超然，更像是因为恐惧，以及对外界浓浓的抵触和敌意。无论是月萝还是三婶，似乎都觉得只要天之涯一出现在世人眼中，就立刻会招来海盗与贼人，流离失所家园不再。再往深处想想，这里的人们那超乎寻常的邪门轻功，也像是为了能随时逃命而准备。

段白月向后靠在枕头上，头一回觉得，自己先前就该多看些史书。若温柳年在此处，或许就能帮着回忆一下，几百年前有没有什么声名显赫的望族迫于无奈被逼出海，从此音讯全无。

不过比天之涯的来历更需要费脑筋的，就是等到伤好后，到底要怎么才能回去。段白月心里叹气，也有些懊悔自己的托大鲁莽。

"喂，你能走了吗？"月萝大半个身子探进窗户，脸上有些汗水，红扑扑的。

段白月盖上被子，道：“中原有句话，叫伤筋动骨一百天。”

“那我一个人去了。”月萝将椰子丢给他一个，“海边在破阵，好看得很，你不去可惜了。”

“什么阵？”段白月心里一动，撑着坐起来。

“什么阵都有。”月萝道，“阿爷也在，教大家要怎么找阵门。”

段白月起床穿鞋。

“咦，你不要一百天啦？”月萝问。

段白月寻了个木棍拄着，与她一道往海边走。

没几步路，段白月不自觉往后躲了躲：“你一直看着我做什么？”

月萝道：“你还挺好看的。”

段白月道：“过奖。”

“可也没阿沉哥哥好看。”月萝扶着他，“走吧，这样快些。”

“你喜欢他？”段白月问。

月萝气道：“喜欢他做什么，我不喜欢他，我要嫁的人多了去，你也是，你排第十八个。”

段白月上下打量了她一下，道：“你应当不是寨子里最好看的姑娘。”

“关你这外乡人什么事！”月萝跺脚，抬起手就要掐他。

“可我听三婶说，阿沉却是寨子里最好看的后生。”段白月道，“喏，别怪我没提醒，你若不抓紧时间，可就要喝他与别人的喜酒了。”

月萝一听更生气，又着急，索性蹲在树下：“他就是不喜欢我，我能怎么样，阿爷又不准我去抢亲。”

段白月忍笑，清了清嗓子蹲在他面前：“不如做个交易？”

“什么交易？”月萝红着眼睛看他。

段白月在她耳边低语几句。

“不行。”月萝站起来，“你别想了，阿爷不可能放你走的。”

“那至少帮我去楚军大营中看一眼。”段白月道，“若我那媳妇已经改嫁了，我也就安心了。”

“若她没改嫁呢？”月萝警惕，“你就还要去找她吗？”

“不找不找。”段白月摇头，“若没改嫁，至少帮我看看，生了个男娃还是女娃。”

“哪这么快，你那媳妇才怀上三个月。这里到打仗的地方，即便顶着风浪逆风逆水，一个月也能到，四个月谁能生出来。”月萝摇头。

“哦。”段白月心里一笑，面上叹气，“那就只有爱莫能助了。”

“别呀。”月萝拉住他，“这寨子里经常有船出去做生意，再过几个月，我想法子帮你去看就是，大楚军营中就你媳妇一个人怀孕了，是不是？”

段白月抿抿嘴：“嗯。”

“那我帮你。”月萝道，“你现在能告诉我，怎么让阿沉哥哥喜欢我了吧？”

段白月点头：“自然。”

月萝伸手：“击掌。”

段白月很是配合，与她击掌三下之后，方才又一起往海边走。

此时正是漫天红霞，潮水冲刷着海滩。那白须长者正站在一块巨石上，下头围着的都是十几岁的少年与小姑娘，少说也有百十来人。

人还真不少。段白月摸摸下巴，若有所思。

“喏，那个就是阿沉哥哥。”月萝低声道。

段白月回神，顺着她的目光看过去，就见一个黑衣青年正背着弓箭，从船上一跃而下，将绳索固定在岸边，像是出海刚回来。

“他啊？”段白月笑笑，“嗯，你眼光不错。”

月萝脸颊泛红，声音更小了些：“我要去与他打招呼吗？”

“别去。”段白月道，“你听我的，太主动不好。”

月萝半信半疑，但见他似乎极有主意，于是点头：“嗯。”

“走吧。”段白月道，“先别管你那阿沉哥哥了，我们去看看阵法。”

虽说段白月事先叮嘱过，可见到自己喜欢的人，月萝还是时不时便要偷偷摸摸往过看一眼，却没一回能视线交汇，心里生气，搀着段白月的手也就用力了几分，几乎要将胳膊掐出青紫。

“喂。”段白月哭笑不得，低声道，“你若再这样，我可就不帮了。”

“他都不看我。”月萝跺脚。

“现在不看不打紧。”段白月道，“将来成亲了，天天只看你一个。”

月萝：“……”

看着她泛上桃花红的脸蛋，段白月心里笑着摇摇头，又瞥了眼那年轻后生。他在将船只停稳后，就一直坐在一块大石头上，远远看着阿爷和孩子们练习阵法，是要比岛上其余男子都精干利落一些。

漫天火烧云几乎要染红海面，阿爷在沙滩上用拐杖细细画着什么，月萝扶着段白月，带他站到了高处的石头堆上，视线便开阔了许多。或是两人的动作有些大，那年轻后生终于抬头往过看了一眼，月萝紧张得一动不敢动，段白月一边专心看阿爷布阵，一边叹气道："方才说了什么，又忘了。"

月萝身子僵了僵，立刻做出往日里横冲直撞的样子来，撇嘴故意不理心上人。

段白月称赞："干得好。"

阿沉跳下礁石，转身回了村子。

月萝："……"

不高兴。

段白月却无暇再逗她，专心看着阿爷的一举一动。日落月升，海滩上燃起篝火，婶子们寻来烤了山猪肉与海鱼，给大家做消夜，如此过了足足两个时辰，直到深夜时分，众人才各自散去。

月萝坐在旁边，头埋在膝盖里早就已经睡着。被段白月叫醒后，打了个呵欠，道："完了啊？"

"今日多谢了。"段白月笑笑。

月萝站起来，又扶着他往回走："你的眼睛可真好看。"

段白月道："我媳妇的眼睛才好看。"

"要是阿沉哥也像你就好了。"月萝鼓着腮帮子道，"三句话里，有两句都是媳妇。"

"阿爷每天都会教小娃娃们布阵吗？"段白月问。

"也不是每天，每月大概一两天吧，也要看潮汐涨落。"月萝道，"不过这一两天也足够了，阵法一共就二三十个，有个三四年，笨一些的五六年，到了十六七岁能值岗哨的时候，总能都学会的。"

"那你呢？你都会吗，你的阿沉哥哥会吗？"段白月推开院门。

月萝点头："嗯。"

“回去吧。”段白月道，“锁好门。”

“什么锁好门？”月萝不解，“这寨子里有贼啊？”

“你信不信？”段白月笑，“你的心上人，今夜定然会来找你。”

月萝立刻紧张地揪住衣袖：“真的呀？”

“不过你最好别理他。”段白月道，“这叫欲擒故纵。”

月萝犹豫道：“可我想理。”

段白月正色：“现在理他，你们八成会吵架，将来你就得眼睁睁看着他和别的姑娘成亲，生孩子，生两个，生三个——”

“好好好，我不理！”月萝捂住耳朵，险些急哭。

“这就对了。”段白月嘴角一弯，“早些休息，明早再来找我。”

“哦。”月萝答应一声，转身跑回了家。脚下如同踩着风，轻灵又飘忽。

卧虎藏龙啊。段白月笑笑，也转身一瘸一拐回了卧房。他今日看得清楚，这天之涯上的人不仅轻功超群，更是精通该如何利用潮汐布阵。既然老天安排自己来了此处，自然没有空手而回的道理。

阿沉站在树下，眼睁睁看着月萝单手攀上墙头，纵身跳进了院子里，随后便是哐当当的锁门声。

……

楚军大营中，叶瑾替楚渊盖好被子，转身出了船舱。

“皇上睡着了？”沈千枫问。

叶瑾点点头：“没什么事，吃了一贴安神药，应该能睡到明天中午。”

沈千枫替他披好披风，道：“总这样也不是办法。”

“他是皇上，知道自己该怎么做。”叶瑾慢慢往回走，“旁人若是说得多了，对他反而是负累，如此一个人慢慢冷静也好。”然后他扭头看着他：“你别出事。”

沈千枫道：“好。”

第二天一早，月萝果真便跑来见段白月，穿着一身新衣裳，还戴了串花。

段白月挑眉：“过阵子要去见阿沉？”

“嗯。”月萝点头，又紧张道，“你该不会又不让我去见吧？”

段白月失笑：“去见，为何不见？”

月萝松了口气，坐在小凳子上："你叫我来做什么？"

"说你的阿沉哥哥。"段白月道，"知道得越多，我也就越知道该怎么帮你。"

"阿沉哥人可好了。"月萝兴奋，说完又觉得他都不理自己，自己做什么要夸他，于是又道，"也不怎么好。"

段白月饶有兴致，听她在一边叽叽喳喳，说了整整一早上。直到三婶过来，月萝方才想起来看日头，赶忙急急跑去阿爷家吃饭。

等到了村中大宅时，大家伙都已经到齐，阿沉坐在阿爷身边，正在喝茶。见着月萝来了，阿爷也没怪她来晚，笑呵呵问道："又去哪了？"

"没去哪，就在救回来的那个大哥哥家。"月萝道，"三婶有事，我照顾了他一早上。"

阿爷点点头，吩咐大家伙准备开席。月萝叼着筷子，饭没吃几口，一直在偷眼看阿沉，觉得他心情似乎不是很好，便想找机会问几句，却又想着段白月昨晚那句"欲擒故纵"，结果一直到了宴席结束，也没搭上一句话，眼睁睁看着人出了大门。

听到院门响，段白月一笑，继续翻看手中一本旧书，并未抬头。

阿沉面色不善，进屋后伸手关上门，道："你到底是谁？"

段白月答："这村子里人人都知道我的身份。"

"楚军大营中最近丢了一个王爷。"阿沉道，"是你，对不对？"

段白月心里一动："你去过楚军大营？"

"你这样的身份，不可能会安心留在寨子里。"阿沉猛然抽出匕首，抵在他颈侧，"以后离月萝远一些！"

段白月摇头："你又不是真的想杀我，何必要拔刀相向。"

"你怎知我不会杀你？"阿沉道，"你将来定然是要走的，这村子的秘密也会随之不保，即便我不杀你，阿爷与其余人也不会放过你。"

"那你今日为何不将所有猜测都告诉阿爷，而是独自一人来了？"段白月挡开他的匕首，"你说对了，我的确不是一般的楚军将士，而是楚国的王爷，整片西南的主人。"

"段王爷。"阿沉道，"原来真的是你。"

"看来你知道不少事情。"段白月笑笑，问道，"出海好玩吗？"

阿沉看着他，眼底有些敌意。

“你既然知道我的名字，就该知道我并非歹人。”段白月道：“等日头小一些，月萝应当又会来，那时候再想说话，怕就没机会了。”

“你想带着她一起回去？”阿沉拳头上青筋暴起。

段白月哑然失笑：“你这话若是被月萝知道，怕就哄不回来了。她时时都想着你能多看她一眼，连成亲时的盖头都自己绣好了，你却怀疑她要跟我走？”

阿沉：“……”

“喜欢她，便别老是不理她。”段白月道，“小姑娘不懂事，又被惯坏了，见到好看的都说要嫁，你若心里不高兴，教她改回来便是，否则真被我这种别有用心之人拐走了，可就来不及了。”

阿沉道：“你到底想做什么？”

“我想让你来找我。”段白月坦白，“在养伤的时候，我经常听三婶提起你，昨日月萝也说了好几个时辰，你同这村子里的其余人不一样。”

“有什么不一样的。”阿沉摇头，“你未免太过冒险，这就对我将事情和盘托出，你武功高，可这村子里成百上千人，功夫也不低，想要你的命轻而易举。”

“你说得对，可我等不了。”段白月道，“我得尽快回去。”

阿沉道：“你回不去了，还是死心吧。”

段白月道：“你带我走。”

阿沉好笑：“我？带你走？

“去楚军的大营。”段白月道：“而后便跟随皇上征伐叛军，待这天下海清河晏之后，再回来此处。”

阿沉不可置信地看着他：“你疯了。”

“月萝说这天之涯原本是极少与外人通商的，即便是隐匿了身份，往往也是到迫不得已之时，才会去换取一些生活必需品。”段白月道，“可自从你执管船队以来，出行的次数多了不少，大家的日子也好了许多。”

阿沉脸色有些阴沉。

“月萝不谙世事，如何能玩得过我这种老狐狸。”段白月笑笑，“稍微一诈，便什么都实说了，你可不准怪她。”

“我怪不怪她，与你何干！”阿沉不悦。

段白月挑眉，又道：“如今海上在打仗，各个岛屿的人都是避之不及，只有你驾船出海，这当口可没有商船能让你做生意，又知道我的身份，看来八成是去了楚军大营附近，没错吧？”

阿沉握紧匕首。

“空有一身功夫，当真要在这闭塞的小岛上度过一生？”段白月道，“大楚河山万里，我虽不知你的族人根在何处，可由北向南自西往东，处处都是锦绣繁华，有生之年，不想回去看看吗？”

“今日这番话若是让别人知道，我便杀了你。”阿沉起身，大步向外走去，临到门口又顿住脚步，“还有，离月萝远一——咳。”

“阿沉哥？”月萝站在大门口，“你怎么会来这里？”

“走！”阿沉上前拉住她的手腕，拖着便往外走。月萝满头雾水不明就里，却又有些小雀跃，回头看了眼段白月，见他靠在床边笑着朝自己挥了挥手，便也放了心，跟着阿沉一起往海边跑去。

看着两人身影逐渐消失，段白月脸上笑意渐隐，靠回床头几不可闻地叹了口气。他此举的确有些孤注一掷的意思，可又实在不想再等上数月，慢慢与村子里的人周旋，斟酌再三，还是决定冒险试试——不过依照今日阿沉的反应来看，这个决定并不算错。

晚些时候，月萝偷偷摸摸跑来，趴在窗户上问：“喂，你睡了吗？”

段白月打开窗户，笑道：“这么高兴？”

“我是来谢你的。”月萝伸出手。

段白月与她击了一下掌：“恭喜。”

“我还要做什么？”月萝问。

“想做什么，就去做什么。”段白月道，“以后不要见着一个长得好看的，便说要嫁，姑娘家长大了，要矜持些。”

“我知道。”月萝有些不好意思，“那我回去了，你也歇着吧。”

段白月点点头，抬头看了眼月色，该已经到了子时，心却早已飘到了楚军大营。

月光皎洁，楚渊看着远处，任由一头黑发被海风吹散。

妙心道：“皇上。”

“你来做什么。”楚渊并未回头，只是淡淡问。

“夜里风大，皇上该回去了。”妙心道，“两军交战，皇上乃万金之躯，出不得任何闪失。”

楚渊道：“走！”

妙心皱眉。

“朕想一个人安静一阵子。”楚渊道。

“皇上。”妙心站在他身后，“西南王已然坠海，现凶多吉少，只怕早已——”

一声铮鸣剑响，楚渊手中半柄龙吟出鞘，闪着寒光抵在他脖颈处，原本漂亮的眼睛里像是结了冰。隐在暗处的侍卫心里皆是吃惊，却又不敢轻易出去，只是凝神留意着楚渊的一举一动。

“别以为朕不知道你的小动作。”楚渊咬牙，一字一句道。

“当日的确是贫僧撞碎了皇上的船。”妙心敛眉，“可皇上心里也该清楚，那时即便是驾船出海，也定然救不回西南王。”

“若坠海的人是朕呢？”楚渊问。

妙心道：“西南王与皇上身份不同，又岂可相提并论。”

“身份不同？”楚渊冷笑。

“一个是臣，一个是君。”妙心道，“皇上着实不该为一个臣子失魂落魄，茶饭不思，若是传出去，怕是会失了皇家颜面。”

“你究竟想做什么？”楚渊与他对视。

“皇上，忘了西南王吧，此番坠海或许正是天意。”妙心道，“千古明君的身侧站着的，向来只能是忠臣良将。”

“西南王在大师心中，是不忠还是不良？”楚渊冷笑，“大楚的江山，一大半都是他替朕打回来的，若连他都不能站在朕身侧，这天下还有谁能，你？”

妙心眼底闪过一丝慌乱，却转瞬便恢复了先前的淡漠。

楚渊收剑回鞘，转身大步回了船舱，“来人！”

“皇上。”侍卫上前。

“叫薛北岳过来。”楚渊道，“三天后出战，攻打曲水十二连礁，不降者，杀无赦。”

“是！”侍卫转身离去。妙心眉头紧皱，几乎要将手中念珠捏碎。

阳光暖暖落在海岛上，段白月在树荫下伸了个懒腰，撑着站了起来。距离被月萝从沙滩上救起，时间已经过了将近一个月，伤势虽说还未痊愈，却也能自己走动。脸上的疤也好了些，月萝围着他看了半天，道："呀，原来你比阿沉哥还要好看。"

段白月撑着腮帮子，道："头上戴着别人送的花，还念叨别人不好看，当心嫁不出去。"

"……"月萝将手里的食盒递给他，"吃吧，三婶让我带给你的，又不回家。"

"你的心上人还在太阳下晒着，不叫他过来？"段白月道，"该是在等你。"

月萝转身招招手。

阿沉将手里的弓箭放下，面无表情地走过来。

"没盐。"段白月放下手里的碗。

"是吗？"月萝站起来，"我去拿些咸菜来，你等着。"

段白月点点头，看着她一路跑进村子，笑道："饭菜没盐不说拿盐巴，却拿咸菜，看来你与我一样命苦，媳妇都不怎么会做饭。"

"我可没听说你成亲了。"阿沉坐在他对面。

"有喜欢的人，也算成亲。"段白月递给他一个馒头，"怎么样，我提议的事情，考虑好了吗？"

阿沉摇头："不可能。"

"你不单单是救我，也是救自己的村子，救天之涯。"段白月道。

阿沉不屑："花言巧语，唬我？"

"距离你的祖辈来这里，按照阿爷说的三百年前，也只是经过了五六代人。"段白月道："当时大船带来了近千人，大家定居于此生儿育女，现在或许看不出什么，可再过个数百年，所有人都成了亲戚，又不与外部通婚，只怕迟早会亡族。"

阿沉眉头一沉："你胡说些什么！"

"我骗你做什么。"段白月道，"看你也是个不安分的，既然经常往外跑，海岛间的传闻应该听过不少。那些有数百年根基的偏僻海岛，哪里没有生出过奇形怪状的婴儿？我虽不是大夫，可大楚军中却有神医，你真当是海妖作祟，怎么不往兄妹乱伦头上想？"

阿沉道："你这人说话，当真是欠揍得紧。"

"所有人都是亲戚，想娶别人也没有。"段白月道，"那些无辜夭折的小婴儿，都是村落封闭的后果，你想让天之涯也变成这样？"

阿沉道："我不信。"

“不信便不信吧，退一步，就算不是为了天之涯，为了你自己也行。”段白月道：“人活一世，太憋屈了也没意思。风吹日晒练就的一身本事，却只在海中捕鱼捞虾，在这荒岛上囹圄一生，未免太可惜。楚军还有个轻功排名江湖第一的武林盟主，你难道不想与他一决高下？”

“我回来啦！”月萝拿着一个罐子跑来，见阿沉与段白月并未打起来，才松了口气。

段白月接过罐子，打开后叹气：“空的。”

“啊？”月萝凑近一看，也哭丧了脸，“拿错了。”

“我去吧。”阿沉站起来。

月萝乖乖答应一声，看着他走远，埋怨，“都怪你！”没事干吃什么咸菜。

段白月道：“哦。”

“吃什么咸菜。”叶瑾把盘子端走，“吃这个，吃完。”

楚渊头疼：“你从哪里捞来这么大一条鱼？”

“你管我从哪捞的。”叶瑾将筷子塞给他，“快些。”

楚渊无奈，端着一碗饭慢慢剔肉吃。

这还差不多，叶瑾端着一小笸箩药草，坐在他对面一边监督一边分拣，还没挑两三根出来，外头却传来一阵嘈杂声。

“出了什么事？”楚渊放下碗。

“回皇上，方才敌军被打退后，这阵又攻了上来。”侍卫道，“卓统领与阿离姑娘，还有曲先生已经先带人去迎战了。”

楚渊点头，想要出去，却被叶瑾压住：“你吃饭，我去看。”

楚渊：“……”

叶瑾双手叉腰。

楚渊道：“好。”

叶瑾弯腰出了船舱，四喜拉着他小声道：“据说是刘锦德带兵，可要小心些。”

“为什么刘锦德就要分外小心？”叶瑾不解。

“这……”四喜往船舱里看了一眼，本觉得不该说，却又怕西南王不在，那叛贼会伺机伤皇上，毕竟这么多天一直都是楚项带兵，还从未见过他露面，此番怕是会有别的动作。思前想后，还是将事情大致隐晦说了一遍，又道：“九殿下可得护着皇上。”

叶瑾脑仁子嗡嗡响。

四喜担忧道：“九殿下？”

叶瑾撸起袖子，目露凶光：“公公放心！”

四喜赶紧道：“好好好。”

沈千枫正站在船头督战，见到他举着一把刀爬上来，被吓了一跳：“怎么了？”

“刘锦德呢？”叶瑾气势汹汹问。

“喏。”沈千枫伸手一指，“身穿黑衣站在高处，也不知又有什么新花样。”

在第一轮被打退后，此番来的叛军反而更多，双方越战越烈，楚渊登上高处，一眼看见对面站着的刘锦德，眉头不自觉便一皱。

叶瑾道：“回船舱。”

“朕是来打仗的，你总不能时时让朕抱着碗吃饭。”楚渊拍拍他的肩膀，“别闹。”

叶瑾四下打量，很后悔没有将上回用剩下的面具留着，至少将脸遮住。

刘锦德自然也看到了楚渊，楚项在旁道：“段白月我已经解决了，人能不能带回来，就看你自己了。”

刘锦德微微抬手，在尖锐刺耳的号角声中，又一轮的攻势发起，漫天箭雨在厮杀声中夺命呼啸，阿离一脚踢开面前的叛军，飞身护在楚渊面前，觉得自己这个哥哥也是倒霉，不能冲锋陷阵，也不能避而不出，只能站在这里鼓舞士气，顺便给心怀叵测之人当靶子。

“再不去，他身边的人可就越来越多了。”楚项提醒。

话音刚落，刘锦德便腾空而起，踏着中间连在一起的船只飞速冲上楚军大营。

没料到他居然会有这么大的胆子，段瑶与阿离都被震了一下，叶瑾见状险些背过气，活见鬼。一张黑色大网自刘锦德手中飞出，段瑶与阿离一人一边挥刀扫开。楚渊侧身一闪，剑锋堪堪擦过袖口。

时隔多年，第一回如此近距离地看到楚渊，刘锦德笑容阴森，像是压根就没将段瑶与阿离放在眼中，周围一圈御林军更是当不存在，只是盯着他一人看。楚渊心里如同吞了苍蝇，出招也就越发狠厉，刘锦德避开他三招后，故意虚晃一下，竟向着阿离的喉咙刺去。

“小心！”楚渊抬手想要拉开她，刘锦德却已经剑锋一转，左手扫开挡在眼前的数十御林军，直直迎面刺来。

楚渊后退两步，叶瑾惊呼一声：“小心！”

一根箭羽钉在船头，楚渊左臂染了鲜血，楚项弯弓满月，又是三根利箭破风而来。

段瑶挥刀将之斩落，叶瑾一把拖住楚渊，把人带回了船舱。

沈千枫与妙心也自两侧赶来，刘锦德纵身跳下大船，向着另一头奔去。

“幸好，没毒。”叶瑾松了口气，替他将绷带缠好，“没事的。”

“皇上，”卓云鹤在外道，“叛军已经被打退了，可要继续追击？”

“追。”楚渊道，“直到将他们全部逼回老巢为止。”

卓云鹤领命，转身去找薛北岳。叶瑾替他擦擦冷汗，道：“休息一阵子吧，等等再出去。”

楚渊点头：“好。”

“看不出来，刘锦德胆子倒是不小，三番两次往船上跑。”叶瑾道，“下次可得更小心些。”

楚渊也未再说话，只是靠在椅子上想事情，顺便听外头杀声震天。这一个月来，双方大大小小的交战几乎每日都会有，楚军虽说多有伤亡，却总算一路都在乘胜追击，并未输过几场大仗，已经从翡缅国的边境一路深入内海，据俘虏所言，王都便在这片海域。

“在想什么？”叶瑾问。

楚渊回神：“嗯？”

“没什么。”叶瑾站在他身后，按住太阳穴慢慢揉，“休息一会吧。”

楚渊闭上眼睛，在他的温柔手法中，脑子总算是放空了些。外头依旧是杀声不断，一轮又一轮的敌军被杀退，薛北岳振臂高呼，亲自在最前方浴血杀敌，大楚士气高涨，叛军四散溃逃，伤亡惨重。

这场仗一打便是七日，第八天的清晨，海面上已经没有了暗红的血色。薛北岳道：“叛军元气大损，应该不敢再轻易冒头了。”

“此地四处都是诡异的雾气，怕有不少迷阵。”楚渊道，“这场仗打得惨烈，让将士们休息几天吧，否则也熬不住。下令后退二十里，暂时驻扎白马岛附近。”

“是。”薛北岳松了口气，幸好还有喘息的机会。白马岛是一片淡水岛，也没什么太大的风浪，楚渊靠在围栏上，看着岛上取水的将士们忙碌来回。

下头传来一阵水花响，却是当日那只大龟，正在用侧边的背甲撞船。

楚渊有些意外，又往外探了探身子。

“喂喂！”叶瑾和段瑶受惊，丢了手里的东西就往这边跑，千万别说想不开要跳海，使不得。

楚渊要了艘小船，纵身一跃而下。

“啊！”叶瑾与段瑶撞在一起，捂着额头泪眼婆娑。

楚渊听到动静，纳闷抬起头看着上面：“出了什么事？”

“没什么。”叶瑾与段瑶双双趴在栏杆上，额头都通红，“下船要做什么？”

“是那只大龟。”楚渊蹲下，手轻轻敲了敲那坚硬背甲，“自己回来了。”

是吗？段瑶与叶瑾好奇，也跳下来看究竟。

大龟将一枚玉佩甩到了船上，像是在前爪上缠了一路。

楚渊捡起来后，脸色猛然一变。

“是哥哥的东西！”段瑶认出那只丑八怪小老虎。

大龟潜入海底，再冒头已在远方，却并未游走，而是停在那里转身，像是在等众人跟上。

“来人！”楚渊纵身上了大船，一边走一边下令，“备船调军，朕要出海。”

叶瑾小跑跟上：“不如让千枫与瑶儿去？”

楚渊摇头：“朕要亲自去。”

叶瑾：“……”

其余人听到这个消息，也震了一下：“皇上要出海？”

“想办法劝一下吧？”阿离为难，“这……”

所有人都看向温柳年。

“不行，这回不行。”温柳年道，“别的事能忽悠，与王爷沾上边，皇上谁的话都听不进去。”

“皇上。”船头甲板，段瑶紧走几步追上。

“你也要拦着朕？”楚渊问他。

段瑶想了想，摇头：“我也要去。”

楚渊笑笑，伸手拍拍他的肩膀。

船舱内，薛北岳道：“其实……按照末将的经验，此番叛军至少要缓一个月，才能回来些元气，在此之前，是绝不会轻举妄动的。”

“所以将军的意思，是皇上能走一个月？”温柳年赶忙问。

薛北岳正色道：“末将并没有这个意思。”

温柳年道：“将军一点都不耿直。”

薛北岳满心敬佩，道：“温大人竟还有说别人不耿直的一天。”满朝文武肚子里的弯弯绕加起来，怕也没丞相大人一个人多。

“那接下来要怎么办？”阿离道，“由着皇上，还是先打晕再说？”

叶瑾看了眼沈千枫。

沈千枫道：“我与皇上一道去吧，一个月后，无论是何结果，我都会将人带回来。”

叶瑾叹气，无奈道：“只有这样了。”于理确实不合，可于心于情，却也没有第二条路能选。

是夜，一支约有三千人的船队便离开淡水岛，向着深海驶去——都是精兵良将，即便是遇到叛军堵截，也能即刻开战。

大海龟在前头飞速划水，带的路看似有些绕弯，却反而节省了不少时间——利用潮汐与风向，几乎一路都是风帆饱满，而且没有遇到任何阻碍。

楚渊站在船头，周身落满星芒，指甲几乎要刺进手心，一站便是一夜。

天之涯上，段白月依旧每日都与月萝聊天——虽说房子里叽叽喳喳闹了些，可不出一阵子，阿沉便会阴着脸跟来，再找个借口将这小丫头打发走。

段白月并不介意他的坏态度，反而还挺喜欢这个年轻人。两人经常一聊便是一下午。阿沉倒了两杯茶，道：“楚国的皇帝该是挺看重你吧，我出海那阵子，到处都有人在找你。”

段白月笑笑：“嗯。”

又一个清晨，月萝穿着新衣裳，高高兴兴在海边等着，过了阵子阿沉扛着渔网过来，道：“你没捕过鱼，只管在船上待着，莫要到处乱跑，知不知道？”

月萝点头：“嗯！”

阿沉升起风帆，带着她一起往深海驶去，打算捞些鱼与贝壳回来，给即将成亲的紫灵阿姐做贺礼。

小船在海上一漂就是一天一夜又一天，寨子里的人都在偷笑，这两个小情人，等不及成亲，便自己偷偷跑出去捕鱼，回来也该催着阿爷办喜事了。

月萝将烧饼从包袱里拿出来，虽说吃食又冷又硬，可笑一直就没从脸上消失过，阿沉面色有些不自然，伸手替她拿掉脸上的饼渣，短暂的触碰，两人却都脸一红。

月萝道：“你亲我一下。”

阿沉训她：“姑娘家，怎么好说这些。”

“亲不亲？”月萝问。

阿沉：“……”

月萝凑上去，在他脸上亲了一下。

阿沉眉头一皱。

“你嫌弃我？”月萝瞪大眼睛。

阿沉将她一把拉到身后：“有船队。”

“什么船队？”月萝心里一惊，也顺着他的方向看过去，果然就见在蔼蔼雾气中，一艘大船身后跟着无数小船，正在缓缓驶近。

“怎么办？”月萝紧张地问，“要跳海吗？”

“这里连礁石都没有，跳了海要到哪里去。”阿沉握住她的手，“别怕，好像是楚军的船。”

“楚军的船就不用怕了吗？”月萝小声道，“阿爷说打仗的都是坏人，寨子里那个是例外。”

“这些人或许就是来找他的。”阿沉道。

“啊？”月萝吃惊，“那寨子岂不是要被发现了？”

“别说话。”阿沉将她挡在身后，手中握着长刀，警惕如同海鹰。

“那里有两个人。”段瑶眼尖。

那只大龟用脑袋顶了下阿沉与月萝的小船，便沉下海面，再也没有冒头，像是游向了远方。

沈千枫飞身踩过水面，落在两人的船上：“打扰了。”

“哇。”月萝惊叹，“你的轻功。”如此身材高大，水面上竟是连半分波澜也无，好厉害。

阿沉也想起了当日段白月说过的，日月山庄内的武林盟主。

“我们是大楚的军队，前来此处找人，不知两位可知情？”沈千枫问。

真是来找人的啊……月萝往阿沉身后躲了躲，只露出一只眼睛。

阿沉与他对视。

“没说不知道，那就是知道了。”沈千枫一笑，“可否上船一叙？”

“别去。”月萝拉了拉他的衣袖。

“不用怕。”阿沉道，“若他们真有心伤人，我们在哪里都没用。”

“小哥多虑了。”沈千枫道，“我们只想找人，找到人之后，立刻就会走。”

阿沉伸手抱住月萝的腰，带着她轻松跃到船上。

沈千枫有些意外，还当只是普通渔民，却不知还是个高手。

“你们要找谁？”阿沉问。

“你知道他在何处？”楚渊压抑住内心的情绪，尽量冷静道，“一名男子，受了重伤，大约二三十岁的样子，坠海当日身着一身黑衣。”

阿沉点头：“我知道他在哪里，被我的族人所救，正在岛上养伤。”

“喂喂！”月萝紧张，怎么这就说出来了。

楚渊眼眶兀然一红，嗓音沙哑道：“多谢。”

“真的要带他们去找啊？”月萝小声嘀咕。

阿沉看着楚渊：“不过你得答应我个条件。”

楚渊点头：“阁下但说无妨。”

“你的军队留在这里不准动，再往东后退十里地，那里有一处岛屿。”阿沉道，“顶多七日，我就会将人带来。”

楚渊微微皱眉。

“谁也不许跟来。”阿沉又重复了一遍。

段瑶在身后轻轻掐了一把楚渊。

楚渊顿了一下，点头："好。"

"走吧。"阿沉拉着月萝，掉头就想下船。

"等下。"月萝赶忙道。

阿沉不解："你要做什么？"

"我得问一件事。"月萝看着楚渊，犹豫了半天，还是小心翼翼道，"坠海那哥哥的媳妇，应该还没改嫁吧？"

第四十九章

一语既出，其余人一时半刻都没反应过来，只有段瑶震惊道："啊？"

"不会吧？"见大家都是见鬼的表情，月萝心里着急，她挺喜欢段白月，这阵难免替他不值，急道："这顶多也就几个月，怎么就改嫁给旁人了呢，哪怕先将肚子里的孩子生下来也行啊。"

船上鸦雀无声，一片寂静。

是不是有哪里不太对。

"你是将军吧。"月萝拉住楚渊的衣袖，"那大哥哥可喜欢他媳妇了，日日都在念叨要快些回军营，好看着孩子出生。可现如今人家都改嫁了，他知道后肯定伤心得很，你到时候得劝劝他。"

楚渊深吸一口气，笑容淡定："自然。"

段瑶试图插话，帮亲爱的哥哥挽回一下局势："我说姑娘——"

楚渊抬手，示意他切莫多言。

段瑶欲哭无泪，觉得他哥是不是坠海的时候摔坏了脑袋，感觉仿佛已经没救了。

"那我们就走了啊。"月萝道，"不准跟来，不然被阿爷知道，那大哥哥会有危险的。"

楚渊点头："姑娘放心，楚军向来言出必行，我们也无意打扰诸位的生活。"

阿沉抱拳告辞，带着月萝回到了小船上。

目送两人越走越远，沈千枫道："可要暗中跟上去？"

楚渊摇头："搞不清楚那片岛屿到底是何来头，若是被发现，反而多了麻烦。方才那两人若有心隐瞒，刚开始便不会承认得那般爽快，等着吧。"

沈千枫命大军后撤前往岛礁。段瑶磨磨蹭蹭站到楚渊身边，道："真的不会有事吗？"好不容易才找到哥哥的下落，万一不跟过去，出事了怎么办。

"说不准。"楚渊道，"跟上去与在原地等七天，二者都有风险，却只能挑一个相对稳妥的。"

段瑶道："嗯。"

"没事的。"楚渊拍拍他的肩膀，"这么多大风大浪都过来了，七天而已，耐心等着便是。"

"好。"段瑶皱皱鼻子，又道，"哥哥在岛上说的那些话，定然是为了自保，不会有别的意思。"

楚渊失笑："否则呢？"

段瑶咳嗽两声："那我去吃点东西。"

楚渊点头，也转身回了船舱。

船上，月萝双手撑着脑袋，像是在出神。

阿沉一边划船一边问："在想什么？"

"你真的要将人偷偷带出岛吗？"月萝担忧，"若是被阿爷知道，我们——"

"是我一个人的事，与你无关。"阿沉道。

"怎么就和我无关了。"月萝着急，"你傻子，我是在担心你！"

"我知道。"阿沉放下船桨，"村子里的那个人，我知道他的身份。"

"我也知道啊。"月萝道，"他来的头一天就说了，是楚军中一个小头目。"

"他不是小头目，而是大将军。"阿沉继续划船。

"啊？"月萝吃惊，"真的？"

"他是楚国的王爷，叫段白月，我这回出海的时候，楚军大营里人人都在找他。"阿沉道，"否则你想想看，打仗每回要死多少人，若不是身份显赫，哪里用得着特意带兵来找。"

"是大官啊。"月萝恍然大悟，可一想又道，"大官也不行，阿爷还是会罚你。"

阿沉默不作声，只顾着加快手速划船。月萝见他不说话，心里更加没底，索性一把握住他的手腕："不行！我们得商量个法子，就算要将他送出寨子，也要偷偷送，不能让阿爷他们知道真相。不然我们回去？找一艘小船跟着，到时候躲在岛礁后——"

"我想离开天之涯。"阿沉打断她。

"你说什么？"月萝震惊，觉得自己该是听错了。

"我想离开寨子。"阿沉看着海面，"我想去打仗。"

"为什么啊。"月萝险些急哭，"打仗要死人的。"

"在寨子里没意思。"阿沉道。

"谁说的，在寨子里可有意思了。"月萝跪坐在他对面，"你中邪了吗，我们都要成亲了。"

"我带你去军营。"阿沉道。

月萝："……"

“你若不想去，那就，就算了。”阿沉躲开她的视线，“寨子里大家都喜欢你，想娶你的后生那么多——”

“喂！”月萝一巴掌打在他头上，“我都亲了你，你还想娶别人？”

阿沉：“……”

“可我们就这么走了，大家一定会伤心的。”月萝坐回船上，闷闷不乐。两家爹娘在出海捕鱼时遭了海难，自己和阿沉哥是吃百家饭长大的，怎么好背叛寨子。

“要跟我走吗？”阿沉问。

月萝低着头。

阿沉没有再说话，只是全力划船往回赶。有潮汐和海风推动，回去的速度要比出海快上许多。只花了来时一半的时间，便看到了地平线。沙滩上晒着渔网与海菜，大家伙有说有笑，见到两人回来了，纷纷捂着嘴取笑，又帮着将船拉上岸，在身上拍打两下，催着回家换衣裳准备吃饭。

阿沉牵着月萝的手，将她一路送回家。

“你真的要走？”月萝问。

阿沉点头：“我明晚便带着人出海。”

月萝在他胸前打了一巴掌，又气又急，转身哐啷关上了门。

阿沉叹了口气，转身去了村口。

段白月正在院中调息，见他进来，笑道：“怎么，和那小丫头吵架了？”

阿沉坐在他对面，道：“我跟你走。”

段白月讶然：“你想好了？”

“明晚子时会起大风。”阿沉道，“准备好出海吧。”

“那月萝呢？”段白月问。

“她不走。”阿沉道，“要留在寨子里。”

“要我帮你去劝吗？”段白月递给他一杯茶。

“不用了。”阿沉道，“她留在这里挺好的，大家都疼她。跟着我出去，还不知将来会是什么样子。”

“随你。”段白月道，“不过若我是你，不管用什么法子，总要将心爱之人留在身边。”

“我遇到了前来找你的人。”阿沉道。

“谁？”段白月脸色一变。

“一整支船队，有好几千人。其中有一个人功夫很好，应当是你说的武林盟主，还有一个人不知道身份，可看着也不是寻常人，他很关心你。”

段白月心底情绪翻滚，只恨不能生出翅膀，过了许久才哑声问：“他还好吗？”

“好？”阿沉觉得这问题有些怪，想了想，“挺好的。”

“怪不得你突然便打定了主意。”段白月道，“多谢。”

“那我走了。”阿沉站起来，“我带你出去，你也记得曾经答应过我的事情。”

“自然。”段白月道，“永远也不会有人来打扰这座村落，除非是你想替他们做些事情。”

阿沉点点头，转身大步离开。

这一夜过得极为安静，第二天，寨子里还是同以往一样，炊烟袅袅有说有笑。月萝在屋顶上坐了一阵子，心里烦躁，想去找段白月，还没出门却又改了主意，转身蒙着被子睡大觉，谁来都不开门。

段白月问：“当真不去找？”

阿沉坐在院中磨刀，只当没听到。

临近子时，海边果然起了大风。段白月轻功已回来了五六成，跟着阿沉轻而易举便出了宅子，礁石后停着一艘小船，阿沉解了绳索，将段白月拉上来，两人掀开船舱门上挂着的帘子，却都被惊了一下。

月萝挎着一个小包袱，正坐在里头，目光幽怨。

段白月挑眉。

月萝道：“哼！”

阿沉挠挠头，没说话，眼底却是遮不住的欢喜。

“这里不是谈情说爱的地方。”段白月道，“先走吧。”

阿沉点头，让他与月萝先坐好，自己用力一撑桨，将船只驶离了岸边。

船舱里漆黑一片，月萝拿出一颗夜明珠，镶在了木匣子里。

段白月道：“看来将值钱的细软都挂在身上，是铁下心要走了。”

“你这个骗子！”月萝气道，“我那么相信你！”

“我是骗了你，可我也帮你追到了心上人。”段白月道，“够不够还？”

“不够。”月萝拍桌子。

“那好办。”段白月道，“你救了大楚的王爷，将来见到皇上，想要什么封赏尽管开口，王城江南蜀中或者大理，你想要哪里的宅子，我都买给你。”

“皇上啊。”月萝被转移了些注意力，“我听说大楚的皇上，长得可好看了。”

“是很好看。”段白月道，“不过你不准嫁。”

“我才不嫁，我要嫁阿沉哥。”月萝撇嘴，“而且皇上一定很凶。”

“前几日你们遇到的船队，打头那人凶吗？”段白月问。

“你说那个大哥哥？”月萝摇头，“不凶的，那个哥哥长得顶好看，说话声音也好听。”

“他便是大楚的皇上。”段白月道。

“真的呀？”月萝吃惊。

段白月点头。

“皇上亲自来找你啊。”月萝还是有些不可思议，自己居然就这么见到了大楚的皇上，有些懊恼没有多看两眼。过了阵子又想起一件事，“可我那时还拉着他的手，问他你媳妇的事情，没事吧？”

段白月表情一僵：“嗯？”

“我当时着急，想帮你问问清楚，你那怀孕的媳妇改嫁了没。”月萝道，“后来皇上没说话，我就当是已经改嫁了，替你不值当，说话声音就大了些。”

段白月双手扶住她的肩膀，深呼吸：“怀孕的媳妇？”

“对啊。”月萝点头，“我还说，至少要等孩子生下来再改嫁吧，气得很。可皇上看着还挺和颜悦色，答应我会好好安慰你。不过你到底有没有媳妇啊，阿沉哥说你是骗我的，你是王爷，真的会娶一个伙夫吗？”

段白月欲哭无泪：“你……”

“我怎么了？”月萝小心翼翼地问，“说错话了？”

“没有。”段白月无力摆摆手，冷静了一下，“好了，你让我安静一个时辰。”

“哦。”月萝答应一声，乖乖坐到垫子上。

段白月很想仰天长叹，考虑若实在不行，便只有往胸口拍两掌，弄个吐血重伤，或许能逃过此劫。

岛礁边上，楚渊正坐在船头看星星，段瑶端了一碗热乎乎的汤面过来，说是刚煮的，吃点宵夜也好暖身子。

“以后早些睡。”楚渊道，“这些事情，交给伙夫去做便是。”

“那不行，哥哥还有几天就回来了，见到皇上瘦了，会心疼的。”段瑶道，“临行前叶大哥，还有阿离姐姐都说了，要让皇上一天吃四顿，还要加上点心。”

楚渊只觉得好笑，用筷尾敲敲他的鼻子。

段瑶也坐在他身边，陪着一起聊天看海，顺便暗中吹嘘一下哥哥当年在西南南征北战的事迹，甚至还用到了特意从温大人那里抄来的诗，很高级。

楚渊被吵得头晕眼花，喂给他一个鱼丸：“求你，让朕安静一阵子。”

段瑶：“……”

真的不能再说了吗，西南七十二个寨子，刚说了三个。

楚渊喝完最后一口汤，跳下船舷回了住处。

段瑶抱着空碗，又踮起脚往海的另一头看了一眼。

也不知哥哥何时才会回来。

小船随着风浪飘摇，月萝靠在软枕上，觉得似乎也没有先前想得那般不舍，相反还有一些兴奋，以及对未来的期许。听段白月说打仗时的故事，不知不觉便会过去一整天。随着距离天之涯越来越远，离楚军驻扎的岛礁也就越来越近。第六日的清晨，阿沉掀开帘子，道：“到了。”

“哇！”月萝迫不及待，先弯腰钻了出去，就见前头不远处果真是大楚的船队，先前那个好看的哥哥，正站在船头看向这边。

“是皇上，是皇上来接你了！”月萝转身，“快呀，出来看！”

段白月深吸一口气，整理了一下衣服还未站起来，船只便晃了一下。

“皇，皇上。”月萝被吓了一大跳，赶紧躲到阿沉身后，伸手怯生生指了一下，“王爷，在里头。”

“辛苦二位了。”楚渊道，“先去大船吧，瑶儿已经安排好了住处。”

阿沉点头，带着月萝飞身上了大船。

段瑶赶忙迎上来，问：“我哥哥他没事吧。”

“没事，好得很。”月萝道，“你不去看看吗？”

“没事就好。”段瑶干笑，那个，我现在还是不去看了，否则怕是会被丢进海里喂鱼。

楚渊伸手掀开帘子。

“你还好吗？”段白月哑声道。

楚渊不语。

“我知道这回都是我错。”段白月道。

“伤好了吗？”楚渊叹了口气。

“好了。”段白月道，“别担心。”

“回去吧。”楚渊道，“让大夫替你瞧瞧。”

“哥！”段瑶挥手。

段白月提气运功，带着楚渊跃上大船，身形有些踉跟。

“喂喂！”段瑶赶紧扶住他。

楚渊亦是皱眉，吩咐下去宣召太医即刻过来。

“小鬼。”趁着楚渊在同别人说话，段白月低声问，“皇上没生我气吧？”

“你觉得呢？”段瑶用充满同情的眼光看着他，“若我是你，路上就装死了。那天那小丫头了不得，居然当着皇上的面问什么媳妇改嫁了没，还说就算要改嫁，也要先替你生个孩子，当时周围少说也站了上百人马，大家伙可都听到了，那情形，你自己想。”

段白月：“……”

楚渊回头：“你们在说什么？”

“没什么。”段瑶一把搀住段白月，目光凝重道，“哥哥只是突然有些想要吐血。”

段白月：“……”

段白月道：“嗯。”

楚渊与他对视。

段白月冷静道：“突然又不想吐了。”

段瑶在旁扶住额头，他哥还能不能更㞞一点。

不多时，章明睿便带着药箱急急跑来。船舱里挤满了人，连月萝也拉着阿沉来看他，段白月就算有再多话，也只能先吞回肚子里，耐着性子等诊脉。

楚渊坐在床边，问："如何？"

章明睿赶忙道："回皇上，王爷的外伤并无大碍，至于内伤，服药静心调养上月余，便能痊愈。"

楚渊点头："去煎药吧。"

章明睿领命躬身退下，其余人也出了屋子。段瑶最后一个离开，不忘暗中给他哥递个眼色，方才轻手轻脚锁上门。

段白月抢先一步，老老实实道："我错了。"

楚渊身子有些发抖。

足足过了小半个时辰，楚渊才冷静了些，只觉得有些头晕。

"我去帮你倒杯水，好不好？"段白月柔声问。

楚渊坐直身子。

一巴掌打开他。

段白月："……"

段白月小心翼翼道："生气还能分两茬啊？"

"说，谁是你怀孕三个月的媳妇！"

"我这不就随口一说。"段白月皱着眉毛。

"随口一说？"

段白月欲哭无泪："我漂到那小村子里，怕族长让我娶别人，便赶紧说家里有个怀孕的媳妇，是楚军的伙夫，想着能让他赶紧打消这念头，免得多生事端。"

楚渊瞪大眼睛："伙夫？"

段白月："……"

段白月道："我什么都没有说。"

"四喜！"楚渊站起来。

外头很安静。

段白月小声道："四喜像是没跟来。"

楚渊瞥他一眼："就你话多。"

段白月委屈道："讲点道理啊。"

“瑶儿！”楚渊道。

“来了！”段瑶风风火火冲进来，一眼看到皇上通红的双眼，顿时用谴责的眼神看向他哥——为什么你还在床上四仰八叉睡着？

“看着你哥哥。”楚渊道，“不准踏出船舱半步。”

“好。”段瑶拍胸脯。

楚渊转身出了船舱，头也未回。

段白月道：“死小鬼。”

段瑶撇嘴，就知道迁怒弟弟，怪不得人家不理你。

一点都不值得同情。

是夜，段白月独自躺在床上，翻来覆去，辗转难眠。

外头浪花阵阵，海风徐徐，过了良久，他还是忍不住爬起来，披着衣裳想要去隔壁。刚一推开门，半把闪着寒光的刀便出现在眼前。

段瑶架着腿躺在船顶，用刀鞘“梆梆”敲了两下木门——回去！

段白月重新躺回床上，头很疼。

隔壁楚渊听到声响，在梦中嘴角一扬，转身握着被子，继续沉沉酣睡，一夜好眠。

由于风浪的关系，返程的路途要比来时多上几倍，不过大家倒也不着急。西南王已经顺利找到，还多了两位神秘的帮手，不管怎么说都是赚，况且楚项先前受了重创，也不会这么快便重新出战，在海上多走上十几天，也无妨。

月萝跑进船舱，手里湿漉漉捧着一堆海贝，笑声如同小铃铛：“你不出去吗？外头有彩虹，可好看了。”

段白月淡定道：“不出去，养伤。”

段瑶在旁抽抽嘴角，呵呵，那也要能出去。

“可阿沉哥方才与那个小大夫一起聊天，说你已经没事了。”月萝道，“对了，皇上也在外头。”

段瑶实心实意道：“那我哥就更不能出去了。”

“皇上在做什么？”段白月问。

“什么也没做，就是看着远处，好像在笑。”月萝道，“皇上可真好看，是我见过顶好看的人，就好像是从画里刚走出来一样，眼睛像天上的星星，头发比锦缎还亮。”

“嗯？”楚渊推门进来。

“皇上。”月萝被吓了一跳，怀中贝壳散落一地，脸通红。

“出去吧。”楚渊笑道，“你的阿沉哥在找你。”

月萝答应一声，用手背冰了冰滚烫的脸颊，转身跑了出去。段瑶也识趣离开，段白月冲他伸出手：“你总算是来看我了。”

楚渊挑眉：“五天而已。”

段白月道：“加上今日，便是六天。”

“六天又如何。”楚渊坐在床边。

“六天一点都不如何。”段白月道，“打算晾我多久？”

楚渊问：“你失踪了多久？”

段白月顿了顿，答：“一个月。”

“所以呢？”

段白月讨价还价：“十天。”

楚渊道：“两个月。”

段白月拉长语调：“小渊……”

“叫什么也没用。”楚渊闭上眼睛，打算休息一阵。

船舱里很安静，楚渊睡了一阵子，觉得肚子饿了，便伸个懒腰，独自起身出门吃饭，走得挺爽快。

段白月：“……”

段瑶抱着裂云刀靠在门口，道：“啧啧。”

段白月挥手弹出一枚暗器。

段瑶哇哇叫着躲开，看着面前幽蓝色的刀刃，很心塞。

为何也不挑个没有毒的。

船队在海上漂了半月，终于在一日清晨抵达楚军大营。先锋队已经先一步传回了消息，此时所有人都在甲板上等，司空睿踮着脚，满脸写满焦急，直到见着段白月从船舱里出来，并没有缺胳膊少腿，方才松了口气，不由分说一把抱住他，泪流满面，感慨万千。

楚渊：“……”

“你没死啊。”司空睿唏嘘哽咽，好不容易才说出四个字。

段白月嫌弃道：“就算我没死，你也不至于伤心成这样，快些放手。”

楚渊别过头，忍笑。

叶瑾看着月萝与阿沉，疑惑道：“这二位是？”

“是我从海外孤岛带来的援兵。”段白月将司空睿丢到一边，“轻功极好，熟知各种阵法，亦是我的救命恩人。”

“这样啊。”叶瑾道，“那此番真是多谢二位了。”

阿沉笑笑，并未说话。月萝偷偷看了看段白月，见他眼底戏谑，又是脸红一跺脚，看一下不行吗，这大船上的男子，是都很好看啊。

楚渊命温柳年亲自带他二人去往住处，走到无人处，阿沉犹豫道：“那位大师，也是楚军的人吗？”

“小哥是说妙心大师？”温柳年点头，“那是大楚一座寺庙中的高僧，与皇上有些交情，武功也高，此番便来助战。”

阿沉点点头，像是在想什么事情，温柳年也没再问，一路带到住处后，便恭敬告辞离开。

段白月道：“伤口疼。”

楚渊道：“忍着。”

段白月道：“要吐血。”

楚渊道：“吐吧。”

楚渊在桌边喝茶，头也不抬。

“皇上，王爷。”温柳年恰好在外头道，“微臣有事要奏。”

“爱卿有何事？”楚渊问。

温柳年犹豫了一下，道：“此事只是微臣的猜测，不过还是想着向皇上与王爷禀告一声。”毕竟是非常时期，容不得半分疏漏。

楚渊点头：“先说说看。”

“与妙心大师有关。”温柳年道。

段白月一听就头疼，怎么到处都有这大和尚。

“方才微臣送两位客人回住处，阿沉却在中途开口，问大师是否也是楚军的人。”温柳年道，“微臣点头称是，他便没有再说话，只是看着神情有些犹豫，像是还想问什么。”

“阿沉先前见过妙心？”楚渊看了眼段白月。

“不清楚。”段白月道，“在此之前没听他提过，不然我去问问？”

楚渊点头：“好。”

“那微臣就先退下了。”事情已经说完，温柳年走得挺快，毕竟皇上与王爷经历此劫，应当有许多话要说，旁人不好打扰。

“你怎么想？”段白月问。

“南菩小叶寺位于关海城，妙心又经常率领僧侣出海化缘，阿沉见过他不意外。”楚渊道，“只是若当真只是见过，那今日问一问也就罢了，甚至当面问也成，为何又要犹犹豫豫，欲言又止？”

“与我想的一样。”段白月道，“阿沉应当无意中看他做过什么事情，而且八成不是好事，至少与出家人的身份不符，所以才会在今日遇见时，心生疑虑。”

楚渊微微皱眉。

“喂，我可是就事论事。”段白月道，“一点私心也没有。”

“他可是我带上船的。”楚渊坐直身体，“原以为是个援兵，那你与他不和倒也能忍，若再生出事端，那可就真是得不偿失了。”

“给我点时间。”段白月道，“先查清楚再说。”

楚渊点头，握住他的手腕试了试：“伤好多了。”

“你还记不记得先前在王城时，朱砂姑娘曾经送来过一张翡缅国的地图？”

“记得，沈将军的心上人。”段白月点头。

“她的族人曾进过翡缅国。在你失踪的这段日子里，大楚的水军已经攻下了翡缅国外围的所有海岛。”楚渊将地图取来展开，“这是我们自己大致绘的地图，与朱砂送来的基本一致。”

“外头一圈对上了，那里头的岛屿分布也便八九不离十了。”段白月将地图拿起来，“看着有些诡异，应当是在原有的小岛中，又自己额外堆出了不少。”

“温爱卿也说过此事。”楚渊道，“这片海域算是平缓，可堆出来的石头岛毕竟不能住人，更不能种地，如此劳神费力，定然又是挖好了大坑在等着楚军。”

“会不会是某种阵法？”段白月问。

“有可能，不过也说不准。”楚渊道，“这一路打进来，楚军虽说胜多败少，却也伤亡不轻。相反楚项的优势却逐渐明显起来，这毕竟是他的老窝，天时地利人和，占全了。”

段白月道：“那你打算何时出战？”

楚渊道：“大军需要休息，战略部署也要再细化，薛将军率人去了附近巡逻，约莫三日后回来，到那时大家再一道商议吧。”

“也好。”段白月道，“那我先去找阿沉与月萝。”

“先休息一阵吧，漂了这么久，他二人也该累了。”楚渊道，“你也睡一会。”

“那好吧。”

月萝还是头回见到这么大的船，闲来无事就拉着阿沉到处看稀奇，只觉得哪里都新鲜。伙夫难得看到漂亮的小丫头，也挺喜欢他，偷偷摸摸塞了不少好吃的，现炸的丸子一咬满口生香，月萝强塞给阿沉一个，笑着看他。

“王爷在。”阿沉低声提醒。

“啊？”月萝回身，果然就见段白月正在向这边走来。

“船上好玩吗？”段白月问。

“嗯。”月萝点头，“这船可真大。”

“那头现在有好玩的。”段白月伸手一指，“瑶儿与叶谷主在一起喂毒虫。”

“是吗？”月萝将手中的吃食塞给阿沉，一个人跑过去看热闹。段白月笑道：“难为你了，就没见这小丫头安静过片刻，一直叽叽喳喳的。”

“她先前没出过海。”阿沉靠在船舷上，“王爷找我有事？”

段白月点头：“今日送你回住处的那位大人，是皇上的心腹，大楚的丞相。”

“我知道。”阿沉点头，“第一才子，即便在南洋也有不少传闻，据说还与东海大明王有关。”

“他说你曾问起过妙心大师？”段白月试探。

阿沉闻言愣了一下，而后便笑着摇头：“这大楚的军营里，果真都是人精，我只是随口一问，竟然也会被觉察出异常。”

“当真有内幕？”段白月皱眉。

“内幕称不上，不过我曾在三年前见过那位大师。”阿沉道，“那时我胡乱编了个身份，跟随一艘大船去做生意，好给岛上买些生活必需的物品。可谁知途中不幸遇了海难，亏得我水性好，抓着一块船板方才漂到了一处荒岛。”

“妙心也在那里？”段白月问。

阿沉点头：“醒来之后，我想去岩石上扒些贝类充饥，却听到岛中间地动天摇，不知是在做什么，便暗中循声去看，就遇到了这位大师。”

“地动山摇？”段白月不解。

“他在练功，功夫高得邪门。”阿沉道，“身披血红袈裟，却没有半分出家人的慈眉善目，眼神凶狠极了，像是中了邪。”

段白月意外：“独自发疯？”

阿沉道：“嘴里还在喃喃自语，可我当时离得远，没听清到底是什么。南洋异人多，我还当是哪里的妖僧，便一直蜷缩在树木后，等他驾船离开后方才逃到岸边，自己做了艘小船出海求救。”

“就这些？”段白月问。

“就这些。”阿沉道，“我自幼便能过目不忘，从未认错过人。所以今日在船上见到那位大师时，心里难免有些意外，没想到他会是小叶寺的得道高僧，还是皇上的朋友。”

“当时那处岛屿在何处，还记得吗？”段白月又问。

“只记得大致方位。”阿沉道，“在星洲与离镜国附近，上面长满了茂盛的草木。”

“多谢。”段白月道，“这事暂时不要告诉别人，月萝也不行，知道吗？”

阿沉道：“我明白。”

“早些休息吧。”段白月拍拍他的肩膀，也转身回了船舱。

“如何？”楚渊站起来，替他脱掉披风。

段白月将事情大致说了一遍给他。

“妖僧？”楚渊迟疑，无论如何也不能将妙心与这两个字联系到一起。

“那是一座荒岛，听阿沉所言，也不像是在练魔功，倒像是被谁惹怒。”段白月坐在桌边，“会不会是这位大师心中压了太多事情，所以要找个地方自己发泄？”

“不知道。”楚渊摇头，“先前听妙心讲佛法，我还当他已经无欲无求，超乎世外。”独自一人在荒岛上发疯？

“交给我吧。”段白月扶着他站起来，“这阵先别想，该歇息了。”

“都已经这么晚了。”楚渊看了眼窗外，叹气，“还说要你早些休息，转眼又是月上中天。”

“来时躺了一路，这阵还要我去床上？”段白月打了个呵欠，“骨头该软了。”

楚渊笑笑：“早些睡吧。”

“看你这一脸心事。”段白月起身坐到他身边，“不然我陪你喝杯酒？”

“还受着伤，喝什么酒。”楚渊道：“不准。”

“我陪你喝，未必就要自己喝。”段白月道，“司空那里有好酒，是秀秀亲手酿的，很淡，我去讨些来？”

楚渊摇头：“别人家娘子酿给相公的酒，你我凑什么热闹。”

“等着啊。”段白月转身大步出了船舱。

楚渊单手托着腮，扬扬嘴角，眼底被烛火印出一片光。虽说烦心事一样没少，反而还更多了些，可此情此景，却也不愿再多想什么，微醺之后一场好眠，算是行军途中难得的奢侈。

司空睿抱着门框，双目含泪，百转千回。

段白月与他对视。

“罢了，拿去！”半晌之后，司空睿一咬牙，将贴身酒囊慷慨递过去，“将来万人之上时，别忘了兄弟。”

段白月拍拍他的肩膀，转身回了船舱。

一个小巧的白玉瓷杯，注入酒液后，杯壁微微透着绯红，楚渊端起来闻了闻，赞道：“是好酒。”

段白月看着他道：“秀秀虽说性格泼辣，对司空却是一等一的好，做衣裳纳鞋底，连酒也要自己酿。”

“江湖中的大小姐，也会做这种事。”楚渊又倒了一杯酒，“你先前喝过这酒吗？”

段白月道：“就像你方才所言，媳妇给相公的，我凑什么热闹。不过今日不同，你想喝，不仗义也就不仗义了，大不了将来还他一车雪幽。”

“这酒不像雪幽，倒有几分像绯霞。”楚渊放下酒杯，“很甜。”

"那可不行，绯霞只酿给你一人。"段白月笑笑，"将来回了西南府，我教你酿酒，比洗米好玩多了。"

楚渊点头："好。"

段白月看着他，觉得即便没酒喝，滋味也是好的。

船舱外，叶瑾道："不知道皇上睡了没。"

"不知道啊。"段瑶自己剥松子吃，"不然进去看看？说不定还没睡，哥哥今晚的药也不知吃了没。"

四喜守在门口，听到后赶紧道："吃了吃了，王爷的药是老奴去煎的。"

叶瑾纳闷道："吃就吃吧，公公紧张什么？"

"没有啊。"四喜笑道，"九殿下看错了，这大半夜的，有何可紧张，不紧张，不紧张。"

叶瑾："……"

段瑶顿悟，咳嗽两声，将双手举到他面前："松子吃吗？"

不吃！叶谷主胸口发闷往回走，知不知道什么叫遵医嘱，尤其是神医的医嘱。

这一晚船上挺消停，到了清晨，司空睿咬着馒头到处惬意闲逛，看到段白月正在前头，便过去打招呼，却被惊了一跳，一路窜到段瑶身后："什么鬼东西？"

"铁刺虎。"段白月将甲板上的虫子装回瓷瓶，"不小心跑出来了。"

这种东西麻烦装好啊！司空睿从段瑶身后跳出来，恁大一坨黑虫到处乱钻。

"这就是先前叶谷主帮忙养出来的铁刺虎？"段瑶好奇，"加了蛊虫，疯子一样的那些？"

段白月点头："我已经试过了，莫说是当日那条怪鱼，即便是身上再裹一层铁甲，只要中间有缝隙，这玩意也能钻进它脑子里，吸干髓骨。"

司空睿道："我头好疼。"

段白月随口打发："那便去找些黄连泡水喝，好得快。"

司空睿："……"

下回再来要酒，死都不给。

"给我看看。"楚渊正好过来，听到后伸手。

"不行，咬伤了你怎么办。"段白月摇头，"不是要找温大人一道商议事情吗，这么快就完了？"

“温爱卿被阿离拐走了，也不知在做些什么。”楚渊道，“似乎是出了海，连蕴之也不知去了何处，这阵正生气呢。”

“一觉醒来媳妇没了，是我我也要生气。”司空睿摊手。

“所以，朕便回来了，否则能被蕴之拉着念叨半天。”楚渊道，“正好有时间，卓统领说要驾船去军中巡视，大家要一道吗？”

“我能一道吗？”司空睿笑容和煦，明里在问楚渊，眼神却瞥向段白月。的确是很想去，但又怕被此人揍，毕竟自己也曾为了秀秀坑他黑天半夜去演登徒子，以方便英雄救美。

“走吧。”段白月在他胸前捶了一拳，“万一遇到什么乱子，还能将你先丢出去，不亏。”

第五十章

副将很快便备好了一艘小船，这阵海上无浪无风，船只平稳穿梭战舰之间，段白月解下水囊递过去：“喝点水？”

“什么东西，一股子药味儿。”楚渊皱眉。

“是叶大哥配的。”段瑶插嘴，“人人都要喝。”司空哥哥嫌苦，还险些被追着打，非常凶。

“这大热天的，也不知阿离将温爱卿带去了何处。”楚渊坐回船舱，“走了这一大圈，将士们都说没见着，可别是真去了深海。”

“阿离不是没分寸的人，况且还有蕴之在。”段白月道，“若是有危险，他早就追了过去，何至于一直闷头生气。”

“也是。饿不饿？中午就没见你吃多少东西，估摸着还要两个时辰才能回去，不然先传些点心垫垫肚子？”

“传什么点心，等着。”段白月弯腰出了船舱，纵身跃上一艘战船，不多时便带着一个食盒回来，馒头鱼饼加海菜，是大楚将士们的伙食。

楚渊道：“就吃这个？”

“这些怎么了。”段白月咬了口馒头，“在西南打仗的时候，馒头已经算是好伙食，饿极了毒蛇也吃过。”

楚渊笑笑，起身坐到旁边。

段瑶蹲在外头，嫌弃道：“司空哥哥。”

司空睿趴在门缝处，感慨万千。说句大逆不道之言，当初西南府频繁动作时，还当这人真要做皇上，只是世事难料，谁能想到事情居然会发展成这样。

“你在笑什么？”段瑶问。

司空睿坐在他身边，用胳膊肘拐拐他：“此战之后，当真要先回西南府？”

“嗯。”段瑶点头，“金婶婶说的，皇上当时也没反对。”而且看着还挺高兴。

司空睿笑容满面，向后大剌剌躺在甲板上——虽然木头被太阳晒得烫死人，那也无妨，谁让心情好。

直到傍晚时分，温柳年才与阿离两人驾船回来，全身都湿漉漉的，楚渊见着后吓了一跳：“落水了？”

“没有没有。”温柳年赶忙道，“只是在几处岛礁遇到了风浪。”

赵越拉着两人上了甲板，楚渊道：“先去换身衣裳吧。”

“蕴之与小金子呢？”阿离问。

“在生气。”楚渊道：“你要出海，怎么也不同他先说一声，据说一天连饭都没吃。”

阿离哭笑不得，自己转身回了船舱。

“岛礁？”段白月道，“还真是去了深海。”

“这就不该了，若我是蕴之，八成也会生气。”楚渊道，“虽说大楚已经攻下了附近的岛屿，可也难保没有机关，就这么跑出去，幸好没遇到危险。”

“走吧，去前厅等着。”段白月道，“看两人都是一脸喜色，应当是有所发现。”

其余人听到消息，也纷纷赶来，一问才知两人这一天都在那大片乱石阵中穿梭。曲蕴之站在一边，哀怨道：“为何带温大人不带我？”论起破这海中迷阵，难道不该是自己更加有用一些。

“温大人虽说不懂阵法，记性却非常人所能及。”阿离道，“先前无论是先前朱砂姑娘送来的地图，还是楚军亲自测绘的地图，看着都有些偏差，所以我便与温大人又去看了一回，将其又细化了几分。”

曲蕴之抱着儿子，胸闷——因为他的确没什么记性，无法反驳。

“这便是微臣重新绘制过的地图，有些潦草，却比先前更加准确。”温柳年在桌上铺开，“这些乱石岛的分布，像不像是八荒阵法西北一角的排列？”

“还真是。”段白月拿起地图，摇头，“可细看又不大像。”

“的确不是完全一致，却也明显能看出，整片石阵是脱胎于八荒阵法。”温柳年道，“知道这一点，再想找阵门便会简单许多。”

“送去给木痴前辈吧。”楚渊道，“他既能破八荒阵法，应当也能破此迷阵。”

“我们能一起去吗？”月萝拉着阿沉问。

楚渊点头，命段瑶带他二人一道过去。外头天色已经黑透，倒是比白天凉快了许多，嫌船舱闷热，也没几个人回去歇着，都各自寻了块地方吹风纳凉，顺便想想几天后的战事。

司空睿盘腿坐在船顶，看着万千星辰，酝酿情绪，打算给家中妻儿吟一首诗。

段白月道：“下来。

司空睿："……"

为何会有如此煞风景的人。

"皇上呢？"司空睿跳到甲板上，"怎么你如此有空。"

"睡下了。"段白月道，"走吧，随我去荒岛。"

司空睿抽抽嘴角："做什么？"

段白月道："试试白日里那阵法。"

"你我两个人，要怎么试？"司空睿莫名其妙。

"来了便知。"段白月跳上一艘小船，司空睿心里翻个白眼，不甘不愿跟上。到了岛上才知原来不止自己一人，连小金子也坐在树下看热闹。

"为何不等木痴前辈看过再议？"司空睿不解。

"因为瑶儿说他想先试试看。"段白月道。

"是吗？"司空睿有些意外。

"是……吧。"段瑶犹豫着点头。

司空睿沉默片刻，揽过他和蔼道："好好跟哥说，是就是，不是就不是，不要随便加个'吧'。"毕竟八荒阵是出了名的凶险，不是小孩子摆酒唱戏，大家都很贪生怕死，不要随便开玩笑。

"我曾经向木痴前辈学过八荒阵法。"段瑶解释，"也同另一位前辈学过另一个阵法，叫焚星。"

"焚星？"司空睿点头，"这我知道，江湖中人人都想要的宝贝。"

"关于焚星的故事，这阵倒不着急说。"段白月道，"不过瑶儿所言的焚星，并非宝珠，而是一套精妙阵法。"

"阵法？"司空睿道，"你的意思，今日那套阵法不是八荒，而是焚星？"

"是八荒加上焚星。"段瑶道，"我不确定，所以便只私下问了哥哥，他说可以试试看。"

"那现在要做什么？"赵越问。

"这些地方是阵法的关键处。"段瑶将一块大石头放在地上，"我试着破阵，大家用尽一切办法拦住我。"

众人点头，四下散开各自找到石阵的位置，段瑶站在阵法前，深吸了一口气，右手缓缓拔出裂云刀。

“行啊。”司空睿低声啧啧，“这小鬼。”

“那是，也不看是谁的弟弟。”段白月嘴角一扬，纵身跃到树上，而后便表情一僵。

段瑶飞身跃起。

段白月伸手想拦，没拦住。

一个黑影从天而降，将段瑶一把抱在怀中，“嗖”一下抛上天。

段白月扶住额头。

南摩邪大笑，重重拍了一下小徒弟的脑袋。

“师父！”段瑶晕头晕脑，喜道，“你怎么来了？”

“若非这死老头，我早就来了。”南摩邪转身，“喂？”人去哪了。

曲蕴之冷冷道：“别躲了，出来吧。”

过了半晌，一个白发老头从树后慢慢挪出来，嘿嘿干笑。

“长本事了啊！”曲蕴之揪住他的长眉毛，“敢去冰室偷我儿子！”

仙翁哇哇大叫，举着拐杖便打他的头：“那是我孙儿，还看不得了！”

小金子咯咯笑，追着爷爷和爹爹一路跑，阿离脑袋直疼，也匆匆告辞去劝架。段白月随手接过一支火把，凑近看了看南摩邪，嫌弃道：“多久没洗头了？”

“洗什么头，师父给你搞了个好东西，是宝贝。”南摩邪神神秘秘，将他拉到另一边的林子里。段瑶哀怨无比，为何只给哥哥送好东西，我也想要。

司空睿安慰道：“或许是大人用的药呢。”你也用不着。

“咳。”阿沉道，“今晚还破阵吗？”

林地中鸡飞狗跳，是段白月在追着南摩邪打，段瑶哭笑不得，沈千枫也笑道：“今晚怕是不行了，明日白天吧，大家早些过来。”

叶瑾踮脚看了一眼，并不是很想走，到底是什么宝贝。

“拿错了拿错了。”南摩邪抱着头到处躲，将一册小话本揣进怀里，“不是这个。”

“若是让小渊看到这破书，我便找个人天天给你梳头。”段白月和颜悦色。

“都说了，拿错了，这是我自己要看的。”南摩邪挠挠头，又从袖子里取出一个盒子，“这回没错了，拿去。”

里头是一颗明晃晃的珠子。

南摩邪笑容满面，满心期待看着他。

段白月迟疑着拿出来："什么玩意？"

"就知道你不识货。"南摩邪凑近他的耳朵，"此物可不一般，名曰落潮珠，是为师费尽九牛二虎之力，方才拿到的。"

"能做什么？"段白月问。

南摩邪高高兴兴道："弄些金银镶嵌让你戴在头上，好看。"果然非常有用。

段瑶："……"

段瑶坐在树上，睡眼蒙眬打了个呵欠："师父到底要同哥哥打到什么时候？"

"看不出来啊？"司空睿道，"前辈在试段兄的功夫，估摸还要一阵子。"

段瑶"哦"了一声，还是很想睡，并没有多大兴趣。

"喂喂。"司空睿推推他，"皇上来了。"

"皇上。"段瑶从树上跳下来，"我去林子里叫哥哥与师父。"

"原来是南师父来了。"楚渊往林中看了一眼，"莫要打扰了，朕在这等等也无妨。"

"那可要等一阵子了。"段瑶道，"哥哥与师父两人若是打着玩还好，可若是比武过招，两三个时辰都算短。"

"方才在来的时候，还遇到了阿离与蕴之，追着一名老前辈跑上了船。"楚渊道，"不知那是何人？"

"也是随师父一道来的，曲先生的爹。"段瑶道，"师父此番出海，就是为了替他贺寿。"

"这样啊。"楚渊寻了块干净的大石头坐下，"这一大拨人三更半夜不睡觉，来这林子中做什么，小瑾与千枫像是也刚刚回去。"

"哥哥没和皇上说呀？"段瑶嘟囔，"那我也不说，说了哥哥揍我。"

楚渊失笑，倒也没再问。看了一阵段白月与南摩邪对战，见他们似乎没有结束的意思，又觉得手发痒，索性也抽了段瑶的裂云刀，飞身前去凑热闹。

"喂喂！"南摩邪大惊失色，赶紧收手。

"前辈可愿教朕两招？"楚渊落在树上。

"自然愿意，可这黑天半夜不行。"南摩邪连连摇头，"得在白天寻个宽阔的练武场，将刀枪棍棒都收了才成。”最好能在地上铺满棉花垫子，免得将小皇帝摔伤。

段白月飞起一掌，将他打到了楚渊面前。

南摩邪险些吐出一口血，逆徒！

“哥，”段瑶急匆匆跑来，哭丧着脸道，“是皇上抢我的刀。”并没有反应过来。

“没事。”段白月收招落地，笑着看他二人打斗，“就当活动活动筋骨也好。”

民间传闻都在说，当今天子的功夫出神入化，高得很。自然有夸大的成分在里头，不过南摩邪此番与他一过招，却也不全是谣言，若是肯去华山之巅比一回武，八成也能在武林中排上名号。

“腰放软。”南摩邪握住他的手腕，“借力打力，否则伤的是你自己。”

楚渊顺着他的口诀向后闪躲，道：“多谢前辈。”

谢就不用了。南摩邪一个鹞子翻身，蹲在树上挠挠头发，只要你肯对我那傻徒弟好些，想学多少功夫都成。

司空睿看了一阵子，实在熬不住，打着呵欠回去睡觉。段瑶也睡眼蒙眬道：“差不多了吧，天都亮了。”

段白月站起来，上前想去叫两人收手，一本书却冷不丁从天而降。

楚渊看到后，跳到地上想替他捡起来，南摩邪却已经飞身冲过来，抓了书便往怀里塞，速度飞快。

段白月：“……”

楚渊不解：“前辈这是何意？”

“这是武林秘籍。”南摩邪清了清嗓子，“瑶儿要练，我便带了来。”

段瑶看着师父胸前露出来的那半本书，并不是很想说话。

楚渊抱着胳膊。

南摩邪嘿嘿干笑，拼命朝大徒弟使眼色，你这小皇帝有些吓人，快些来救为师。

“小渊——”

“拿来。”楚渊伸手。

南摩邪冷静地后退两步，并不慌。

楚渊自己将书抽了出来。

段白月：“……”

南摩邪抱着头，迅速蹲在树下。在鸣鼓岛的时候，上头有不少文人，便趁机让他们写了些故事，九爪金龙与西南猛虎，违反天条跨越千年，感人得很，甚至还有配图，打算在战后印上几万本全国发——毕竟楚国的秀才也不敢写，只有在外头找。

楚渊皱眉："嘶。"

"我当真不知情。"段白月脑袋很疼。

"呀！"段瑶吓了一跳，上前握住楚渊的手，"被虫子咬了。"

"什么？"南摩邪魂飞魄散，赶紧站起来往兜里一摸，幸好五毒还在，没跑出去。

段白月捏起一只红色的小蝎子，表情一言难尽。

南摩邪："……"

"怎么了，这是什么？"楚渊自己挤出两滴血，并未有何不适，只觉得周围人看起来都有些怪异。

楚渊皱眉："嘶。"

"我当真不知情。"段白月还在头疼。

"呀！"段瑶上前握住楚渊的手，"怎么被虫子咬了。"

"什么？"南摩邪魂飞魄散，赶紧站起来往兜里一摸，幸好，五毒还在，没跑出去。

"我们去外头守着，你们尽快解毒！"段瑶看清之后，一把扯过师父，往外头冲去。

"到底是什么？"楚渊还在问。

段白月握住他的手腕："是毒蝎红娘。"

名字听着喜庆，却不是什么正经玩意，楚渊后知后觉，总算感受到了一丝心口的灼烫，便皱眉道："带我回去。"

天色已然发亮，四周枯树长得稀稀落落，再远处，是大楚将士们晨起的号角声。

整齐划一，直冲天际，能盖过海浪与潮水的声音。

军营里，叶瑾到处找不着人，后头才听四喜说，皇上与王爷一整夜都没回来。

叶瑾："……"

四喜又道："是南师父来了，在林子里练武呢。"

“原来是在练武啊。”叶瑾松了口气。

“可不是，而且不单单是南师父，小金子的爷爷也来了，这阵正在甲板上玩呢。”四喜道，“看着仙风道骨的，听说是位仙山上来的高人。”

“是吗？”叶瑾果然来了兴趣，溜达过去看老神仙。

四喜擦擦额头上的汗，赶忙偷摸进了船舱，收拾了衣裳送去林子里。

段白月扶着楚渊站起来：“大小也是毒虫，虽说不是什么要命的玩意，但怕是今晚才能有力气。”

楚渊看了他一阵子，赌气闭上眼睛，闹心。

段白月忍笑，带着他大步出了林地。

段瑶与南摩邪并排站着，目送两人一路离开，后头还跟着一路小跑的四喜。

“幸好。”段瑶道：“昨晚叶大哥没来。”否则今天只怕一整天都会拿着小刀追哥哥，一想就腿软。

“都这么久了，那小叶子还掐你哥哪？”南摩邪震惊。

“大家伙都习惯了，哥哥与叶大哥天天打打闹闹，能从第一艘船追到最后一艘。”段瑶傻呵呵笑，“不妨事的，叶大哥刀子嘴豆腐心，全军大营都知道。”

“这倒也是。”南摩邪从兜里摸出几颗花生吃，“为师不在的这段日子里，可有什么大事发生？”

“大事不算，可还真有一件事。”段瑶往他跟前挤了挤，“师父先前听过小叶寺吗？”

“小叶寺？”南摩邪点头，“自然，关海城里头那间寺庙，与北少林齐名，如何会没听过。”

“小叶寺的住持方丈妙心，师父可曾见过？”段瑶又问。

“这就不知道了，我极少与中原武林中人打交道。”南摩邪道，“他惹你了？”

“没惹我，可像是要惹哥哥。”段瑶道，“早些时候，我们在暹远国遇到了这位大师，皇上说在他初登基的时候，经常听妙心大师讲经，而且武功也好，便跟着大家一道出战了。”

“然后呢？”南摩邪继续问。

“然后这大师吧，什么都好，功夫高，打仗的时候以一敌百，对其余人都好，对皇上尤其好，可就是对哥哥不好。”段瑶撇嘴。

“为什么啊？”南摩邪纳闷，“你哥又讹人东西了？”

“这回真没有，哥哥压根就懒得理他。”段瑶道，“而且这大师还有个毛病，老是劝皇上立后选妃生子，也不知是中了哪门子邪。”

“一个出家人，还能插手这档子事？”南摩邪越发莫名其妙。

“可不单是皇上，他还找了司空哥哥，让帮着劝哥哥也娶妻成家。”段瑶道。

“嘿。”南摩邪叉腰，“这大和尚。”

“还有一回两军对战，哥哥不慎落海，皇上想去救，他宁可将皇上的船撞碎也要阻拦。”段瑶神情严肃，越说越生气——之前憋了一路，好不容易才找到一个可以抱怨的人，于是滔滔不绝，将这段时日妙心的所作所为，竹筒倒豆子般说了个干干净净。不过出乎他意料，在听完之后，师父并没有勃然大怒，撸起袖子去打架，而是若有所思摸摸下巴，很是高深莫测。

“师父！你有没有听我说话啊！”段瑶扯他的头发。

“自然听了。”南摩邪倒吸冷气，将他的手拿开，“你哥呢？怎么看？”

“我一点都不喜欢那大师，跟哥哥抱怨，哥哥却让我当看不见他便是。”段瑶抱着裂云刀，“烦。”

“这不就行了。”南摩邪笑呵呵，“你哥可不傻，他都不急，你急什么。”

“什么意思？”段瑶不解。

“我问你，在皇上心里，是妙心重要，还是你哥重要？”南摩邪拍拍他的脑袋。

“那当然是哥哥了。”段瑶回答。

“那若你哥想让妙心离开，态度强硬些，你觉得皇上会答应吗？”南摩邪又问。

段瑶想了想，犹豫着开口：“我不知道，皇上像是挺喜欢那大师。”

“所以说你还嫩。”南摩邪笑着摇摇头，“若说皇上先前欣赏他，倒是有可能。可这一路过来，妙心做了多少事情，傻子也能觉察出异样，更何况那可是大楚的皇帝。”

“嗯？”段瑶皱眉。

南摩邪道：“捣乱一次两次倒也算了，可阻拦十次八次，这就是脑子有病了，再加上他当日撞碎船只，摆明是不惜置你哥哥于死地，这么一个人，皇上与你哥哥怎么可能会毫无防备？想要将他请下船，不过是一句话的事，现在既然能让他留下，便说明他二人定然有别的想法，等着便是。”

“哦。”段瑶双手撑着腮帮子，想了想还是很生气，“那大师可讨厌了！”

“走。”南摩邪拍拍屁股站起来，“带为师回船上看看。”

船舱里，章明睿抱着药箱很惶恐，毕竟先前给皇上看诊这件事，都是九殿下亲自做的，此番换成自己，方才连请脉的手都在发抖。

“皇上没事吧？”四喜守在外头，小声询问。

“回公公，皇上龙体无恙，就是有些疲惫。”章明睿四下看了看，双手捂着嘴凑在他耳边说话。

“快些去煎药。”四喜赶紧把人打发走，心说九殿下千万莫要来。

“是不是你搞的鬼？”

“自然不是啊。”段白月大感冤枉，“我又没让你去碰那本书，更不知道书里还有虫。不然我将师父叫来，你打他板子。”

“你不准说话！”楚渊气闷，手下愈发用力。

段白月龇牙咧嘴，倒吸冷气。

身上依旧没有力气，楚渊向后靠在床头，不甘不愿继续躺着。

段白月凑近他：“陪你聊会天？”

楚渊看了他一阵，道：“我还是不怎么想和你说话。”

段白月忍住笑，表情愁苦。

“前头那个就是妙心？”南摩邪摩拳擦掌，跃跃欲试。

段瑶冷冷道：“那是船上烧火的老王。”

南摩邪：“……”

“妙心等会再说，这阵先换个衣裳。”段瑶拉着他的手，纵身跃上大船，否则这一副乞丐相，实在很给他哥丢人。原本想偷偷溜回房间，可甲板上这阵偏偏有不少人，一听到动静就赶紧都跑了过来，想看一眼王爷的师父，觉得或许也和曲先生的爹一样，是位白发飘飘的世外高人，却万万没料到会是这一款，破衣烂衫白发蓬乱，腰里还挂着一个破葫芦，脸上都是土，甚至连靴子也破了一只。

甲板上一片沉默。

妙心道："阿弥陀佛。"

"这位大师。"南摩邪笑容满面围着他转。

妙心双手合十，沉默不语。

南摩邪热情道："成亲了吗？"

能上这艘战船的人，哪怕只是扫地洗碗，也都是懂眼色的，这阵见苗头不对，瞬间便作鸟兽散。两名侍卫也前去楚渊的住处，将此事一五一十禀告。

楚渊好笑："不去管管？"

"不去。"段白月无赖道，"管那和尚做甚。"

"你猜南师父会不会与妙心打起来？"楚渊往起坐了坐。

"即便真的打起来，师父也有分寸，至少事后定然会寻个借口，不会在面子上与他闹翻。"段白月道，"西南府出来的，自然都是我的人，妙心应当也没指望师父能喜欢他，情理之中。"

楚渊道："妙心若是识趣，就该躲着南师父才对，可方才听侍卫所言，他是主动凑上去的。"

"所以？"段白月道，"你打算怎么办？对方可是挑衅到我头上了。"

"装可怜。"楚渊拍他一巴掌，有些好笑。

"算了，不说他，扫兴。"

楚渊答应一声，随手摸过床头一个大野果，啃了一口，自顾自想事情。

段白月道："也不让我帮你切一切。"

"太傅大人不在，怕什么。"楚渊双手抱着又啃一口，"还没说，昨天黑天半夜，你们一群人出去做什么？"

"是瑶儿，他找到我，说觉得昨日温大人与阿离绘出来的阵型，除了像八荒阵之外，还有几分像焚星局。"段白月道。

楚渊奇道："还有这事？"

段白月道："我便找了大家，去林地中试着破阵。你昨日疲惫，我也不知这事究竟能不能成，便暂时没说，想着让你安心睡一觉，可没想还是出了乱子。"

"那要何时再试？"楚渊问。

"明日白天吧，正好你也一道去看看。"段白月道。

楚渊道："那正好，明日中午再顺便设一场筵席。"虽说在海上也没什么好东西，可难得大家都聚齐，一起喝杯酒也成。

段白月点头，出门吩咐四喜去准备，顺便打听了一下另一头的动静。

“妙心大师与南师父真打起来了。”四喜小声道。

打起来就对了，段白月神清气爽，很缺德。

段瑶笑容满面，将想要劝阻的人远远拦住，比武切磋，并不是什么了不得的大事。叶瑾坐在船顶上看热闹。沈千枫好笑：“看你的表情，像是唯恐天下不乱。”

“南前辈功夫可当真是高。”叶瑾道，“等会一道去拜会一下吧，久仰大名，还从没见过。”

沈千枫点点头。

南摩邪招招紧逼，妙心却并未当真迎战，只是步步避让，眼底波澜不惊。南摩邪道：“大师像是要输了。”

“前辈武功高强，小僧自愧不如。”妙心双手合十。

“也是，输给西南府，不丢人。”南摩邪收招落地，双手叉腰看他离开，志得意满。

段瑶站在师父后头，很想鼓掌。

“走，换衣裳去。”南摩邪从地上捡起破包袱，“而后便带为师四处看看，这船还挺大。”

段瑶趁机道：“还要梳头！”

南摩邪：“……”

段瑶道：“别想躲！”

南摩邪顶着一头鸟窝，蔫蔫跟在小徒弟后头。

哦。

段瑶坐在小板凳上，弄了一瓢水兜头浇过去，南摩邪哭道：“怎么也不热一热。”

“忘了。”段瑶敷衍，洗土豆一般将师父的脑袋洗干净，拿了梳子死命扯。

南摩邪惨叫连连，觉得自己八成要死，等到终于梳好头发换了衣裳，已然脸色苍白，脚步踉跄。

段瑶高高兴兴推开门：“走，我们去看大船。”

南摩邪道：“呃。”

外头晨光灿烂，叶瑾看着南摩邪，睁大眼睛道：“是你？”

南摩邪道：“嘿嘿。”

另一头，楚渊皱眉坐起来：“对了，先前南师父假扮成遇难老人，曾在琼花谷中住过一段日子，你同小瑾说过这件事吗？”

“你没说？”段白月吃惊，“这都过去多少年了，我以为叶谷主早就已经知情。”

楚渊无辜道：“小瑾也没问，我就给忘了。”

段白月：“……”

“不行，得去看看。”楚渊掀开被子。

“没事的。”段白月阻止他，“又不是什么大事，好好躺着。”

楚渊道：“心发虚。”

段白月拍拍他：“若是打起来，肯定会有人来通传。”没人就是没事。

“救命啊！杀人了！”南摩邪抱着脑袋，从门口轰轰烈烈冲了过去。

叶瑾气势汹汹撸袖子：“回来！”

段白月：“……”

楚渊：“噗。”

船上的人见着之后，都觉得颇为亲切，要不怎么说南前辈是西南王的师父呢，一模一样，一模一样。

晚些时候，楚渊总算回来些力气，段白月在甲板上给他放了张椅子，坐着吹风。

“师父。”段瑶死命扯住他，“这种时候，就不要去凑热闹了吧。”不如一起去厨房找点东西吃。

“为师要去给你哥与皇上送样礼物。”南摩邪解释。

可别说了。一想起那本小破书，还有那只毒蝎，段瑶无论如何也不相信他师父能弄出靠谱的礼物，生拉硬拽便想将人拽走。

南摩邪伸手点了他的穴道，拍拍衣裳笑呵呵小跑过去。

段瑶很想号啕大哭，什么破师父啊这是！

“南前辈。”楚渊站起来，一想到昨晚的事情，有些……不过幸好天黑，也看不清。

段白月抱着玄冥寒铁，一脸威胁。

南摩邪看也不看徒弟一眼，从怀中掏出一个盒子，笑容满面递过去：“皇上。”

段白月面无表情伸手抢过去，楚渊倒是松了口气，万一打开又是一只虫。

里头依旧是那颗落朝珠。

段白月挥手丢到了海里。

楚渊不解：“怎么了？”

“喂！”南摩邪大惊失色，也来不及解释，冲过去便要跳海捞。

“无非是颗好看些的珍珠，想要宫里多得是。”段白月一把拉住他，闲闲道，“丢了便丢了。”

“浑小子，那是落朝珠，能劈海斩浪你懂什么！”南摩邪咆哮，险些气得晕厥，一掌拍开他，“扑通”一声便跳进海里，深吸一口气准备扎下去摸。

“师父！”段瑶趴在上头，无语道，“哥哥没扔，手里捏着呢。”

南摩邪：“……”

段白月靠在围栏上，饶有兴致看着指间的珠子。

“你这人！”楚渊哭笑不得，赶紧差四喜去准备些热汤。一盏茶的工夫后，南摩邪换好衣裳，坐在椅子上大喘气。

“不气不气。”段瑶帮他拍背，“喝点水。”

“前辈，对不住了。”楚渊亲自替他端上热茶，“朕方才没看清，想拦着前辈也没拦住。”

南摩邪怒道：“逆徒！”

段白月跨坐在椅子上，下巴搁上椅背：“劈海斩浪？”

“我不说。”南摩邪硬着脖子。

段白月道：“那我便打瑶儿。”

段瑶大哭：“这和我有什么关系。”

楚渊好气又好笑，拍了段白月一巴掌：“别闹。”

“喏。”段白月戳戳他，“不然回去后，专门弄个挂着纱的轿子，找十八个人抬着你，敲锣打鼓满王城里转圈，哪个大人不喜欢你，就专门挑哪个大人门前放炮。”

“当真？”南摩邪摸了摸胡子。

段白月点头：“自然。”

南摩邪看向楚渊。

楚渊道：“嗯。”

南摩邪搓了搓衣裳角，那成。

“这下该说了吧。”段白月道，“这落朝珠的用途。”

“方才都说了，能劈海斩浪。”南摩邪道，“每逢十五月圆夜，只要落朝珠入海，便能搅得波浪滔天，天地无光。这珠子在哪，风暴便在哪。”

“如此神奇？”楚渊闻言吃惊。

“在路上拖延了三四个月，便是为了试这珠子。”南摩邪道，“除了上月十五在下雨，天上没有月亮所以这珠子不灵之外，其余都是百试不爽，第一回的时候不知其威力，险些将船只也冲走。”

楚渊手中握着珠子，看向段白月。

“你也想到了？”段白月笑笑。

“想到什么？”段瑶不解。

“先前曲先生曾经说过，无论是什么阵法，想要将其破解，最好的办法便是引大水去冲，不用怕暗器，并且威力惊人。”段白月道，“当时大家还在说，要从何处才能寻得能呼风唤雨的高人，这下得来全不费工夫。”

“我就知道定然会有用。”南摩邪眉飞色舞。

楚渊道：“多谢前辈。”

“谢我做甚。”南摩邪连连摆手，“能早些把仗打完，便比什么都好。”当然，还要给我弄个大轿子，游街用。

“今日是二十八，还有十几天才能到月圆之夜。”段白月道，“先前定下的作战计划，怕是要改一改了。”

“明日中午要一道吃饭，正好人也齐全。”楚渊道，“商议完再说也不迟。”

门外有人咳嗽，段白月与楚渊对视一眼，默契翻窗而出，踩着海面落到另一头的甲板上。

“前辈。”叶瑾端着一碗汤，一来赔罪，白天险些将南师父追到海里，有些不该，二来也能顺便蹭几只虫。

南摩邪死死抓住小徒弟的袖子。

段瑶坚定无比，一根一根手指硬生生掰开，瞬间消失。

南摩邪很想落泪，这都什么徒弟，一个比一个贪生怕死。

这一夜，船上的人都睡得很安稳。第二天厨子煎炒烹炸，虽说没多少食材，却也煮了满满一大桌子菜，没有大的饭厅，索性摆在了甲板上，正好天上没太阳，倒也凉快。

温柳年咬了一口腊猪蹄，既想落泪，又想吟诗，还想抓紧多吃几口。

“作战时期，原本不该饮酒的。”楚渊站起来，“不过大家难得聚齐，仅此一杯，祝我大楚旗开得胜！”

那自然是要赢的。所有人都这么想。等到战后，定要好好去王城里头逛逛，再讨一杯酒，那一定是大楚最好的佳酿。

段瑶咬着筷子，乐呵呵看他哥给他皇上夹菜，觉得自己胃口也好了不少，低着头猛扒饭。南摩邪拍拍他的后背，很想叹气，看着别人也能高兴成这样，将来若是娶了媳妇，可千万别是个不要命的情种。

第五十一章

吃罢午饭，太阳也渐渐从云后冒了出来。众人乘着小船前往那处小树林中，连木痴老人也来凑热闹。段瑶站在阵前，微微有些紧张，倒不是怕别的，而是觉得若是不行，当着这么多人的面有些丢人。

“别怕。”楚渊拍拍他的肩膀，“若是没把握的话，别硬来，试试便成。”

“嗯。”段瑶点头。

楚渊退后给他让出位置。仙翁侧首向南摩邪小声道：“这皇上看着不错啊。”

“那不然呢。”南摩邪揣着手，炫耀道，“将来我可是要坐着软轿子在王城游街的。”你这荒岛上的土人，羡慕不来。

仙翁“嗤”了一声，抱着小孙子继续看热闹。

阵型虽可大可小，破阵之法却都一样。木痴老人站在高处留心观察，的确与八荒阵有所不同，却又说不上何处不同。直到段瑶拔刀出鞘，直直攻向沈千枫，将阵型打乱几分，方才发现个中玄机。

沈家轻功天下第一，月萝远远看着，还未来得及羡慕，一柄长刀便已经逼至眼前，心里一慌乱，幸好段瑶只是虚晃一枪，将她避过之后，便与段白月缠斗在了一起。

什么嘛！月萝看了眼还未来得及拔出的匕首，愤然一跺脚，果然全天下的男子，还是阿沉哥哥对自己最好。

“悠着点。”段白月握住段瑶的手腕，“当心受伤。”

“除了你，还有谁会伤我。”段瑶在空中翻腾，掠过哥哥去攻下一处。

段白月落到地上哭笑不得，死小鬼。

“看着像是比八荒阵要柔一些。”楚渊道，“没当初在宫里头时那般凶狠。”

“因为其中还套了另一个阵法，自然与当日不同。”木痴老人道：“虽说看着简单，可若不知其中奥妙乱打一通，这阵法便是刚柔并济，只会比八荒阵更加难对付。”

阿离回身蹬在树上，手中利剑出鞘。段瑶挥手扫出一片凛冽寒光，将她手中的兵器打落。众人还未来得及看清是怎么回事，裂云刀便已经抵在了曲蕴之胸口。

阿离跌坐在地，无语道：“你不该在这里。”

“阵都破了，我在那头闲着也没事。”曲蕴之笑容满面，将她抱起来。

“打赢了阿离，阵门也便毁了。”楚渊上前，“不过待到真正作战时，定然没这么简单。”

“怎么样？”段白月问段瑶。

“的确是八荒阵加上焚星局。”段瑶将裂云刀插回去，“依照目前翡缅国边沿各处岛礁分布的位置，应当可以反推出中心地带各处岛屿的位置，以及最终阵门的位置，大概需要十来天。”

“辛苦了。”楚渊道，“那破阵便到此为止吧，大家先回去歇一阵子，半个时辰后再前往前厅议事。”

众人答应一声各自散去，南摩邪与木痴老人一左一右围着段瑶，一个擦汗一个给糖，乐呵呵往回走。

段白月道：“走吧，你也回去歇一阵子，今日只怕又要忙到深夜。”

“潮崖那头有什么动静吗？”楚渊问。

“刚打算同你说，云前辈送来了一封书函。”段白月道，“东海的云家军已经暗中分散在了各处，只要潮崖有动静，便会将其一网打尽。若直到南海之战结束，对方还没动静，那便看你的决定。”

“潮崖自然是要收回的。”楚渊想了想，道，“其实我倒是想将那处海岛给云前辈。”

“为什么？”段白月不解，“那是潮崖老祖选来苦修的地方，荒凉得很，若说想拿来送礼，未免也太寒酸了些。”

楚渊晃晃悠悠往回走：“潮崖虽是处荒岛，位置却不差。将来大楚除了南洋，商路定然会往东海走，到那时候，潮崖连同周围的一片海岛都会变成通商要道，那可是会日进斗金的。”

段白月道：“哦。”原来如此。

“不过云前辈或许看不上这些。”楚渊叹气，“父皇当年做了错事，我明知道真相，却为了皇家颜面只能由着一直错下去。即便这样前辈也依然愿意出手相助，此等胸怀气度，旁人唯有仰视。”

“谁说前辈看不上金银钱财的。”段白月道，“圣人也要吃饭，云家军数量不算少，还有一大座海岛的男女老幼要养活，多条财路没什么不好，你想给，我便写信去说。这样正好，前辈替自己打仗，说不定还能更自在些，免得什么都要等你号令。”

“你觉得这样可行？”楚渊一撇嘴，“我已经想了许多天，可万一前辈不要，我们很没面子的。”

段白月笑道：“头回见着担心送钱送不出去的，放心吧，交给我便是。”

楚渊点头，觉得心里也舒坦了不少。两人回到住处喝了杯茶，四喜便过来通传，说是大家都已经到了前厅，正在等皇上与王爷。

“妙心呢？”段白月问。

“妙心大师倒是没来。”四喜道，“听说自从与南师父比武之后，便一直闭门未出，像是在坐禅念经。”

“要我去看看吗？”段白月问楚渊。

“你？没事也要闹出事。”

段白月哼道：“你要去啊？”

“我去做什么，和尚坐禅，难道不是天经地义之事。”楚渊道，“笑什么笑！”

“承认了呗，你后悔拉他上船了，嗯？”

楚渊道：“四喜。”

“好好好，我错了。”段白月很识趣，“走，我们去前厅。”

楚渊转身出门。

段白月笑着摇摇头，在后头跟上。叶瑾嫌屋子里闷热，正在外头吹风，就见他哥远远走过来，目不斜视就进了船舱。

段白月扬眉。

有了落潮珠在手，只要下月十五是晴天，便能在闯入阵法之后，先引大水淹了阵门，再挥兵一举攻入。没有巫术迷雾与巨浪作干扰，翡缅国内的军队撞上楚军，几乎毫无招架之力。

“有月落镜在，想要提前预知天气阴晴并不难。”段白月道，“若是老天肯帮忙，这场仗可是赢得毫无悬念。”

“谁去引水破阵？”叶瑾问。

段瑶道：“我去。当年玄天前辈就曾说过，学焚星局要看缘分，若是无缘却硬要学，容易被魔性反噬。我去破阵，其余人率军分散在各个出口守着，以免楚项与刘锦德等人逃走。”

段白月道：“我随你一道去。”

楚渊微微皱眉。

南摩邪赶紧道："我陪瑶儿去。"

段瑶道："我一个人就足够了。"

"此事没有商量的余地。"段白月在桌上铺开地图，"待瑶儿绘出阵型图，便知能有几个出口，到那时这屋子里的人分头率军去堵都不知道够不够用，没必要都往阵门处冲。"

众人看了眼楚渊，见他似乎并无异议，便也答应下来，继续商议别的事情。直到四喜进来点灯，才发觉时间已经过去了三个时辰，外头天已经快要黑透。

"都去吃些东西吧。"楚渊道，"这船上没有大的饭厅，甲板上又黑，只有辛苦诸位各自寻地方了。"

温柳年肚子咕咕叫，赵越带着他出去捞鱼，走到无人处才问："今日南前辈说要与瑶儿一起去，其实也合情合理，王爷前阵子刚受过伤，皇上这回怎么也没见反对，还当会将人留在自己身边。"

"我不知道。"温柳年摇头。

赵越意外道："还有你不知道的事情？"

"我是真不知道。"温柳年挠挠脸蛋，"不过今日看皇上的眼神，也是犹豫了一下的，没当场问或许是因为人太多。你若想知道理由，我将来再拐弯抹角打听。"这阵先去捞鱼吃，当真很饿，不是很想说话。

段白月将馒头递给他："甜的，吃吃看。"

"南师父是不是有什么事？"楚渊道，"今日你将他反驳了回去，按照往日的脾气，他定然会与你斗嘴的。"

"师父这回醒得有些久。"段白月道，"先前都在西南府，有冰室静心练功倒还好，可这回先是在海上漂，又是去找落潮珠，最后还要打仗，没时间调理内息，我怕他随时都有可能闭眼睡过去。"

"会有危险吗？"楚渊担忧。

"危险倒不至于，只是不知道又要睡几年。"段白月道，"昨日与我比武时，就已经有些疲态。这当口我可不敢让他单独走，按年纪也该养老了，在船上吃吃喝喝挺好。"

"怪不得。"楚渊了然，道，"前辈那头，你让他尽管歇着便是，别再累倒了。”

段白月道：“好。”

“倒是你，”楚渊道，“我不想让你去。”

“若没有瑶儿，让旁人去倒也无妨，我不是非去不可。”段白月笑笑，“可那小鬼是我的亲弟弟，交给旁人保护一来说不过去，二来即便是沈盟主陪着去，我也不放心，得亲自看着才安稳，明白吗？”

楚渊点头：“嗯。”

“现在多操点心，什么时候他娶了媳妇，我就不管了。”段白月坐到他身边，“你也别太担心，虽说我的命里坎儿多了些，可瑶儿命好啊，他出生那天，满西南府的虫都疯了一般到处爬，毒蛇挂了一房梁。”

楚渊哭笑不得：“这叫哪门子命好。”

“我说好就好。”段白月夹给他一筷子凉菜，“冰镇过的，多吃些，去暑气。”

“又是小瑾调的汁吧？”楚渊道，“一股子药味。”

“这海上吃不到什么新鲜的青菜，只有靠这个，不然会生病。”段白月道，“那可是神医，说话你得听。”

凉菜又酸又苦，楚渊吃了几口就放下筷子，段白月将盘子扫空，又将粥喝下肚，吩咐四喜将盘子撤走换热茶。楚渊盯着他看了一阵子，突然道：“你是当真挺能吃。”

段白月一口茶全部喷了出来。

楚渊忍笑，单手撑着脑袋：“没事，养得起。”

十天时间，说长也长，说短也短。段瑶绘制好地图之后，又细细检查了几回，直到确认没有任何纰漏，方才呈给楚渊。

“这里便是阵门的位置。”段瑶指了指图上一处用朱砂圈出来的岛屿，“应该也是这片岛礁中最大的一块陆地，若是没有落潮珠，应当很难被捣毁，不过能引巨浪就简单多了。”

“这个位置分布，倒是有些眼熟。”段白月摸摸下巴，若有所思，“你还记不记得，在两军初次交锋时，我从敌军阵营里抓回来的那个副统领？”

楚渊点头："自然，我交给你去审，可没两天他就死了。"

"身体里被种了蛊，没解药就会死。"段白月道，"他没说出多少有用的东西，只能模糊画出自己平日里所在的岛屿与四周几处海岛的位置，与这幅图很相似。"

"所以？"楚渊问。

"这座岛也是刘锦德所住的海岛。"段白月道，"正好，一次宰了干净。"

"若是一座荒岛，我还不至于担心，可若上头住着刘锦德，平日里定然是防守森严的。"楚渊摇头。

"不会不让我去了吧？"段白月扶住他的肩膀。

"有瑶儿在，我知道你一定要去。"楚渊数了数地图上出口的位置，"司空也一道去吧。"

段白月道："好。"

"我当你又要推脱。"楚渊抬头看他，"没想到还挺爽快。"

"多带几个人，你也能安心些。"段白月笑笑，"我都答应你了，往后就只管放心，嗯？"

楚渊点头："嗯。"

全军会在下月初八出战。趁着这段时间，薛北岳将人马重新做了调配，除主力部队外，另分出队伍，沈千枫带着阿沉与月萝守在南侧出口，阿离与曲蕴之守在北侧，赵越守在西侧，卓云鹤守在东侧，至于仙翁与南摩邪，则是护在楚渊身边，哪里都不准去。

仙翁道："你这死老头，连累我不能去看儿子与儿媳。"

南摩邪道："呸。"

初七当日，楚渊在全军巡查了一圈，回来已是深夜。段白月也刚刚与南摩邪说完事情，顶着小雨跑进船舱："就知道你没睡。"

"南师父怎么样了？"楚渊递了条干帕子，"本来也想过去的，只是看时间晚了，怕前辈已经歇下了，就没打扰。"

"他没事，就是气得够呛，非说自己没事。"段白月道，"最后被瑶儿堵上了嘴，又捂住棉被才消停。"

楚渊笑道："没事就好，我明日再带着小瑾去看他。"

段白月摇头："师父可不愿意看大夫。"

楚渊道："有小瑾在，你还怕没人能降得住前辈？"

段白月想了想，道："也是。"

"不过除了前辈，我还担心这场雨。"楚渊道，"前几天都是晴天，今日却开始下雨，千万别五天后还在下，那在毁坏阵门之时，落潮珠可就没用了。"

"月落镜前几天是潮过一回，可现在已经干了。"段白月道，"按照先前积攒下的经验，顶多也就下两天雨，初九初十天定然会放晴，慌什么？"

楚渊道："道理我自然知道。"

"可就是心里没底？"段白月笑笑，"魂不守舍的，在我面前倒也罢了，可别给其余人看见。"

楚渊看着他，道："说句吉祥话讨个彩头。"

段白月道："恭喜发财。"

楚渊："噗。"

"学得像不像？西南府那只大八哥。"段白月笑道："账房老王养的，和他一样是个财迷，别的不会说，光会两句，一句是恭喜发财，还有一句是又来领月钱了啊，语调还满不甘愿。"

楚渊趴在桌上。

"去歇息？"段白月问。

楚渊道："不想睡。"

"那打算坐一夜啊？"段白月问，"军中的事情都已经检查完了，也没什么可担心的，怎么还不肯睡。"

"谁说没什么可担心的，还有件事，我心里可是一直没底。"楚渊道，"当日那场离奇下的毒雨，后头司空说是钱串子，可这么久过去了，却依旧没人想出办法，要怎么才能将那群飞在高处的虫子打下来。"

"木痴前辈已经做好了一批高台，我找人试过，也能跳挺高。"段白月道，"虽说不大方便，可若当真又遇到那群离奇的飞虫，便只有靠这个去一搏了，总不能因为怕虫子便不去打仗。"

"先前我曾写了封书信，让小瑾差人送去给鬼手前辈，看他能不能想出什么办法。"楚渊叹气，"可也没收到回信。"

"世外高人，不管闲事也应当。"段白月道，"兵来将挡水来土掩，有我在，不用怕，嗯？”

楚渊点头：“好。”

第二天清晨，号角响彻天际。楚渊身穿明黄战袍，在高处看着下头的万千士兵，挥手下令：“出战！”

将士们呼声震天，战船行进时打出白色巨浪，将海也劈成了两半。

月萝看着高处的楚渊与段白月，道：“皇上与王爷，可真是神仙一般的人。”

阿沉笑笑，道：“先前还想要让寨子里的姐姐嫁给皇上与王爷，这下死心了？”

“皇上长得好看。”月萝道，“这船上的人，长得都好看。听说蜀中有个沈公子，长得也顶好看，将来你带我去看啊。”

“沈公子是个大活人，又不是什么花花草草，哪能去了蜀中就能看。”阿沉道，“不过将来定然能找到机会。”

月萝剥了手里的花生，一粒一粒喂给他：“外头的世界可真有意思，要是阿爷与婶子，还有阿敢哥哥他们也愿意出来就好了。”

阿沉叹了口气，没说话。

“你说他们会不会还在生我们的气啊？”月萝小心翼翼地问。

“不知道。”阿沉道，“会吧，不过也没关系，将来再去赔罪。”

“可你写了那么长一封信。”月萝伸手比画，“快一尺长了，如果是我看到，不仅不会生气，反而说不定还会来帮忙。”

“不说这些了。”阿沉从甲板上站起来，“这场仗不能输，你也别大意，一直待在我身边，知不知道？”

月萝点头，将最后一把花生喂给她，拍拍衣裳一起去找薛北岳。

翡缅国内，黑鸦正坐在桌前喝酒，他的手臂在当日被段白月砍断一条之后，玄冥寒铁带来的剑气几乎冻伤脑髓。后来虽说被巫医救了回来，并未痴傻，却也行动受阻，已然是半个废人。

楚项推门进来，道：“你或许已经听说了，大楚带兵挺进翡缅国腹地，只怕用不了几天便会开战。”

“听说了又如何？”黑鸦语气不善。

“怎么，还在耿耿于怀，我向你借兵之事？”楚项坐在他对面，一笑，“翡缅国有近万兵士，到此关键时刻，总得有个人带着他们打仗。况且这支军队里也有我一半功劳，你不算亏。”

黑鸦闻言沉默，眼神却依旧不甘。

“当初说了会与你联手，将来也不会变。”楚项替他倒了一杯茶，“刘锦德的为人，你我都是清楚的，况且他一心只想要楚渊，这种人，信不得。”

“可他现在比我要有用得多。”黑鸦咬牙阴狠道。

“所以才让他去冲锋陷阵。”楚项拍拍他的肩膀，“你只管在我这里歇着，事成之后，他活不长，剩下的江山，你我一同掌管便是。”

黑鸦仰头喝完茶水，将杯子重重放在桌上：“外头怎么样了？”

“布置好了，就等着楚军自投罗网。”楚项道，“星洲上的鬼尸已经炼制完毕，鬼木匣也已经造好，前些天我去试过，威力惊人。”

黑鸦点点头，恨道：“我要姓段的那条命！”

“这好办。”楚项笑笑，“莫说是段白月，就算你想要楚渊的命，我也能给你。刘锦德想了半辈子，可若是到头来也没得手，想来也是趣事一件。”

“我对你与他的恩怨没兴趣。”黑鸦有些不耐烦。

楚项识趣站起来：“那你好生歇着，我有了消息再来通知你。”

待他走后，黑鸦起身回到床上，眼底一片漆黑，也不知在想些什么。

“下来。”段白月道，“站那么高做什么。”

楚渊纵身跳上甲板，道：“上头有条虫，你去抓来送给瑶儿。”

“什么虫？”段白月抬头看了一眼，“你方才就是在守着那条虫？”

“嗯。”楚渊点头，“应当挺稀罕，这么大一个，黑漆漆的。”

“你怎么不顺道带下来？”段白月问。

楚渊嫌弃：“我才不抓。”

段白月飞身上去，半晌之后空着手下来。

楚渊遗憾道：“飞了啊？”

段白月道：“那就是只臭木虱，我已经踩死了。”

楚渊：“……”

“就知道你不认得。”段白月问，“用手摸了没？”

楚渊道：“嗯。”还当是多稀罕的虫。

段白月哭笑不得，叮嘱：“下回再见着虫，不管是什么都离远些，听到没？”

楚渊觉得很是晦气。

居然是只臭虫。

“听四喜说你在同薛将军一起议事。”段白月道，“议出什么了？”

“今晚大家会各自率领军队，暗中前往阵法的东西南北四个出口。”楚渊道，“木痴前辈担心鬼木匣的事，先是说要跟，后头却又不知要跟哪一支队伍，瑶儿劝了许久，方才将他哄回去睡。”

“木痴前辈一路都忧心忡忡，这鬼木匣可是卡在他心头的一根刺。”段白月道。

楚渊道：“可前辈也说，这批鬼木匣原本就内藏机关，只要将其拨动，所弹出的弓弩便会掉头，反而对大楚有利。”

“说起来是这样，不过当初至少也从大雁城运出了几千个鬼木匣，就算我们能找到，哪里有时间一个一个拨动机关。”段白月道，“唯一的好处，便是这鬼木匣只能在远处发射，我们尚有时间扯开金丝大网拦截，再者楚军手中的鬼木匣数量是他们的三倍，而且经过前辈改良，威力更大。不过即便这样也会有伤亡，你要有心理准备。”

“嗯。”楚渊道，“其实木痴前辈当初说的时候，我便想过他亲自跟来与否，其实并不会有太大用处，不过后来见瑶儿与前辈投缘，便答应他一起前来，至少在途中收个徒弟，总好过独自在宫中自责辗转。”

“知道你心软。”

“我心软吗？”楚渊道，“当初连太傅大人也说我做事太狠。”

“可他现在一定后悔，你当初不够斩草除根。”段白月道，“否则哪里有楚项蹦跶的份。”

楚渊道：“也是。”

“而且那老头的话，你听听就好，做不得真。”段白月道，“真如他所言，那我这阵还在谋反篡位，哪里会帮你打仗。”

“皇上，”四喜在外头道，“九殿下又送了汤来。”

“送进来吧。”楚渊拉开椅子坐下。

四喜端了托盘，上头却只有一个碗。

楚渊看了眼段白月，道：“你又把小瑾引到了海里？”

段白月委屈道："没啊。"况且上回也不是自己有意，是他追得太忘我，不慎一脚踩空掉进了水里。

楚渊纳闷："那他怎么连一碗汤都舍不得给你。"

"不是不是。"四喜赶忙道，"这汤是给王爷的。"

楚渊："……"

段白月感慨："活见鬼。"

四喜笑道："是九殿下先前炖给沈盟主的，特意给王爷热了一碗，说是等王爷巡视回来后，务必要送来。"

楚渊将勺子递给他，撇嘴。

段白月边吃边道，"八成是毒药。"

"正好。"楚渊道，"躺倒了就不用去破阵，安安心心睡觉。"

"还挺好吃。"段白月评价。

楚渊气闷，为何给自己的就都是药味儿的汤，给这人的就挺好吃。

"还有，我出战的时候，离妙心远一点。"段白月将空碗放下，"听到了没？"

楚渊学他先前一样，趴在桌上缓慢捂住耳朵。

"现在知道这名字有多烦人了吧？"段白月将他的手扒下来，"不过我也不担心，有师父与仙翁守着你，再加一个叶谷主，来十个秃子也无妨。"

"你还有说别人秃子的一天。"楚渊坐起来，不想再提妙心。

四喜公公在厨房煮茶的时候，恰好又看见叶瑾，于是问："为何那汤只能给王爷吃？"

"因为有毒。"叶瑾啃了一口野果。

四喜道："皇上也喝了些。"

"他吃什么，这汤吃完晚上便会精力百倍，夜探之人用的。"叶瑾听完脑袋疼，生着气回去给他哥拿安神药。远远见着妙心在甲板上站着，心想你今晚千万别来找那个谁，因为我心情并不是很好。

临到晚上，段白月与段瑶乘船离开，司空睿坐在船头，深情挥手。

段白月道："并没有谁想和你告别。"

司空睿道："你管个屁。"

段白月道："粗鄙。"

司空睿道："说得好似你是个文人一样。"

段白月道："辗转反侧，垂泪天明。"

司空睿道："滚。"

楚渊站在船头，看小船越来越远，直到最后消失在视线中，却也不想回去，就站着出神，半晌才想着回去歇着。

"喂。"叶瑾在他身后道，"没什么好担心的，我刚算了一卦，他这回命挺好。"

楚渊无奈："又是跟温爱卿学的？"

"骗你做甚。"叶瑾道，"我算灾算不出来，算福准着呢。"

"多谢。"楚渊道笑笑，"好了，你也早点去歇着吧。"

叶瑾叉腰："今晚我和你睡。"

楚渊："……"

叶瑾振振有词："防秃头。"

"也行。"楚渊点头，"正好朕也有些关于妙心的事想问你。"

小船上，段瑶与司空睿两个人正在分一包点心，段白月道："再过半个时辰便会入阵，你们居然还在讨论什么形状的酒酿饼最酥脆。"

"那不然呢？"司空睿道，"像你一样寡着一张脸？"

段白月道："闭嘴。"

司空睿怒道："凭什么！"

段白月一把捂住他的嘴："有声音。"

此言一出，船上另外两人登时安静下来，半盏茶的时间后，司空睿诚恳道："我觉得或许是你耳鸣。"

四周只有海浪阵阵，段白月微微皱眉，自己方才似乎当真听错了，并没有特别的声音。

"哥，你没事吧？"段瑶有些担心，生怕又是什么迷阵只有他哥能听到，落入对方的圈套。

"像是鸟叫，不过也说不准。"段白月摇头，"没什么事，走吧。"

司空睿想了想，扯些碎布弄了两个小团，将他的耳朵强行堵上。

段白月："……"

司空睿道："以防万一。"

"这么笃定对方会专门对付我？"段白月问。

司空睿答："因为三人之中，你向来便是最倒霉的那个。"

段瑶："……"

"我却觉得那声音并不像是凶兆。"段白月道，"听着清亮婉转，像是……凤凰。"

司空睿嫌弃道："你就知道凤凰。"

段白月拔刀出鞘。

"喂喂！"司空睿做出防御的姿势，"这可是在船上。"打起来是要落海的。

一个巨大的水泡从海底升起，段白月眼神一凛，玄冥寒铁剑锋一闪，血污便自半空中纷扬洒下，半条长满利齿的怪鱼"扑通"落在甲板上，虽已变成两截，却还在不停地张嘴呼吸。

司空睿惊道："啊！"

"什么东西。"段瑶也被吓了一跳。

段白月摇头："方才一直在吐水泡，没看到？"

段瑶与司空睿一脸茫然，是吗。

"加强戒备吧。"段白月道，"越靠近阵门，危险便会越多，指不定下一处还有什么在等。"

"等等。"司空睿警惕道，"这条鱼不会也是楚项搞出来的吧？"

"应当不是，否则不该只有这一条。"段白月道，"临行前温大人便说过深海之中，会有什么都不意外，所以若是没事，你手中的酒酿饼能放下了。"

司空睿将点心一股脑塞进嘴里，叹气，看来这回又是个苦差事。

入夜时分，叶瑾盘腿坐在床上，道："关于妙心，你想问什么？"

"你觉得他为人如何？"楚渊靠在床头。

"有些怪异。"叶瑾道："都是武僧，他可与少林寺的和尚截然不同。"

"那你觉得，他有一天会背叛大楚吗？"楚渊又问。

"背叛？"叶瑾想了一阵子，道，"我也有问题想问。"

楚渊点头："说。"

"若他当真背叛了大楚，你要如何处置他？"叶瑾试探。

楚渊答："杀。"

叶瑾意外道："我当你要留他一条命。"

"若只是背叛朕，留一条命也无妨。"楚渊道，"不过无论是谁，叛国都罪无可恕。"

"可我觉得，"叶瑾考虑了一下说话的方式，又清了清嗓子，"他或许会背叛大楚，却不会背叛你。"

楚渊摇头："不懂。"

"我的意思是，他有可能会为了你，背叛大楚。"叶瑾满脸严肃，"这下明白了？"

"理由。"楚渊道。

"我觉得那大和尚心怀不轨。"叶瑾道，说完又补充，"肯定不止我一人这么想，旁的不说，我不信段白月看不出来。"

"以后叫段大哥，再不济也称呼一声王爷。"楚渊好笑，"记住了？"

叶瑾怒道："你到底会不会听重点？"而且为什么居然这阵还能笑出来。

"继续说。"楚渊示意。

"我为什么要说。"叶瑾咳嗽两声，"你先告诉我，姓段的怎么想。"叫什么大哥，大家彼此都很生疏，要有距离感。

"他从没说过这个。"楚渊摇头。

"我才不信。"叶瑾撇嘴。

"当真没说过。"楚渊道，"我骗你做甚。"

"可他看着心眼也不大。"叶瑾疑惑，为何连自己都忍不了的事，他却能忍。

楚渊笑笑："你不必想他，只管说自己的看法。"

"还能说什么，我说完了。"叶瑾道，"那和尚对你图谋不轨，懂吧？"

"我懂，不过这你真想错了。"楚渊拍拍他的脑袋，"你只说对了一句话，他有可能会为了朕背叛整个大楚，不过绝对不会是因为儿女私情。"

"为什么？"叶瑾纳闷，"他看你的眼神，还有平时的言行举止，怎么看都不像正经出家人，你若执意不信，不如我们来问问温大人。"

"若真如你所言，不等朕将他请下船，有人便会先动手。"楚渊道，"哪里会忍到现在。"

“段白月啊？”叶瑾哼哼。

楚渊点头。

“那妙心到底是图什么？”叶瑾愈发茫然。

楚渊道：“他想让朕做个好皇帝。”

叶瑾道：“有病。”

“不过有时候执念太深，未必就是好事，就如先前的裘戟，一心想扬名天下，将自己弄得疯疯癫癫半人半鬼，不得善终。”楚渊道，“妙心便是另一个裘戟，只不过他不是为了自己，而是为了朕，他想让朕千古流芳，所以绝对不会允许整个过程中出现哪怕一丁点他认为的污点。”

“这和他有什么关系？”叶瑾实在无法理解此等莫名其妙的执念，相比起来，裘戟反而成了正常人。

楚渊道：“将来你或许可以亲自去问他。”

“不行。”叶瑾道，“即便如此，我也不能让他继续靠近你。”

楚渊道：“朕会自己注意。”

“可既然你已经起了戒心，为什么不干脆请他下船？”叶瑾裹着被子挪了挪。

楚渊道：“先前是因为不确定，朕总得弄清楚他究竟要做什么。后来多了个理由，阿沉曾亲眼看见他在一处荒岛上发疯，地动山摇，内力不可小觑。”

叶瑾吃惊：“还有这种事。”

“心里执念太深的人，最容易入魔。”楚渊道，“将他留在身边，一来便于监视，二来他武功高强，在作战时对大楚有利，特殊时期，一切以战事为重。”

“果真是当皇上的，”叶瑾单手撑着腮帮子，“明知道对方是疯子，还要留在身边，还假装什么都没看出来，任由他天天站在甲板上看你。”

“朕说了，打赢这场仗最重要。”楚渊道。

叶瑾躺在他身边，过了阵子，突然问：“有没有什么人，是你永远都不会利用的？”

“你。”楚渊道，“再加一个瑶儿。”

“没了？”叶瑾哼道，“那段白月呢？”

“将来不会，可先前……”楚渊侧靠着，苦笑，“他的一身伤病，皆因我而起。”

“好了，不说了。”叶瑾捂住他的眼睛，“睡觉。”

“温爱卿也觉得妙心心怀不轨？”楚渊问。

叶瑾冷静道：“那我怎么会知道。”

“朕还不清楚你们两个人。”楚渊挥手扫灭烛火，“明日宣他来见朕。”

叶瑾道：“哦。”

过了阵子，又提醒：“先说好，和我没关系。”并没有出卖战友。

楚渊在黑暗中扬扬嘴角，却丝毫睡意也无，心里想着那艘远去的战船，不知不觉便到了天亮。

段瑶升起风帆，道：“若风一直这么吹，我们提前一天便能到那处岛礁。”

“刘锦德的老巢，会这么容易就被我们靠近？”司空睿心里没底，“不出些乱子挨顿打，总觉得有些不安稳。”

段白月与他对视。

司空睿纳闷：“怎么了？”

段白月道：“想来当初你成亲之后，定然是被秀秀天天捆在树上用狼牙棒抽打。”否则为何能受虐成这样。

司空睿不屑看他一眼。

船穿过各处岛礁，出乎意料地平静。离约定的十五月圆还有两天，三人便顺利抵达了目的地附近，透过茫茫白雾，只见无数巨大圆木被安上铁刺，树立在岛屿周围，将之密密麻麻围了起来，整座海岛更像是一个巨大的木桶，根本看不清里头到底有些什么。

“乖乖，怪不得一路都没动静。”司空睿道，“我可算是知道了，这么多年刘锦德与楚项都在做些什么。”想砍这么多木头，想来也要花个七八年。

“阵门在何处？”段白月问。

“在岛礁的中心处。”段瑶道，“要将珠子用内力贯入地下，才可引来海水毁坏阵法，可我们至少也要先进去看看，才能找出阵门的位置。”

“我去。”司空睿往手心哈了口气。

“等等。”段白月握住他的手，“那些圆木上有东西。”

“什么玩意？”司空睿揉了揉眼睛，朝着远处看过去。

“是钱串子。”段瑶惊道：“当日飞在半空下毒雨的那些。”

司空睿立刻蹲下：“那我还是不去了。”

“这要怎么闯过去？”段瑶一脸苦相，当日下毒雨用蜂蜜能解，可这回也不知是什么，而且如此巨大一片，飞起来怕是能将一支军队都撞飞。

段白月看了眼天际，上头星辰闪烁，异常明亮。

“皇上，皇上！”温柳年兴冲冲跑去船舱，“星象是吉兆，千古难遇的吉兆啊！”

楚渊放下手中的折子，心不在焉道：“哦？”

“是真的。”温柳年笃定道，“微臣这回定然没看错。”

楚渊头疼：“朕的确是在担心，不过爱卿这欺君之罪一次两次能免，次数多了，俸禄可就没了。”

“微臣当真没有欺君。”温柳年瘪嘴，更不是因为前两天被叫到房中训了一通，并没有很委屈。

楚渊冲他招招手。

温柳年小跑上前。

楚渊递给他一罐子糖：“小瑾自己做的，拿去吃，不准再说话了，退下吧。”

温柳年抱着罐子，不甘不愿往出走，临到门口深情回头——当真是吉兆！

楚渊继续翻看折子，头也不抬。

温柳年坐在甲板上，生闷气，吃了颗糖，还奇酸。

不如辞官。

第五十二章

眼看天色一点一点暗下去，司空睿道："是退是攻，若要攻该怎么攻，至少要个应对之策，否则一直在这耗着也不是办法。"

段瑶摸了摸兜里的蛊王，犹豫着看了眼段白月。

"不行，这么多钱串子聚集在一起，一只蛊王怕是不顶用。"段白月拍拍他的肩膀，又往岛上看了一眼。那一圈高大的圆木将视线遮挡了个严实，只有一座瞭望塔高高耸立，上头有五六名兵士，正分散在各处留意着周围的动静。

段白月从袖中抖落三枚飞镖，看着如同冰块，是用寒冰虫的骨刺所雕，锋利无比，见血即融，不会留下任何痕迹。

"你不是想要硬闯吧？"司空睿紧张道。

段白月摇头："先试试看这些虫子到底能疯到什么程度。"

"那就好。"司空睿松了口气，"要帮忙吗？"

段白月手指轻轻一弹，几乎只是一眨眼的工夫，那瞭望塔上便尖叫着掉下来一个人，重重砸到了圆木外的草丛中。那黑乌乌的一大片钱串子受了惊，忽而腾空飞起，后又如同苍蝇遇到腥肉般向着落地那人扑去，在他身上结了厚厚一层，盔甲一般。突遇此变，其余守卫都吓了一跳，以为有敌军来袭，赶忙吹响号角，在黑夜中尤显尖锐。

海岛上的天际红了一片，像是有人点燃无数火把。司空睿摇头："看这架势，人可不算少。"

"人倒是其次，现在最主要的，是对付这些东西。"段白月道，"比起吸血僵尸来，也差不了多少。"

那一大团黑色云雾飘到半空中，嗡嗡声愈发清晰起来，而被包裹其中的守卫呼救声却越来越弱，直至最后消失不见。约莫过了一盏茶的工夫，那群钱串子方才散开，又重新窸窸窣窣落回了圆木上。一具枯白的骨骼"扑通"落入海中，缓缓向着深海漂去。

段瑶哭丧着脸，什么鬼东西这都是。

"不然先撤？"司空睿道，"这玩意不好对付，虽然你要在皇上面前邀功，但此事非同小可，憋屈也就憋屈了。"总比被虫啃要强。

"怎么回事？"刘锦德急匆匆过来。

“回将军，方才阿沙在值岗的时候，突然就一头栽了下去，落在了岛外。”一人慌道：“我等不敢去救，又怕是敌军来袭，便赶紧吹响了号角。”

刘锦德两步跃上高塔，四处看了一番，并未发现楚军踪迹。转身余光却扫见在隐蔽处的一个空酒坛，登时眼中杀机一闪。

“将军。”其余几人顺着他的目光看过去，心里猛然一空，膝盖发软跪地连连磕头，“将军饶”话还未说完，便已被人卡住咽喉，反手接二连三丢下瞭望台。

黑色云雾再度集结而起，惨叫声在这片海域回荡，连段瑶都有些心悸。

段白月伸手替他捂住耳朵。

“再有人胆敢在此处饮酒，杀无赦。”刘锦德沉声下令，转身大步下了瞭望塔。

岛上逐渐恢复平静，映照天际的火光也渐渐暗了下去。一具白骨被水流推向三人藏身的地方，上头还零零落落趴了几只吃饱后的钱串子，段瑶抛一根细细的蛛丝线，带了只虫子回来，背甲光亮，与西南府的钱串子不同，像是覆盖着挺厚一层油脂。段白月随手打了个小火折，只是凑近一燎，那黑虫便噼啪燃烧了起来。

“想用火烧？”司空睿开窍。

段白月点头：“明晚行动时，瑶儿跟着我，你执火弓紧随其后掩护，可有问题？”

“自然没有。”司空睿摩拳擦掌，从背上接过弓箭，遗憾道，“可惜不能让秀秀也见一见，她相公是多么英姿飒爽。”

段瑶安慰他：“等这次回去，我告诉温大人，让他将你写进史书里。”

司空睿大喜过望：“那我要单独列出一个传！”还要写厚一些。

段瑶满口答应：“好好好。”

段白月忍笑，小鬼坑蒙拐骗的功夫倒是越来越强。

东方渐渐露出鱼肚白，朝阳倾泻出大片流光。段白月掏出月落神镜，依旧很是干燥，并无返潮的迹象。

司空睿道：“老天爷也是公平的，你倒霉了那么多次，轮也该轮着顺一回。”

段白月将镜子又装了回去：“多谢。”

楚军大营中，叶瑾问：“油醋面吃吗？”

楚渊摇头：“朕方才派人去请木痴前辈了，想再与他讨论些关于八荒阵的事，可要留下一道？”

“就知道你不放心。”叶瑾端着碗坐在他对面，“温大人昨晚一直在守着风向与星辰起落，看着高兴得很，老渔民也说了，今晚会是个大晴天。”

楚渊道：“妙心呢？”

“一早就出去了，帮忙练兵。”叶瑾问，“南前辈也去了，估摸两人又要打架，你要管吗？”

楚渊摇头：“即便妙心会失控，也断然不会是因南前辈而起，不必担忧。”

“倒也是。”叶瑾将面条分给他一半，“若一切顺利，今晚便会开战，熬了这么久，可算是到了这一天。”且不说星洲与潮崖会如何，能吃下翡缅这块硬骨头，便已经赢了八成。

楚渊笑笑，手心摩挲过腰间那只丑丑的紫色小老虎。

这一天时间过得极快，天色完全暗下来后，沈千枫带兵抵达先前约定之处，命大军原地等待。阿沉生性寡言，又是男子，虽说心里多少会紧张，却也未表现出来，只是一直擦拭长剑。沈千枫道：“放心吧，这一战我们必胜。”

“嗯。”阿沉点头。

“等这场仗打赢了，你能教阿沉哥轻功吗？”月萝在旁插嘴。

沈千枫道：“一两招自是可以。”

月萝拉拉阿沉的袖子，笑嘻嘻看他，你看我就说，沈盟主定然会答应的。

看着这对小情人，沈千枫笑着摇摇头，转身去了船头。算算时间，其他三路人马应当也已经到位，只等段白月最终发出讯号。

“走！”段白月拉着段瑶，两人从草丛中飞身而起，鹞鹰一般落在了瞭望塔上。上头十二名守卫还未来得及反应过来，脖颈处的血液便已喷溅上天，身体顷刻失重，向着海面直直砸去。滚烫的鲜血自空中洒落，落在下头的钱串子身上。黑色云雾嗡嗡叫着翻腾冲上前，像前日一样，带着包裹其中的食物飞向半空。

十二个人，便是十二朵巨大的黑云。

司空睿单弓满弦，利箭带着火光直直穿透黑云中心。大火腾然而起，瞬间蹿起数丈高。着火后的钱串子愈发狂躁起来，震动双翼四处乱飞，不断引燃更多同类。司空睿收起弓箭，亦跳上高塔向下看去，漫天满海都是被点燃的钱串子，星星点点闪烁明灭，若非空气中满溢的焦煳味与不绝于耳的嗡嗡声，这一幕甚至称得上是壮丽好看。

“有敌来袭！有敌来袭！”下头的官兵早已乱成一团。段瑶握紧拳头，觉得有些紧张。

“别怕，慢慢找。”司空睿安慰，“有哥呢，来多少杀多少，你想站在这里看一个时辰都行。”

段白月也道：“别慌，慢慢来。”

刘锦德策马率军前来，远远看到瞭望塔上的段白月，心中杀意顿起，眼底反而有了几分邪笑，伸手接过副将手中的大弓。

“喂，那把弓箭比我们的要大些。”司空睿提醒，“还要在这站着？”

段瑶手有些发抖。

段白月拿起弓箭，对段瑶道：“只管看你的。”

段瑶点点头，又定了定神，试图在下头看似混乱的阵法中找出阵门所在地。

刘锦德面目狰狞，抬手射出长箭，剑身闪着嘶嘶火光，在夜空中划出一道细小闪电。

“火药？”司空睿大惊失色，一把抱过段瑶带着就要往下冲。段白月却已经弯弓满月，单脚踩上木柱腾空跃起，眼底映照出那越来越近的火光，右手一松，玄铁利箭穿破空气，将对方射出的弓箭堪堪当中劈开，在空中便已经轰鸣引燃。

“乖乖。”司空睿热泪盈眶，“这也行？”

“那里！”段瑶伸手一指，“那处红色的木塔，淹了它！”

“先回船上做准备。”段白月拍拍他的脑袋，翻身下了瞭望台，却并未落地，脚尖踩过下方无数人头，向着木塔方向冲去。

“你去帮哥哥。”段瑶道，“我回船上！”

“确定？”司空睿道，“可先前是说要我保护你。”

“我不需要保护。”段瑶一刀砍飞面前叛军，“哥哥那头要紧！”

“也好，那你自己小心。”司空睿替他杀出一条出路，自己转身从反方向一跃而下，刚好骑在一名高大的奴隶身上：“走！”方才他已经在上头看了半天，如此一个坐骑，不要白不要。

那奴隶算是半个荒岛野人，天性凶残却没什么脑子，平日里替楚项抬轿子，岛上机关分布摸得挺清楚。这阵也没觉得背上的人不是主子，糊里糊涂听到有人下令，便只管答应一声，带着他就去追段白月。

刘锦德甩出一柄匕首，贯穿野人心脏。

司空睿踉踉跄跄跳下来。

“杀了他！”刘锦德沉声下令，自己去追段白月。

司空睿大声道：“皇上！”

刘锦德神情一变，回头顺着他的方向看去，却空无一人。待到反应过来，司空睿的剑已经逼至身前。

“就你这模样，还想与段兄比。”司空睿啧啧，“也不撒泡尿照照自己。”

刘锦德一掌将他劈开，策马赶往红塔的方向。

天际又传来一声清亮长鸣，段瑶心里吃惊，司空睿晃了晃脑袋，觉得活见鬼，方才那声音还挺好听，的确像是传说中的凤凰。

狂风卷来一阵砂砾，糊一脸。

叛军中有人伸手想擦，却摸下来一个瓜子壳，嗑得还挺完整。

……

红色木塔四周都挖了水渠，里头黑漆漆一片。刘锦德勒紧马缰，从怀中掏出一枚木哨，看着段白月登上红塔顶端，表情狰狞，唇角也渗出阴森笑意。

“快些！”司空睿扯着嗓子喊，他被一大群野人围着打，还要喷口水，心中源源不断都是问候祖宗八代的脏话。

段白月目色暗沉握紧剑柄，缓缓拔出玄冥寒铁，剑身通体泛着幽蓝光芒，一滴红色鲜血自当中蜿蜒穿过，倏忽消失，如同脉搏。

大地微微颤抖，刘锦德意识到不妙，有一瞬间的僵硬，想要吹响木哨，段白月却已经怒吼一声，手中寒光一闪，剑气自宝塔顶端灌入，直直穿透地底深处，如同千百堆炸药被引燃，霎时四周尘土飞扬。地动山摇间，那红色木塔已经从中裂成两半，摇摇晃晃轰然倒地，再细看，竟是连地皮都被撕出裂口。

司空睿气喘吁吁赶来，也被面前一幕惊了一下，这是什么邪门功夫。

落潮珠被内力深深嵌入地下，段白月回身落到地上，抬头看了眼月色，乌云正在逐渐消退，一点一点露出银白色的珠盘。

海浪隐隐呼啸，在海岛四周翻涌。段白月单手拎起司空睿，向着岸边冲去。

“找死。”刘锦德冷笑一声，短促吹响木哨。

无数黑影从水渠中跃起，一张大网冷不丁自空中展开，将两人严严实实罩在了里头，带着幽幽香气。

段白月捏开司空睿的下巴，塞了个药丸进去，低声道：“这玩意有毒。”

司空睿拔剑出鞘，却也割不开那蓝色大网。只觉得极为细软，且像是有生命一般，能自己缩至最小，将猎物死死罩在里头。

司空睿手中宝剑哐当落地，动弹不得。

段白月指间夹着一枚小刀片，抬头看了眼月亮，却又已重新被黑云遮住，不远处的海浪声也轻缓许多。

司空睿从鼻子里往外哼字：“这下要怎么办？”

段白月将刀片不动声色收了回去，对刘锦德道：“不如我们谈谈？”

司空睿热泪盈眶，岛都要淹了，还谈什么，难道不该快些跑。

段瑶驾船等在暗处，听圆木阵中传来一阵地动山摇的声响，像是宝塔已被摧毁，却迟迟不见哥哥与司空出来，心里不由着急。这阵他反而有些感激天上遮住圆月的乌云，否则若引来潮水，想逃出也不容易。

“谈？”刘锦德冷笑，“死到临头，想与我讨价还价？”

“好不容易才将本王困住，就这么杀了？”段白月挑眉，“不想拿来做筹码，与皇上谈谈条件？”

“我不需要与任何人谈条件。”刘锦德眼神猩红而又狰狞，像是恨不得将他的周身血肉都生生挖下来。

司空睿低声道：“我觉得此人要将你千刀万剐。”

天上依旧乌云重重，段白月摇摇头，继续拖延时间道：“本王不想与你多言，楚项人在何处？”

“对，叫楚项出来。”司空睿跟着虚张声势，“看他是愿意就地杀了我们，还是愿意拿我们做筹码，与皇上谈条件。”

“我说了，从不与任何人谈条件！”刘锦德转身走向高处，微微一抬手，便有无数弓箭手将两人团团围住，司空睿热泪盈眶，心中洋溢无数脏话，大喊道：“我知道一个秘密！”

段白月嘴角一扬。

“说。”刘锦德回身。

司空睿诚恳道：“讲道理，得罪你的是旁边这位仁兄，你我素不相识无冤无仇，不如交个朋友如何？”

“你想投降？”刘锦德嗤笑。

司空睿赶紧点头。

“说说看，什么秘密。”刘锦德饶有兴致地看着他。

司空睿提条件：“可否先将我放开。”

刘锦德沉默看着他。

司空睿道：“不放也行，但万一我被他一怒之下杀了，而秘密才刚说到一半，你说你憋屈不憋屈。”然后又压低声音，补充道：“与皇上有关。”

段白月冷冷扫了他一眼，司空睿立刻扯着嗓子号叫：“救命！”

刘锦德示意守卫将他从网中放了出来。

司空睿活动了一下筋骨，抬头看了眼天空，依旧丝毫不见光。

“现在能说了？”刘锦德刀架在他脖子上。

司空睿随口胡诌道：“皇上他最近可了不得，你猜怎么着？中毒了啊。”

段白月：“……”

“谁给他下的毒？”刘锦德闻言果然震怒，扭头看向段白月，“是你？”

段白月冷冷道：“当晚来人身着你方衣袍，却反而成了本王的人？”

“那毒可了不得。”司空睿继续绘声绘色道，“连叶谷主也查不出究竟是何物，皇上最近天天都能睡七八个时辰，也不见醒，吃饭要吃酸，时不时就想吐，脾气也大了许多。”自己此生实在没见过几个中剧毒的人，便只有将娘子怀孕时的情形说一遍，反正此人老光棍一条，想来也听不懂。

“所以你们上岛，是为了从我这里拿解药？”刘锦德问。

“这是其一。”司空睿道，“其二，皇上命我们来炸了这座塔。”总归事情都已经干了，不提未免太欲盖弥彰，不如爽快些。只要这一时将他糊弄过去，等着月亮出来便能跑路，也不怕他事后慢慢琢磨。

“为何要炸塔？”刘锦德单手卡住他的脖颈。

“因为，咳咳，因为有人夜观天象，说只要炸了这岛上最高的一处建筑，便会激怒海神娘娘，地动山摇，大楚便会不战而胜。”司空睿一脸神秘，心里苦恼——为何月亮还不出来，再拖下去，且不说自己还能不能编出故事，眼看着天都要亮了。

一队兵士急匆匆从宝塔的方向跑来，段白月眉头一皱，指间重新闪过一缕寒光。

“将军，”为首那人跪地道，“已经检查过了，宝塔下出现了一个拳头大的深坑，不知究竟往下陷了多少尺，下头在幽幽发着光。”

“什么？”其余人还未来得及说话，司空睿先大惊失色，转头怒问段白月，“你将我替娘子准备的镯子丢进了坑里？”很逼真。

狂风吹过，天上乌云倏忽散去，月光皎洁。

司空睿心中一喜，不顾前一刻还在演戏，转身便以迅雷不及掩耳之势几步狂奔到段白月跟前，刚想扛着他跑路，那大网却已经从中被撕裂成两半，四枚幽蓝色的飞镖直直射向刘锦德面门。司空睿只觉腰间一紧，整个人就已被带着跳出包围圈，一道向着岸边急速而去。

无数利箭自身后斩风而来，司空睿挥剑将其劈落，纵身高高跃起想要攀上圆木，却被追来的刘锦德重新逼回地面。四周隐隐山呼海啸，巨大的浪潮撞击海岸，瞭望塔上有人惊呼：“将军！出事了，海水像是要涌上岛了！”

刘锦德猛然反应过来，几乎是咆哮着下令：“去将那发光之物毁掉！”

“快走！”段白月趁机在司空背上拖了一把，将人送上圆木顶端。自己却向反方向追去，想要拦截刘锦德。

司空睿狠狠吐了口唾沫，从圆木上一跃而下，几步挡在了刘锦德前头。上回两人一道作战，就只回去了自己一个，这回若是再将他独自丢在岛上，那还有何颜面要求温大人将来给自己单独写一个传。

段白月一笑：“多谢。”

“谢就不必了。”司空睿道，将来你少坑我几回，都要谢天谢地。

海岛摇晃得越发激烈起来，叛军阵营嘈杂一片，一队人拿着铁铲前去宝塔废墟处，想要将那深坑中的珠子挖出来。段白月飞身上前，一刀扫开数十叛军，持剑守在宝塔前方，如同修罗。

刘锦德咬牙道："即便是引来海水淹岛，你也得留下一起陪葬。"

段白月看了眼天上月色，银盘一般，周围黑云早已消失无踪，只余月光在剧烈震荡的海水中碎出一片银丝。

山峦般的海浪重重撞击在圆木上，一阵断裂声后，数十根参天圆木一起轰鸣着倒下，叛军四散奔逃，营地中乱成一片。

"要发海啸了，快撤啊！还愣着做什么！"司空睿拖起段白月就跑，却被刘锦德死死缠住。他对段白月的恨意早已如同火山喷发，想起当日他在甲板上对楚渊所做的一切，便恨不得将其生吞活剥，都不解心头之恨。

"这人疯了！"司空睿擦了把脸上的海水，大声道，"我拦着他，你先去找瑶儿！"

段白月在空中腾挪，与又一根倒地的圆木堪堪擦过。

叛军被木柱砸得七零八落，死伤无数，早已毫无斗志。眼看整座海岛已注定要被毁，刘锦德愈发疯狂起来，不要命地与段白月斗在一起，如同死死咬住目标的毒蛇，即便身负重伤，也要拉他一同下地狱。

"这海岛要塌了！"司空睿被数十叛军围在中间，向段白月怒吼。

刘锦德狞笑："听到没有，今日我死了，你也别想独活！"

段白月重重一拳打在他脸上："你要死，我却不会。"

"可这海岛要沉了，要沉了！"刘锦德嘎嘎笑出声，眼神忽而一阴，狠狠道："你永远也别想再见到他。"

"那可未必。"段白月一笑，伸手指了指苍穹，"喏。"

又一声清亮鸣叫传来，在夜色中久久回响。

段瑶正在船里急得上火，想去找又怕哥哥们来后寻不到自己，可若不去找，眼看海浪越来越疯狂，再不走就真的要来不及了。

海水呼啸，又是一大片圆木被重重击倒，惨叫声此起彼伏，段瑶心一横，将船只拖到隐蔽处刚打算去帮忙，天上却有什么一闪而过，抬头看去，只来得及扫见一片金灿灿的尾羽。

凤凰？

段瑶愣了片刻，等反应过来之后，几乎要喜极而泣。

居然真的有，就知道他哥不会一直倒霉下去！

“这是，你你你的本体显灵了？”看着苍蓝夜色中的那几只华丽大鸟，司空睿觉得自己有些头晕目眩。

“抓紧！”段白月当机立断，单手拎起他将人抛到了半空中。一只凤凰迅速俯冲，让他稳稳落在了自己背上。

司空睿热泪盈眶，这个好，能上天。

刘锦德见势不妙，总算是回来了几分神智，慌乱中转身想要逃，却反被段白月单手捏住肩膀，清晰的碎裂声传入耳中，剧痛之下，像是有蚂蚁钻进心脉，须臾便昏了过去。

又一只凤凰盘旋而下，掠过汹涌巨浪，在海岛被吞噬的前一刻，带着段白月直直飞向天际。余下一个刘锦德，先是被一只看起来心情很不好的凤凰踢了一脚，方才用爪子勾住衣带，抓着去追赶其余同伴。

一只胖乎乎的毛球从大凤凰的羽毛间钻出来，懒洋洋打了个呵欠，迷迷糊糊看了看四周，也没反应过来究竟发生了什么事，便又熟门熟路钻入段白月怀中，继续睡。

“哥。”段瑶也乘着一只凤凰飞来，身后坐了个黑衣人，笑容满面拼命挥手，热情程度宛若老相识重逢，“我家宫主与公子恰好在染霜岛上，星斗前辈也在，算了一卦后，便让我们前来助战。”

段白月抱拳笑道：“此番多谢秦宫主与诸位。”

“好说好说。”暗卫爽快摆摆手，“我家公子先前还担心战事，不过现在看来，大楚必胜无疑。”毕竟也不是人人都有本事轻易就能淹掉一处海岛，自己还是头回见。

段瑶往天上发了枚信号。先前守在东西南北四处的兵马见到后，心中皆是一喜。沈千枫登上高塔，大声道：“全军散开，准备围堵窜逃叛军！”

第二日中午，楚渊正在甲板上出神，叶瑾站在他身后，道：“约莫再有一天，便会有战场上的消息传回来了。”

“这话南师父先前说了一回，木痴前辈说了一回，现在你又来，”楚渊道，“商量好的？”

“这哪里用得着商量。”叶瑾趴在他身边的栏杆上，“大家都是关心你。”

“朕是皇帝，不是月萝。”楚渊笑笑，“出来也只是想透透气罢了，过一阵就会回去。”

叶瑾还欲说话，天边却闪过一道金色光影，眨眼间便消失在了云层中，看到的也只会当自己眼花。下一刻再出现时，便已经披了满身光芒，尾羽耀眼而又华丽，展开的双翼几乎要折断云层。

“是凤凰！”楚军中有人扯着嗓子惊呼出声。

所有人都抬头看向天际，巨大的神鸟周身羽毛闪闪发光，在阳光下如同要浴火燃烧一般，羽翼震动时带来的风，将下头原本平静的海面也卷出波浪。

这怕是要带着神仙来啊……将士们欢呼出声，有大吉之兆，哪里还会担心此战会输。楚渊扭头看着叶瑾，笑道：“这下可好，又多欠追影宫一个人情，当真不知该怎么谢了。”

“前一阵子就听说了，少宇与凌儿在染霜岛。”叶瑾道，“我倒是猜到追影宫会出手相助，不过却没想到是送来了凤凰。”

说话间，那凤凰已经盘旋至低空处，微微侧身让背上的人跳了下来。

周围大楚将士看到之后，都觉得颇为失望，为何不是个好看的仙女，居然是军营里头的副官周大胡子。

“皇上。”副官惊魂未定，虽说能乘着神鸟飞，将来也值得吹嘘一番，但这只凤凰的脾气明显不怎么好，途中有好几回他都险些被颠到海里。

“战况如何？”楚渊问。

“回皇上，一切都在按原计划进行。”副官定了定神，道：“阵门所在的海岛已被海啸淹没，岛上叛军死伤无数，刘锦德被西南王生擒，此战大获全胜。”

“楚项呢？”楚渊又问。

“海岛上并未发现其踪迹。”副官道，“据俘虏交代，楚项在数天前曾来过一次，不过很快便驾船离开，应当是去了星洲，翡缅国国主黑鸦似乎也是与他一道。”

“我方可有人受伤？”楚渊又问。

“没有。”副官摇头。两军交战，兵士们受伤自然是有的，但想也知道皇上这话是指代谁，于是又道：“西南王在摧毁海岛后，便赶去与沈盟主会和作战，如今我军已将翡缅国包围，如无意外，五天内便能将之彻底拿下。”

“很好。”楚渊点头，“这一路也辛苦你了。”

“全靠神鸟相送。”副官心有余悸，“就是飞得太高，吓人了些。”

大凤凰在天际盘旋，很是享受下头数万人膜拜的眼神。

叶瑾伸手想要叫它下来，却冷不丁接住了一个绒黄的毛球。

啾。

楚渊道：“小瑾。”

“你醒醒。”

“喂。”

叶谷主看着手心里的小凤凰，热泪盈眶。

全天下都是我的。

楚渊哭笑不得：“这回可不准再胡乱喂了。”回回落在手里，都要胖一圈。

叶瑾揣着毛球，溜达着往回走。

打个鸟的仗，不如缝衣裳。

南摩邪手里捏着一个烧饼，一边吃一边听周大胡子说战况，极为满意，甚至强迫他一连说了三遍，方才心满意足将人放走。

楚渊道：“前辈。”

“这么大风，出来做什么。”南摩邪笑容满面道，“来来来，快回去歇着。”

楚渊道：“前辈又闯祸了？”

南摩邪道：“没有。”

楚渊与他对视。

南摩邪咳嗽两声，辩解：“我早上没有看清那位大师德高望重的脸，还当是哪里来的叛军。”便打了起来，很无辜。

楚渊趴在栏杆上，忍笑。

“别告诉我那徒弟呗。”南摩邪用胳膊肘捣了他一下，挤眉弄眼讲条件。

“不好。”楚渊拒绝。

“我拿好东西换。”南摩邪利诱，“你想不想知道，他几岁才不尿床？”

楚渊道：“成交。”

段白月在船上打了个喷嚏。

司空睿与段瑶骑着凤凰在天上飞过，咧着嘴傻笑，齐刷刷挥手。

段白月转身进了船舱，并不是很想看这一幕。

楚军自东西南北四翼同时进攻，几乎将翡缅国整个圈了起来。楚项下落不明，黑鸦生死未卜，刘锦德更是被敌方生擒，布下的阵法被大水摧毁一空，翡缅国的军队如同一盘散沙，前几天还勉强能撑着打斗，想着楚项或许会率军回来救援，到了后来，便已纷纷丢盔弃甲自暴自弃，恨不得排着队投降，只求能快些休战，留下一条命。

第七日的清晨，楚军船队拨开晨雾，缓缓驶近一座海岛，上头黑色石柱参天高耸，雕刻着无数图腾，后方巨大的建筑物古朴苍凉，是翡缅国的王城。

“哇。”月萝惊道，“这么大啊，比我们的海岛大多了。”

“小心有埋伏。”阿沉握住她的胳膊。

“可上头的人都已经投降了。”月萝道。

“阿沉说得对，你该小心些，这世上没有绝对安全的地方。”段白月跳下船，挥手下令大军登岸。

四路人马已经汇合，除卓云鹤率军在岛外待命，其余人马分三路搜查王宫。原本这座海岛上就没有多少人，经历这一战后，更是死的死降的降，只余下一些老弱妇孺，被暂时关押到了一艘空船上。

段瑶嫌弃道：“这翡缅国也太穷了些。”好歹也是王宫，居然没有一丁点值钱货，桌椅板凳破破烂烂，大楚偏远处的客栈也比这强。

段白月摇头：“这你就错了，翡缅国这些年在南洋捞了不少银子，你此时看不到，是因为在楚军抵达之前，已经有人来搜刮过了一回。”

段瑶道：“楚项？”

段白月点头：“虽说这回名义上是对翡缅开战，可什么时候攻下了星洲，才算是大胜。”

“我已经带人在岛上搜了个遍，并未找到什么棺材。”段瑶道，“你还记得吗？就是先前在关海城的时候，马六说他曾被抓到海岛上做了许多棺材。”

“八成也是在星洲。”段白月道，“还有鬼木匣，以及潇潇儿运往海外的那些尸体，这南洋的名堂还多着呢。”

“那也不怕。”段瑶道，“反正迟早会赢的。”

“还在这说话呢！”司空睿气喘吁吁跑进来，道，“后头出事了，月萝被人抓走了。”

“什么？”段瑶吃惊，“谁干的？”

“不知道，阿沉已经去追了。”司空睿道，“担心有诈，大军依旧原地待命，不过阿离与曲先生已经带人去帮忙了。”

“我去看看。”段白月往外走。

“我也去！”段瑶一路小跑，顺道拖上了司空睿。

茫茫南海上，一艘小船正在随浪漂移，看上去下一刻便会被吞噬。阿沉踏过海面跃上甲板，掀开布帘之后，里头却空无一人。下头海水一阵翻腾，一条巨大的软体鱼吸盘一般，从船底脱落下来，摇曳着身体潜入深海里。

“先回去！”阿离乘着凤凰在上空朝他招手，“这四周没有别的船只，人应当还在岛上。”

“月萝找到了吗？”段白月正守在岸边。

阿沉摇头：“那是一艘空船，下头是条大鱼在拖着走。”

“你先别急，说说到底是怎么回事。”段白月道，“为何对方要弄条空船将你引走？”

“我与月萝当时在临海的一处院子里。”阿沉道，“后来我进屋去搜查，只听月萝惊叫了一声，冲出去时人就不见了，追到岸边便看到了那艘船。”

“我猜那人还在岛上。”阿离道，“不然没必要设计将你引开，明显是弄一艘空船让你慌乱分神，他才有时间带着月萝转移。”

“没错。”段瑶也点头，“否则这四周都是大楚的水军，就算他能暂时逃走，也用不了多久就会被追上，白费力气罢了。”

“来人！”段白月道，“抽三百将士过来，就算是将这海岛翻一遍，也要把人找到！”

混合着腐败气息的地下暗室里，月萝缩坐在墙角，看着面前的男人。过了许久，大概是觉得四周太寂静，有些令人毛骨悚然，于是主动道：“你抓我要做什么？”

男人道：“与大楚做交换。”

“我能换什么。”月萝抱着膝盖，“你抓错人了，我不是大楚的人，我也是从小在南洋长大，这回我相公想打仗，我就跟着一道来了，连他都值不了多少钱，更何况是我。”

“那你就只有死了。”男人嗓音沙哑，“我不养没用的人。”

“喂！”月萝警觉，“你要是杀了我，我相公不会饶了你的。”

男人冷笑一声，手中钢刀架上她的脖颈：“是吗？”

月萝“哇”一声哭了起来。

男人道：“将你手中的刀放下。”

月萝沉默片刻，收了眼泪撇嘴看他，背在身后的手松开，一把匕首“哐啷”落地。

“你胆子真的不小。”男人刀尖缓缓向下，挑开她的衣领。

“你！”冰冷的刀锋几乎要划破肌肤，月萝一动不敢动，眼底这回当真噙上了泪，“流氓！”

男人微微皱眉，一把将她的衣服撕开。

月萝魂飞魄散，扯着嗓子哭。

“你是清辉城的人。”男人看着她锁骨处的一个图腾，有些惊讶。

“你离我远一些！”月萝单手掩住衣襟，连滚带爬躲到另一边。

男人摇摇头，自己解开衣服。

月萝捂住脸道：“啊！”

男人道：“我与你出自同个地方。”

月萝从中指缝处偷看了一眼，就见他胸口有处文身，的确与自己身上的相似。

男人突然出手，以迅雷不及掩耳之势向她面门攻来。

月萝本能回身一躲，须臾便飘到了另一头。

男人点头：“我方才没看错，你果然会功夫。”

月萝皱眉：“你抓我到底要做什么？”

男人反问：“你的任务是什么？”

月萝：“……”

月萝脑子里灵光一闪，装腔作势道：“与你何干。”

男人不悦：“帮主没有说过，我才是你最大的主子？”

月萝上下打量了他一番，摇头，眼神不屑。

男人怒道：“我随时都能杀了你。”

“那杀呀。”月萝将发辫甩到身后，将脖颈亮给他，“我好不容易才混入楚军大营，你却杀了我，看谁还能带你出去。”

“除了你，这岛上还有谁？”男人问。

月萝看了他一会，道：“还有我相公，我们是一起的。”

“你有什么计划？”男人问。

月萝翻了个白眼：“不管我有什么计划，这阵也已经全部被你毁了。”

男人沉默须臾，道：“你走吧。”

月萝坐在他对面，偏道：“我不走。”

男人不悦：“为何？”

“无端消失，又无端出现，傻子也会猜出有问题。”月萝问，“你让我怎么走？”

男人道：“那你就留下吧。”

月萝：“……”也不用这么爽快吧。

“你打算一直待在这里？”过了阵子，月萝又问，“还有，你方才说要用我与大楚做交换，换什么？”

“你不是大楚的公主。”男人道。

月萝恍然：“原来你要抓的人是阿离。”

“她人在何处？”男人问。

“在岛上，可她是公主，身边多的是人保护。”月萝道，“你想抓她怕是不容易。况且在楚国皇帝的眼中，这个公主也不怎么重要，你就算是抓到她，八成也换不来什么。”

男人冷冷看着他。

意识到自己似乎说错了话，又或者是暴露了什么，月萝识趣噤声。

“派你来的人，究竟给了你什么任务？”男人又问了一次。

月萝站起来：“不管我要做什么，都不会阻碍你的行动。我不知道你想做什么，你也不需要知道我要做什么。”

“看来你也不知道太多事。”男人摇头。

“我是好心提醒你。”月萝蹲在他对面，“喏，我再说一次，阿离当真不重要。若要做交换，不如去抓叶瑾，他是大楚皇帝的心头肉。”到时候撒药撒不死你。

“我不需要她重要，只需要大楚的血脉。”男人道，“这些楚军打算何时离开？”

"五天之后。"月萝道，"你还是想对阿离下手？"

男人道："自然。"

月萝爽快："我帮你。"

男人问："你打算怎么帮我？"

月萝道："这你就别管了，晚上放我出去便是，我趁夜色将人给你带来，到时候我们再一道商议，要如何离开这里。"

"那你的任务呢？"男人阴沉问。

月萝道："我说过，相公也在岛上，我自会吩咐他下一步该怎么做，得手后再与我们会和。"

男人点头："好。"

月萝问："那我们要去何处？"

男人答："星洲。"

夜色沉沉，海岛上却依旧亮如白昼，到处都是火把与呼喊声。阿沉虽说沉默不语，但谁也能看出来他几乎要急疯，段白月上前拍拍他的肩膀，将人带到了僻静处，道："你先别急。"

"我该一直守着她的。"阿沉狠狠捶了一下树。

"这当口，对方抓月萝多半不会是为了害命，而是为了当人质与我们谈条件。"段白月道，"所以你要冷静一些，焦躁于事无补，反而会自乱阵脚。"

阿沉道："她胆子小，这阵不知害怕成了什么样。"

段白月摇头："这你就看错了，那小丫头胆大着呢，知道在你面前刁蛮，在其余人面前乖巧，也就定然知道在歹人面前该怎么……月萝？"

"什么？"阿沉闻言心里一空，回身还未反应过来，便已经有人扑满怀。

"阿沉哥！"月萝抱着他大哭。

"你没事吧，自己逃出来的？"阿沉又惊又喜，好不容易才将她放到地上，拉着四处看，"有没有受伤？"

"我没有，快，前头有一处暗道。"月萝急匆匆道，"里头有个人，是叛军，是他抓的我，快点！"

"先说清楚，到底出了什么事？"段白月问。

"下头，下头有个人。"月萝心里着急，又后怕，组织了半天语言，方才将事情说清楚。

“你是说那人将你当成了他的同伙？”段白月问。

“嗯！”月萝使劲点头，“他想欺负我，可后来看到了我身上的图腾，就停手了，还问我是不是清辉城的人，来这里有什么任务。我听出异常，就跟着演下去了，还有，中途他想让我走来着，我没走，就想套更多话出来。”

段白月听完之后，大笑道：“听到没有？还在担心你这小丫头没见过世面胆子小？”

“那……现在要怎么办？”阿沉问，“这图腾我也有，海岛上每个人都有，可我们从未听过什么清辉城。”

“那是大楚晋地的一处地名。”段白月道，“对方既然想要阿离，那一时半刻就不会离开，倒不必派兵现在抓，找人看守住出口便是。至少先搞清楚他究竟是谁，想要用皇家的血脉做什么再说。”

第五十三章

既然还有事情要做，那众人也便隐瞒了月萝已经回来的消息，只通传了少数几人。回到房中后，月萝凭借记忆描述了半天长相，也没人能知道此人究竟是谁，只有段白月脑中一闪，既与晋地的门派有关，又出现在翡缅国，或许此人会是当初从白象国逃走的丞相聂远山。

“那聂远山的确曾在山西待过三年，后去了白象国。”沈千枫道，“只是他想要皇室血脉，为何不直接去找楚项？”

“或许是想要皇家人的命。”段白月道，“用来破阵，或是做别的事情，否则何必如此大费周章。”

沈千枫闻言皱眉。

“不用担心，叶谷主在皇上身边，没人能有这胆量与本事去闯。”段白月道，“先将地下那人抓来，一问便知。”

“那后头要怎么办？”月萝道，“我去将他引出来吗？”

“不行，你独自去太危险。”段白月摇头，“得找人易容成阿离，保护你一道进去。”

“为何要易容？”阿离摇头，“我可以自己去。”

曲蕴之瞪大眼睛：“我不准！”

“瑶儿。”段白月招手。

段瑶哭丧着脸，就知道，假装姑娘这事到最后都是自己去做。

“乖，最后一次。”段白月揉揉他的脑袋，“哥哥会在后头护着你。”

段瑶道：“哦。”

“事不宜迟。”段白月道，“现在就行动！”

阿离回去之后挑了半天，方才找了条素净些的裙子。段瑶易容倒是挺快，反正里头那人没见过阿离，否则也不会抓错人，因此只将自己打扮成了一个姑娘家，便拎着裙子从屋里走了出来。

月萝道：“哇，真好看。”

段瑶：“……”

阿沉在后头轻轻掐了月萝一下。

月萝严肃道：“我们走吧。”

“见机行事，保护好自己和月萝。”段白月道，“记住了？”

“放心吧。”段瑶道，“派人守着外头，若我失手，别让他跑了便是。”

段白月点点头，看他与月萝一道先后进了暗道。

男人听到动静，警觉地抬起头。

月萝背着段瑶，从拐角处走了过来，将人一把丢到地上，气喘吁吁道：“累死我了。”

“这么快？”男人走过来。

月萝白他一眼，道：“我早就说了，有的是办法。”

男人蹲下，伸手将段瑶的身子转了过来。

月萝暗中握紧拳头。

地道内光线昏暗，男子并未认出他是谁，将头发撩开看了一眼，便站起来道：“你打算怎么出去？”

月萝有些着急，不是说摸完衣裳就能昏迷，怎么看着却像是没事。

“说话！”男人脸色一沉。

月萝道：“现在公主丢了，外头的防守只会更严密，不过大军也不会在这岛上耗太多时间，再等个十来天，便会自己走了，大楚的粮草只能支撑到那时。”

男人点点头，拿来绳子想将段瑶捆起来，身形却一僵。

月萝小心翼翼地看着他：“你……没事吧？”

掌心一片冰凉，皮肤下像是有细长的虫子在游走，顷刻便抵达了脊椎与脑髓，动弹不得。

“过来！”男人意识到不妙，咬牙看着月萝。

这当口傻子才过去。月萝后退两步，小声道：“喂。”

“贱人！”男人抬手封了自己两处大穴，拼尽最后一丝力气想要过来抓她，一直躺在地上的段瑶突然一个鲤鱼打挺，将他一脚踹回了墙角，咳出一口鲜血，只剩下半口气。

月萝自发替他鼓掌。

段瑶直接将人拖出了地道，借着银白月光看清模样后，段白月道：“还真是聂远山。”

对方满目杀意，怨毒地盯着他，胸口剧烈起伏，嘴角也溢出鲜血。

沈千枫带人下去搜了一圈，除了水和干粮外空无一物，应当是准备好的避难之处。等回到上头时，段瑶正哭丧着脸辩解："我当真没有打得很重。"怎么就死了呢。

"是自己咬碎了毒药。"段白月蹲下检查了一下，"不必自责。"

段瑶依旧懊恼，早知道就下些软筋散，至少此时还能留一口气。

"我们还是太过大意。"沈千枫道，"不过事已至此，懊悔也没用。"

"清辉城，帮主，要皇家血脉。"段白月道："只知道这三个线索，盟主可知清辉城有何江湖门派？"

沈千枫道："只有一个江湖门派，叫清辉帮，帮主名叫王运，看着有些二愣子，着实想不到还能和反贼扯上关系。"

"这个图腾，"段白月用匕首割开聂远山的衣襟，又问阿沉，"与你的一样？"

阿沉点头，自己拉开领口给他看，果真一模一样。

"莫非海岛上的人与清辉山庄是同宗？"段白月道，"数百年前，某个大家族受到镇压，其中一些人离开了山庄，出海讨生活，另一些人忍辱负重留下，打算复仇，或者做些别的事情。"

"我不知道太多关于寨子的历史，阿爷平时很少提。"阿沉道，"月萝就更不知道了。"

"那就只能等到战后，回大楚再看了。"沈千枫道，"我会差人先一步回去，暗中盯着这个清辉帮。"

段白月点头，下令将聂远山的尸首点起一把火，烧了个干干净净。

翡缅国一战，楚军顺风顺水大获全胜，将士们受到鼓舞，个个精神饱满，恨不得即刻便去攻打星洲。又过了三日，军队驶离翡缅国岸边，只留下五千人看守，其余人则是回到月礁，与大军会和准备下一战。

楚渊站在船头，远远看着船队驶近，脸上一直带着笑。

段白月飞身上了甲板。

周围一片侍卫，识趣微微低下头，毕竟皇上这几天一有空就站在甲板上看海。

在意识到其余人的意思后，楚渊脸一烫，而后便道："赢了？"

段白月点头："赢了。"

现场略安静。

安静之余，又生出几分尴尬。

段瑶与沈千枫都在后头的战船上，阿离与曲蕴之倒是在，但两人巴不得看热闹，因此这阵都笑吟吟站着，一句话也不肯说。

叶瑾抱着小凤凰急匆匆跑过来。

“啾！”毛球展开翅膀，缓慢地飞过半空，落在了楚渊肩上，小黑豆眼可亮了。

总算找到一件事可以做，楚渊松了口气，将小凤凰抱到怀里，道：“辛苦了，回去歇着吧，让卓云鹤来找朕汇报战况。”

周围兵士都想，卓统领也是可怜，果然皇上只肯让王爷一人去休息。

楚渊转身回了前厅。

段白月自然不会傻到回去蒙头大睡，跟着一路过去，将小凤凰从他手中抱走，见叶瑾正在门口望天，于是随手一丢，道：“有劳。”

叶瑾赶紧接住。

莫名其妙就换了个人抱，毛球一脸茫然。为何这人又不是它爹，也能拎着爪子到处乱丢。

见到楚渊，段白月道：“又瘦了。”

“乱讲，小瑾听了你的，天天恨不得给我做五顿饭。”楚渊用手背冰了冰脸颊，道，“战事还顺利吗？”

“嗯。”段白月道，“派人送回来的信，看了吗？”

楚渊点头：“我问过温爱卿，不过他也不知道山西清辉城曾经发生过什么事。”

“没关系，不影响战局。”段白月道，“只有这个皇家的血脉有些邪门，以后多注意些便是。”

“先前是朕小看月萝了。”楚渊道，“一个小丫头，能如此不慌不乱连讹带诈，也算是有勇有谋。”

“我带回来的人，自然不会差。”段白月道，“听沈盟主说，你想带阿沉与月萝回王城？”

“武功高强，人品也不错，不用岂不是可惜。”楚渊道，“你有什么想法？”

“若想带他二人回宫，你得先帮忙将鸣鼓岛上的事解决了才行。”段白月道，

“这是阿沉心头一根刺。”

“即便你不说，我也是要解决的，别的不说，光与那个山西清辉城的渊源，便要先查清楚。”楚渊道，“不过这些都是后头的事了，你肚子饿不饿，先吃点东西再歇着？”

外头，卓云鹤扯着嗓子叫：“末将参见皇上！”

四喜公公在隔壁一口水喷出来，紧赶慢赶也没来得及拦住。

段白月打开房门。

卓云鹤大咧咧道：“王爷也在啊。”

段白月道：“嗯。”

卓云鹤往他身后看了一眼，小声道：“是皇上宣末将来的，王爷您这头快完了吗？”

四喜：“……”

段白月单手撑住门框，与他对视。

四喜在后头，轻轻扯了扯卓云鹤的衣裳。

四周一片寂静。

段白月没有丝毫要走的意思。

卓云鹤总算嗅到了一丝丝不对。

卓云鹤道：“末将先回去了。”

段白月道：“卓统领慢走。”

卓云鹤道：“我明日再来。”或者后天，或者再迟一些也无妨。

段白月目送他离开。

薛北岳在拐角处将人截住，扶额道：“你是不是傻？”

卓云鹤哭丧着脸：“是皇上说要我……”好吧就是傻。

薛北岳拍拍他，同情道：“今晚请你喝酒。”

船舱里，楚渊差四喜送来热水，段白月将脸擦干净，又叫厨房送来热的饭菜，陪着一道慢慢吃。

“口味变了。”段白月道。

“嗯？”楚渊停下筷子。

“先前一口辣椒都不肯吃，还记不记得我去王城那次？”段白月道，“一口泡椒就辣得吃了一碗甜糯米饭，还喝了许多水。”

楚渊笑：“嗯。”

“现在吃个炒饭都要加辣酱。”段白月道，“也好，将来去西南起码饿不到肚子。”

门外，叶瑾抱着小凤凰蹲着，痛心疾首：“你有没有听到。”

毛球道：“啾。”

“没事干去什么西南。”叶瑾胡乱揉它的头毛，为何不能是回江南，分明老早就让自己暗中帮着买大宅子，这阵却在商议要回西南。

毛球顶着一头杂毛，黑豆眼略茫然。

南摩邪在外头嗑着瓜子看，很满意。

暗卫站在他旁边，也是满脸喜悦，宛若过年。

虽然此事仿佛和追影宫没什么关系，也并不能写小话本赚银子，但高兴一下总是可以的，将来至少能蹭一顿豪华的席面吃。

第二天清晨，楚渊醒来的时候，另一边铺上的段白月还在睡，眉宇间倦色不减，胳膊上有一道新的伤痕，像是在打斗时被刀剑所致。四喜公公站在门口往里看了一眼，见楚渊没有要起床的意思，便轻手轻脚关好门，退出去继续在外头候着。

过了一阵子，段白月睁开眼睛：“天亮了？”

“接着睡吧。刚打了胜仗，其余一些琐事就别管了。”

段白月很配合。

楚渊睡意全无却不想起床，觉得就这么发呆也挺好。四喜挥手屏退侍卫，将嘈杂声也隔绝在远处，给两人留出了一方清静的天地，只有海浪阵阵。

中午的时候，段白月方才睡醒，满足道：“算是这么久以来，最舒坦的一天。”

“这回又是谁伤的你？”

“两军作战，这点小伤算什么。”段白月道，“司空都比我伤得重，来时路上还在遗憾，可惜秀秀不在，否则又能装病让她心疼一番。”

“听着有出息多了。”楚渊道，“就你一个，装病都不会。”

“我即便装了病，也没媳妇煮饭泡茶。”段白月理直气壮。

楚渊看了他一会，点头："说得对，那你还是别装了。"

于是四喜端着热水，在外头又多等了片刻，方才被宣进去。乐呵呵伺候他洗漱完后，才说早上叶瑾来过两三回，不过似乎也不像是有急事，一听说还没起床，便又回去了。

"还能有什么事。"段白月道，"八成是想去看刘锦德，不过我吩咐过看守的侍卫，谁都不准放进去。"

"怎么突然这么有兴趣。"楚渊不解。

"不是对刘锦德有兴趣，是对钱串子有兴趣，以及翡缅国内乱七八糟的巫医。"段白月站起来，"甚至还有那条大鱼，刘锦德身后多的是秘密，叶谷主又是个药痴，自然会想见。"

"这一路你审过他了吗？"楚渊坐在桌边。

段白月摇头："我想听你的意见。"

"你愿意让我去见他？"楚渊问。

段白月干脆利落道："不愿意。"

"那便交给你了。"楚渊道，"不过按照他的性格，八成是不会招供什么的，宫里头出来的人，自然知道谋逆是死罪，就算他此时孤身杀了楚项，我也不会留他性命。所以你也不必白费力气了，好好歇一天吧。"

"你的意思是，不管他了？"段白月迟疑。

"交给旁人吧。"楚渊道，"别说他不会供认，即便他一五一十招了，也无人敢信。毕竟他现在唯一的活路，就是楚项会设法营救他，这当口傻子也知道该咬紧牙关。"

"也对，"段白月点头，"败军之将，不搭理也成，还不如多审几个俘虏有用。那就将人交给叶谷主？"

"免了吧。"楚渊递给他一杯茶，"小瑾那头我会让千枫去说，人交给温爱卿与大当家，我不去见他，你也不用去了。"

"听你的。"段白月道，"那今天要做什么？"

"关于星洲那头，有什么新的传闻吗？"楚渊问。

段白月摇头："没有，翡缅国和星洲完全是两拨人马，问过几个俘虏，却都对那头的事一无所知，只说上头一直在闹鬼，邪门得很。不过当年我混上岛的时候，那里还是一座普通的岛，不好说这些年到底发生了什么事。”

“大军会在此地休整八天。”楚渊道，“而后便会前往星洲。”

“算算日子，云前辈差不多也该将潮崖拿下了。”段白月道，“那对星洲便是最后一战，打完之后，先随我回西南府？”

楚渊懒洋洋趴在桌上：“好。”

西南府里，金婶婶看着整整齐齐挂着的绸缎新衣，笑得合不拢嘴，这段日子一连去了数十座庙宇求菩萨，最后都说西南府要有大喜事，挡都挡不住的那种喜。

锦娘端着一箩筐红枣进来，见到后笑着说：“再让太阳晒一阵子，这衣裳就该掉颜色了，婶婶还是快收起来吧。”

“仗就快打完了。”金婶婶拉着她坐下，“皇上与王爷他们就快回来了。”

锦娘道：“对了，今日街上的王老板还在说，婶婶订的山菌与腊鱼来了，让我等会带人去取。”

“这个不着急。”金婶婶握着她的手，“婶子问你一句话，你听了可别生气。”

“嗯。”锦娘道，“婶婶只管说便是。”

“这回皇上是去打楚项的。”金婶婶道，“谋逆叛国是什么罪名，你也是知道的，他怕是难逃一死。”

“婶婶是怕我对他还有旧情？”锦娘摇摇头，“当初他想杀我，还险些害了孩子，我唯恐避他不及，哪里还会想着要再相见。”

“那小满呢？”金婶婶试探，“楚项毕竟是他的亲生父亲。”

“小满心里只有一个南师父，一个段王爷，一个小王爷。”锦娘道，“是爷爷，也是父亲和兄长。西南府上上下下的人一起照顾了他这么些年，若还不能分清是非善恶，那也愧对这么多年来王爷对他的悉心教导。”

“皇上与王爷的意思，你应当也知道了。”金婶婶道，“是想让小满将来进宫，立太子的，你可愿意？”

“不愿意，我只想让他平平安安过日子。”锦娘摇头，又道，“可若小满自己愿意，王爷又觉得他能负担得起这天下苍生，我自然不会多加阻挠。”

“这样就再好不过了。”金婶婶道，“不过你放心，将来若是小满不愿进宫，那王爷也不会强迫他。这天下姓楚的王族也还有，想从中挑出一人继承王位，并不是什么了不得的难事，不会非谁不可。”

锦娘点点头。门外，一个少年正靠着墙根坐着，一边懒洋洋晒太阳，一边听院中婆婆和娘亲一起说话，身边放着一把长剑，一双眼睛极好看，里头颇有几分桀骜不驯。

茫茫南海中，段瑶正在奋力划船，上头放了不少采摘来的椰子与其他果子。楚渊见着后笑道："又跑去哪玩了？"

"我可没玩。"段瑶将小船挂在大船上，气喘吁吁擦了把汗，"是哥哥让我去找些新鲜的果子来，说皇上最近没胃口。"

"下回别再听他的了。"楚渊将人拉上来，"朕又不是三岁的小娃娃，不吃饭还要靠着果子往下哄。"

段瑶嘿嘿笑，将一个椰子递过来："快喝，可甜了，哥哥呢？"

"刚刚在与千枫比武，后头小瑾也要去凑热闹，结果三招便被你哥哥制服，于是就又恼羞成怒追着到处乱跑。"楚渊道，"喏，朕拦都没拦住，这阵也不知去了哪里。"

段瑶："……"又来。

叶瑾叉腰怒道："你敢陷害我。"

段白月道："讲道理，是你自己顾着抬头看凤凰，才会一脚踩空崴了脚。"

叶瑾坐在甲板上，觉得这样不行，下回要换个策略，让那个谁去追。段白月忍笑蹲下讲条件："喂，你不准再动手，我就带你回去。"

叶瑾不屑白他一眼："我要给你下药，还用得着动手？"

段白月伸手将他拉起来，一瘸一拐搀扶着往回走，迎面恰好碰到妙心。

"他怎么跑出来了。"叶瑾纳闷，坐禅坐得好好的，为何不一直坐到班师回朝，这样大家都省心。

"非要下药的话，下给他呗。"段白月低声哼唧。

叶瑾跳起来踩他一脚。

段白月倒吸冷气："这也要和你哥学？"

"走快一点！"叶瑾怒视他，不然管不住我随时想要让你秃头的手。

两人互相攻击，一路不消停地往回走。旁边有小兵甲看到，感慨："这阵才像是一家人。"

"什么像是一家人，本来就是一家人。"小兵乙纠正他，压低声音道："薛将军说的。”

小兵甲挤眉弄眼，与他嘿嘿笑着一路嘀咕，越走越远。妙心紧紧闭着眼睛，眉头紧锁，手中念珠飞速转动。

追影宫暗卫在他身后站成一排，道：“哇。”

妙心身形一顿，眉心戾气顿散。

暗卫笑容满面，将手中炒货递过来：“瓜子吃吗？”

妙心道：“原来是追影宫诸位少侠，小僧久仰秦宫主大名，可惜一直无缘相见。”

暗卫立刻紧张道：“可我家宫主已经成亲了。”

妙心：“……”

暗卫又关怀：“我家宫主成亲的时候，大师没来吧？”

妙心道：“小僧当时在关海城。”

暗卫言辞恳切：“可金光寺的大师那时远在北海，也特意坐船赶来了，胡子都没来得及剃。”

妙心表情僵了僵：“小僧并未收到请柬。”

“没收到请柬？”暗卫先是吃惊，而后又很快就想通，“不过也在情理之中，毕竟我们当时不认识大师。”

妙心面无表情：“若诸位少侠没有其他事情——”

怎么能没有其他事情呢，暗卫笑容满面：“那现在既然认识了，不知大师打算补送什么贺礼给我家宫主？”

妙心：“……”什么？

暗卫扎好马步，伸手抡了一个大圈：“当时金光寺的住持，送了这么大一株珊瑚树，还会发光。”

妙心拂袖离开，语调波澜不惊：“小叶寺素来清贫寒苦，不比金光寺香火旺盛，怕是要让诸位见笑了。”

这位大师，有点意思啊。暗卫回头看了眼南摩邪，神情严肃，当真皇上不会怪罪？毕竟我们来之前公子就说了，不能闯祸，否则不仅要去扫茅房，逢年过节还没有火锅吃。

南摩邪蹲在桅杆上，眼底充满前辈对晚辈的信任。

看住这大和尚，将来大家一起去逛青楼啊。

晚些时候，四喜过来禀报，说是追影宫诸位少侠一直跟着妙心大师，说要讨论佛法，看着极为虔诚。

段白月道："噗。"

"又是你？"楚渊放下筷子。

"这就冤枉了。"段白月道，"我一回来就同你在一起，哪有时间去安排这个。况且那大和尚的事情，你自己处置便是，我可不想多理会。"

"退下吧。"楚渊示意四喜，"今日没什么事了，你也早些歇着，别伺候了。"

"谢皇上。"四喜退出门，又叫过几名值夜的内侍吩咐几句，方才回去吃饭歇息，临走不忘叮嘱厨房炖些补血的汤，晚上当消夜送来——毕竟王爷受了伤。

段白月道："要我去找秦兄的人提醒一下，切莫过火吗？"

楚渊摇头，又递给他一碗饭："多吃一点。"

"这可是在打仗，妙心功夫又高，若是被惹毛了，只怕不好收场。"段白月道，"毕竟追影宫气人的功夫，你也是见识过的。"

"方才还在说妙心的事你不想理会。"楚渊挑眉，"转眼就不做准了？"

"我是担心你。"段白月无奈。

"我知道，"楚渊道，"可难得闲一天，就不能说些别的事？那些都是秦少宇教出来的人，横行江湖尚且知道拿捏分寸，更何况是在两军交战时，你未免太小看追影宫。"

"你信得过他们就成。"段白月很配合，"那好，我不说了。"

"这菜好不好吃？"楚渊问，"是瑶儿说的你喜欢，厨子又不会做，只能胡乱猜着煮出来，我尝过一口，味道还成。"

段白月点头："嗯。"

"那再吃一碗。"楚渊夹给他一筷子菜。

段白月哭笑不得："拿我当吴三磊的饭量？"

叶瑾端着药站在门口，望天："咳！"又在说什么鬼话。

"你不舒服？"段白月问楚渊。

"没有。"楚渊接过药碗，"是煮给你的。"

“是什么？”段白月问。

叶瑾一边转身离开，一边幽幽道：“鹤顶红。”

段白月朝他的背影吐吐舌头。

楚渊好笑，将碗递给段白月：“喏，看你昨天回来就脸色不大好，吃完这个能舒服些。”

“这哪里是药，分明就又是一碗汤。”段白月用勺子搅了两下，“再这么被你喂下去，还打什么仗，估计离四喜的肚子也就不远了。”

“最后一碗，吃完就放你去休息。”楚渊道。

段白月坐在椅子上叹气。

楚渊问：“吃不吃？”

“吃吃吃。”段白月三两口将东西塞进去，“看，吃完了。”

“回宫后有赏。”楚渊将他拉起来，“走，带你出去消消食。”

“今天怎么心情这么好？”段白月笑着问。

“你平安回来，我自然高兴。”两人就这么晃晃悠悠在甲板上溜达。

王城里。

刘大炯道：“老陶，出来。”

“出什么来，大热天的。”陶仁德坐在书房内，一幅一幅看面前的画，“正好你来了，过来帮着瞅瞅，这哪位姑娘更好看些。”

刘大炯纳闷：“你这是要老树发新芽？”

陶仁德：“……”

陶仁德道：“我这是准备呈给皇上过目的，可都是一等一的美人儿。”

刘大炯摇摇头，转身道：“你慢慢看，我先走了。”

“回来回来！”陶仁德追上前将他拉住，“你这老东西，平日里没事也要说媒，怎么一到皇上这头，就比谁都气定神闲。先皇临走的时候，可是将皇上托付给你我二人的，这眼瞅着皇上都三十出头了，别说子嗣，后妃都没一个，你就不着急？”

刘大炯道：“老陶啊。”

陶仁德道：“啊？”

“别找了，没用。”刘大炯拍拍他的手，“咱皇上看不上这些。”

“你都还没看，怎么就知道看不上了。”陶仁德将他强拖到桌边，“这回可不一样，从大家闺秀到小家碧玉，从东北到江南，各地出了名的美貌女子都有，甚至还有江湖门派的小姐。咱皇上喜欢舞刀弄枪的，说不定这两个能成！”

刘大炯道：“你高兴就好。”

陶仁德：“……”

刘大炯突然道：“西南府前些年收养了个小娃娃，这你不知道吧？”

“这关我什么事。”陶仁德莫名其妙，“只要西南府不谋逆，莫说收养一个，就算收养千八百个也成，你提这个做什么？”

“没什么，就听说那小娃娃还不错。”刘大炯揣着手往回走，气定神闲道，“你接着看画，我可一个人去吃驴肉火烧了。”

陶仁德在他后头皱眉。

西南府收养的小娃娃？

楚渊蹲在小船上，手里捏着一把虾干，一个一个喂给面前的巨龟。

“还真有几分灵性。”段白月道，“当日我见它走了，以为将来就再也见不到了，却没想到它竟然会回来找你。”

“可惜不能带回王城。”楚渊用手摸了摸龟甲，“否则光凭救了你，我就该养它一辈子。”

大龟吃完虾干，便慢悠悠沉进水里，却未走远，此后几天都在楚军船队旁时隐时现，三不五时还会顶两条大鱼到甲板上，都是平时捞不到的稀罕货。

温大人为此很是高兴。

毛球蹲在大龟背上，被带着在海里沉沉浮浮到处漂，兴高采烈，一直在展开翅膀欢乐啾啾叫。大凤凰缓缓盘旋在上空，时不时低头扫一眼自己的弟弟，以免它掉进海里，眼神冷艳，宛若在看一个智障。

毛球转身用屁股对准哥哥。

大凤凰短促鸣叫了一声，俯冲下来将它一爪子踢飞，另一只凤凰展开双翼将弟弟接住，带着迎风猎猎冲向半空。

毛球魂飞魄散，呆毛凌乱：“啾！”

大楚将士远远看着这一幕，笑容满面很受鼓舞——有如此多的吉兆与神兽，想不赢都难。

暗卫趴在栏杆上，兴高采烈介绍："那是我家少宫主。"

妙心双目微闭，手中握着一串念珠，像是未听到身边的人在说些什么。

真是冷漠啊……暗卫感慨，幸好我们热情如火，否则大家一定没有办法愉快聊天。

又一个落满朝阳的清晨，伴着响彻天际的号角声，楚国大军拔营而起，战船整齐列队驶离岸边，风帆饱满战旗飞扬，向着星洲方向驶去。

"最后一战。"段白月站在高处看向远方，"一定赢。"

楚渊笑笑："嗯。"

一定赢。

漆黑无际的海岛上，一群黑衣人正围站成一圈，神情肃穆闭目垂首，口中喃喃自语，像是在执行某种神秘而又古老的巫术。黑鸦仰面躺在一张石床上，楚项拿出一个锦盒，打开后是一个玲珑器物，正是当初从厉鹊手中骗来的琉璃盏。

清脆的碎裂声后，一粒珠子从里头滚出来，里头像是有什么活物在动。楚项捏起来，凑到黑鸦唇边，冷声道："吃了它。"

黑鸦看似有些犹豫。

楚项提醒："这是你我唯一的机会，或者说是你唯一的机会。"

黑鸦心一横，张开嘴将那珠子咽了下去。不出片刻，心口便如同起了火苗，断臂处像是有千百只毒虫在啃咬，面目涨红痛痒难耐，只觉五脏六腑都已经扭曲，双手几乎要将身下石床捏碎，却丝毫也不能减轻痛苦，最终仰天大吼一声，眼一闭断了气。周围一圈巫师见状心里大惊，面面相觑却又不敢出声询问。楚项上前试了试黑鸦的脉搏，唇边扬起一丝阴笑，令人将他抬到了暗室中。

翡缅国距离星洲的路程大抵有十来天，沿途有不少海岛，或许是由于听到了楚军一路大捷的消息，觉得这最后一战定然也不会输，因此岛上的居民比起先前路过的那些国家来都要热情上不少，不再紧闭关口，甚至还会让楚军在港口休息一晚，吃些热饭与新鲜的蔬菜再走。

"离镜国。"楚渊站在甲板上，看着大军在港口依次停泊忙碌，道，"上次来这里的情形还历历在目，没想到一眨眼已经过了这么多年。"

"别，我巴不得你忘了。"段白月道，"千万别历历在目一辈子。"

楚渊笑着，“有什么关系，都过去了。”

段白月也笑：“想不想下去看看？喏，那个卖米线糊的小摊还在，上回没陪你来吃，这次补上也不迟。”

楚渊点头，与他一起下了船。

“皇上，王爷。”那处小摊上已经有不少将士在吃饭，楚渊抬手示意众人不必多礼，让老板煮了两碗面线，在不远处撑了张单独的桌子慢慢吃。

“先前还以为这离镜国离星洲颇近，多少会受影响。”段白月道，“没想到看着还挺安稳。”

“此地民风强悍，岛上的人十个有八个是牛脾气，楚项未必就敢招惹。”楚渊道，“或者说是即便招惹了，也是得不偿失。弄一堆不服管的人回去打仗，这当口可不划算。”

“那为何不干脆杀了？”叶瑾在旁边探过头来问。

段白月道：“为何要杀？”

叶瑾索性拖了板凳坐过来：“当初那潇潇儿就说过，曾花了大力气将中原的尸首运往星洲，楚项定然是要拿来做文章的，可既然这么需要尸体，为何不干脆杀了这离镜国的人？”

吃饭时一连听这个多个“尸首”，楚渊胃口全无，将勺子放回碗中。

叶瑾：“……”不然你先吃，我等会再来问。

“你说说看。”楚渊看段白月。

“这南洋可不止离镜国一处海岛，虽说都不大，可零零散散加起来也有不少人。这次楚国与翡缅国开战，几乎所有岛国都选择了闭关中立。”段白月道，“可若楚项在此时杀了离镜国的人，那消息传到其余海岛，便会人人自危，你猜他们是会甘心等死，等着随时被楚项屠岛，还是会加入楚军，奋起反抗？”

楚渊笑笑：“嗯。”

“走吧。”段白月站起来，“带你去找点别的东西吃。”

叶瑾眼睁睁看着两人离开，又愤愤坐回沈千枫身边：“你也想到了？”

沈千枫点头。

“那怎么不早点告诉我。”叶瑾怒，为什么大家都知道，显得我好像很蠢一样。

“你又没问。”沈千枫好笑，“况且人各有所长，你若是能什么都知道，那还得了，现在这样挺好。”

叶瑾撇撇嘴，低头继续吃东西。

楚渊没心思再吃饭，段白月便买几串烤鱼与炸肉，裹上辣椒粉带着去了海边，坐礁石上看晚霞漫天。

南摩邪看着两人背影感慨，可惜大楚军中没有画师，否则定然要将这一幕画下来，然后广发天下。

司空睿道：“这两天怎么没见那位妙心大师。”

“在与追影宫各位少侠讨论佛法。”南摩邪随口答。

司空睿惊道：“追影宫的人还能懂这个？”

“懂倒是未必，但不懂也能一道讨论。”温柳年在旁插嘴，“当初本官在追影宫的时候，也曾与诸位英雄一起谈论过围棋残局。”

司空睿问：“结果呢？”

温柳年道：“结果到了后头，大家不知为什么，突然就聊起了火锅中煮什么最好吃。”也挺好，人人皆垂涎三尺。

司空睿：“……”

暗卫一左一右，坐在妙心两侧，一起吹着风，心旷神怡。

吃完最后一串烤肉，楚渊跳下礁石打算回船舱去，段白月却伸手拉住他。

“要做什么？”楚渊问。

“海里有东西。”段白月道，“你站这里别动，我去看看。”

楚渊皱眉，“知道是什么吗，你就要去。”

随着阵阵海浪，的确能隐约看见其中有东西忽上忽下，似乎像是人形。一队官兵拿着大网驾船靠近，兜住之后拖到岸边一看，竟是一具尸体。

“我去看就好。”段白月拍拍他，自己走过去。叶瑾已经先一步进行查看，皱眉道：“不像是普通的尸体。”

周围一圈官兵虽说都曾历经生死，此时却也有些想吐，且不说这冲天的臭气，光这在水里泡了多天的腐败模样，叶谷主还能如此凑近仔仔细细看，也不是凡人。

“怎么了？”段白月蹲在他身边。

“普通溺水而亡，不该出现这副模样。”叶瑾道，“况且看露出来的骨骼形状，应该是汉人，不是南洋人。”

“那些尸体？”段白月猜测。

叶瑾点头，看了眼海面，道：“八成是从星洲漂过来的。”

有兵士拿了一卷布过来，将那尸体搬到了海边一处四处漏风的空宅子中。叶瑾拿了手套戴上，也未要旁人跟，只点名让章明睿一道。段白月感慨：“这小太医运气可以啊。”

话音刚落，章明睿便从窗户里探出头，一阵狂吐。

段白月：“噗。”

楚渊却没心思与他说这个，扭头道：“会不会有更多的尸体漂来？”

“不会。”段白月摇头。

楚渊脑子一时没转过弯：“为何？”

段白月道，“这里是离镜国，我们明天便会离开，楚项这阵就算杀光了岛上所有人又能如何。这尸体必然是用来对付楚军的，可一定不会是在这里，而是在两军交锋时，懂了？”

楚渊：“……”也是。

“晕了吧？”段白月摇头，“这几天让你多睡一阵子，结果天天都是刚天明就起床，忙忙碌碌到深夜才睡，可不得晕。”

楚渊犹豫道：“我……”

“又心神不宁？”段白月低头看他。

楚渊看了他一会，也不知该说什么，于是转身慢慢往回走。

“到底怎么了？”段白月追上去。

“我大概真的不是个好皇帝。”楚渊有些沮丧，“如此关键的一仗，我这几天想的不是战事输赢，反而满脑子都是有的没的。”

段白月道：“噗。”

楚渊不满：“还笑。”

段白月道：“前几场战事，我受伤是多了些，不过这次真不会了，我定然将自己保护得好好的，只等着带你回西南，所以别胡思乱想了。”

楚渊点头：“好。”

“那回去歇着？”段白月问。

楚渊回头看了眼那处破房子。

章明睿还在吐。

“走吧。”段白月道，“我们回去。”

第五十四章

大抵是因为这些天的确有些焦虑过度，回到船舱后，楚渊被迫泡了一个热水澡，再躺到床上，困意便连绵袭来，不一会就睡了过去。

段白月陪了他一阵，见似乎已经睡熟了，方才轻手轻脚退出房门，挥手招过西南府的人与段瑶一起在这里护着，自己下船去找叶瑾。结果刚一到海滩，便见沈千枫在拆屋顶。

“实在不行，否则太臭了啊。”章明睿脸色惨白，气若游丝。

段白月安慰：“若你坚持不下去，我可以去同叶谷主讲。”

“不行不行。”章明睿连连摇头，“机会难得，再大的困难也要上。”一边说，一边用布巾捂住嘴，又急匆匆跑了过去。段白月笑着摇摇头，也跟过去看究竟。

将屋顶掀开之后，房子里的气味便散了不少。段白月道：“为何不干脆抬出去？”

“未查明是什么之前，还是隐蔽些好。”叶瑾道，“周围的官兵都被我打发走了，万一有什么猫腻，毒物也不会随风扩散。”

“那现在查清了吗？”段白月问。

叶瑾用一根小镊子从那尸体脑顶捏出来一条细细的线虫。

段白月道：“僵尸？”

“嗯。”叶瑾点头，“这个是炼制失败了，蛊虫已死也不会动，所以没什么好怕。看手掌残余皮肤的颜色，身上八成原本是带毒的，可惜被海水泡的时间太久，看不出究竟是什么，将来作战时若遇到，要万分小心这一点。”

章明睿站在一旁，听他说得有条有理，不由满脸膜拜。

“烧了吧。”叶瑾道，“没什么用了。”

沈千枫点起一把火，将那尸体烧了个干干净净。

第二天清晨，楚渊睁开眼睛，扭头看身边站着的人：“怎么样了？”

“还当你昨晚就会问，看来睡得还挺熟。”段白月将事情大致说了一遍。

“与我们当初的猜测也差不了多少。”楚渊道，“既然拉了那么多尸体出海，用来炼制军队是最合理的一种解释，否则总不能是因为缺个祖宗，要建坟来祭拜。”

段白月好笑：“嘴学贫了，看来我以后在你面前说话得收敛些。”

“实话实说而已。”楚渊推开被子坐起来，“外头怎么样了？”

“大军已经整装完毕，半个时辰后出海。”段白月道，“你若是懒得动，还能再躺一阵子。”

楚渊摇摇头：“走吧，一道去外头看看。”

“小心！”外头有人惊呼。

一根约莫一尺长的铁矛穿透门板，直直钉在船柱上。

“皇上，皇上！”南摩邪魂飞魄散，也顾不得其他，哐啷一把推开门就往里冲。

“又干吗呢？”段白月扶住他，往外头看了一眼。

“没事啊。”南摩邪松了口气，没事就好。

楚渊站在床边，狐疑道：“究竟怎么了？”

南摩邪：“……”

其实事情很简单，今早起来的时候，木痴老人又在研究当初制造的那批鬼木匣，南摩邪看到后，便也跟着一起去凑热闹，结果一个不小心便触动了机关，将里头的暗器射了出来。

段白月：“……”

南摩邪低着头，老老实实站在徒弟跟前，道：“为师知道错了。”

“无妨。”楚渊披上外袍，“手误罢了，前辈不必自责。”

南摩邪老泪闪烁道：“嗯。”。

段白月拍拍他的肩膀，脑仁子直疼。

“这小匣子可了不得。”楚渊从南摩邪手里接过来，“威力大不说，在射穿过三人后，还能自己回旋，一杀便是一大片。”

“如此阴毒？”南摩邪受惊。

“所以朕才一直在头疼，将来在战场上遇到后，要如何应对。”楚渊叹气，“虽说大楚鬼木匣的数量是叛军的数倍，可这玩意一旦打开就势必有伤亡，即便能赢也是代价惨重。”

南摩邪听得直龇牙，都说是木匠的师爷，给我小徒弟就教些怎么打桌椅板凳锅盖桶，结果自己却闭门捯饬这些玩意。

“皇上，”薛北岳在门口道，“该出征了。”

“走吧。”段白月将鬼木匣从他手中拿走，“兵来将挡水来土掩，这么多仗都赢了，这一场也一样能赢。”

楚渊深吸一口气："嗯。"

南摩邪与四喜一道揣着袖子，笑呵呵看两人并肩出去，心旷神怡。

与数年前不同，星洲周围的海域已经不再是深蓝色，而是多了一层诡异的灰黑。连带着岛屿上空的天也雾茫茫的，整片区域都像是被一大团流动的黑云罩住，只看一眼便心生压抑。

一只大凤凰展翼盘旋，带着段白月飞上高空，向着星洲岛群的方向冲去。只是虽说已经到了正上空，下头却满是黑灰色的雾气，什么都看不到。另外两只凤凰从低空翻滚掠过，巨大的翅膀带起的狂风将浓雾驱散了片刻，不过还未等段白月看清，就又有更加浓厚的雾气凝结粘连，反而遮得更加严实了些。

"先回去吧。"段白月拍拍它的脖颈。

大凤凰不悦长鸣一声，转身飞回楚军大营的方向。

"怎么样？"楚渊问。

"看不清是什么，雾气太重。"段白月摇头，"不过海面上也不像是有船队的样子，不知这回又是在打什么鬼算盘。"

"皇上，"薛北岳在旁道，"下一步要如何行动？"原先是打算先探明岛上状况再做定夺的。可现在既是一团糨糊，那便更要小心行事。

楚渊反问："你觉得呢？"

薛北岳一愣，微微抬头看了楚渊一眼，却又极快就重新低下头："末将愚钝，还请皇上明示。"

楚渊笑笑，伸手拍了拍他的肩膀："别紧张，朕是真心在问你，可没有别的意思。"

薛北岳闻言松了口气，他知道楚渊的脾气，这句话便是定心丸，于是道："虽说岛内状况未明，贸然闯入或许会有危险。可一直守在此处却也是下下策，王爷先前曾说过，星洲早已开始自己种地养猪，还有几处活水源，即便我们将这座海岛彻底围起来，也断不了对方的粮草，所以只能打。"

楚渊点头："怎么打？"

薛北岳道："依末将之见，不如先派三千鱼尾军打头，若是遇到异常情况，也不必硬闯，先快速撤回来便是。"

楚渊大笑："这是最后一场仗，首次交锋你便要撤回来？"

卓云鹤在旁边听得直心虚，这将军也是实在，怎么也不说些鼓舞军心的来壮壮士气。

薛北岳顿了一下，却依旧坚持："末将以为不知对方底细，不必硬拼。况且鱼尾军本就是探路所用，划船速度极快却不擅作战。在鱼尾军后，还可布下五千玄衣卫埋伏，若是对方追来，距离近有鬼木匣与刀剑，距离远有水雷，如此一来，我军伤亡会减至最低。"

章明睿在旁听着，小声问旁边的老军医："为何不能直接让玄衣卫去探路？"

老军医还未开口，叶瑾便道："玄衣卫是最精良的一支队伍，船上装有大量暗器，划水速度快不了，让他们探路，未免太过大材小用。"

章明睿依旧不解，又不敢再问，只在心里想，既然玄衣卫本来就是要打仗的，那让鱼尾军引来再打，与直接迎上去打，二者有区别？

老军医暗自掐他一把，示意切勿多言，直到叶瑾离开，四周没人了，方才低声道："你说的情况只是一种，还有一种，若前头遇到的敌军太厉害，谁打头便等于是送死，所以自然要鱼尾军先顶上去，逃不脱便用命挡着，才能给后头的军队争取到更多时间。"

章明睿似懂非懂，又结结巴巴地问："那鱼尾军岂不是有一半的可能，是有去无回？"

老军医站直："你看那些鱼尾军，面上可有半分不甘愿？"

章明睿摇头。

"都是人，谁不想活下去。"老军医道，"可行军作战就是这样，总得有人用血铺路。你我的作用便是让这血流得少些，从阎王手中抢一个算一个。"

章明睿道："我懂了。"

老军医咳嗽两声，继续回船舱去整理药包。鱼尾军已经驾船离去，章明睿看了一眼，也转身跑去帮忙，他先前觉得自己已经够不怕死，可现在想想，若自己是鱼尾军，只怕也不能如此慷慨赴之，心里难免愧疚，又暗自希望能遇到一堆草包敌军，最好大楚将士无一人伤亡，便能大胜而回。

"这场战事，便由你来指挥吧。"楚渊道。

薛北岳有些吃惊："皇上？"

“被朕压了一路，事事都要上奏，你怕是早就憋屈了。”楚渊道，“这最后一场战役至关重要，朕听你的，所有人都听你的。”

薛北岳低头：“……是。”

“去吧。”楚渊道，“打一场漂亮的仗，给朝中那些不服你的人看看，他们当初错得有多彻底。”

“谢皇上！”薛北岳抱拳，转身大步上了点将台。

段白月问：“放手了？”

楚渊笑笑：“他先前什么都好，就是太过爱兵如子，所以优柔寡断了些，不过这一路过来，毛病也改得差不多了，这场仗交给他，不会有什么问题。”

“所以你我要回去睡大觉吗？”段白月逗他。

楚渊踢他一脚，带着人登上瞭望台，远远看那三千鱼尾军驾着船只，在茫茫黑雾中时隐时现，急速前行。

“哥。”片刻之后，段瑶路过有些纳闷，“皇上在上头，你一个人站在这里做什么？”

“这个虫，认不认得？”段白月打开盒子。

段瑶看了一眼：“都死了啊，这不是叶谷主从那尸体里抽出来的虫，已经找我看过一回了，可也不知道是什么。”

“连师父也不认得。”段白月道，“那就只有下回抓个僵尸回来，抽条活的看看到底是什么玩意了。”

两人正说话间，前方便响起了号角声，是让鱼尾军急速撤回的信号。

“乖乖。”司空睿也跟着鱼尾军在凑热闹，见到不远处的情形后，呸呸连道晦气。就见在前头的海面上，竟整整齐齐漂来了成百上千个漆黑的无顶棺材，每一个里头都像是躺了人。由于有雾气掩护，又不比船只那样惹人注目，因此直到距离已经很近，方才被鱼尾军发现。

一只黑色大鸟从海面掠过，最后在半空一动不动停了下来，看着有些诡异。司空睿揉了揉眼睛，方才辨清那雾气中竟还停了一艘船，桅杆高耸入云，也像雕塑般静止在海面上。

鱼尾军飞速撤回玄衣卫后方，卓云鹤大声道：“投掷车准备！”

话还没说完，吴三磊便已经迫不及待，哪里还用得着木架，直接双手抓起水雷，点燃引线隔空便丢了过去，在那棺材群中轰然炸开，将无数尸体冲上了半空，又直挺挺噼里啪啦落回了水里。

司空睿惊道：“这还能再站起来？”

一只漆黑的手攀附上一块碎木板，僵硬的双脚从水中抽出，只是眨眼间，那些落水的尸体便直挺挺站在了木板上，手中寒光一闪，正是鬼木匣。

木痴老人远远看着，手心几乎要攥出汗。这是他的心病，若大楚因此而输，那他便只有以死谢罪，可即便这样，也换不回成百上千年轻人的性命，只怕下了地府也难安。

南摩邪难得没有与他再吵架，而是道：“放心吧，输不了。”

“住手！”卓云鹤大声对着吴三磊吼，又掉头道，“用鬼木匣！”

吴三磊被吓了一跳，赶紧将手中水雷放回去。玄衣卫也换了一批人，鬼木匣机关打开之后，数百闪着寒光的弓弩弹射而出，从那些僵尸胸前穿了过去。

段白月皱眉，这批僵尸看上去遇水即活，而且现在距离太近，水雷不能用，只能用刀剑与鬼木匣，可对方毫无痛觉，除非断了头，否则被射成筛子也还能继续战斗。楚军却是活生生的人，若是一直这么硬碰硬，八成会输。

按照最早的图纸，鬼木匣里头该装的是银针与蛊虫，只是后来图纸被楚项拿到手后，将银针换成了短小的铁矛，杀伤力比起先前有过之而无不及。唯有一点，铁矛中装不了蛊虫，只能伤人杀人，却不必担心会被控制脑髓，反过来自相残杀。

薛北岳一声令下，一张黑金织成的大网“哗啦”一声被扯开在船队前，将对面疾射而来的铁矛挡住了一部分。与此同时，大楚船上的数千鬼木匣也同时被转动，闪着寒光的利刃飞过海面，层层穿透那些僵硬的鬼尸，沉闷的号叫声此起彼伏，却并没有几个人倒下，而是又开始缓缓推合鬼木匣的第二个机关。

即便有黑金大网作防御，大楚依旧伤亡颇重。薛北岳看在眼中，登上船头大声下令：“先撤回来！”

卓云鹤大吼："全军后撤！"

说话间，第二批铁矛已穿风而来，沈千枫单脚踩上船舷纵身一跃，内力呼啸打入海面，巨浪滔天，在两军中间树起一道短暂的屏障。

"这样下去不是办法。"段白月摇头，"瑶儿，点火！"

"好嘞！"段瑶单手扯过一张大网，拖着跳下大船，一股浓浓的火油味在空气中弥漫。司空睿惊道："喂喂，你就这么让他去？对面可是一群早就没了命的活死人。"

"他可以的。"段白月双眼盯着段瑶，就见他一路动作迅速，飞身攀上一只凤凰，打个呼哨须臾便已到高处，径直向着那些漂浮在海面上的棺材冲去。

大批鬼尸缓缓抬手，将鬼木匣对准天际。

楚渊皱眉："让瑶儿回来！"

"有人在暗中指挥这批僵尸。"段白月道，"八成在对面那艘船上。"

楚渊听出他话里的意思，一把握住手腕。

段白月道："就过去看一眼也不行？"

"让瑶儿回来。"楚渊又重复了一次。

段白月拍了拍他的手："别担心。"

"嘶，这么多啊。"段瑶看着下头那密密麻麻小匣子一般的连绵不绝的棺材，觉得心里一阵恶寒。成百上千个僵尸就这么沉入海底，鱼和渔民也算是倒了八辈子血霉。

大船上传来短促的口哨声，段瑶眼底寒光一闪，还未示意，大凤凰就已经带着他骤然向上冲去，远看如同一道金色闪电，任凭那些铁矛速度再快也追之不及，在一半路途时便纷纷噼里啪啦落回海中。

甲板上，楚渊与司空睿双双松了口气。

段白月："……"

"干得好。"段瑶拍了拍它的脖子，"你再忍一忍，回去我请你吃牛肉。"

大凤凰展开双翼，带着他在高空盘旋而下。段瑶看准时机，将那张沾满火油的渔网用力摔向棺材群，另一只手旋即拿下背上弓箭，三支箭羽带着火星穿过大网，只是一眨眼，便已有一道冲天火光在半空燃起，将周围黑雾也映照出金红。

段瑶对自己很满意。

熊熊燃烧的大网罩住棺材，那些干透的木板与尸体一引便是一大片，只是即便如此，在一片茫茫大火中，也依旧有铁矛射出，无数燃烧着的僵尸按照指令，持续不断地僵硬行动着，一下又一下拨动鬼木匣，宛若末日地府。

鱼尾军已经后撤到了安全范围内，叶瑾也顾不上其他，与军医一起将受伤的将士们转移到船上医治。薛北岳已经发出了全军撤退的指令，段白月却脸色一变，骤然挣开楚渊，呼哨叫过一只凤凰。

“你！”楚渊猝不及防踉跄两步，拉他不及，只有眼睁睁看着人与凤凰一道飞速离开了主战船。

“是为了瑶儿。”司空睿赶紧解释，“并非段兄要逞强。”

楚渊看过去，果然就见段瑶在点完火后并未回来，而是又去了那艘静止的大船上方，应当是想要再探些消息。

飞近之后，段瑶刚打算让凤凰再往下落一些，却听到身后有动静，警惕回头还未来得及看清，就已经被段白月扬起的一道掌风从凤凰身上扫了下去——刚好避过敌方一支穿云箭。

先前那只凤凰盘旋向下俯冲，将段瑶重新接回背上，也不再管他的指令，直接带着人便飞回了楚军大营。

司空睿将段瑶从凤凰背上拉下来，安慰地拍了拍。

“没事吧？”楚渊问。

段瑶摇摇头，惊魂未定。

片刻之后，段白月也折返大船。此时楚军已与那片棺材拉开了距离，在水雷的攻击下，无数僵尸被炸得粉碎，前行速度也越来越慢，直到最后彻底消失在雾气里。

大军暂时后撤休整，楚渊与薛北岳一道去探望受伤的将士，段瑶站在甲板上，很没底气地辩解：“我就想着去看看，没想到那船上竟然还有活人。”更没想到还能冷不丁放箭。

“没有活人，如何能指挥得了这么多僵尸。”段白月沉声道，“我只让你去放火，没让你做别的事情。”

段瑶低头不发一言。

“好了好了，说什么呢这么久，走走走去吃饭。”司空睿在后头蹲了一阵子，实在等不住，便笑容满面出来打圆场，将段白月打发去看皇上，自己拉着段瑶坐在一边，“想吃什么？哥去给你做。”

段瑶抱着裂云刀，生气，使劲乱拧。

“段兄也是担心你。”司空睿拍拍他的脑袋，“见你去了敌营，他连一句多话都没说便去追，险些把皇上甩进海里。”此等场景，一听就很是惊心动魄。

段瑶捂住耳朵。

“骗你做什么，是真的。”司空睿凑近他耳边，笃定道。

段瑶：“……”

“怎么样？”段白月问。

“伤了不少人。”楚渊叹气，“幸亏有瑶儿，否则只怕不止这个数量，他人呢？”

“被我训了一通，现在八成还在生气。”段白月自己倒了杯茶喝。

楚渊道：“你训他做什么？这场战役，瑶儿能算得上头功。”

“再惯着，下回只怕更不知天高地厚。”段白月摇头，“平日里在家拆房揭瓦，想怎么闹都成，可行军作战由不得他任性，否则最后吃亏时可没人能顶替。”

“要不要我去哄哄？”楚渊问。

“你要操心的事情已经够多，那小鬼就不用管了。”段白月道，“回去歇一阵吧，我去看看木痴前辈。”

楚渊点头：“也行，那辛苦了。”

段白月让四喜先陪他一道去用膳，自己转身去了大船另一边，果然就见木痴老人正独自坐在船头。

南摩邪苦着脸，将段白月拉到一边，小声道：“这老头是个死心眼，可得找人好好盯着，否则只怕会跳海。”

“去哄哄瑶儿吧。”段白月道，“这里交给我。”

“好好好。”南摩邪如释重负，跑得飞快。段白月坐在木痴老人身边，道：“前辈。”

“大家的伤都怎么样了？”木痴老人问。

“军医正在救治。”段白月道，“前辈也不必太过自责，这场仗我们不算输。”

“对方是用死人打活人，输赢都是大楚吃亏。”木痴老人摆摆手，长叹道，“你不必劝我了，这都是罪孽，洗不脱的。”

“其实也未必。”段白月道，“现在还不好说，不过若能有个法子，将这些僵尸都收归己用，反过去对付叛军，也算是能扳回一城。”

“王爷有办法？”木痴老人眼前一亮。

段白月点头：“不过还未完全确定，前辈不如先回去休息，等我与皇上商议过后，若此计可行，定然第一个便告诉前辈，如何？”

木痴老人虽半信半疑，但也知这阵时间紧迫，段白月既肩负重任，便该去做大事，而不是一直站在这里安慰自己，便也点点头，转身慢慢回了船舱。

另一边，南摩邪道：“回去之后，让金婶婶给你哥扎针，天天扎，扎一头。”

段瑶吸溜鼻子，拼命点头：“嗯！”

“乖。”南摩邪慈祥道，“那我们去吃饭？”

段瑶道：“想吃烤鱼。”

“这阵哪有烤鱼吃，四处乱哄哄的，大军都在吃馒头与咸菜，也就只能填饱肚子。”南摩邪递过去一杯热茶，自己去厨房给小徒弟找饭，拿好馒头咸菜后，又硬是从碗柜里找出一条咸鱼，带着回去给他送粥。

段瑶勉强啃了两口，也没心思再出门，早早就上床睡觉，只是还没过半个时辰，便又被人拉了起来。

段白月坐在床边，递给他一包烤鱼，热乎乎撒着辣椒粉。

段瑶：“……”

“吃啊，小鬼，刚才不还说要吃鱼。”段白月看着他。

段瑶“哇”一嗓子哭出来。

一盏茶的时间后，段白月一脸嫌弃，将鼻涕虫从自己身上强行扯开：“哭够了？”

段瑶打了个嗝，还没。

段白月扯过一边的衣裳，胡乱在他脸上擦了擦。

段瑶又想哭，为何下手不能轻一些，他哥是个野蛮人。

段白月将他拎到桌边，打开纸包放在面前。

闻着还挺香。

段瑶专心致志扯鱼肉吃。

段白月好笑："不生气了？"

段瑶挪到桌子另一边，并不是很想理他。

段白月极有耐心，一直陪着他吃完，方才道："今日你去那艘大船上方，可有觉察出什么异常？"

段瑶沉默与他对视。做人要讲道理，我还没靠近就被一掌拍飞，这阵居然还来探情报？

"知道你什么都没看到。"段白月道，"我的意思是，闻到什么了吗？"

段瑶微微皱眉："闻？"

段白月点头。

段瑶想了想，被他如此一引导，倒觉得似乎真的有一些气味，可又说不清是什么。

"犹豫就是有了？"段白月从袖中拿出一个小瓶子，打开后递到他跟前，"闻闻看这个。"

段瑶凑近，眼前一亮："没错，不是，但很像。"

"现在知道是什么了吗？"段白月又问。

"知道。"段瑶爽快回答，"粉姜花。"粉姜花不是花，而是母虫。春生夏飞秋产卵，到了冬天便能孵出数以千计的细线虫。由于气味浓烈，因此很容易被其他虫类捕获，早就已在西南绝迹。在段瑶十岁的时候，还是顾云川送来一条粉姜花做礼物，众人才第一次见到这玩意。

只有一条母虫，自然是生不出线虫的，因此过了冬天之后，也只能眼睁睁看着那条虫慢慢僵硬死掉，还颇为惋惜了一番。

"所以是有人带着粉姜花做成的木偶，在大船上控制那些僵尸身体里的线虫？"段瑶道，"那岂不是只要想办法毁了母虫，僵尸就自然会死？"

"道理是这样。"段白月道，"不过具体要怎么做，还要再好好商榷一番，明早再说吧。"

"嗯。"段瑶点头，"好。"

"睡吧。"段白月揉揉他的脑袋，"下回别想着给你哥扎针了。"

段瑶："……"

那是师父说的，我就"嗯"了一下。

很无辜。

见着段白月回来，四喜赶忙上前，小声道："皇上吩咐过，这还给王爷留着饭呢。"

"睡了吗？"段白月问。

"刚歇下没多久。"四喜道，"方才薛将军又来过一回。"

段白月点点头，也没心思去吃饭，推门就见楚渊正靠在床头看自己。

"就知道又没睡着。"段白月道，"方才我回来的时候，又去军医的营地里看了一眼，叶谷主已经回去歇着了，还有三四十名伤员在那等着，军医轮番上阵，最迟明早也能都包扎完，不必太担心。"

"木痴前辈呢？"楚渊坐起来。

"暂时没事了。"段白月道，"瑶儿也去睡了，这都快子时了。"

"这么晚了？"楚渊揉揉太阳穴，"方才薛北岳来过一趟，刚走没多久。"

段白月道："睡吧。"

"不想知道他来是为了何事？"楚渊道，"先前以为叛军即便有鬼木匣，那也比不过大楚的数量，硬碰硬吃亏的必然是对方。可没想到却是用尸体，如此一来，即便是赢了，也定会伤亡惨重，赢得憋屈。"

"交给我。"段白月道。

"什么都交给你。"楚渊头疼道，"先不说这些了，你也早点歇着。"

"好。"

天色将明之际，楚渊迷迷糊糊问："什么时辰了？"

"这才睡了多久。"段白月道，"管他什么时辰，闭眼睛。"

楚渊想要坐起来，却觉得全身都没什么力气，软绵绵就又睡了过去。段白月方才掐灭桌上的线香，轻轻退出了房门。

"怎么样？"叶瑾在外头问。

"睡了一夜，挺安稳。"段白月道，"那香不错，多谢。"

叶瑾松了口气："那就好。"

“沈盟主呢？”段白月问。

“还没起，忙了一夜，天亮才歇下。”叶瑾道，“今早我去找木痴老人，他说你有办法对付那些僵尸？”

“昨晚怕前辈想不开跳海，便胡乱说了一句。”段白月边走边道。

叶瑾顿时泄气，乱说的啊。

“不过倒是有另一件事。”段白月道，“谷主可曾听过粉姜花？”

叶瑾摇头：“是什么？”

段白月坐在栏杆上，道：“蛊虫。”

“所以？”叶瑾迟疑。

“昨日我去救瑶儿的时候，在那艘大船上空闻到了一股浓烈的气味，是粉姜花。”段白月又拿出那个小瓶子，“这是驱寒用的姜粉，味道极其相似。”

“粉姜花，能用来做什么？”叶瑾问。

“粉姜花是母虫，而控制那些僵尸的是子虫。”段白月道，“在巫蛊之术中，母虫可以被置入木偶中，用来指挥僵尸行动。”

叶瑾眼前一亮：“你的意思是，下次若再遇到，便干脆炸了那大船？”

“这是一个办法，不过我有另一个想法。”段白月道，“干脆将那木偶人夺回来。”

叶瑾深吸一口气，不错，够流氓。

段白月道：“所以或许要借谷主的蛊王一用。”

借自然是可以的。叶瑾打量他：“西南府没有？”

“有。”段白月点头，“不过不够，那艘船看着不算小，一个人去找未免太浪费时间。”

这样啊。叶瑾伸出两只手，很慷慨：“我有十只。”

段白月：“……”

段白月发自内心道：“佩服。”

追影宫暗卫驾着小船，替受伤的楚军在附近岛上找了不少野果，与之同行的自然还有妙心大师。出家人，自然要慈悲为怀，很合理。

“怎么样？”瞅了个空闲时间，南摩邪将暗卫拉到一边询问。

暗卫喜气洋洋道：“挺好。”

南摩邪吃惊道："挺好？"

"是啊。"暗卫道，"这位大师虽然不说话，但也不会打断我们说话，就只是一直坐在那里。"难得找到一位如此安静的听众，既不会甩袖走人，也不会翻脸打架，便赶紧将整片蜀中的奇闻逸事都滔滔不绝讲了一遍，并且用了不同的方式赞美公子以及少宫主，顺便含蓄而又委婉地表达了"我们并不是很清楚宫主是谁"这件事。

南摩邪欣慰道："那接下来的时间里，这位大师就交给诸位少侠了。"

暗卫满口答应，端着豆腐汤去找妙心。

大家一起吃素，也挺好。

对于身边这群追影宫的人，妙心向来便是采用视而不见的态度——任由对方再聒噪，也只是在心里默念佛法，将一切都阻隔在外。暗卫坐在他旁边，一边吃面一边感慨，方才厨房里闻着还挺香，估摸着又是皇上吩咐，在给王爷炖大补汤。

"大师，大师。"暗卫用胳膊肘捣了捣他，"将来皇上大宴，大师可要前去讨杯酒？到那时少林与金光寺的高僧都会去，大家正好凑一桌素斋。"

妙心闭目不语。

暗卫喜气洋洋，丝毫也没被泼冷水，反而与他挤得更近了些："那天一定会很热闹。"

妙心低声道："阿弥陀佛。"

不对啊。暗卫摸了摸下巴转念又一想。

其实做人这件事，也不能太钻牛角尖。与你无关的事情叽叽歪歪嫌不够，还要横加阻挠，那不揍你揍谁。不如放下执念，大家一起吃火锅，风调雨顺，天下太平。

直到下午，楚渊才推开被子醒来。四喜听到动静，在门缝里偷看一眼后，赶忙进来伺候。

房间内有一股淡淡的甜香，楚渊摇头："又是小瑾送来的安神香吧？"

"是，王爷临走说了，让皇上好好睡一觉。"四喜替他递上手巾，"皇上可要现在用膳？"

"睡这么久。"楚渊问："外头怎么样了？"

"王爷一早就出去了，九殿下来过一回，说伤员那头已经全部安置好了，破损的船只约莫明天就能全部修补好。"四喜道，"对了，王爷还说今日可能要晚些回来，要同薛将军一道议事。”

楚渊点点头，推门出去吹了阵风，将脑子里的昏沉驱散不少。

叶瑾抱着一个盒子，在他身后道：“吃过饭了吗？”

“刚刚睡起来。”楚渊转身，“安神香换回先前的吧，这次药效太烈。”

“你想要多的也没有。”叶瑾靠在他身边，“贵着呢。”

楚渊笑笑，问：“盒子里是点心？”

叶瑾递给他：“喏。”

楚渊接过来打开，表情一僵。

“是蛊王。”叶瑾敲敲盖子，“十只。”

楚渊觉得自己并不是很想端着这玩意。

段白月与薛北岳在海上巡视了一大圈，回来时果真已过子夜。不过楚渊白日里睡了一天，倒也不困，此时正靠在桌边，一边翻看战报一边等他。

“吃过东西了吗？”楚渊问。

段白月点头：“在船上凑合了一口。”

“看你这一脸倦色。”楚渊叹气，“快些洗漱歇着去吧。”

段白月昨晚没睡，今天又在外头跑了一天，的确是有些累。草草洗了把脸回到床边，却也不肯睡。

“还不肯睡？”楚渊扫他一眼。

段白月只好老老实实道：“我有件事要同你商量。”

楚渊忍笑：“想去船上找那条母虫？”

段白月一惊：“嗯？”这也能知道。

“小瑾一早就带着他的宝贝盒子来找过我了。”楚渊道，“看你这支支吾吾大半天。”

“我是怕你生气。”段白月道，“先前答应过不再涉险。”

楚渊道：“小瑾白天已经仔细说过一回，要去也行，务必保护好自己。”

“这算答应了？”段白月意外。

“不过计划要务必周全。”楚渊道，“一次放这么多人去那艘莫名其妙的鬼船上，除非有十成把握，否则谁都不准去。”

段白月道：“自然。”

“这下能去睡了？”楚渊道，“已经两天一夜没合眼，再说下去，天又该亮了。”

第二天一早，段瑶一边啃包子，一边羡慕地看着叶瑾，居然有整整十只胖虫。

十只！

叶瑾冲他勾勾手指。

段瑶颠颠跑上去："要帮忙喂吗？"

叶瑾慷慨道："送你一只。"

喜悦太过巨大，段瑶目眩神迷："啊？"

"这个喜欢吗？"叶瑾挑出一只紫头的。

段瑶拼命点头。

叶瑾找了个新的罐子，将虫装起来递给他："正在蜕皮，每日用四孔喂三回。"

司空睿恰好路过："找我？"

段瑶解释："四孔是药材。"并不是你。

"在分蛊虫啊。"司空睿看了一眼，将他拉到一边，低声道，"刚我碰到了南师父，听说段兄要带着大家一道前往那鬼船上找宝贝？"

"那算什么宝贝。"段瑶一脸嫌弃。

"还真要去啊？"司空睿不满，"那为何这回没有我？"

段瑶道："大家是去找蛊虫的。"但你一见大一些的虫就跑，从小就拉都拉不住，直到现在也分不清菜青虫与毛毛虫。

司空睿："……"

"这回大家都去了，你正好可以留下保护皇上。"段瑶安慰他，"正好让温大人多看一看。"将来写列传的时候，也好多用一些旁人念都念不通顺的句子，辞藻华丽，且长。

司空睿摸摸下巴："也是。"

下午的时候，众人聚集在前厅内商议。最终要去船上的共有五人。段白月、段瑶、沈千枫、叶瑾，以及曲蕴之。

"大家分头行动，"段白月道，"若是实在找不到，便干脆炸了大船。"

"好。"其余人都点头。段瑶道："可我们去大船上搜寻粉姜花，也是要花时间的，最快估摸也要一盏茶。这段时间里，总不能放任大楚的将士用血肉之躯挡着鬼木匣。"那样不知又要死伤多少。

楚渊道："用空船阵打头吧。"

“什么？”段瑶没明白。

“就是空的船只。”叶瑾解释，“这片海域黑雾茫茫，反而给了我们便利，每艘船上用稻草树枝扎些假人，其余官兵撤离，只留下一个水性最好的。待到将敌方引出来，再让船上的官兵跳入海中，快速游回主营，将伤亡减至最低。”

“这样啊。”段瑶点头，“我懂了。”

“大军会与空船阵隔开一段距离。”楚渊道，“待前头的鱼尾军撤回后，暂时还可以用水雷抵挡对方片刻。”

“所以我们最多只有一炷香不到的时间。”段白月道，“再说一遍，如若找不到背后操控僵尸的那只木偶，便炸沉船只，总之绝对不能让那些棺材再靠近楚军！”

“好！”段瑶双手握拳，慷慨激动，很配合他亲爱的、会烤鱼的哥哥。

三日之后，大军驶离避风岛，再度向着黑雾深处进发。

前方的探子将消息传回星洲，楚项漫不经心放下手中茶杯，令人将锁着的一具透明冰棺抬了出来。黑鸦双目紧闭面容扭曲，依旧是当日临死前的狰狞姿态。

楚项缓缓推开棺盖，捏了捏那原本空荡荡的一只袖管中那凭空多出来的冰冷硬物，满意道：“将他弄醒吧。”

越往星洲深处，那黑雾便越发浓重，几乎像是飘浮在空中的蚕丝，要将船体一层一层包裹住。

“这情形……”暗卫啧啧，与当初打东海时一模一样，为何叛军都喜欢弄些屏障将自己裹起来，难不成是行规。

“不会有毒吧？”章明睿在旁小心翼翼询问。

暗卫提醒：“你才是大夫。”所以这种问题，难道不该是我们问你。

章明睿很没底气道：“好像没有。”

若是有毒，叶谷主应该不会直到这阵，还淡定站在船头吹风。

段白月推门往外走，手背上趴着硕大一只蜘蛛。

楚渊：“……”

“怎么这么快就回来了。”段白月反应倒是挺快，迅速将手背在身后。

楚渊幽幽道：“看到了。”别人都是藏私房钱，你是藏虫。

“在盒子里装久了，我带它出来放放风。”段白月咳嗽两声，“吓到你了？”

大蜘蛛嗖嗖爬到段白月肩上，与楚渊对视。

“我觉得，”楚渊后退两步，以免被这玩意扑到脸上，“还是小瑾的蛊王长得更讨喜一些……你站在那里不准动！”

段白月顿住脚步，居然因为一只虫遭到了嫌弃。

“好了，去放风吧，放完了早点回来。”楚渊贴着墙绕过他，伸手刚推开门，另一只蜘蛛便从门框上悬着一根丝，悠悠飘下来趴在了他头上。

楚渊全身汗毛倒立，惊怒交加：“段白月！”

“喂喂！”西南王也被吓了一跳，迅速上前将它捏起来，与先前那蜘蛛一起装进木盒中。

“你居然让蜘蛛在卧房里到处跑？”楚渊道。

“这个真不是我的，是师父的，我也不知道怎么就跑来了。”段白月百口莫辩。

楚渊闻言眼前发黑，难道这玩意在西南府需要人手一只？他倒也不是怕，只是自从小时候被面前这人用蜘蛛吓过一次之后，就留下了些挥之不去的阴影。在御书房内看到寻常的小红蛛都要派人弄出去，更何况是如此硕大一只。偏偏段白月一直拿这玩意当宠物养，总不能让他丢掉，最后只能说好，平时务必关在盒子里头，死都不准放出来。

“没事吧？”段白月在他面前晃晃手，“怎么不说话了？”难道吓傻了。

楚渊道：“四喜！四喜！四喜！”

段白月：“……”

“皇上。”四喜上气不接下气跑进屋，心想莫非又要请王爷出去。

“将这房中所有东西都换一遍。”楚渊退出门，“还有，打几桶热水来，伺候王爷沐浴更衣。”

段瑶闻讯小跑过来，高高兴兴将段白月所有的虫都搜刮一空，抱回自己房中养着，临走不忘向皇上保证，一定不会还给他哥。

“师父！”段瑶敲门。

南摩邪正坐在床上调息，看上去脸色有些憔悴。听到小徒弟的声音，便强行运气站起来，打着呵欠开门：“又怎么了？”

“喏，你的虫。”段瑶伸手递过来，“刚跑到了皇上房中，哥哥说了，让师父以后收好，否则就要梳头。”

“你留着吧。”南摩邪摆摆手，“这玩意剧毒，以后看好些，别吓到皇上。”

“真的送我了？”段瑶惊喜，为何最近运气这么好，每天都有人送胖虫。

南摩邪摸摸他的脑袋，笑道：“回去吧。”

段瑶答应一声，捏着蜘蛛去睡觉。南摩邪关上屋门，自己倒出一粒药丸吃下，顶着一头鸟窝蹲在地上叹气，若是这阵死了，就得被埋在这鸟不拉屎的海岛上，吃不到酒，下回再醒也不知是何时，想一想便很愁苦。

段白月足足洗了三次澡，又在一桶香喷喷的水中泡了一炷香的时间，方才被四喜放出来。躺在床上精疲力竭道：“我总算是找到了些纸醉金迷的感觉。”

楚渊一个没忍住，笑了能有大半天。

第二天一早，众人才刚用罢早饭，便有前方的探子来报，说是黑雾中像是又有敌军来袭。

“皇上！”卓云鹤也急急前来，“又是上回那艘大船，只是这次后头像是还跟了不少人马。”

“快要到星洲了，说不定这回楚项打算殊死一搏。”段白月道，“那岛上还是有一些人的。”

“去吧。”楚渊对薛北岳道，“依计行事。”

近百艘空船从楚军战船的夹缝中驶出，每艘船上都用稻草扎了不少假人，只在船头留有一名水性好的兵士驾船，随时准备跳海离开。在茫茫大雾中，远看起来也颇为声势浩荡。

随着两军距离越来越近，海面上果真又出现了许多棺材。楚渊道：“万事小心。”

众人答应一声，翻身乘上凤凰便腾空而起，向着那艘黑色船只飞去。

司空睿在旁道：“皇上不必担心，即便找不到木偶人，这么多人想要捣毁一艘船，易如反掌。”

“朕知道。”楚渊收回视线，“走吧，一道去瞭望台看看。”

大凤凰穿破疾风，很快便抵达大船上空。由于有黑雾遮挡，所以看不到船上的情形，也不知上头到底有多少人。

段白月叮嘱：“小心暗器。”

三只凤凰缓缓盘旋而下，快要抵达大船时，数百支利箭突然穿雾而来，密密麻麻如同雨滴。大凤凰尖锐鸣叫一声，羽翼狂躁一扫，竟将那些铁器都生生打落海中。

曲蕴之惊道：“还能刀枪不入？”

段白月翻身落在甲板上，手中紧握玄冥寒铁。

其余人也依次跳下，四周安安静静，像是空无一人。

“分四路找。”段白月吩咐。

叶瑾答应一声，与沈千枫去了另一头，段瑶与曲蕴之也各自散开，手中都握有一只昏昏欲睡的蛊王——等它突然有了精神之时，便说明母虫就在附近。

过了一盏茶的时间，叶瑾道：“这船上不像是有人。”无人掌舵无人划水，简直像是凭空冒出来一般。

“可方才还有人发射暗器。”沈千枫道，“至少在我们来之前，这里是有人的。”

“别现在已经跑了啊……”叶瑾小声嘀咕，一句话还没说完，就听船的另一侧突然传来一声巨响。

段白月侧身躲过一条巨大的尾巴，挥刀将那条巨大的海蛇砍成了两截。

叶瑾急匆匆跑来：“这什么鬼东西？”

“从海底冒出来的。”段白月道，“找到木偶了吗？”

“没有。”叶瑾摇头，“这像是一艘空船。”

片刻之后，段瑶与曲蕴之也过来会和，说是没有任何发现。

“可那些僵尸已经站起来了。”叶瑾往远处看了一眼，“一定有人在操控他们，只是我们没找到而已。”

“来不及了。”沈千枫道，“炸了这艘船！”

段白月点头，打呼哨想将凤凰叫下来，甲板却瞬间四分五裂，无数双干枯的手从下方伸出，黑洞洞的眼里没有任何神采，僵硬而又迅速地站了起来。

叶瑾尖叫一声，兜头便爆了对面一个僵尸。他是神医，大夫都爱干净，平日里治病救人自然不嫌脏，可换作其余时候，衣摆上沾了灰都不能忍，更何况是被这么多干尸包围。而几乎在同一时间，所有人手中的蛊王都开始疯了一般乱爬。

凤凰自天际盘旋而下，却被浓重的黑雾阻隔住了视线。在僵尸与海浪的作用下，大船很快就裂成了碎片。沈千枫单手抓过叶瑾，将他狠狠一抛丢到凤凰背上，另一只手拖过曲蕴之，扭头对段瑶与段白月大声道：“撤！”

段瑶答应一声，裂云刀扫出一片寒光，斩落周围一圈僵尸的头颅。此时正好一只凤凰俯冲而来，段瑶握住它铁钩一般的利爪，翻身便跃上脊背。

“哥！”段瑶看不清段白月在何处。

段白月却并未去找凤凰，而是几步踩过漂浮在水上的木板，猎鹰般落在海面，拎起面前一个僵尸，手下一挫，对方立刻痛苦尖叫了一声，面容也扭曲起来，是由人假扮而成。

“果然没看错。”段白月冷笑一声，看了眼手中几乎要发疯的蜘蛛，一掌将他击晕，飞身上了第三只凤凰。

“哥。”段瑶总算是放下心来。

“皇上！”司空睿也喜道，“那些僵尸似乎不动了，段兄他们应当是成功了！”

楚渊一直紧握着的拳头松开些许，满满都是冷汗：“嗯。”

天际传来凤凰的鸣叫声，毛球蹲在楚渊肩头，仰头看着哥哥们，小黑豆眼略略羡慕。

能飞高高。

段白月纵身跃下，将那假扮的僵尸丢在甲板上，一只木偶从他怀中滚出来，竖起一只臂膀。

海面上，数百具棺材里的僵尸也唰拉抬起一只手。

段瑶觉得这一幕还挺喜感。

叶瑾跳上甲板，难得膜拜段白月一回。海面上四处都黑漆漆的，想看清对方都难，更别说还要从一百多个僵尸中找出这个假冒之人。

“没事吧？”楚渊上前。

“没事。”段白月捡起地上的木偶，“先前探子没看错，这回在棺材后头跟了不少军队，正好一网打尽。”

第五十五章

木偶散发着浓烈的姜粉气味，若是四周安静，还能听到其中发出的“嗡嗡”声。叶瑾与段瑶对视了一眼，从彼此眼中看出同一个渴望——真的很想拆一拆。

“报！”前方的探子又急急折回，说是叛军船队已然驶近，在黑雾里风帆茫茫一片望不到头，少说也有数万人。

“看来是将老巢都搬空了。”段白月道，“正好，一网打尽！”

“皇上。”卓云鹤从另一头大步走来，“我军在前方抓到了一名叛军，他自称曾是楚项的心腹，大楚人，想要投降。”

“真的假的。”叶瑾怀疑，“这阵跑来，怎么听着有些像陷阱。”

“带上来吧。”楚渊道，“先让朕看看。”

卓云鹤领命离开，片刻后带来一个五花大绑之人，约莫二十来岁的年纪，衣裳破破烂烂，脸上也漆黑一片，看着像是刚从棺材里爬出来。

段白月吩咐：“将他的脸弄干净。”

一旁的侍卫弄来张湿帕子，几下擦去那些污垢，露出一张有些熟悉的脸。

段白月哑然失笑：“还当是谁，原来是飞鸾楼主的弟弟。”

景流洄？楚渊倒是有些意外。

“王爷在同你说话，哑巴了吗？”卓云鹤在一旁呵斥。

“本王与飞鸾楼也是有些交情的。”段白月继续道，“此番出战，景楼主还特意赶来叮嘱，说务必要将你带回大楚，却没想到居然会在此时得见。”

“我哥曾经找过王爷？”景流洄狼狈不堪，闻言眼底却又生出几分希望，如同抓住救命稻草一般，连声道，“只要能将我带回飞鸾楼，我愿将功折罪，星洲岛在建立之初便是由我掌管，那岛上有些什么，我再清楚不过。”

“哦？”楚渊眉头微微一扬，“既如此，那你该是有大功才对，楚项应当许了你不少东西，为何不等着加官晋爵，却偏偏在此时倒戈？”

“皇上恕罪，小人当初也是一时鬼迷心窍。”见他一身明黄龙袍，景流洄自然能猜出身份，“楚项为人心狠手辣，小人曾亲口听他对黑鸦说，要借楚军的手除去刘锦德，现在黑鸦也被他炼制成了杀人的妖物，只怕下一个……下一个遭他毒手的便是小人。”

“杀人的妖物？”段白月道。

“是。”景流洄道，“黑鸦被他灌了毒药，七窍流血而亡，星洲的人都看到了。

可十来天前却又活了，行动僵硬如同干尸，功夫长了十倍不止。”

“倒像是他能做出来的事情。”叶瑾摇头，“心狠手辣至此，也不多见。”

“那你知道，要如何对付这群僵尸兵吗？”段白月问。

景流洄先是点头，后又摇头：“操控这群僵尸的人在那大船上，可我方才看到，那船已经被大楚击沉了，这些僵尸怕不可能再动了。”

叶瑾撇撇嘴，还挺老实。

“星洲岛上可还有别的僵尸军？”段白月又问。

“没有了，这是最后一批，都是多年前从大楚偷运来的尸体。”景流洄道，“后来出海口戒严，尸体运不出来，又不能对南洋岛国的人下手，怕激起众怒，便只炼制了这数千鬼尸。”

数千也够缺德了，温柳年在旁一脸嫌弃。刨了大楚数千人家的祖坟新坟，就这还指着要当皇上，想得挺美。

一声号角骤然响起，副官来报，说将军已下令全军准备迎战。

“先将他带下去吧。”段白月示意段念，“战后再说。”

景流洄赶忙爬起来，一迭声道：“我自己走，自己走。”去牢房也好，哪里也好，只求能保住一条性命就好。

“你怎么看？”待他走后，段白月问。

“楚项为人心狠手辣，会杀他不奇怪。”楚渊道，“为求自保，他此时倒戈也不奇怪。”毕竟这一战，楚项输了他便是叛军，株连九族之罪，而若是赢了，曾亲眼看见刘锦德与黑鸦的下场，估摸着也没指望楚项能当真给什么高官厚禄。既然输赢都得死，那倒真不如赌一把。

“至少他在这批僵尸上，并未说谎。”段白月道，“至于黑鸦之事，估摸此战也会见到。”

楚渊点头：“先别管他了，去前头看看战事。”

众人答应一声，各自散去。段白月带着楚渊一道上了督战台，就见叛军的船队已越来越近，果真黑压压连绵一片，起伏高低山峦一般。而那数千具棺材，正静静漂浮在两军中间的海面上，随着波浪互相撞击。

楚项站在船头，狠狠道：“废物！”

“这些鬼尸并非废物，只是被人炸毁了大船。”身侧，一名苍老的黑袍巫师惋惜道，“定然是那景流洄为了讨好大楚，才会将此秘密供出。”

楚项闻言脸色愈发阴沉，他先前无论如何也不会想到，在此千钧一发的关键时刻，景流洄竟然会毫无征兆地丢下一切叛逃出岛。

“主上！”一名前哨驾着小船飞速驶回，大声道，“那些鬼尸像是又活了！”

楚项闻言一惊，登上高处一看，就见在那片棺材群中，果真接二连三站起来了不少鬼尸，唰拉举起鬼木匣，齐齐对准了楚军阵营。

“这……”那黑袍巫师跟上来，见状猜测道，“莫非阿坎还活着，那木偶还在他手中？”

楚项也有些迟疑，他方才的第一反应，是这批鬼尸已被大楚掌控，刚想着要下令用水雷将其击沉，却没料到铁矛竟是对准了大楚，一时间也有些犹豫。

两军距离越来越近，那些棺材几乎是被卡在了中间。黑压压一片僵尸直挺挺站着，手中鬼木匣折射出无数寒色光点。

木痴老人手紧紧握着，一把冷汗。

南摩邪在旁慢悠悠安慰道：“放心吧。”

“前辈？”段白月又回头看了他一眼。

木痴老人迟疑片刻，点头。

段白月一笑，手中握着木偶人，重重按下机关。

数千铁矛脱匣而出，带着尖锐的风声穿过那些干尸的胸膛，闪电般将最前头的叛军扫翻一大片，复又回旋而出，矛尖所至之处，惨叫不绝，在空中喷出一片薄红血雾。

“这！”那巫师大惊，无论如何他也不会想到，鬼木匣中的暗器竟会掉转方向，不向大楚，反而射向背面的大军。

木痴老人膝盖一软，扶着栏杆慢慢坐在地上，胸口剧烈起伏，全身都被冷汗浸湿。

楚渊道：“多谢前辈。”

木痴老人摆摆手，方才在教段白月该如何指挥僵尸拨动鬼木匣上的机关时，几乎称得上是他一生中最为全神贯注的时刻，生怕会出现半分差池，让暗器射向大楚。而在此时，他已经说不出一句话，后怕与庆幸交杂在一起，连头都有些晕。

楚渊命人将他扶下去休息，南摩邪自觉跟在后头，头发被段瑶绑成了小辫子，随着走动一晃一晃。

段白月奇道："师父今日居然不留下看热闹？"

"看什么热闹。"南摩邪身形顿了一下，摆手，"又不准我上阵，干看有什么用，不如回去睡大觉。"

段白月笑着摇摇头，命段念陪两位老人回去。

仙翁抱着小金子坐在船顶，看远处两军厮杀，顺便对孙子道："你觉得是你爹厉害，还是你娘厉害？"

小金子手里捏着半块糕，含糊不清道："爷爷厉害。"

仙翁极其满意。

好孙子。

海面上杀声不断刀光连绵，不断有人惨叫着落船，鲜血自海底咕噜噜地涌出，将墨蓝添上一片猩红。最后一战，双方都是抱着殊死一搏之心，刀剑被打落海中，便赤手空拳上阵，双目猩红扭住对方，只要能多杀一人，那即便战死沙场也不亏。

一片火油弹自对面飞来，沈千枫轻松纵起一跃，如履平地般踏过海面，手中银枪回旋，沿途带起无数滔天巨浪，将那冒着火的弹丸悉数打落海中，再度飞身回到船上时，竟是连衣摆也未沾湿。

月萝惊叹道："哇！"

叶瑾撇撇嘴。

月萝拉着他的衣袖："你看，沈盟主真的好厉害啊！"

叶瑾望天："哦。"

楚项在对面冷冷一笑，扭头看向身边之人。

黑鸦双目无声，单手握着一把长刀，正直直看着楚军的方向。

"去吧。"楚项在他背上拍了一把，"杀了所有人！"

黑鸦怪叫一声，海中瞬间冒出一条大鱼，甩动着尾巴一跃而起，带着他趁乱穿过连绵战火，悄无声息靠近了楚军的主战船。

挥刀将围攻上来的楚兵扫开后，黑鸦腾空飞起，直挺挺落在了甲板上，眼底森然，却没有半分光彩。

叶瑾倒吸一口冷气："乖乖，还真成了怪物。"

段白月拔剑将楚渊护在身后，周围的御林军也团团围上前。

黑鸦嘎嘎大笑，直直向段白月杀来，几乎是带了十成的功力。手中长刀与玄冥寒铁相撞之时，整艘大船都剧烈晃动了一下。

"不行。"段瑶在旁一个趔趄，急道，"这样船会沉的。"

段白月一脚踩在黑鸦胸口，将人生生逼到船下。两人在海面上战得难舍难分，刀剑相撞之时带出的火光，像是连疾风也要被斩断。

"这到底是什么邪门功夫。"司空睿听到动静，也赶过来帮忙。就见黑鸦虽说动作僵硬，出招却快得诡异，加上一身灰色大氅，远看如同一只巨大禽鸟。

凤凰在空中盘旋，鸣叫声回旋四野。尖锐的利爪骤然张开，俯冲而下狠狠勾住黑鸦一只眼睛，黑色黏稠的血液喷溅而出，趁此时机，段白月飞身一剑刺向他的胸口。黑鸦却并未躲避，脸上反而渗出一丝冷至骨髓的阴笑，原本空荡荡的袖管中骤然伸出一只手臂，握住玄冥寒铁的剑身反向一推，将段白月打得后退两步，右臂也被震得麻痹一瞬。而几乎在同一时间，黑鸦整条臂膀竟自袖中冲出，带着玄冥寒铁呼啸飞过海面黑雾，雷电般径直穿过了楚渊的身体。而在下一刻，黑鸦也直挺挺倒向后方，像是被抽走骨骼般一命呜呼。

一切都快到只发生在一瞬，时间像是凝固了片刻。段白月手心一片冰凉，大脑空白身体却遵从本能，纵身将楚渊接到了自己怀中。

玄冥寒铁带着温热的血液跌落在甲板上，段瑶狠狠一刀劈开那条"手臂"，细看竟是由无数飞虫组成。

"小渊。"段白月胡乱握住他的手，脑中乱成一片。

楚渊眉头紧皱，血将龙袍染红大半，手指无力地垂下来。

"先躺在这里别动。"叶瑾跪在甲板上将药箱打开，提醒自己千万不能乱。

四周脚步匆匆人影纷乱，相对来说，四喜此时倒成了最冷静的一个，一面吩咐烧水，一面命人拿来帷帐，将楚渊围在了中间。

"皇上受伤，此战就仰仗将军了。"温柳年乘船到了阵前，对薛北岳道。

"什么，皇上受伤了？"薛北岳一惊。

“叶谷主与王爷正在诊治，皇上方才下旨，此战我们务必要赢。”温柳年行礼，“就辛苦将军了。”

薛北岳点头：“大人放心，此战若败，末将提头来见！”

叶瑾替楚渊处理完伤口，让段白月将人抱回了船舱。

其余人都在杀敌，只有几位老人带着小金子守在门口，问：“如何了？”

“血是止住了。”叶瑾往房中看了一眼，走到栏杆边方才低声道，“可那是玄冥寒铁，并非普通刀剑，我也不知明早会如何。”

看着他苍白的脸色，南摩邪嘴唇动了动，却也不知该说什么。

仙翁急道：“这……”

“与你无关，是我自己硬要抢。”南摩邪摆摆手，蹲在地上一言不发。

仙翁便是当初玄天口中的韩冥老仙，南摩邪先前为了替段白月寻一件称手的兵器，便死活硬夺了来，却没料到有一天会伤了楚渊。

“那汨昙呢？”木痴老人想起来，“当初白象国主所赠，说能起死回生。”

“先前从未见过，不知剂量也不知功效。”叶瑾摇头，“连一成的把握都没有，我不敢乱用。”况且此时还不是最糟糕的时候，若是胡乱用药，只怕适得其反。

四周一片安静。

“罢了，我去看看那汨昙。”叶瑾脑中纷杂，深深吸了一口气，想让自己更冷静些，“那就烦劳诸位前辈守在这里了。”

三位老人连连点头，南摩邪叫来侍卫，将叶瑾护着回了药庐。

船舱内，楚渊睁开眼睛，眼前光影交错，过了许久才看清面前的人。

“小渊。”段白月握着他的手，“怎么样？”

楚渊摇摇头：“没事。”声音很低，低到几乎听不清。

“没事就好。”段白月眼眶通红。

“外头怎么样了？”楚渊问。

“还在打，不过我们已经快赢了。”段白月道，“最迟明晚便能登上星洲。”

楚渊点点头，闭上眼睛又睡了过去。脸上没有半分血色，连脉搏也微弱到几乎分辨不出。

段瑶杀光了整整一个营的人，子夜时分方才拖着裂云刀精疲力竭回来，玄冥寒铁依旧被插在甲板上。黑色雾气已经散开大半，剑身在月光的照射下，爬满蓝色诡异图腾。段瑶微微皱眉，犹豫着靠近。

月色被黑云挡住，那些图腾也转眼而逝，剑身光洁，泛着幽幽的光。

段瑶伸手握住剑柄，用力将其拔出，余音铮铮。

“瑶儿。”司空睿也从另一头赶来，白衣沾满了血，“皇上怎么样了？”

“我刚回来。”段瑶道，“看哥哥的剑在这里，便替他收起来。”

“先放到你房中吧。”司空睿道，“这剑伤了皇上，这阵还是别出现在段兄眼中了。”

段瑶点点头，将玄冥寒铁塞进自己的柜子里，方才与司空睿一道去探望楚渊。

“师父，”段瑶问，“皇上怎么样了？”

南摩邪向他做了个噤声的手势，低声道：“叶谷主已经看过了，说是伤得不轻，还是别进去打扰了。”

段瑶担忧：“嗯。”

“没中毒吧？”司空睿小心翼翼地问。

“玄冥寒铁不带毒。”仙翁叹气道，“只是剑气阴寒，比起毒也好不了多少。”甚至或许还不如中毒。

司空睿：“……”

“都回去歇着吧。”南摩邪挥挥手，“明日还要接着打仗，守在这里也没用。”

段瑶往船舱的方向看了一眼，窗缝烛火昏黄，屋内静谧无声。

楚渊睡得昏昏沉沉，身体时冷时热，眉头未舒展过片刻。

黎明时分，玄冥寒铁在柜中嗡嗡作响，段瑶白日里杀敌已是精疲力竭，此时裹着被子半睡半醒，也只当自己是在做梦。叶瑾整整一夜未眠，盯着那朵汨昙不知该不该用，也不知该怎么用，拿起放下数十次，脑子是前所未有的乱。沈千枫心里叹气，上前道：“先回去休息一阵，好不好？”

“要是鬼手前辈在就好了。”叶瑾嗓音有些哑，“他一定听说过汨昙。”先前怎么就没想到呢，该一拿到这朵花，就写信去染霜岛，以备不时之需才对。

“凤凰已经带着暗卫回岛上找鬼手前辈，一来一往，约莫要十天。”沈千枫道，“皇上情况到底怎么样？”

“五脏六腑倒是没伤太重，那刀是从身侧穿过去，而且玄冥寒铁虽说重量不轻，剑身却薄窄，若换成裂云刀，或许才真是回天乏术了。”叶瑾闭着眼睛，“可那股阴寒之气几乎冻住了伤口，也冻住了心脉，我真不知该怎么治。”

沈千枫闻言皱眉。

“怎么办？”叶瑾难得茫然。

“十天能坚持吗？”沈千枫微微俯身平视，“至少等鬼手前辈来。”

“我……试试。”叶瑾犹豫着点头。

沈千枫道：“别怕，当初黄远中了剧毒，你先前也没见过，可最后依旧把他的命从阎王手中抢了回来，皇上吉人天相，这回也不会有事的。”

叶瑾道：“嗯。”但愿。

自从昨晚醒过一次之后，楚渊便一直昏昏沉睡，偶尔哑着嗓子咳嗽两声，却也听不到段白月在耳边说话，身体冰冷，呼吸与脉搏都微弱到几乎停止。

其余人在上战场前，都专程绕过来看了一眼，见四喜守在门口沉默摆手，便都识趣转身离开。过了片刻，妙心也走了过来，四喜迎上前道：“大师，皇上他还在睡，王爷吩咐过，谁都不准进去打扰。”

“我方才见过段小王爷，听他说了几句。”妙心问，“皇上情况如何？”

四喜叹气：“这怕是要问叶谷主。”

妙心皱眉，此时远处号角又起，是楚军发起了新一轮的攻势，于是便也未再说什么，转头去了战场应敌。

楚渊手指微微动了动，睁开眼睛看着床顶。

“小渊。”段白月守了整整一夜，这阵好不容易见他清醒，“你觉得怎么样？”

楚渊过了好一阵子，才问：“我睡了多久？”

“不久，一个晚上而已。”段白月道，“外头仗都没打完。这才刚到中午。”

楚渊点点头：“去歇一会吧。”

“不去。”

楚渊闭着眼睛休息了一阵，缓过力气之后，褪下自己的龙玉扳指，轻轻塞给他。

段白月猛然抽开手，心里像是有刀在绞：“别闹。”

“不是给你的。”楚渊声音断断续续，“给小满，告诉太傅，他是楚家的人。”

“小渊。”段白月道，“不准胡思乱想，你不会有事的，好不好？”

“带我回西南。”楚渊几乎要用尽所有剩余的力气。

“好，好我带你回西南。”段白月胡乱点头，“哪里都不去了，我们这就回去。”

全身冷到如同掉进冰窖，楚渊迷迷糊糊的，恐惧与痛楚便也少了几分。自从与他相识开始，一幕幕的画面闪过脑海，想到还未去过的海外小岛与江南别院，最后定格在西南府那满院挂着的锦缎，旋即重新坠入了沉沉黑暗。

段白月一直握着他的手腕，生怕那微弱的脉搏会突然消失，自责与懊悔几乎要将整个人都撕碎，已不敢再回想昨日的情形。

楚渊微微动了一下身体，像是在做梦，睫毛上挂着水雾。

“别怕。”段白月眼中却再无半分神采，只是低低道。

南摩邪在外听了一阵子，脚一跺就跑去找叶瑾。

“前辈。”叶瑾昏昏沉沉，用冷水洗了把脸才清醒。

南摩邪将一个人丢在他面前。

叶瑾迟疑：“景流洄？”

飞鸾楼是大楚排行第一的情报楼，景流洄是景流天的弟弟，虽说本事不算大，可这么多年一直在海外，总能探听些东西。昨日里众人慌乱一片，竟然忘了船上还有这么一号人。

“这汨昙吃不得，有毒。”景流洄道。

“那要怎么才能起死回生？”叶瑾问。

景流洄赶紧道：“我曾听过一个故事，说只要将这汨昙放在亡故之人身上，少则七日，多则月余便能苏醒。”

叶瑾皱眉：“就只是这样？”

景流洄连声：“对对对。”

叶瑾：“……”

南摩邪也是摇头，听起来什么用没有，人死了才能用？

“当真有毒啊。”临走之前，景流洄又叮嘱了一回，生怕叶瑾不信。他被关押在牢中，也不知到底是谁中了毒，只想着要讨好叶瑾，多立些功劳，将来才能保住命。

叶瑾又盯着那汨昙看了一阵子，想试试这玩意到底有没有毒，拿着剪刀却又开始犹豫，十八瓣干花层层叠叠完整无缺，紧紧包在一起恰好凑成一个完满的圆，若是自己一剪刀下去，就彻底没用了怎么办。

“这……你还是别指望它了。”南摩邪道，“皇上是被玄冥寒铁所伤，若是五脏六腑没有太大差池，那便仅仅是阴寒剑气，想办法用内力将其逼出便是。”

“前辈说得简单。”叶瑾抱着膝盖坐在地上，“用内力逼剑气，该怎么逼，万一出事了呢？”

“再不想办法，才真是要出事了。”南摩邪面色愁苦，也坐在他身边，犹豫片刻后道，“皇上方才醒了片刻，将玉龙扳指褪了下来，说要交给小满。”

叶瑾闻言瞪大眼睛：“他都在乱想些什么？！”

“皇上是习武之人，自然能分清自己到底是好与不好，所以我才说，当真拖不得了。”南摩邪叹气，“我今晚替皇上疗伤，你只需想个法子，帮忙护住五脏六腑便是。”

“我先前从未听过这个法子，还能有人用内力将剑气逼出来。”叶瑾依旧摇头，“不行。”

“你先前没听过，是因为你先前没遇到过我。”南摩邪纠正。

叶瑾：“……”

“我还能害皇上不成。”南摩邪脑仁子直疼，这大夫怎恁倔。

“那前辈昨天为何不说？”叶瑾问。

南摩邪道：“因为昨日皇上的情况并不像今天这么糟，我想着或许可以有别的办法，能更稳妥些的。”

叶瑾看着他，脑海里乱成一片，也不知自己该不该答应。

“九殿下，九殿下。”四喜急匆匆跑来，上气不接下气道，“快，皇上他吐血了。”

叶瑾心里紧绷的弦轰然一断，疯了一般冲过去。

为了不扰乱军心，楚渊的伤势一直便被隐瞒着，其余人只知道皇上受了伤，却都只以为是寻常刀剑所致，缓个十天八天就会好。这阵见叶瑾命都不要地跑，才隐隐觉得皇上的情形似乎不太妙。

楚渊靠在床头，床边有一块沾满了血迹的布巾，整个人依旧在昏迷中。

叶瑾握住他的手腕，面色瞬间苍白，抬头急急看向段白月。

段白月闭上眼睛，心像是麻木了一般，只是觉得神志恍惚，分不清，也不想分清周围吵吵闹闹的都是些什么。

四喜“扑通”跪在地上，嘴唇颤抖：“皇上……”

“都这阵了还跪什么跪！”南摩邪在他头上拍了一把，“去烧些热水，快，还有救！”

叶瑾眼底闪过亮光，如同拉住救命稻草：“前辈？”

四喜跟着答应一声，也顾不得想他话里的意思，只听到“还有救”三个字，便赶紧跌跌撞撞跑了出去。南摩邪撸起袖子，又打发门口守着的段念去叫其余人回来，自己回房拿来白玉茧，放在了楚渊的脖颈处。

“师父？”段白月浑浑噩噩。

“傻小子。”南摩邪将他一把拎开，命令道，“出去！”

“师父有办法？”段白月又问了一次。

见他双眼已经熬成了血红，整个人都没了精神气，南摩邪索性当胸一掌，干脆利落将他拍晕了过去。

叶瑾：“……”

“带他回去休息。”南摩邪道。

叶瑾答应一声，叫来侍卫将段白月扛到了隔壁房中，自己不放心试了下他的脉搏。也是头回见着这样的师父，亏得段白月功夫好，否则这般内力，一般人怕是早就吐血奄奄一息。

待到他再回到房中时，楚渊已经被白玉茧裹住了头与伤处，暂时还能多坚持片刻。

“前辈。”方才的慌乱过去后，这阵叶瑾已经冷静不少，“我要做什么吗？”

“就像我先前说的，开些药物护住皇上的五脏六腑。”南摩邪道，“其余便没什么了。”

脉象已经彻底摸不到了，最糟糕也无非就是此时的状况，叶瑾总算是点头答应。楚渊喝不进任何药物，只能退而求其次施以银针。约莫过了一炷香的时间，叶瑾站起来擦了把汗：“好了。”

“辛苦。”南摩邪拍拍他的肩膀，“去外头守着，别让任何人靠近。我那傻徒弟若是醒了，就交给你照顾了。”

“前辈疗伤需要多久？”叶瑾问。

南摩邪看了眼天色，道：“明早便能成。”

叶瑾点点头：“多谢前辈。”

“谁都别进来。”南摩邪又叮嘱了一句，进屋反手锁好了门。

叶瑾与御林军一道守在外头，片刻之后，其余人也匆匆折返。听说南摩邪打晕了段白月，正在替皇上疗伤，都被惊了一下。

“用内功逼剑伤？”仙翁一脑门子雾水，相识多年，怎么没听过他还有这等本事。

段瑶茫然道：“靠谱吗？”

“不能等鬼手前辈来吗？”阿离也问。

叶瑾摇头，低声道：“来不及了，方才皇上险些……莫说十天，就算是半个时辰，只怕也挺不过去。”

“什么？”段瑶五雷轰顶，“那……”

“前辈说得极为笃定，”叶瑾看上去已经精疲力竭，“况且事到如今，也只有放手赌一把。”不管怎么样，总比将希望寄托在那朵汨昙上要好。

现场一片沉默，众人面面相觑，心里急得冒火却又无计可施，只能抱着兵器坐在甲板上，守着那扇紧闭的木门。

妙心站在另一头，双目微闭，手中念珠转动，喃喃自语念诵经文。

屋内，南摩邪坐在桌边，面色愁苦盯着桌上的笔墨纸砚，懊悔自己没有多跟着段瑶的先生识几个字，导致到了此等时候，想将信写长一些都不行。好不容易凑满了一页，南摩邪抹了把脸，将信纸叠起来装好。自己坐在床边，看了楚渊一阵子，忽然叹气：“你可得好好的，将来莫忘了给师父多敬一坛好酒。”言罢，伸手揭去他身上的白玉蜡封，将人扶着坐了起来。

这一夜过得极慢，慢到连时间都仿佛被黏在了一起。远处战事已歇，却未能像先前预估的那样顺利攻下星洲岛，连薛北岳也没有想到，小小一座星洲岛上，竟然会有如此多的人马与海底妖兽，只能下令暂时撤回休息。

段白月依旧沉沉昏迷，南摩邪那一掌用了五成内力，估摸要躺好一阵子。

当东方的天际终于染上一层橙红，所有人都恍惚生出隔世感，守在这里备受煎熬的一夜，长到像是过了一生。

屋内很安静。

“怎么样了啊？”阿离小声问。

曲蕴之摇摇头。

所有人都看向叶瑾。

“再等等吧。”叶瑾犹豫。

“可天都亮了。”段瑶道，“师父先前说的，是过一夜吗？”

叶瑾伸手，让沈千枫将自己拉了起来。

“不然去偷偷看一眼吧？”阿离又道，“这一夜一点动静都没有，我实在是……不打扰前辈，行吗？”

叶瑾用手指捅开一点窗户上的纸，往里看了一眼。

“怎么了？”见他面色骤然一变，段瑶险些被吓晕，伸手就要推门，却被仙翁抢先一步。屋内弥漫着淡淡的药味，楚渊躺在床上，胸口微弱起伏。南摩邪却一动不动跌在地上，全身冰凉，早已没有了呼吸。

“师父！”段瑶魂飞魄散，上前抱住他，“师父你醒一醒啊。”

叶瑾猛然捂住嘴，眼眶通红。

“我就知道，哪有什么用内功逼剑气的方法！”仙翁懊悔不已，以命换命还差不多。

段白月推开门，跌跌撞撞跑了进来。

“哥。”段瑶哭得几乎崩溃，“师父他……”

段白月看着眼前的一幕，脑中轰鸣，拳头握得死紧，双目一片血红。

“这是前辈留给你的书信。”阿离将信函递给他。

段白月有些僵硬地接过来。

字横七竖八，遇到不会写的便用圈圈代替。在段白月当初中金蚕线时，南摩邪的确是想用内力将其逼出，后来却发现不大可能，便转而求其次，想将那些金蚕线都引到自己身上，只是还未等研究出内功心法，楚渊却已经带人找到了天辰砂。

再后来，总归闲着也没事，南摩邪便独自在冰室内将先前所想的内功逐一完善，练就了一套邪门功夫——一套并没有什么用的邪门功夫。毕竟除了自己的两个宝贝徒弟，他觉得自己除非是吃饱了撑得慌，才会想要将旁人的毒过到自己身上。

不过当时却忽略了一点，朝中还有个小皇帝，也算是自己的徒弟。

在写这封信的时候，南摩邪心里倒是平静的。活了这么些年，死死生生坟里钻进钻出，也够本了。唯一遗憾的，便是没能吃上徒弟的酒，没能坐着八人抬的大轿子去王城游街。不过人活一世，又哪能处处顺心。

南摩邪长叹一口气，将信纸封好，最后看了一眼外头蓝晃晃的天。

"汨昙，汨昙呢？"叶瑾脑海中猛然闪过一道光，冲出去将那盒子拿了过来。

段瑶已经将南摩邪安置到了自己的床上，正在替他擦洗。叶瑾将那朵干花放在他胸前，却也不知自己还能做什么。

段瑶低声道："多谢。"

叶瑾摇头："南师父会醒的。"

段瑶咬着下唇，拼命点头。

"南前辈不会有事吧？"门外，阿离也问，"蕴之说前辈功夫邪门，经常三不五时就会去坟堆里睡个几年几月。"

"没有冰室停尸，要如何再醒，可不是随随便便埋在土里就还能再出来的。"仙翁叹气，"况且这回不比先前，还有皇上所中的毒，只怕……"

阿离问："星洲岛上会有冰室吗？"

此言一出，所有人都猛然想起一个人。

"景流洄！"

"有，不，没有没有！"景流洄被暗卫腾空拎过来，一时之间有些惊慌。

"到底有还是没有？"司空睿恨不得敲他的脑袋。

"没有冰室，有冰棺。"景流洄道，"也是寒玉所制，就在星洲岛上！"

“也行。”仙翁点头，“只有三日，三日之内，必须要拿到冰棺。”

“那还等什么。”司空睿狠狠一拍大腿，“打啊！”

薛北岳挥旗下令，号角声再度响起，楚军呼声震天，响彻苍穹。

段白月轻轻替楚渊盖好被子，去南摩邪床前磕了三个头，转身大步出了门。

“哥！”段瑶在他身后叫，“你的剑。”

段白月转身。

段瑶双手捧着玄冥寒铁，剑身图腾弥漫，在日光下幽幽折射出刺目光芒。

段白月点头：“多谢。”

段瑶笑笑，将剑远远抛给他。

段白月伸手接住，玄冥寒铁像是忽然有了生命一般，那些藤蔓须臾爬上他的手臂，与血脉转瞬融为一体。

“这是传说中的菩提心经？”看着段白月手背与脖颈上缓缓浮出的蓝色图腾，阿离小声问。

“或许吧。”曲蕴之声音比她更小，并且往媳妇身后躲了躲，看着吓人。

阿离：“……”

两军厮杀正酣，海面鼓声雷雷，不断有人翻腾落海。一队叛军架起投掷台，还未来得及填满火油弹，脚下却已经骤然失重，像是被一股巨大的力量投入半空，只能眼睁睁盯着自己失去头颅的身体跌入海中。

叛军船营中惨叫一片，连滚带爬挤作一团，满怀恐惧地看着面前修罗般的男人，以及他手中那把爬满诡异图腾，像是已经彻底从沉睡中苏醒的妖剑。

这一战打得异常艰辛而又惨烈。星洲岛上的叛军心里都知道，谋逆叛国之罪一旦输了会是何下场。只是所有人都没料到，即便是拼死抵抗，后果也依旧只是一个死，甚至还会死得更狼狈。

玄冥寒铁扫过之处，哀叫不绝，巨浪滔天。

一艘巨大的战船被从中砍成两截，粗壮的桅杆摇摇晃晃，带着厚重风帆砸向海面，裹着落水挣扎的叛军一道沉入海底。其余人抱着木板惊魂未定，一个水军小头目几乎是声嘶力竭地大吼：“我们投降，投降。”

段白月单手拖着玄冥寒铁，鲜血在剑身上盘旋蜿蜒，一滴一滴落在甲板上。

“段兄。”司空睿落到他身边，伸手拍拍肩膀，“这里交给我吧。”

段白月点头，转身去了另一处战场。见他走远，先前那伙叛军都有些劫后余生的庆幸，不等楚军将士来捞，便已经自己爬上战船，举手投降。

“王爷不会有事吧？”阿沉担忧道。

“没事，”司空睿摇头，“他只是心里太压抑，此番正好杀敌发泄。不过段兄绝对不会滥杀无辜，所以尽管放心。”

“阿沉哥。”月萝也气喘吁吁赶来，“薛将军让我们去北翼。”

阿沉答应一声，匆匆与月萝赶了过去。

星洲的北翼是一重又一重的迷雾与礁石，薛北岳担心其中有诈，想着阿沉与月萝在天之涯上长大，从小就习得破阵之法，便将这一路水军交给了他二人，自己转去另一侧督战。

“都跟着我，不要走散。”阿沉将刀收回刀鞘，“里面顶多埋伏一千叛军，穿过去便能登岛。”

月萝划着小船行在最前带路，在刚开始的时候，阵法倒也熟悉，可等到了迷雾中央，却觉得四处景象看着有些陌生，像是先前从未见过，于是着急回头：“阿沉哥。”

阿沉示意她先回到大船上。

楚军将士面面相觑，看这架势……迷路了？

数百枚燃烧着的火油弹穿过迷雾，噼里啪啦下雨一般落到大楚船队之中，木板遇火即燃，很快便有人惊呼坠海。

阿沉一把将月萝压在低处，想命令众人先行撤退，后侧却已经有敌军船队驶来，紧接着，左翼与右翼也出现了异动。

“我们被包围了。”副将道，“看架势是冲不出去了，杀光他们！”

“冲啊！”与此同时，叛军也已挥旗下令，船队加快速度，以碾压包围的方式逼近中心。

楚军的小型战船碰上对方山峦般的船只，几乎不用打便会被撞沉。阿沉道：“弃船！和他们拼了。”

月萝甩过发辫，第一个冲上敌船。功夫虽说不见得多高，但胜在轻功好，手中两把匕首如同小巧的闪电，往往敌军还没反应过来是怎么回事，便已经看到了眼前飞起的血雾。

大楚将士纷纷跳上敌船，与叛军刀对刀肉搏。只是虽说勇猛，却敌不过对方人数众多，杀之不绝。月萝肩头受伤，踉踉跄跄跪在甲板上，叛军狞笑着将她包围在最中间，阿沉远远看到，想冲过去救她，却被数十人挡住，走不动半步。

手中匕首被人夺下，一只肮脏的手眼看就要触碰到自己的脸，月萝眼睛一闭便开始尖叫，半晌却没见对方有动静。小心翼翼睁开眼睛，刚好看到周围一圈人直挺挺向后倒地，一柄回旋刀在天上打了个弯，又向后飞回到了一个年轻人手中。

月萝惊喜道：“阿敢哥！”

一支船队如同从海底冒出一般，来得悄无声息。打头一艘大船上站着的，是月萝在村子里认来的哥哥，当初横竖看段白月不顺眼的阿敢。而在他身后，则是数百个年轻人，都是自小一起在天之涯上长大的伙伴。

阿沉杀光面前的敌军，跑过来将月萝拉在手中。

“是寨子里的人，大家来救我们了！”月萝蹦蹦跳跳。

阿沉答应一声，笑着远远看向船队。

一夜激战之后，段白月杀光挡在面前的最后一队叛军，第一个踏上星洲。原本浓重的黑雾在巫师倒下时，便已经被海风吹散。朝阳暖融融照在海岛上，四野一片寂静。

“上头，上头已经没人了。”一名俘虏连声道，“主子，不，楚项，楚项已经跑了，从东侧。”

段白月丢下他，自己大步赶了过去。

“喂喂！”阿离在他身后，想拉没拉住，对曲蕴之急道：“就这么去了，万一有陷阱怎么办？”

“现在不是王爷怕陷阱，是陷阱怕王爷。”曲蕴之揣着手感慨，“我也是今日才算真正知道了，什么叫人挡杀人，佛挡杀佛。”如此诡异华丽的功夫，若能在心上人面前使出来，那才叫过瘾。

可惜没人教自己。

星洲东侧是一处巨大的院落，看着像是楚恒的住所。后院紧邻着出海口，段白月蹲下捡起地上半截麻绳，断口处干干净净，并未沾染太多泥沙，应该没走多久。

“我哥呢？”段瑶闻讯之后，急匆匆跑来找。

“王爷驾船出海了。”副将道，“命我们在这里看守。”

一个人去了？段瑶脑袋直疼，怎么也不怕有埋伏。来不及多作解释，自己也跳上一艘船，扯开风帆便追了过去。

楚项跌跌撞撞站在船上，有些狼狈地看着段白月：“你想做什么？”

段白月道：“杀你。”

“……”楚项缓缓后退，双手也慢慢举了起来，看上去像是要投降。

段白月向他逼近。

楚项忽而怪叫一声，扬手在自己与他之间抛下迷雾弹。而几乎在同一时间，那条怪鱼又从海中翻腾而起，楚项看准时间纵身一跃，稳稳落在鱼背上。

怪鱼甩动着尾巴，快速向海中心游去。只是还没等走出多远，却如同中邪一般，翻滚着将背上的人狠狠甩入海中。

楚项猝不及防，扑腾着狼狈怒吼：“回来！”

怪鱼头痛欲裂，铁刺虎的双钳几乎要搅乱脑髓，鲜血自双眼中溢出，一个猛子扎入海底之后，便再也没有出来过。

“……带我回去。”楚项自知凶多吉少，费力攀上他的船舷，“我有话要说。”

“想见皇上？”段白月冷冷看着他。

“对，你带我回去。”楚项又往上爬了些，“我能让他，让他一统南洋，让……啊！”

惨叫声中，一只手臂被留在了甲板上，楚项面目扭曲跌入海中，空荡荡的右肩不断涌出鲜血。

“这是还小渊的一刀。”段白月道。

海水侵蚀伤口，剧痛之下，楚项已经不知面前这人在说些什么，也不知道自己的头是何时离开身体——即便是一直圆瞪着双眼，也未能看清。

“哥！”段瑶远远驾着船赶过来。

段白月将手中之物抬手丢给他。

段瑶赶紧接住，却冷不丁与血糊糊的楚项来了个对视。

“啊！”

段白月驾着船，从他身边擦了过去：“走吧，回营。”

段瑶哽咽，自己到底为什么要追来。

“报！”有兵士登上船，满脸喜色却又不敢大声，对四喜道，“烦请公公禀告皇上与九殿下，我们赢了！”

“好，赢了好。”四喜已愁苦许久，此番眉头总算是稍稍舒展了些。叶瑾听到消息后，也从隔壁南摩邪房中出来。四喜赶忙道：“大楚赢了。”

叶瑾点点头，道：“公公回去歇一阵子吧，皇上与南师父交给我便是。你一直熬着，若是也躺倒了，我又多个人要照看。”

四喜擦擦眼睛，答应一声便回去歇着。叶瑾推门进屋，见楚渊依旧昏昏沉睡，气息却稳了不少，便也放了心，将他的手重新塞回被窝。

楚渊睫毛轻轻动了动。

叶瑾赶忙挑亮了床头灯火，又打开窗户，让海风与阳光透了进来。

片刻之后，楚渊睁开眼睛，头脑昏昏沉沉，不知发生了什么事，也不知这里究竟是何处。

“你醒了。”叶瑾拧了张帕子，替他擦了擦脸。

楚渊盯着他看了一阵子，总算是清醒过来，想起先前的事，心里一空便要撑着坐起来。

“躺好！”叶瑾一把压住他，“身上还有伤。”

“他人呢，还有，战况如何？”楚渊急急道，胸口剧烈起伏。

“在战场上，我们赢了，他就快回来了。”叶瑾道，“别担心，嗯？”

“赢了？”楚渊躺回床上，觉得四肢绵软，像是在做梦。

“嗯，赢了，楚项的脑袋此时正在薛将军手中，探子刚刚回来说的。”叶瑾道。

“段白月，”叶瑾坐在床边，“他可能要过一阵才能回来。”

“为何？”楚渊问。

叶瑾盯着他看了一会儿，挥手画了个大圈圈：“因为岛上有这么多漂亮姑娘。什么叫乐不思蜀，暂时顾不上你，还是好好躺着吧。”

楚渊：“……”

“去找冰棺了。”叶瑾撇撇嘴。

“冰棺？”楚渊不解。

“其实大家原本打算瞒着你。”叶瑾道，不过一来自己是大夫，二来也清楚他的脾气秉性，这阵说了反而是最好，“是南摩邪前辈救了你。而现在所有人都在岛上找冰棺，是为了再将南前辈救回来。”

楚渊眉头猛然一皱。

叶瑾心里叹了口气，将事情慢慢说给他听。

星洲岛上，景流洄看着那具冰棺，仿佛看到了自己的生路，激动不已，泪流满面，幸好楚项在逃走的时候，没有将其摧毁。

“快，快抬回去。”司空睿指挥官兵，将那冰棺赶紧抬回了船上。段白月与段瑶抱起南摩邪放进了冰棺，又合上盖子，方才觉得稍微安心了些。或许是因为汨昙的关系，身体与手都是软的，加上这具冰棺，再坚持七八日等鬼手前辈来，说不定当真还能重新醒一回。

安顿好师父这头，段白月又换下沾满血的衣裳，草草擦了把脸。方才他刚一回来，便有人报说皇上已经醒了，不过后头又睡了过去，九殿下正在守着，说伤势无碍，不必担心。

听到门响，楚渊与叶瑾同时扭头。

段白月看着那双熟悉的眼睛，心里骤然涌上闷痛、酸楚与温热。此时反而不敢再走一步，生怕这又会是一场梦境，动一动便会烟消云散。

叶瑾端着空药碗出门，打算去看看南摩邪，不忘给两人关上门——为何要一直干站着，快点过去。

楚渊靠在床上与他对视，眼眶有些红。

段白月骤然回神，大步上前，喉咙干哑，一句话也说不出来。

楚渊闭着眼睛，一动不动。

“别哭。”段白月低声道。

“对不起。”楚渊肩膀剧烈颤抖，双手死死抓着他的衣背，“南前辈他——”

“师父没事，没事的。”段白月道，“你好好的，别哭，快些将身子养好。”

“我听小瑾说，你要去找冰棺，找到了吗？”楚渊放开他。

“找到了。”段白月道，“师父每次停了呼吸后，都会在西南府的冰室中安放一段时间，而后再入土下葬。冰棺与冰室都是寒玉制成，一样。”

“还会再醒来吗？”楚渊问。

“会醒的。”段白月握住他的手，“有那朵汩昙，还有，再过几日鬼手前辈也会来，师父还在等着喝酒游王城，他不会甘心就这么走了的。”

“我要做些什么？”楚渊擦掉眼泪坐起来。

“你要好好养伤。”段白月道，“别辜负了师父，好不好？”

楚渊点头：“好。”

四喜又送来一道汤药，说是要与方才那碗连着喝。段白月叹气道：“可真成了药罐子。”

“说说战况。”楚渊咳嗽。

“我们赢了，楚项死了。”段白月道，“还有，那位妙心大师自从你受伤后，倒是正常了许多，不再神神道道，一门心思上阵杀敌，这阵正在与薛将军一道盘点岛上剩余之物。”

楚渊点头：“嗯。”

“天之涯上的人也前来帮忙了。”段白月道。

“天之涯？”楚渊意外。

“有月萝的哥哥，还有些别的年轻人。”段白月道，“我早就说了，没人会愿意在那岛上憋着过一辈子，只要有一两个人率先打破陈规，多的是人愿意跟随。”

“挺好。”楚渊道，“交给薛将军吧，他知道该如何编制这些人。”

“好。”段白月又道，“星洲不算小，上头又有不少机关要拆除，大军也要休整，我们至少也要在这里再待十天，方能班师回朝。”

“你决定就好。”楚渊道，“辛苦。”

段白月笑笑。

楚渊重伤未愈，虽说有南摩邪的内力护体，却也一大半时间都昏昏沉沉。第二天清晨，段白月陪着一道吃过早饭，看着人又重新睡下后，便与段瑶折返星洲岛。大军依旧在忙碌，木痴老人总算是找到了事情可做，带着曲蕴之与阿离一道拆除机关，手法娴熟速度飞快，看得周围一圈大楚将士连连称赞。月萝则是带着天之涯上的同伴，一起四处乱晃，叽叽喳喳吵翻天。

叶瑾被闹得脑仁子直疼，拍拍阿沉的肩膀，很是同情。

“生完孩子就好了。”司空睿在旁小声提醒，“我娘子便是这样。”刚成亲的时候，几乎一天到晚都在叽叽喳喳，做了娘亲之后，自己说话的声音稍微大些吵到儿子睡觉，都要被她满海岛追着打。

想一想便忍不住要落泪。

景流洄也算是立了不少功劳，因此沈千枫下令解开他的脚镣，带着在岛上绘制地形图，遇到有机关的地方便提醒一句。对于这个差事，景流洄自是万分珍惜，恨不得将哪里有茅房都在地图上标示出来。后山背风有一处狭长的峡谷，开满了各色野花，在黑色荒凉的海岛上分外惹眼，像是画里的景象一般。此时正好到了午饭时间，周围的大楚将士便都端着碗来看美景，景流洄拿了一个馒头，还未来得及喂进嘴，峡谷一侧的山壁上却已经骤然裂开了一道口子，轰隆隆的，声音还不小。

所有人都被惊了一下。

不过幸好，山洞里并没有什么怪物与迷烟，或是叛军冲出来。

“怎么回事？”沈千枫与温柳年同时问。不过沈千枫问的是景流洄，温柳年问的却是赵越。

赵越指尖微微有些刺痛，疑惑道：“我方才只是按了下这个石块。”别的什么都没做。

“会不会是恰巧启动了什么机关？”阿离在一旁问。

“或许吧。”温柳年拉过赵越的手看了眼，惊道，“流血了！”

“石块上有尖刺，没什么。”赵越拍拍他，道，“去山洞里看看？”

“等等！”景流洄伸手拦住，不可置信道，“是你打开了这道门？”

“是我，怎么了？”赵越不解。

其余人面面相觑，也不知为何景流洄要露出这般见了鬼的表情。

"这是楚项私设的机关，只有他一人能打开。"景流洄解释，"除非与他一样，身体里流着皇室的血。"否则旁人想都不要想。

赵越："……"

温柳年："……"

所有人都想起了当初在翡缅国时，聂远山心心念念想要的大楚血脉——莫非就是为了打开这个？

温柳年笃定道："一定是你这机关坏了。"

第五十六章

景流洄茫然道：“是吗？”

“是啊。”温柳年摊手，“那不然你说说看，为何阿越能打开？”完全没道理是不是。

景流洄道：“也对。”

“进去看看吧。”沈千枫在一旁圆场，“既然只有楚项一人能进去，那里面必然有大名堂，否则也不会如此费尽心机。”

景流洄连连点头，并且心里懊恼，若早知这机关居然只是个摆设，那自己就该早些打开，将里头的东西寻出来献宝，便又是功劳一件。

众人举着火把鱼贯而入。温柳年小碎步跟在后头，后背几乎被冷汗浸透。赵越也有些哭笑不得。

“吓死我了。”温柳年低低抱怨。

山洞内很是干燥凉爽，走过整整八个弯道后，最尽头是一堵石壁。阿离用剑柄敲了敲，道：“死路。”

“应当有机关。”段白月道，“大家分散找，当心暗器。”

叶瑾在吃过午饭后，原本想回去照顾楚渊与南摩邪，这阵听到消息后便也折返来山洞，只是还未进去，便听到里头传来一阵炸裂声。

“咳咳。”阿离捂着嘴咳嗽。

司空睿将手伸进墙壁一处裂缝里，硬生生抠出来一个盒子。

段白月拍拍他的肩膀：“你这开机关的方式，也算是别致。”

在发现这处中空石壁后，大家还在商议要如何破解，司空睿便已经一拳砸了过去，碎石飞溅。赵越忙把温柳年挡在身后。

司空睿心中很不满，挡谁不行，偏偏要挡温大人，毕竟将来编纂列传，这一幕也是要写进去的，看不清怎么能行。

“多谢。”段白月将东西从他手中抽走。

“出去吧。”阿离道，“里头呛死了。”

“出了什么事？”叶瑾跑进来。

“走吧，先出去。”沈千枫拉住他，边走边将事情小声说了一遍。

叶瑾：“……”

“温大人糊弄过去了。”沈千枫道，“皇家血脉倒是其次，先看看楚项如此费尽心机，藏的到底是什么东西。”

段白月拂掉盒子上的灰，打开锁扣之后，周围一圈人都伸长脖子凑了过去，生怕错过热闹。

“羊皮卷？”曲蕴之问。

段白月道：“是半张航海图。”

“这……”叶瑾迟疑，手指摩挲过图上一处暗红褪色的图腾，抬头看沈千枫，似乎与日月山庄的印章有些相似。

“所以这就是传闻中的另外半张藏宝图？”温柳年震惊。

段白月哑然失笑，他先前也没料到，居然会在星洲阴错阳差找到此物。

当年沈家先祖沈柳与潮崖岛人将黄金岛上的剩余财宝封存后，绘下了一张藏宝图，各取一半，约定好谁也不能独吞。却没料到沈柳后来死于非命，一场大火将沈家烧得干干净净，这半张藏宝图也就成了永远的秘密。而另外半张藏宝图，则是害得潮崖族人自相残杀疯疯癫癫，惶惶不可终日，最后更是落了个灭族的凄惨下场。

“怪不得楚项要派人去潮崖岛。”段白月道，“如此一来，所有的事情便都能解释通了。一旦拿到潮崖人的另外半张藏宝图，便能找到黄金岛上的巨额财富，那可是相当于半个大楚国库。”

“可这半张藏宝图为何会在楚项手中？”叶瑾不解。

“聂远山想要皇家血脉，定然也知晓这个秘密，山西清辉城里的清辉帮。”段白月摸摸下巴，“说不定帮主王运能解释这一切。”

“只有回去再问了。”叶瑾道，“先将这半张藏宝图收好。”

段白月看了眼沈千枫。

“王爷转交皇上便是。”沈千枫道，“虽说航海图是沈家先祖所绘，不过日月山庄在建立之初，便不想再与这段往事扯上关系。”

“好。”段白月很是爽快，揣着地图便回了主战船。

南摩邪依旧安安静静躺在冰棺里，段白月蹲在旁边看了一阵子，伸手揪揪他的胡子，叹气：“若是再不醒，信不信瑶儿每天能跑来给你梳八遍头。”

南摩邪顶着满头小辫子，穿着新衣裳，难得干干净净。

“说好了，到家就别再睡了。”段白月道，“否则不仅要错过我的好酒，只怕连瑶儿的你也赶不及了。”

南摩邪没有任何反应。

段白月清了清嗓子，在他耳边大声道：“瑶儿相中了大理城里卖腊肉的李寡妇，若师父不醒，这亲事我可就答应了。”

段瑶站在门口，心情复杂。

你才相中了李寡妇。

李寡妇是谁。

“乖，去陪师父说会儿话。”段白月拍拍他的脑袋，自己转身回了隔壁。

段瑶撇撇嘴，抓紧时间趴在南摩邪耳边告状：“哥哥今早偷你的虫！”再不醒，家底子都要被搬空了。

楚渊靠在床头，脸色比先前已经好了许多，见他进来后问：“南前辈怎么样了？”

“迟早会醒。”段白月道，“别担心。”

“嗯。”楚渊道，“还当你晚上才会回来。”

“原本是，不过临时出了件事。”段白月拿出那半张羊皮卷，“喏。”

“什么？”楚渊接到手中，打开后一愣，“这……”

“误打误撞，在楚项的暗室中找到的。”段白月道，“这是沈家先祖的那半张，还有半张你若想要，拿到手也是轻而易举之事，别忘了，从你身体里取出来的那些月鸣蛊我可一直养着。”

“可楚项为何会有这个？”楚渊问。

“还记得我同你说过，聂远山与天之涯的关系吗？”

楚渊点头：“自然，他与天之涯的人有一样的图腾，你还跟我说过，或许他们曾是同宗。怎么，此事与聂远山有关？”

“聂远山之所以想要皇室血脉，就是想打开机关，八成也知道机关内有藏宝图。”段白月道，“否则不会如此大费周章。”

“原来他想抓阿离，就是为了这个。”楚渊将那半卷地图还给他，随口问，“今日机关是谁打开的，阿离还是小瑾？”

段白月淡定道："那机关是坏的。"

楚渊纳闷："坏的？"

"景流洄说只有楚家人才能打开，可赵大当家随随便便就戳开了。"段白月道，"估摸着我也能打开。"

楚渊："……"是吗。

"聂远山已死，想要知道其中的秘密，大概就只有去问山西清辉帮的帮主王运了。"段白月道，"此事沈盟主自会去办，不过我却觉得，还有另一个人或许也能知道些东西。"

楚渊道："谁？"

段白月答："天之涯的长老。"

"他？即便真是同宗，天之涯的岛民流落在外数百年，双方早就没有了联系，未必就能知道秘密。"楚渊道，"你打算折返天之涯？"

"天之涯流落在外数百年，沈家先祖身亡也是在数百年前。家族延续，总有些秘密会被一代一代传下来，哪怕只是传给长老一人，也不会完全湮没，否则便是断了根。"段白月道，"不过倒不必去天之涯，阿沉与月萝来了，岛上其余的年轻人也来了，阿爷又怎么会不来。"

"这么肯定？"楚渊问。

"嗯。"段白月点头，"就像师父，平日里我与瑶儿再气他，到了性命攸关时刻，也还是会挺身而出护犊子。岛上数百年轻人都来投奔大楚，身为长老，阿爷就算再生气，至少也要跟来看看这里究竟是什么情况，才能安心。"

"也是。"楚渊道，"那便又要辛苦你了。"

"和我还客气。"段白月道，"黄金岛上那批财宝，想要吗？"

楚渊纳闷："为何不要？"打完仗国库亏空正缺钱，赶紧弄个船拖来。

"好，交给我。"段白月笑道，"睡吧，我先去处理天之涯的事情。"

楚渊点头，自己盖好被子，看着他一路出了房间，顺便在心里想，机关坏了？

天之涯的年轻人围成一圈，正在兴高采烈听月萝说大楚的事情。阿沉抱着刀坐在一边，见段白月来了，便自己跳上甲板："王爷。"

"看来挺热闹。"段白月往他身后看了眼，道，"对薛将军的安排可还满意？"

阿沉点头："多谢王爷照顾我族人。"

“谢就不必了。”段白月道，“帮我个忙？”

阿沉问：“什么？”

段白月道：“我想见阿爷一面。”

阿沉闻言沉默。

“阿爷定然来了，而且八成找过你。”段白月道，“劝你带着人回天之涯，我没猜错吧？”

阿沉叹气：“看来在这大楚军营里，的确没什么事能瞒得过王爷。”

“别误会，没人向我告密。”段白月道，“只是依我对阿爷的了解，他定然会来，猜测而已。”

“我没有答应阿爷的要求。”阿沉靠在栏杆上。

“我找阿爷是为了另一件事。”段白月道，“问完就走，绝不多言，也不会插手你与天之涯之间的事情。”

阿沉问：“什么事？”

段白月道：“与数百年前的一桩案情有关。”

阿沉迟疑。

“怎么，不相信我？”段白月道，“其余人阿爷或许不愿意见，可我在天之涯白吃白喝住了那么久，走的时候又拐走了你和月萝，哪怕只是送上去让阿爷用拐杖敲一顿，消消气也好。”

阿沉：“……”

“走吧。”段白月拍拍他，“现在就出发。”

“王爷当真不会为难阿爷？”阿沉又问了一回。

段白月递给他一把匕首：“绝不还手。”

“王爷说笑了。”阿沉挠挠脑袋，跳上小船，“那走吧，阿爷就在不远处的荒岛上。”

段白月扬扬嘴角：“多谢。”

荒岛离楚军驻扎的海岛并不远，阿爷点起火堆，正在看着远处的大楚军营叹气，突然便见一艘小船悠悠驶近，于是赶忙站起来。

段白月道：“前辈。”

阿沉跳下船，讪讪道：“阿爷，王爷说有事要问你。”

“走走走。”阿爷挥手赶人，拧着脖子一脸倔强相。

阿沉看了段白月一眼。

“前辈。”段白月坐在他身边，“我是来赔罪的。”

“赔罪便将人都还给我。”阿爷瞪他。

“这话前辈就没道理了，大楚军营又不是监牢，想走想留，都是一句话的事。”段白月道，“阿爷当真不去看看？大家此时正与大楚的将士们一起有说有笑，热闹得不得了。”

“你来就是为了说这个？”阿爷问。

“我来是想让阿爷打一顿骂一顿，好出出气。”段白月淡定道，“打完了骂完了，顺便再问一件事。”

阿爷摇头：“我什么都不知道。”

段白月道：“数百年前，天之涯的人为何要逃往海外？”

阿爷不肯看他：“我说了，什么都不知道。”

“那就没办法了。”段白月叹气，“此事关系到山西一门邪教与叛军，皇上势必要弄清楚，阿爷若是不肯说，就只有等大军班师回朝后，朝廷再张贴榜文出来全国悬赏寻找知情人，到那时阵仗只会更大。”

“什么？”阿爷脸色一变。

“皇上无意招惹天之涯的宁静，只是那邪教与天之涯有着同样的图腾，还曾将月萝当成他的同伙，这一切不可能仅仅是巧合。”段白月道，“我也不愿过分打扰天之涯，所以比起张榜悬赏，或许阿爷说了会更好。”

阿爷道：“王爷这是在威胁我。”

段白月摇头：“不管阿爷怎么想，我是真心喜欢天之涯上的年轻人，也的确感激当初的救命之恩，所以才想将事情简而化之，这样对大家都好。”

“那山西的邪教，可是姓王？”许久之后，阿爷问。

段白月点头：“正是。”

“数百年前，江南有一名富商，名叫沈柳。”阿爷道，“王家先祖与沈柳私交甚笃，通商往来密切。后来沈家被朝廷围剿，王家也受到牵连，一半人留在了山西老家，等着东山再起，另一半人则是流亡出海，到了天之涯。”

段白月了然：“原来如此。”

阿爷道："再问别的，我便也不知道了。"

"这些就足够了。"段白月道，"我方才就说了，无意打扰天之涯，只是想将事情弄清楚而已。"

阿爷闭目道："王爷请走吧。"

段白月识趣站起来，临走前又道："我知道阿爷所做的一切，都是为了保护天之涯，可一连数百年避世不出绝非良策，如今岛上的年轻人想换个方式活着，未尝不是一件好事，阿爷当真不想去军营中看看？"

阿爷沉默不语。

段白月道："何时阿爷想通了，只管告诉阿沉，本王亲自来接，这阵就先告辞了。"

阿爷依旧闭着眼睛，直到听船只远去，方才微微叹了口气。

楚渊迷迷糊糊又睡醒一觉，刚好等到段白月回来。

"这是醒了还是困了。"段白月凑近看。

"醒了，也困。"楚渊撑着坐起来要水喝，"天之涯那头怎么样了？"

"阿爷一直黑着脸，不过倒没打我，反而说了不少事情。"段白月道，"王家先祖是沈柳的故交，沈家出事后，王家也受到牵连，家族四分五裂。后来一半人留在山西，等着报仇以及东山再起，另一半则是暗中出海，从此再也不见世人，只求自保。"

楚渊道："留在山西的一半王家人，便是那清辉帮主王运的先祖？"

段白月点头："想来是在沈家被抄时，王家趁乱拿到了那半张藏宝图，却又找不到另外半张，只能当成宝贝世世代代传下来，想着有一天能找到宝藏。到了这一辈时，藏宝图不慎被楚项夺得，若我没猜错，聂远山原本也该姓王，为了能夺回藏宝图，他便更名换姓独下南洋，只为能接近楚项。"

"如此一来，所有事情便都能解释通了。"楚渊道，"这就叫冥冥中自有天意。"

"你是个好皇帝，连老天爷都帮着你。"段白月道，"我去看看师父，你先睡吧。"

"替我告诉前辈。"楚渊道，"待他醒了，我一定在正阳街上修一处大宅子，再在大门口搭个高台，天天请戏班子吹唢呐敲锣鼓，唱完《白蛇》唱《西厢》，轮着来。”

段白月感慨：“那太傅大人要被气死了。”还挺好，就冲这个，也一定要将师父摇醒。

星洲岛上的清点工作进行得有条不紊，俘虏也被分批押回王城。所有机关与军防都被拆除，只留下一排一排的房屋，空荡荡立在岛上。

段白月原本想将此地交给阿沉，不过问过之后，天之涯的人却都更愿意前往大楚，并不想继续留在海岛。

司空睿揣着手，用胳膊肘捣了捣段白月，眉飞色舞。

段白月嫌弃道：“你的胃口还真不小。”

“银子谁不喜欢，自然是赚得越多越好。”司空睿讨价还价，“哪怕暂时交给我两年，等朝廷有了精力，再派人前来接管星洲也不迟。”南洋之战已经彻底结束，商路约莫再过半年就会重开，这可是日进斗金之地。

段白月道：“也行。”

“当真？”司空睿先是一喜，后又疑惑，“这也算是国事，你就这么随随便便答应我了？皇上能认？”

段白月道：“你若再废话一句，我便把星洲交给离镜国主。”

“你给他做什么！”司空睿大怒，谁是为了你出生入死的好兄弟，分分清楚啊！

“不是白给你的。”段白月道，“每年收入，分朝廷五成。”

“没问题。”司空睿喜不自禁，握住他的手情真意切，“那就这么说定了。”总算是感受到了一丝丝身为兄弟的好处，很是欣慰。

第七日的清晨，天边传来一声清亮长鸣。几乎在同一时间，所有人都推门跑了出来，齐刷刷仰着头往天上看。

“是鬼手神医！”段瑶丢掉梳子，出门看了一眼，又高高兴兴跑回南摩邪床边，“师父，你先前天天骂的那位前辈来了，还带了不少人！”被比下去了，快起来打架！

凤凰盘旋而下，一位黑衣老者纵身跃上甲板，脑袋上顶着小凤凰，身后跟了七八名追影宫暗卫，都是听闻皇上重伤，急急跟来帮忙——毕竟追影宫一向助人为乐，且不谋回报，江湖上都这么说。

仙翁与鬼手虽说都长居东海，不过皆隐世逍遥，彼此间还是头回得见。往日里只听南摩邪有事没事，便要念叨几句鬼手的不是，以为两人定然曾有过节，心中还有些没底，觉得即便是要救，估摸也要趁着昏迷先揍一顿再救。

“皇上怎么样了？”先前回去报信的暗卫急急问。

“皇上已无大碍，是家师将寒气全部引到了他自己身上。”段白月道，“可家师也因此一睡不起，只得暂时安放在冰棺中，还请鬼手前辈出手相救。”

“你的师父，南摩邪？也是久仰大名。”鬼手神医点头，“走吧，先去看看再说。”

仙翁心里纳闷，看这架势，像是先前从不认识？

那为何要三不五时与人家攀比。

楚渊自从重伤被救回之后，就一直有些昏昏沉沉，白日里睡着也要一两个时辰才会醒。鬼手替他诊了诊脉，对段白月道：“按照小叶子的药方，再吃十天半月便会好转，倒是不必担心。”

“多谢前辈。”段白月又陪鬼手一道去了隔壁房中。南摩邪躺在冰棺内，手中握着那朵汨昙，神情很是安详。

“如何？”在等他请完脉后，段白月问。身旁一圈人也眼巴巴瞅着，生怕会等到一声摇头长叹。

鬼手道：“你师父所练的功夫自成一派，筋脉走向与常人迥异，我一时片刻也看不出来什么。”

“那……”段瑶着急。

“不过有这朵汨昙，玄冥寒铁的剑气也能被化解七分。”鬼手又道，“余下三分，便只有看老天爷的安排了。”

段白月沉默片刻，道：“嗯。”

“这瓶药丸每隔十日，给你师父喂服一粒。”鬼手取出一个小瓷瓶，“莫要忘了。”

“这是？”段白月迟疑。

“若这回还能醒，服下这药丸后，能治那每隔数年便需诈死疗伤之症。”鬼手道，“地下阴寒，能不去还是不去为好。”

段白月点头：“我懂了，多谢前辈。”

等众人走后，段瑶趴在南摩邪旁边，伸手摸摸他的小辫子，拆开梳一次头。

若还不醒，那就再梳一次。

“前辈。”叶瑾跟在鬼手身后。

“怎么了？”鬼手转身。

“前辈这就要走吗？”叶瑾犹豫，“皇上与南师父的伤……”

“有你在便足够了。”鬼手拍拍他，“傻孩子，现如今天下第一的神医，是你不是我。”

“前辈说笑了。”叶瑾赶忙摇头。

“我可没说笑。”鬼手拉着他坐下，“你天资聪颖又心地善良，这江湖中有你，是苍生的福气。”

“那南前辈的伤，当真就只能这样了吗？”叶瑾依旧不放心。

鬼手道：“心里若有牵挂，就不会一直这么睡下去。那可是南摩邪，旁人都是靠大夫从小鬼手中抢命，他却全凭自己与阎王打架，回回都赢，还从未输过。”

叶瑾道：“嗯。”

“我该走了。”鬼手道，“仗打完了，追影宫的人与凤凰我可就都带走了。”

叶瑾摸了摸怀中的小凤凰，将它递回去，很是不舍。

“将来若有空闲，再与沈盟主一道来染霜岛上做客吧。”鬼手笑着站起来，挥手叫过暗卫与凤凰。

所有人都站在甲板上，恭恭敬敬目送染霜岛一行人离去，直至身影消失天边。段白月握紧手里的药瓶，转身大步回了船舱。

又过五日，在清晨薄薄雾气中，数万战船整齐列队，楚军将士们脸上是难以抑制的喜悦，升起的船帆被风涨满，随波浪一起，在号角声中带着船只驶向朝阳——那是回家的方向。

司空睿离家的日子太久，着实思念家中妻儿，嫌大楚的船队太慢，索性自己扯起风帆先行回了望夕礁，约定好过一阵就带着秀秀与儿子去西南府做客。

阿离不愿被册封公主，亦不愿回大楚，便也就此告辞。楚渊虽说心中难舍，却也知道有些事强求不得，叶瑾将胖乎乎的小金子还回去，心头酸楚，不发一言在甲板上蹲着晒毒药。

其余人不约而同极有默契绕着走，以免被无辜牵连。

段白月将药丸喂进南摩邪嘴中，叹气："瑶儿今日不会来看你了，他已经同李寡妇私奔了。"

段瑶心力交瘁，把他哥赶回了隔壁。

楚渊靠在床上，也哭笑不得看着他："你怎么老欺负瑶儿。"

"吓唬一下师父，说不定就醒了。"段白月扶着他坐起来，"今日觉得怎么样？"

"好多了。"楚渊问，"外头怎么这么热闹？"

"恰好赶上几个小岛国祭祀海神。"段白月道，"锣鼓喧天的，有人演水上戏，还往军营里也送了不少酒肉。"

"来时可没这么热闹。"楚渊感慨，"比起那阵一片死寂的南海，现在这样真好。"

"南洋的百姓都想见大楚的皇帝。"段白月道。

"大楚的皇帝有什么看头，"楚渊摇头。

"也对。"

数月后，王城中。

"大楚赢了，赢了啊！"百姓欢天喜地奔走相告，街头卖小话本的商人几乎要笑掉牙，皇上是不能随便写，但西南王、薛将军、沈盟主、叶神医，还有西南王府据说嫩得能掐出水的小王爷，哪个不能写个八本十本——甚至是八十本。

《西南府秘史》销量一夜暴涨，百姓手里捏着铜板在铺子前排队，一边嗑瓜子一边喜笑颜开，这年头，若是不能在聊天时随意诌出几句段王爷的武功招式与缠绵情史，那便与土鳖没什么两样，很没面子。

刘大炯拎着鸟笼从正阳街上走过，听到书商的叫卖声，便也凑上前随手拿起一本，翻开便是段王爷与蜘蛛精的故事，据说西南王不管走到哪里，都要随身带着一只黑白大蜘蛛，恩爱非凡。

……

“刘大人也想要？”书商受宠若惊。

刘大炯将书还给商人，自己转身溜达去了皇宫。不到一炷香的工夫，便有官兵全城搜查，将所有关于段白月的话本都收缴一空。

书商战战兢兢心有余悸，原来不单是皇上，西南王也不能写？

陶仁德莫名其妙，专程跑来找他：“你管这事做甚？”

刘大炯眼神颇有深意，过了半天才道：“哦。”

陶仁德觉得自己迟早要被这老狐狸气死。

一批文人被急急宣召进刘府，连夜挑灯写故事。三天后，全新的话本被发放到民间，打开一看全是西南王，高大英俊武功盖世，忠义两全有勇有谋，从头到脚夸一遍还嫌不够，连画像上都撒满了金粉，闻起来一阵扑鼻香。

直到这时，书商才恍然大悟，原来是官府见西南府话本卖得好，想来独吞这杯羹。

但百姓却不是很给面子，因为这批话本里一没有妖精二没有仙女，就只有西南王一人，今天打仗明天降魔，画像再英俊，盯着看久了也瞌睡。

销量一落千丈。

于是官府又下了新的命令，不卖了，免费送，若早些前往书商处排队，还能多得一条腊肉。看完榜文之后，百姓轰然而散，飞奔前往书商铺子，生怕排队晚了没肉吃。

刘大炯一脸老谋深算，又挥手招过府中的管家，在他耳边低语几句。三天后，茶楼酒肆里的伙计都在说，可了不得啊，据说明年开春科举，除了文韬武略，还要考这本《西南王传》。

文人秀才听了，连连摇头：“无稽之谈。”

但百姓显然不会管什么有稽无稽，好不容易出了一本能看懂的书，就算无趣了些，但一想到科举便是考这个，顿时就又有了精神，恨不得再多读几遍，将全书都背熟吃透，将来也好生个温大人那般的文曲星。

一时之间，全王城的百姓只要一提起西南王，第一个想到的，便是英俊潇洒身高七尺忠义两全家财万贯金光闪闪的名号头衔一长串。

“痴情得很呐。”百姓甲压低声音神秘道。

百姓乙赶忙问：“对谁痴情？”

百姓甲道：“不知道啊。”

百姓乙：“……”

“书里是这么写的。”百姓甲从怀中掏出话本，“科举或许就是要考对谁痴情。”所以现在才不说出来，毕竟还要指着答案选状元。

百姓乙想了一会儿，点头：“我觉得你说得对。”

各地商队进出王城，离开之时，除了货物与银子，还有满满一大箱朝廷免费送的《西南王传》。

大理城中，小满从糖糕铺子老板手中得了一本，翻开两页便“扑嗤”笑出声，边看边走，却不慎撞到了一个大和尚。

“阿弥陀佛。”大和尚低头行礼，转身匆匆离开。

小满盯着他看了一阵，直到金婶婶寻来，才一道回了家。

西南府的侍卫已经先一步将密报传回大理，听闻南师父与皇上都受了伤，府里的绸子也就失了几分颜色，不过酒楼里的宴席倒是没退，还多订了些，哪怕只是请大楚与西南府的将士们吃顿饭也好。

“快到关海城了。”段白月扶着楚渊站在甲板上，“我们快到了。”

楚渊看着远方，一脸若有所思。

“想什么呢？”段白月问。

楚渊回神，道：“真想知道？我说了，你可不准生气。”

段白月答应：“好。”

楚渊道：“在想妙心。”

段白月眼神飘忽：“咳。”

“别闹。”楚渊转身看着他，“你不觉得奇怪吗？为何先前他要一直阻拦你我，而在我受伤后，却又一直避而不见，在前几日路过暹远国时，更是索性留在了岛上。”

“妙心与暹远国主是故交，会留下不奇怪。”段白月道，“我原本也是从吴登宫里将他带来的。”

“那他为何会在荒岛上发疯？”楚渊依旧皱眉。

“旁人的事情，我怎么会清楚。”段白月随口道，“不然我去查查？”

楚渊点头：“好。”

段白月：“……”

怎么这么爽快，我就是随便客气一下。

楚渊道：“怎么，想反悔啊？”

段白月只好叹气，行吧。

叶瑾送来汤药，看着楚渊喝完后，段白月道，“回去吧，再吹一阵风，别又着凉了。”

“外头畅快。”楚渊活动了一下筋骨，“躺了这么久，骨头都酥了。”

“比先前瘦了一大截。”段白月道，“再回西南府，只怕衣服尺寸又要改。”

楚渊闻言愣了愣，道：“可师父还重伤不醒，我们——”

“所以才要热热闹闹摆一顿酒宴。”段白月道，“再在冰棺前拜一拜，才好将他老人家送入墓穴，好不好？”

楚渊点头：“好。”

段白月道：“师父一定会醒的，你信我。”

楚渊拍拍他的背：“我信。”

船舱内，段瑶往南摩邪头上别了朵外头掐来的黄色小花，托着腮帮子看了一阵，幽幽道：“再不醒来，我就要去找张寡妇了哦。”

段白月站在门口提醒：“你那心上人姓李。”

段瑶：“……”

“手里拿的是什么？”段白月问。

“哦，今日遇到了一队大楚的渔民，据说这小话本最近火得很。”段瑶将书丢过来，“专门写你的。”

段白月脸色一僵。

“放心，这回没妖精了。”段瑶赶紧安慰，“夸你的诗词文章占了一半，还有一半都是图，太阳底下能被金粉闪瞎，据说是从王城里流出来的，也不知是哪个书商如此懂眼色。”

段白月翻了两页，心情复杂。

“怎么样，写得不错吧。”段瑶道，“吹破天了都要。”

段白月转身去隔壁找楚渊。

“你看，我就知道，一定会拿去向皇上显摆。”段瑶很是嫌弃，敲敲冰棺扯长语调，“师父……醒来了啊……啊……啊……啊……”哥哥难得被人夸成花，不看一下怎么能行。

“这个？”楚渊看完小话本，也有些想笑。

“谁写的？”段白月问。

“我怎么会知道。”楚渊道，“最近一直是你把持朝政，哪里还有皇上插手的余地。”

“你肯定知道。否则这书又长又无趣，哪里能从王城传遍全国。”

“我猜的。”楚渊道，“八成是刘大炯。”

“他？”段白月意外。

“嗯。”楚渊点头，“那可是个老狐狸，温爱卿是小狐狸，一样看起来忠厚诚恳，实则满肚子心眼。”

“原来朝中还有如此识趣之人。”段白月摸摸下巴，“不错。”

“可朝中也有陶大人。”楚渊挑眉。

“这么多人加起来，还怕对付不了一个陶仁德。”段白月志得意满，若你不管，我说不定能气得他胡子一翘辞官回乡，那就再好不过了。

第五十七章

数日之后，大军顺利抵达关海城，县令冯晨一早便率部下在港口候着，百姓手中捧着各色吃食与美酒，也高高兴兴挤在道路两边，等着作战归来的亲人与将士们。

“到了。”段白月扶着楚渊走出船舱，“那边，看到码头与炊烟了吗？是大楚。”

楚渊眼神悠远安宁。

“再吹一阵风，就回去换龙袍？”段白月在他耳边道，“方才四喜叮嘱了许多回，说这身太素净，没有大胜而回的气势。”

楚渊笑道：“谁家皇上要靠着衣裳才能有气势？”

“我不懂，可四喜说这是宫里的规矩。”段白月扶着他站直，“况且受了重伤，最近脸色是不怎么好，再穿这一身白色纱衣，看着有些单薄。”

“皇上。”薛北岳上前行礼，“我们快到了。”

楚渊点点头，转身登上甲板。

段白月咳嗽两声，紧走几步跟上，方才还要自己扶，为何这阵走起路来还挺快。四喜抱着衣裳在房中守了半天，也没等到两人回来，外头却已经骤然传来锣鼓与欢呼声，顿时被惊了一下，赶紧跑出去一看，急得连连转圈，叮嘱了那么多回，王爷怎么还是没将皇上带回来，龙袍金冠都还在这里，穿着一身白衣就上了岸。

“皇上！”冯晨跪地喜道，“恭喜皇上，我大楚将士此番大胜而回！”

“平身吧。”楚渊道，“这关海城比起先前来，看着可是富足了不少，爱卿这些年辛苦了。”

“皇上过誉，这些都是微臣分内之事。”冯晨起身，道，“城中百姓已自发备下薄酒，为我大楚将士接风洗尘。”

城门大开，“关海”二字在日光下，隐隐泛出亮色，映衬着无边碧海苍穹，光影流动，气势磅礴。道路两边，百姓个个喜笑颜开，争先恐后往大楚将士手中塞吃食，顺便偷眼打量皇上，虽不知为何没穿龙袍，可一身白衣也是华贵俊朗，唇微微抿着，比起数年前出海征战时，少了几分铁血杀戮，多了几分随和的烟火气，没有骑马坐轿，就这么慢悠悠走在正街上，偶尔微微侧首，与陪在身边的西南王低声说笑，一双漆黑的眼眸比星辰还要漂亮。

于是城中所有没出嫁的姑娘都红了脸。

想嫁。

嫁不了皇上，嫁西南王也成。

段瑶从街头走到街尾，怀中少说也被塞了十几条手帕，脖子上还挂着花，香喷喷的，熏得脑仁子疼。

大军在关海城中休整两日，便又重新启程，直奔大理。

这日一大早，金婶婶便将整个西南府的人都叫了起来，又将所有犄角旮旯都检查了一遍，生怕会遗漏下一只毒虫没藏好，吓到皇上可了不得。

“来了来了！王爷带着皇上回来了！”大军还在一里地外，就已经有人飞奔回王府里头报信，街上百姓自然是热闹的，然而再热闹，也比不过西南府热闹——鞭炮噼里啪啦，一刻也没停过，一来为了皇上，二来也为了南师父，驱驱邪气，好早些醒来喝酒。

“金婶婶。”楚渊笑道。

“这一路也累了，快回房歇着。”金婶婶喜笑颜开，上前拉着他，“别累到。”

楚渊道：“朕想先送南前辈回冰室。”

“想去后山？那可不成，后山还有个瑶儿的百虫洞，都是湿乎乎的毒雾，你受了伤，去那里不合适。”金婶婶拍拍他的手，“听话，这事交给王爷与小王爷便是。”

楚渊回头看了眼段白月。

“听婶婶的。”段白月摆摆手，“我将师父送往冰室后，便来陪你。”

楚渊：“……”谁要你陪。

西南王府建得挺大，前些年为了掩人耳目，一切都是按照王城皇宫的样式来造，不过却独留了一处小院，是西南特有的小楼木瓦，地上铺着竹片，赤脚踩上去凉凉的。金婶婶将他带进小院，又招呼下人端了果品与点心上来，方才笑着离开，楚渊也笑，他挺喜欢这里，没有三叩九拜，一家人一般，拉着说话喝茶。

过了阵子，四喜掀开珠帘往里看了一眼，见楚渊躺在软椅上，身上搭着一半毯子，已经沉沉睡着。

这般安心自在。四喜乐呵呵坐回去，继续喝陈年的普洱茶。

其余人都被安排到了别的院落，叶瑾拉着沈千枫，在西南府溜达了一大圈也没找到虫，后头一问才知道，说是怕吓到皇上，都暂时藏了起来，顿时很心塞。温柳年倒是很高兴，因为他怕虫，原以为又要踮脚小心翼翼四处走，才能避开蜘蛛、蝎子、毒蜈蚣，没想到还挺干净明亮，甚至床单还有一股香。

“晚饭还要一阵子，我先去街上给你买些点心？”赵越问。

温柳年点头：“好。”

赵越转身出府去了大街上，铺子里的老板见是从王爷府中出来的，死活不肯收银子，后来又有人认出他就是前些年那惊天动地的英俊美男子，顿时又强塞来无数糖糕、炸肉、糯米饭，推都推不掉。

赵越哭笑不得，道谢后抱着一大堆吃食回了府。想着温柳年也吃不完，便到临近几处院落里都分了些，最后只剩几包花糕，随手推开一处院门，却见楚渊正站在树下。

“皇上。”赵越歉然，“打扰了。”

“有事？”楚渊转身，“进来吧。”

“上街给小柳子买了些点心。”赵越往石桌上放了包糕点，“吃个新鲜。”

“多谢。”楚渊笑笑，自己斟了杯茶递给他，“辛苦了。”

赵越接过茶杯，仰头一饮而尽：“那我回去了。”

楚渊点点头，目送他出了小院，段白月也恰好回来。

“南师父安置好了吗？”楚渊问。

“嗯。”段白月坐下，“瑶儿正在收拾他那堆虫，等后山消停了，我就带你去见师父。”

“好。”楚渊将自己的茶盏递给他，“喝喝看，还不错。”

“自然不错，这是我藏了许多年的陈货。”段白月道，“方才赵大当家来做什么？”

“送点心，说是吃个新鲜。”楚渊继续替他斟茶，“看我干吗？”

“我能不能……问件事？”段白月试探。

“说。”楚渊点头。

“在星洲时，你让阿离与蕴之去后山试了那处机关？”段白月握住他的手，“是不是？”

楚渊嘴角一弯，抬头看他："我不告诉你。"

段白月挑眉："嗯？"

"喏，吃点心。"

段白月吃了一口，嘴角一抽。

甜到牙疼。

楚渊倒是不嫌，靠在树荫下的软椅上，捏着剩下半块点心慢慢吃，悠闲又慵懒。

过了阵子，段念又送来一封书信，说是从东海那头刚送来的。

"云前辈？"楚渊坐起来。

"嗯。"段白月抽出信纸，草草扫过一遍后道，"潮崖岛上那些叛军，根本就入不了云家军的眼，数月前几乎不费吹灰之力便已攻破。还有，云前辈说多谢美意，既然朝廷想送，那潮崖岛他便收了。"

楚渊笑道："这么爽快？"

"我早就说过，神仙也要喝水吃饭。"段白月将信纸递给他，"况且现在东海风平浪静，至少近百年不会再有匪患，朝廷也不会再拉他打仗，没有后顾之忧，自然没道理还要隐世不出。"

"这样就再好不过了。"楚渊道，"对了，还有件事。"

"什么？"段白月问。

"先前攻打东海的时候，温爱卿加上小叶子，都没能说服云前辈与鱼尾族人出手相助，为何偏偏就你能？"楚渊道，"你说过，战后就告诉我缘由。"

"就这个？"段白月道，"当初在北行宫的时候，玄天前辈曾说过，玄冥寒铁八成是师父从韩冥老仙手中偷来的。不过鱼尾族人那时却说，玄冥寒铁本是鱼尾族的东西，云前辈也问我是从何处得到此剑。"

"小金子的爷爷和鱼尾族人有关系？"楚渊问。

段白月点头："我那时不知道，便只答应帮大明王寻找这剑的主人，换取鱼尾族人帮忙作战。"

"只是因为这个？那有什么不能早点告诉我。"楚渊不解。

段白月冷静道："嗯。"

楚渊拉长声音懒洋洋道："说。"

"在刚开始的时候，云前辈不信你。"段白月道，"有过先帝爷那次，他对皇家人有不少成见。于是我便告诉他，你没什么心思当皇上，只想早些平定四海，若他愿意，想要整片东海也无妨。”

楚渊瞪大眼睛：“你就这么把整片东海给出去了？”

“我没给啊！”段白月赶紧解释，“我知道前辈不会要，就随口一说。”

楚渊转身与他对视，随口一说？

段白月：“……”

院中很安静。

片刻之后，楚渊道：“败家。”

段白月道：“哦。”

片刻。“不闹了。”段白月笑道，“等会我叫裁缝来量尺寸，衣服要在两天里改出来。”

楚渊随口道：“这么急？”

“对。”段白月回答，“酒宴定在三天后，自然要急。”

楚渊问：“多久？”

段白月一字一句道：“三天后。”

楚渊盯着他看了大半天。

段白月警觉：“别告诉我你想反悔。”

楚渊道：“嗯。”

正有此意，你管我，我是皇帝。

段白月眼底带笑。

安静的竹院里，空气中有蒸腾而出的草叶香，微凉的风和微暖的阳光，闭起眼睛便像是躺在温柔的花海里。恍惚间，像是又回到了当初在北行宫的那个午后，一样是最好的景，最好的人，唯一不同的，便是总算能将心头那沉甸甸的负累卸下，全心全意毫无羁绊地去做想做的事。

“就三日后，好不好？”段白月问。

楚渊声音里也透出浓浓笑意：“好。”

四喜在外头听得喜上眉梢，伸手拍了拍自己的大肚子。

是挺好。

裁缝是从江南请来的织锦婆婆，带了缎楼十八名绣娘，再繁复的料子与样式，也能在三天内改出来。虽说并未邀请其余宾客，但仅仅是西南府里的人，便已足够热热闹闹坐一大桌。外头街上也摆起了流水席面，百姓都道是庆贺楚军大捷而回，挤来挤去也挺乐呵。

叶瑾：“……”

段瑶及时道：“我带你去看虫！”

叶瑾问：“什么虫？”

段瑶伸手比出一尺长的距离：“这么大！”

叶瑾果然很有兴趣：“在哪？”

“后山，怕咬到皇上，我藏起来了。”段瑶拖着他的手就往外跑。这当口，只要别在府里捣乱，莫说是看虫，就算是要将整个百虫洞都搬回日月山庄，那也不是不能商量。

晚上吃饭时，楚渊用勺子搅搅汤碗，道：“段白月。”

“怎么了？”

“时间当真不用改吗？”

段白月道：“自然，你若嫌慢，改到明天也成。”

楚渊：“……”

“我说真的。”段白月笑，“这顿酒宴，西南府等了这么多年，该有的东西早就准备好了，只消拿出来摆好便是，再赶都能来得及。”

楚渊道：“哦。”

“方才想说什么？”段白月问。

“想说若西南府人手不够，还有楚军能帮忙。”楚渊道，“不过现在看来，是我多想了。”

“西南府什么都不缺。”段白月道，“只管安心等着便是。”

段瑶在外头听得感慨万千，这么多年，他哥说话总算是有了些长进。

也不容易。

晚些时候，楚渊带着四喜在西南府中散步，恰好遇到小满从外头回来。

四喜识趣退下，片刻后泡了一壶茶送上来，轻手轻脚放在了凉亭桌上。

“去哪玩了？”楚渊坐在石凳上，抬手将他叫到自己身边。

“三拐桥。”小满道，“许多大理城的百姓都聚集在那，听楚军讲打仗的故事，天黑才会散，可热闹了。”

“你喜欢听打仗的事？”楚渊问。

小满道：“在府里闲着也没事，不如出去透透气。”

“数年前在关海城第一次见到你，还是个走路都跌跌撞撞的小家伙。”楚渊感慨，“一转眼都长这么大了。”

小满坐在他身边，拿了块点心慢慢吃。腰间挂着一把长剑，闪着幽幽寒光，看上去已经有了些年份。

过了阵子，段白月忙完手里的事情过来找人，小满站起来拍拍衣襟上的饼渣，道：“义父。”

“你怎么会在这。”段白月笑道，“金婶婶方才还在找，说天黑了还不见回家，厨房温着汤呢。”

“刚才恰好碰到，就多聊了几句。”楚渊道，“快去吃饭吧。”

小满点头，转身跑出了小院。段白月道：“你觉得他怎么样？”

“只说了几句家常，能看出什么来？”楚渊道，“不过你教出来的人，我自然是放心的。”

“打算何时带他进宫？”段白月问。

“若小满愿意，十日之后。”楚渊道，“随大军一道班师回朝。”

段白月点头：“我会抽空和他讲。”早些将这江山托付出去，才好早些过逍遥日子。

又过了两日，司空睿带着妻儿抵达大理，风尘仆仆，喜气洋洋。

段白月伸手：“贺礼。”

“放心，这个兄弟自然不会忘。”司空睿拍拍他的肩膀，命家丁拖进来一架板车，打开罩布后里头都是搓衣板，用绳子捆着一个摞一个，用十年都绰绰有余。

于是众人便眼睁睁看着自家王爷拔刀出鞘，把宾客赶了出去。

“拦住他。”段白月稳稳落到地上，随手将手中长刀插回一边的兵器架，对秀秀恭敬道，“弟妹这边请。”

秀秀抱着儿子，头也不回说说笑笑，跟段白月去了住处，留下司空睿一人蹲在刀阵外，双眼凄楚迷离。

快些放我进去，尿急。

第二天就要大办宴席，这晚西南府中自然不会消停，到处都是来来往往的家丁与丫鬟，闹哄哄的，只有楚渊住着的小院还算安静。

“皇上，还是早些歇着吧。”四喜笑呵呵道，“时辰已经不早了。”

楚渊全无睡意，却也找不到别的事情可做，只好被他伺候着沐浴上床。结果辗转反侧一个多时辰，依旧在睁着眼睛看床顶，脑子里乱七八糟，也不知要想些什么，最后索性趿着软鞋下榻，想去院子里透透气。

此时叶瑾恰好推门进来，见状被惊了一下，为何大半夜要穿着里衣到处乱跑，是中邪了吗。

楚渊解释：“屋子里头闷。”

四处漏风的竹楼，还闷。叶瑾一屁股坐在他对面，目光幽怨，一国之君，稍微有点气势行不行。

“你找朕有事？”楚渊被他盯得后背发麻。

“没什么事。”叶瑾撇撇嘴，伸手在自己头顶上画了个圈圈，“那个谁，让我来陪你说会话。”

楚渊笑：“若是困了，就回去歇着吧，不必在这陪着。”

叶瑾到底不死心，一把握住他哥的手，态度诚恳道：“你想反悔吗？以后归隐。”现在还来得及。

楚渊将手抽回来，忍笑：“不想。”

叶瑾长吁短叹，觉得自己很需要冷静一下。过了好长一阵，方才从腰间拿出一个小布包：“喏，送你的。”

“贺礼？”楚渊有些意外。

“也不算。”叶瑾道，“打开看看。”

楚渊拉开抽绳，里头是一枚很小的黑玉雕，刻成老虎的形状。

“六岁那年，皇娘原本打算将它送你，据说是西边进贡的稀罕物。”叶瑾道，“结果你那时闹别扭不肯回家，我又恰好去了锦绣宫，便随手赏给我了。”

“还有这回事？”楚渊道，“多谢。”

“留个念想吧。”叶瑾站起来，“那我回去了，你也早些睡。”

楚渊点头，目送他一路往外走。临到门前，叶瑾扶着门框蓦然回首，目光殷殷。

楚渊冷静道：“四喜。”

四喜公公笑容满面，神兵天降。再回竹楼院里已经没了人，屋里安安静静的，轻手轻脚掀起帘子看了眼，就见楚渊侧躺在床上，枕边摆着一只小小的墨玉虎雕刻，睡得正熟。便也笑呵呵回了隔壁，心里盘算着明天可是个了不起的大日子，得早些起来做准备。

一夜花香伴着微风扬，第二天中午，阳光暖融融撒进小院，楚渊刚一睁开眼睛，四喜笑容满面的脸就出现在上方：“皇上，该起来了。”

“这么早。”楚渊皱眉坐起来，有些迷糊。

“可不早了，外头午饭都吃过了，眼瞅着王爷就要来了。”四喜扶着他坐在椅子上，拧了热水帕子递过来，“府里一大早就开始闹哄，据说还有人彻夜没睡，就怕今日出纰漏。”

楚渊洗过脸，又用青盐漱了口，方才觉得清醒了些，四喜满脸褶子，险些笑成了一朵花。

……

缎楼的针做武器能杀人，用来绣花制衣却也是天下一绝。段白月先前特意叮嘱了样式要简单，因此并无多少繁复花纹，四喜替他系好腰带，又将头发束整齐，一时间不知怎的，竟有些热泪盈眶。

楚渊哭笑不得看着他。

“皇上见笑了。”四喜赶忙抹去眼泪，又去传了早点。连馒头上都点着花瓣，粥里煮了小米，小菜是泡萝卜。

楚渊吃了还没两口，院子里就炸开了鞭炮声。四喜被惊了一跳，赶忙快手快脚将桌上的食盒收好，连带着楚渊手里半个馒头也被拿走。

楚渊：“……”为何不给我饭吃。

“王爷来了，皇上晚些时候再接着用膳。”四喜替楚渊又整了整头发，方才小跑去开门。

段白月推门，站在门口看着桌边的人笑。

“现在要出门吗？”楚渊笑着问。

“嗯。”段白月道，“西南府没什么规矩，过一阵子，我带你去后山看师父。”

楚渊点头：“好。”

盼了多年，终是等到这一天，哪怕宾客仅是自家人，两人也依旧满心欢喜。院中早已停了一架挂着绸缎的大马车，段瑶与叶瑾一人一边，马鞭一甩便从后院出了王府，直奔后山冰室而去。

南摩邪依旧躺在玉床上，神情安详，手中汨昙比起先前，花瓣似乎微微绽开了些，圆鼓鼓的，还有丝丝缕缕的香气。

段白月与楚渊跪在窗前，恭恭敬敬三叩首，又敬了杯酒，方才站起来。

“这顿酒，睡过去就算了。”段白月对南摩邪道，“可王城那顿就别睡了，否则若是错过，想补都找不到地方。”

“师父，”楚渊也道，“从这里回王城，再到给您老人家的大宅子修好，估摸着顶多也就一两年，差不多便醒来吧，否则等太傅大人辞官还乡，你再想气他，还得专门跑去杭州陶家老宅里头找。”

冰室寒凉，段白月也不敢让楚渊多待，又陪着师父说了几句话，便带人回了府。忙忙碌碌里，天色也渐渐暗了下去，城中大街上，前来吃流水席的百姓络绎不绝，西南府中，一桌热闹的宴席也在前厅摆开，煎炒烹炸河鱼山珍摆了满满一桌。楚渊重伤未愈不能饮酒，只在清水里带了一缕酒味，段白月干脆吩咐下人换成了清茶，是温柳年送的贺礼，好不容易才在过往商队中买到的峨眉飘雪。

这一场欢宴直到深夜才散，宾客离开后，段白月道：“有样东西，白日里忘给你了，是大当家送的贺礼。”

“温爱卿的茶不作数？”楚渊意外。

“温大人是温大人，赵大当家是赵大当家，一个是臣，另一个……咳。”段白月道，“打开看看。”

楚渊好笑：“另一个是什么？”

“我不知道。”段白月眉梢一扬，凑近无辜道，“你说是什么，就是什么。”

“油嘴滑舌。”楚渊按下锁扣，打开后是一对酒杯，微蓝剔透，晶莹华美。

“是东海产的碧天玉。”段白月道，“看着应该价值不菲，寻常人难得一见，怕是云前辈送他的。”

楚渊手指轻轻摩挲过酒杯："嗯。"

"东海之战后，无论是大楚还是海外，都有传闻说赵大当家与云前辈是父子。"段白月笑着摇摇头，"这阵送来这对酒杯，还要背着温大人。"

"我无意打扰他。"楚渊轻轻合上盖子，"待我不做皇帝的时候，再一起饮酒也不晚。"

"与旁人的酒等五年十年都行，不过今晚这杯酒，一刻也等不得。"段白月拿起桌上玉壶，斟了浅浅两杯酒，"是你喜欢的绯霞，这一坛要分外甜些。"

楚渊接过酒杯，仰头一饮而尽。

数月没有沾过酒，即便是醇绵的绯霞，入口后也耳根发烫，微微有些醉意。

第二天清晨，一条黑白巨蟒从房顶缓缓爬过，段瑶见状大吃一惊，飞奔上前抱着就跑，叶瑾站在花园中远远看着他，心情复杂。

段瑶将蟒蛇一扔，严肃解释："没毒！"

"这一大早的，站这干吗呢？"金婶婶抬着一筐小米，回头看了眼不远处紧闭的院门，笑道，"皇上怕是还要一阵子才会起，别在这聊天了，省得把人吵醒。"

"我们这就走！"段瑶举手保证。

叶瑾被他踉踉跄跄拖着跑，一步一回头，目光深沉，还是很想把他哥带走。

楚渊再醒已是中午。

四喜轻手轻脚伺候他洗漱，衣裳是金婶婶一早就准备好的，料子是云纹雪锦，颜色素净样式也不繁复，四喜整理好衣裳后，笑道："皇上穿这一身可真好看。老奴这就去叫王爷来。"

楚渊随手拿起梳子，等了半天也不见人来，于是推门想出去找，却见段白月从院墙上跳了下来。

段白月解释："走习惯了。"否则还得绕半天路。

楚渊好笑："先前看你在宫里翻墙那般熟练，原来是打小就不走正门。"

"这不着急赶回来。"段白月打打身上的灰，"方才遇到了金婶婶，七七八八又叮嘱我许多，生怕委屈了你。"

"直到现在也没给饭吃，是挺委屈。"楚渊同情他道，"以后等我回王城，多调拨些银子来你西南府。"省得这一大家子人饿肚子。

段白月哭笑不得，拉着他坐回铜镜边。

“笑什么？”楚渊道。

“高兴。”段白月叹气道，“真不愿意放你回王城。”

楚渊却道：“至少也要去气一气太傅大人。”

“这倒也对。”段白月果然被说服，拉着他站起来，“喏，先说好，这次回王城，你可不准拉偏架。”

楚渊点头：“行行行。”

段白月对目前自己的地位很是满意。

这日傍晚，楚渊带着小满一道登上城墙，道：“当真决定了，要随朕一起进宫？”

小满点头：“嗯。”

楚渊道：“将来可不准后悔。”

小满反问：“为何要后悔？”

“或许将来你会发现，在西南府的这段岁月，才是你最珍贵的回忆。”楚渊道，“王宫不比江湖，一旦进去，便再也出不来了，明白吗？”

小满笃定道：“我不会想要出来的。”

楚渊笑：“这般不假思索？”

“我知道进宫意味着什么。”小满道，“义父说了，宫中还有不少楚家人，都是早些年就宣召进宫的，比我年纪大，比我有势力，也比我有人脉。”

“早些年朕不知有你。”楚渊道，“皇位人人都想要，最终却只有一人能得，只要身体里流着楚家人的血，想要坐上这个位置，便只有靠自己抢，懂吗？”

“所以进宫之后，你不会管我，义父也不会管我，对不对？”小满又问。

“你可以留在西南府。”楚渊一笑，“按照你娘亲的意思，安安稳稳过日子，朕不会强迫你。”

小满想了会，道：“我还是要进宫。”

楚渊摇头：“一旦下了决定，再想反悔便来不及了，你还有五天时间考虑。”

小满道：“我进宫，让娘亲留在西南府。”

楚渊闻言意外：“你要一人进宫？”

小满点点头：“宫里若有危险，我暂时还保护不了娘亲。”

楚渊与他对视片刻，笑道：“好，你还有什么条件，一次说出来，朕都答应你。”

“当真？”小满道，“那我要认识沈将军，还有温大人。”

天边夜幕沉沉，待两人回府之时，其余人都已经歇下，四周静悄悄的，只有段白月一人在院中纳凉小酌，灯笼在夜色中发出暖暖的光。

“就猜你没睡。”楚渊坐在他身边。

“你又不让我跟着一道去。”段白月将酒盏挪走，“伤还没好，不许喝。”

下人快手快脚端了甜汤上来，楚渊吃了两口，抬头：“你看我做什么？”

段白月凑近，无奈道：“至少告诉我，你都同小满说了些什么，这么晚才回来。”

“你教出来的人，自己还不放心？”楚渊道，“我现在倒有些担心，带着他回宫之后，其余人怕是过不了多久就会被……嗯。”

“哪这么夸张，即便是西南府出去的人，那也是讲道理的。”段白月拿过勺子，“那小鬼才十岁出头，瑶儿十三四岁还经常说哭就哭，见到糖包子就走不动道。”哪有本事杀人放火。

“等着看吧。”楚渊深呼一口气，“不过也没什么，宫里那些要是抢不过，抱恙称病远走他乡，当个偏远地方的封王也能安稳过一辈子，若执意要争皇位，机会我是给了，争不过也怨不得谁。”

“都随你，不提这些了。想不想去泡温泉？”

楚渊奇道：“西南府还有温泉？”

“当然有。”段白月道，“就在西院里，没有宫中那精雕细琢的大殿，不过也挺舒服，去不去？”

楚渊点头：“去，不过你不准下水。”

段白月：“……”

楚渊与他一路悠闲去了西院，推门便是一处露天温泉，四周没有任何遮挡，往后看还有一大片树林。

“怎么了？”段白月问。

楚渊道：“就这么敞着？”

段白月道：“啊，不然呢？”

楚渊道：“光天化日不穿衣裳洗澡，你还挺理直气壮。”野蛮人。

段白月挑眉，两把解开腰带，将外袍与上衣丢在一边，露出精壮的上半身。段白月方才走两步，后山林子中却骤然传来一阵大叫声。

“救命啊！”一团黑影轰隆隆从半山腰冲了下来。

“这声音似乎有些耳熟？”楚渊一愣。

段白月脑袋直疼：“是屠不戒。”

第五十八章

周遭西南府的侍卫听到动静，早已从四面八方赶去山中救援。楚渊拿过一边的衣服替段白月穿好，随口问：“他一直在西南府中？”

“没有，上次见面还是在王城。”段白月道，“虽说此人不学无术，咋咋呼呼脑子也不够用，可若没有他，只怕我也不会发现你身上有月鸣蛊，所以当时便给了他一笔银子，让他回老家好生过日子。”

“这可不像好生过日子的架势。”楚渊扬扬下巴，“喏，来了。”

“贤侄！”屠不戒鼻青脸肿，颇为狼狈。

“出了什么事？”段白月问。

“回王爷，这位大师是遇到了毒蜂群。”侍卫道，“已经驱散了。”

“先回府上些药吧。”段白月摇头，“那是婶婶养的金针，再过半个时辰毒气攻心，神仙难救。”

屠不戒闻言魂飞魄散，也顾不得再诉苦，赶紧跟着侍卫一路回了西南王府。楚渊蹲下用手撩了撩温泉，道：“走吧，我们也回去。”

“不泡了？”段白月问。

“有了方才那声鬼哭狼嚎的救命，什么兴致都没了。”

金婶婶花了一个多时辰，方才将屠不戒身上的毒针挑干净，涂上药膏之后满脸漆黑，看着颇为滑稽。段瑶听到消息，也跑过来凑热闹，见着后直龇牙，怪不得他哥不让皇上来，的确有碍观瞻。

“前辈找本王有事？”段白月拉过一把椅子坐下。

“贤侄。”屠不戒脸肿嘴歪，说话很是吃力，“我只是恰好路过西南府，便来府中探访贤侄。”

段瑶难以理解：“那前辈为何不走前门？”西边那片林子里到处都是蛇虫鼠蚁，没看好还有老虎乱跑，被毒蜂叮咬都算轻，幸好没遇到毒蛇群。

“我原本是想走正门的。”屠不戒悲愤，“可城门口百姓排队排得老长，三天也未必能进城，我与侍卫起了争执，便索性绕了个圈，想从后山翻入王府。”

段白月：“……”

屠不戒憋屈道：“我这回可没胡闹，先前一直在老老实实排队，谁知好不容易快轮到我了，那侍卫一听我是打南洋来的，却又打发我去排另一头，方才一时气不过打了起来。”

当今圣上在西南府，十里八乡的百姓都想看，哪怕见不到真人，也想挤进大理城中走一遭，因此这几日城门口便格外拥挤，西南府与楚军虽都抽调了人手去帮忙，却也架不住百姓越来越多，排两三天队还真不算稀奇。

段白月道："前辈是从南洋来的？"

"是啊！"一提这茬，屠不戒心中便愈发窝火，歪着嘴半天才将事情说清楚。他当初拿了段白月一笔钱财后，的确回老家过了一段时间安稳日子，可没架打也着实无聊，后头听人说楚军在南洋打仗，便赶紧自己驾着小船出了海，打算去找段白月谋份差事，结果找的向导太不靠谱，两人居然一起迷了路，最后楚军没找到，反而漂到荒岛上住了三两月，险些活活饿死。

段瑶看向他的眼中充满同情。

屠不戒还想说什么，段白月看他口水横流实在有些闹心，便打发段念带着人下去休息，自己也转身回了卧房。

"到底出了什么事？"楚渊道。

"什么事都没有出。"段白月道，"他原本想出海投奔我，结果中途迷路，直到仗打完也没能找到楚军。好不容易摸回大楚，又在大理城外与守卫起了争执，一怒之下想翻山来找我告状，却好巧不巧，偏偏撞翻了金婶婶的毒蜂巢。"

楚渊："……"

"这种人太倒霉，你以后要离远些。"段白月叮嘱。

"你打算怎么安置他？"楚渊问。

"等伤好后，给些银子再派人送回老家。"段白月道，"实在不行，便打发去追影宫找小玙。"总之别留在西南府就好。

楚渊拍拍他的肩膀："怪不得小五不愿意回来。"有这么一个哥哥，也是无处诉苦。

两人谁都没将这个小插曲放在心上，毕竟能在西南府这般悠闲的日子不多，哪里还有空闲去管屠不戒。不用上早朝，也没有乱七八糟的烦心琐事，外头花香阵阵流水潺潺，白云衬着蓝天，偶尔房檐上还会爬过一些……不速之客。

段白月咬牙切齿："段瑶！"

"来了来了！"一个轻巧的身影须臾便落上屋顶，手里拿着麻袋与笤帚，三扫两扫将小蛇与大虫清理干净，扛在肩头迅速消失，“你们继续。”

金婶婶天天变着花样炖汤，看楚渊觉得瘦，看叶瑾也觉得瘦，恨不得一天喂五顿，纳闷皇宫是没饭吃还是怎的，为何腰一个比一个细。温柳年抽抽鼻子，溜达进厨房，蹲在灶火边耐心等，美其名曰“尝菜”，毕竟皇上与叶谷主嘴都刁，很需要丞相大人先吃一碗品品味道。

几只大蜘蛛悠闲爬过围栏，段白月抬手扬起一道掌风，笑容满面道；“还要不要吃甜汤？”

“不要，晚上还有腊排骨。”楚渊擦擦嘴，“你方才在做什么？”

段白月面不改色：“练功。”

楚渊问：“蛇还是毒蝎子？”

段白月道：“蜘蛛。”

虽然全西南府的人都在藏，但架不住数量太多，时不时还是会跑出来几只，很苦恼。

但虫多也是有好处的，到了临行前一日，楚渊已经能面不改色，看着一串大小不一的蜈蚣从自己面前嗖嗖爬过，就如同在御花园中赏花。

叶瑾沉痛扶住额头，感觉他哥仿佛已经没救了。

眼看着大军就要班师回朝，金婶婶很是不舍，府中其余婆婆婶婶也不舍，买来炖汤的食材还没吃完，为何不能多住一段时间。

“下回再来，也不知是何时了。”段白月叹气，“这十天过得可真是快。”

楚渊靠坐在回廊下，看着四周刚刚才熟悉起来的风景，心里也有些惆怅。下人送来一壶绯霞与几枚酸杏，泡在一起后别有风味。

“一杯就好。”段白月替他斟酒，“喝完早些歇着，明早可不准赖床。”

“知不知道，我现在最想什么？”楚渊接过酒杯。

段白月道：“让那个小鬼快些长大。”

楚渊笑：“嗯。”

段白月自己斟了一杯酒，仰头一饮而尽。

“前几日小满问我，当皇帝到底好不好。”楚渊道。

“你呢？怎么回答？”段白月放下酒壶。

“当皇帝其实挺好的，”楚渊道，“万人之上的位置，若是不好，又为何会有那么多人打破头想争。”

段白月挑眉：“然后他就又问你，既然当皇帝这么好，为何还想要退位，对不对？”

楚渊笑道：“你果真是了解他。”

“都说了，我一手教出来的，自然知根知底。”段白月递过来一块蜜瓜，“否则也不会答应放他去王城，留在你身边。”

楚渊向后一靠，惬意闭上眼睛。

做皇帝固然好，可是有些事，比皇位更重要。前半生已是刀光剑影，后半生总该闲云野鹤自在逍遥，方才不负此生。

翌日清晨，大楚军队拔营而起，一路北上回朝。百姓依旧站在道路两边，很是恋恋不舍，为何这么快就走了，家中晾着的腊肉都还没有拿来炒。司空睿难得与妻儿一道出门，自然不愿跟随楚军枯燥赶路，早在两天前就收拾包袱去了江南，说要一路游山玩水去王城。屠不戒蜂毒未消，说话依旧到处喷口水，却也执意要跟着楚军，不肯安生留在西南府养伤，段白月看到他就头疼，段念只好让薛北岳将人安排到了楚军队尾，也好让自家王爷眼不见心清静。

大理与王城之间路途迢迢，即便大军全速行进，出发尚且春风裁三月，抵达王城时，也已是漫山枫岭染红霞。

“还有十天，”段白月回到马车里，“可算是到了。”

楚渊道：“嗯。”

“怎么了？”

“没什么。”楚渊道，“只是在想，这么远的路，你来来回回一走便是将近二十年。”

“也没白走，是不是？”段白月笑笑，“别乱想了，外头风景不错，想不想一道骑马？”

楚渊点头，一声呼哨后，两匹骏马一骑绝尘，将大军远远甩在了身后。

叶瑾撸起袖子，气势汹汹：“乱跑什么，也不怕遇到山贼！”

段瑶回头看了眼身后的数万大军：“嗯。”

你高兴就好。

王城里头，先锋官也早已先一步将消息送回。百姓欢欣鼓舞，都在家中准备最好的美酒与吃食，等着迎接作战归来的将士们。刘大炯高高兴兴拎着鸟笼子在街上逛，看着书画铺子里金光闪闪的西南王画像，很满意。

“大人！”转过几条巷子，一队家丁抬着轿从天而降，神情焦虑。

刘大炯赶忙问：“是不是老陶病了？”

家丁连连点头，苦着脸道：“不肯看大夫，只说要赶紧请刘大人过去一叙。”

“啧啧。”刘大炯将鸟笼还给小厮，自己整了整衣冠，坐着轿子便去了太傅府。

陶大人果然正躺在床上，唉声叹气，生不如死。

“怎么了这是。”刘大炯坐在床边，伸手推了推，“咱皇上大胜而回，你看你这一脸扫兴的模样。”快起来吃火烧。

“你这老狐狸，早就知道了是不是？”陶仁德一股脑坐起来，将自己脑袋上顶着的帕子狠狠丢过去。

“我知道什么了？”刘大炯睁大眼睛。

“皇上以后要退位归隐。”陶仁德一想起这茬，脑仁子便如同裂了一般，不得不又重新躺回去。

刘大炯嘴一扯，道：“这算哪门子大事。”

“你就装吧。”陶仁德摆摆手，“出去出去，我要一个人想想，要如何应对此事。”

“先说好，我可不懂你在胡言乱语些什么。”刘大炯揣着手站起来，临出门前又道：“对了，上回我同你说过西南府收养了一个小孩，你派人去打听过了吧？”

陶仁德否认：“没有。”

“名义上是西南王的义子，可眉眼却和皇上小时候一模一样，你猜会是谁？”刘大炯问。

陶仁德暗自皱眉。

“听老弟一句劝，有些事情皇上铁了心要做，那莫说是你我，就算再加上满朝文武血溅金殿，也劝不住。”刘大炯道，“从早些年选召各路王爷的子嗣入宫开始，今日这局面便已经定下了，只是你我当初不懂，现在懂了而已。”

“可这……”陶仁德险些急出老泪。

“如今江山四海升平，太子也有了，你还想拿什么压皇上？”刘大炯放低声音，“说句大逆不道的话，这盛世是皇上南征北战一点一点打回来的，可若将他逼急了，一手毁了也是易如反掌之事，这道理你要想清楚。”

陶仁德脸色登时煞白。

刘大炯拍拍他：“你好好歇着吧，我就先回去了，慢慢想，想清楚些，现在的皇上，可不再是初登基时那阵了。”

听着屋门“吱呀”被关上，陶仁德神情木讷看着床顶，许久也没说话。

“下来！”城外山道上，楚渊道，“被人看到成何体统。”

“看到又怎么了，不准我摘果子？”段白月跳下树，递给他一串饱满浆果，“吃吧，只有这时节才有。”

楚渊拿在手中，觉得红红黄黄煞是好看。

段白月擦干净一个给他：“叫凤儿果，名字俗了些，不过算是这山里最好吃的果子。”

“给温爱卿带一些吧。”楚渊道，“当真挺甜。”

“有赵大当家在，你还怕温大人会没饭吃。”段白月道，“好了，明日进王城之后，可就不能这般随意了。”毕竟让百姓看到皇上蹲地上吃馒头啃野果，也不大合适。

两人一道溜达下山后，就见温柳年身边果真也有一堆浆果，火堆上还烤着鱼和馒头，甚至还有几根不知从哪弄来的玉米棒子。

“慢些吃。”赵越道，“又没人和你抢，急什么。”

“你不懂。”温柳年举着烤鱼，神情凝重。明日就要进王城，进了王城，陶大人那头便要自己去应付——那可是个七老八十的虚弱老头，稍微受些刺激便会脸色惨白捂住心口，万一安抚不好，说不定会出人命。左思右想，还是很想辞官回江南，反正赵大当家很是英俊，哪怕是卖画像，也能吃穿不愁。

周围一圈将士都很同情温大人。

大楚的丞相也不好当。

“小瑾，”沈千枫在马车外道，“怎么不出来吃东西，在做什么？”

“药。”叶瑾掀开帘子，抬手将章明睿叫到自己身边，“若是明日那位陶太傅晕过去了，你只管往他脑袋上扎针。”

章明睿战战兢兢：“哦。”

叶瑾深吸一口气，坐回去继续配药。

十个楚恒加起来，也没这老头一个吓人。

而就在所有人都忧心忡忡之际，楚渊倒是挺自在，与段白月打打闹闹许久，最后还是四喜来提醒，方才钻进帐篷歇息。不远处，屠不戒正坐在火堆旁，唾沫飞溅分享自己在南洋的奇遇，一艘大船一队人，颇有几分志怪传奇的色彩，听得周围一圈大楚将士都入了迷。

第二天清晨，草叶上的晶莹露珠还未蒸腾散去，大楚将士们便已经整装待发，脸庞一扫前几天的疲态，满心都是即将回家的喜悦。

陶仁德与沈千帆率文武百官，一早便候在了德崇门外，百姓亦挤在道路两边，有亲人在军队中的，早已等不及开始抹泪，踮着脚只盼大军能快些，再快些进城。

正午时分，远处骤然传来沉沉鼓声与长鸣号角，如同天边雷霆。玄色城门缓缓开启，猎猎战旗如同潮水般整齐涌入，风声萧瑟，给秋末的王城染上一抹苍凉与肃穆。

楚渊身穿明黄战袍，佩剑行于万军之前，段白月策马紧随其后，白衣银冠，英姿勃发。再往后，是薛北岳与数万年轻的楚军将士，明戟亮戈，行进之际，震得大地也微微颤抖。

“吾皇万岁！”百官齐齐跪地，街边百姓亦伏地叩首，恭迎年轻的帝王征战归来。

“吾皇万岁！”数十万大楚将士单膝下跪，呼声震天。段白月翻身下马，还未来得及撩起衣摆，却已被楚渊一把握住手腕。

天地之间风起云涌，楚渊笑笑，与段白月一起登上城墙。方才还一片喧嚣的王城，在这一瞬间却变得无比安静，狂风呼啸卷过长街，扬起无数沙与尘，像是要模糊世间万物。

两人并肩看着下方数万臣民，先前那些波诡云谲的岁月，此时都遥远陌生到恍若隔世。

段白月问：“回宫？”

楚渊点头，笑容明亮温暖。

陶仁德被人扶着站起来，颤颤巍巍。

温柳年踩着小碎步跟在后头，看得很是提心吊胆，叶谷主还没进城，你现在可不能晕。

皇宫里一切如故，梅树早就被移栽到了寝宫院中，等着冬天好开花。四喜在途中染了风寒，便换了几个小内侍伺候，进门见皇上与西南王正坐在镜前说话，战战兢兢头也不敢抬，往外退的时候，险些打翻浴桶。

段白月摸摸自己的脸："我看着有这么凶？"

楚渊递给他一盏茶："你这气势还不够。"

段白月斜靠在软榻上："这样呢？"

楚渊评价："这样像是被人打断了腿。"

段白月仰面朝天，自暴自弃："原来纸醉金迷的好日子也不好过。"

"否则呢？你以为就天天用燕窝漱口？"楚渊使劲将他拖起来，"起来，沐浴之后，随我去御书房。"

楚渊道："喏，以后皇上批折子，你必须陪在一边。"

段白月试图争取一下："当初在打仗时，你不是这么说的。"

"是吗？"楚渊敷衍。

"是。"段白月道，"你说回宫之后，我什么都不用干，天天只管躺在孔雀羽毛的毯子上，听角儿唱戏。"

楚渊将他扯到浴桶中："你记错了，没有这回事。"

段白月撇嘴："皇上也能骗人？"

"就骗你，怎样？"楚渊蹲在浴桶边，挑眉，"再多说一句，我便叫嬷嬷进来帮你洗澡。"

段白月道："这个，不好吧。"男女有别。

楚渊道："来人。"

段白月迅速坐回浴桶，认输闭嘴。

门外一群小太监面面相觑，方才那声"来人"，究竟要不要进去——按理说是要进去的，可四喜公公又吩咐过，得学会揣摩圣意，不能瞎往里闯。

幸好，直到过了很久，里面也没再传出声音。

段白月道："累了吧，睡一阵？"

"喝杯茶就好。"楚渊道，"再传些点心垫垫肚子，便去御书房吧。"

"自打在南洋受了重伤，就没正经休息过几天。"段白月叹气，"你也就仗着有叶谷主，不把自己的身子当回事。”

“去看一眼就回来。”

段白月道：“今日特意空出来半天时间，就是想让你好好歇着，明日一整天的庆典与宴席，估摸着又要子时才能完。”

“没办法，总要当个好皇帝，才能心安理得。”楚渊道，“怎么样，想要白玉的凉亭，还是镶满宝石的大床？”

叶瑾刚走到门口就听到这句，顿时很想扶着墙昏迷，这都是些什么鬼。

楚渊：“……”

为何也没人通传。

看着他通红的耳根，段白月忍了半天，方才没有笑出来。

“许多大人都在御书房外。”叶瑾比画，“每人手里这么厚一摞折子。”

“太傅大人呢？”楚渊问。

“也在，不过手里倒是什么都没有。”叶瑾道，“看着脸色煞白，一脸凝重坐在围栏边，也不知在想些什么。”

段白月觉得自己脑袋又隐隐开始疼。

“日月山庄的暗卫都在帮忙看着，章太医在，温大人也在。”叶瑾道，“等你宣召他的时候，我也会一道过去。”如此大的阵仗，只求别再出幺蛾子。

楚渊闻言有些哭笑不得，却也没有别的办法。待到叶瑾走后，段白月道：“如此一对比，先前在西南府教我认字的那位夫子，简直就是天下第一的大好人。”被塞了虫也不生气，捏着丢掉继续之乎者也，从不发火，不会向父王告状，更不会管自己将来要怎样。

“小时候我怕太傅大人，是因为功课不好会挨罚。”楚渊道，“初登基那阵，又担心他会被刘家拉拢或是暗杀，依旧整日提心吊胆。现在好不容易翅膀硬了，却又怕他会一气之下翘辫子。仔细想想，还真没有一刻能安心。”

段白月道：“这死老头……嘶，这位老人家，到底打算何时告老回乡？”

“不知道。”

“皇上，王爷，”内侍在外头小心翼翼道，“该起驾去御书房了。”

“走吧。”楚渊道，“有难同当。”

“万一他真被我气死了呢？你又要生气。”段白月撇嘴。

“去准备个软轿。”楚渊也不理他，推开门吩咐，“抬王爷过去。”

段白月：“……”

“是！”内侍赶紧答应，片刻之后，便传来一顶四周挂着纱幔的软轿，鹅黄柳绿紫系带，风吹一股香。

楚渊独自坐上銮驾，去了御书房。

内侍恭恭敬敬道：“王爷请。”

段白月道：“本王可以自己走过去。”

“王爷！”内侍齐齐跪地，大哭道，“还请王爷不要为难小人。”

段白月：“……”

于是全皇宫的人便都看到了西南王坐在大软轿上，香气四溢被抬向了御书房。

院内诸位大人心情复杂，这是个什么情况。

段瑶原本正在房顶上纳凉，看到后也是目瞪口呆，他哥能不能不要这么丢人，西南府又不是穷乡僻壤小门小户，为何要像个暴发的土财主般，刚进宫便让别人挂着纱抬着走。

段白月一脸云淡风轻，抱拳向院中一干大人行礼，大步进了御书房。

楚渊下巴抵在龙案上，看着他闷声。

笑了好一阵子，楚渊方才坐起来，让内侍依次将诸位大人宣了进来。

此次南洋之战历时数年，虽说有太傅与一众大人暂代政务，可总有些事是要楚渊亲自定夺，如此过了两个时辰，院中大人方才散去一小半。

叶瑾道：“陶大人可要先进去？”

陶仁德摇头：“老臣最后再去找皇上。”

“那也没必要一直守在院中，又闷。”温柳年在一旁接话，“不如出去御花园散散心。”

陶仁德心里长叹，扶着柱子站起来，随他二人出了御书房，一路走到御花园，方才道：“九殿下，丞相大人，可是有话要同我说？”

“咳。”叶瑾向温柳年使个眼色，你先来。

温大人：“……”

前头传来一阵哄笑声，温柳年纳闷道：“似乎是屠前辈？”为何王爷会允许他进宫。

七八名年轻的楚军正围着屠不戒，一起说说笑笑往御林军的营房中走。其中一人名叫陶云，是陶仁德的孙子，此次也随大楚一道出海征战历练，并未享受任何特权，就是个编制末位的小兵卒。

“九殿下，丞相大人，陶大人。”那队楚军没料到会撞到朝廷官员，赶忙噤声行礼，只有屠不戒还没反应过来，被陶云掐了一把，方才僵住笑容。

“你自己溜进来的？”段瑶也气喘吁吁赶到，打算将人打出去。

“没有没有。”屠不戒赶紧摇头。

陶云在一旁心虚道：“是我带屠大师进来的。”这一路屠不戒被塞到军营中，与大楚将士同吃同睡。这人没什么心眼，又见过不少世面，能吹能侃，楚军还真挺喜欢。因此在进宫时，陶云也就答应带他进来见见世面，想着并不是什么大事，天黑再送出去便是。

陶仁德连连摇头，温柳年赶紧在旁圆场：“方才在说什么？听着挺热闹。”

“回丞相大人，我们在说南洋上的大船。”陶云道，“屠大师说他在迷路的时候，曾见过一艘红色的大船，一晃眼就消失在了云雾里。”

“红色？”叶瑾随口问，“在哪里看到的？”

“位置就不知道了，那船可真是大。”屠不戒道：“鲜红鲜红的，看着有些瘆人。”

“红色的大船，不会是婆轮罗吧？”陶仁德皱眉。

“咦？”温柳年道，“原来陶大人也听过这个传闻。”

“婆轮罗是什么？”陶云问。

“这可不是什么好东西，是西域一群妖僧。”陶仁德道，“百余年前被中原武林驱逐，据说就是去了南洋。”

“是是，的确是和尚。”屠不戒连连点头。

“那就不大妙了，”温柳年闻言忧虑，“南洋战事刚结束，便出现了婆轮罗的鬼船，若是一直在海上漂倒也算了，可千万别来大楚。”

“别站在这里说了，”叶瑾道，“不知可否去太傅大人府中详叙？”

“自然。”陶仁德也有些担忧，差人去御书房那头说了一声，便坐着轿子随众人一道出了宫。

直到外头天色黑透，最后一位大人方才告退离开。楚渊头晕眼花，“饿。”

“已经去传膳了。”段白月道，“幸好叶谷主与温大人将那位太傅大人弄走了，否则再被他一闹，只怕今日连饭也没得吃。”

“到现在还没回来？”楚渊站起来，坐在院中吹风透气。

段白月道：“没有，估摸着还在泪流满面，仰天长叹。”

“不管他，明日是庆典，要谏也要等后天。”楚渊伸了个懒腰，“日子久了没坐过御书房，浑身都疼。”

段白月问：“去泡温泉吗？”宫里的不敞，没人看。

“去。”楚渊打了个呵欠，吃饭沐浴，最后昏昏沉沉进被窝。

一直看着他睡下，段白月方才出门去问了段念，却说小王爷与叶谷主，还有温大人一直在宫外，没见回来过，怕还在太傅府中。

“还真能说这么久。”段白月脑袋疼，转身回了，也不再想这事，明日再说也不迟。

第二日天还没大亮，楚渊便去叫段白月：“起床。”

段白月闭着眼睛叹气：“没有孔雀毛的毯子，还不能睡懒觉。”

“嗯，”楚渊道，“没办法，认命吧。”

段白月问：“当真要起这么早？”

“拖一阵也行。”楚渊道，“今日的庆典流程烦琐，你若嫌烦不想记，只管跟着我便是，知不知道？”

“说得我好像从没参加过此类大典一样。”段白月换了个姿势。

“先前你是王爷，只管坐在下头便是，可这回不一样。”

段白月诚恳道：“其实我可以继续坐在下头。”或者干脆出去城里溜达，等天黑再回来。

“那不行。”楚渊威胁，“喏，你要是再一天到晚想到处乱跑，我明日便抽调十六个嬷嬷给你教规矩。”

段白月道：“我突然有些头晕。”

头晕也是要去的，走不动就抬过去。楚渊不由分说，硬生生将人从床上拉起来，内侍听到动静，赶忙鱼贯而入伺候梳洗，又吩咐传了早膳。楚渊这头是清粥小菜银丝卷，段白月那头除了这些，还多了巨大一碗燕窝粥。

内侍眼底流露出艳羡，皇上对王爷可当真是好，一大早就惦滋补。

待两人用罢早膳，外头也已经天色大亮。惦记着昨日还有几封折子没看，楚渊便先抽空去了御书房，段白月独自前往不远处的小院，守在门口的西南府侍卫赶忙行礼，说小王爷直到天快亮了才回来，刚歇下没多久。

“那让他继续睡吧。”段白月改变主意，“醒了再来找本王。”

侍卫答应一声，段瑶却已经自己听到声音，打着呵欠从窗户里探出脑袋：“哥。”

“去了陶府？”段白月推门走进屋。

“嗯。”段瑶赤脚下床，在桌边倒了杯隔夜茶喝，想让自己清醒些，“不过倒是没说多久你的事情。”

“那在说些什么？”段白月不解。

“出现在南海中的鬼船，婆轮罗，你先前知道吗？”段瑶问。

段白月皱眉。

“我也是昨晚才头一回听说。”段瑶道，“屠不戒前辈在南海迷路时，曾见过一艘鲜红的大船，上头有许多和尚，据温大人说是妖僧。”

段白月一听就脑袋疼：“又是和尚？”

“这次不是普通的和尚，是妖僧。”段瑶强调，“而且似乎颇严重，至少太傅大人昨日一听说此事，便连劝谏皇上也顾不上，连夜回府与温大人一道查阅了不少书籍。”

“有何结果？”段白月问。

“婆轮罗原是西域邪教，百余年前被正道人士联手朝廷，一道驱逐出境，据说便是去了南洋。”段瑶道，“这教派武功邪门手段狠毒，人人得而诛之，原已销声匿迹许久，却不知为何又会出现。”

“陶大人担心这伙妖僧又会回来？”段白月摸摸下巴。

“嗯。”段瑶点头，“南洋好不容易才消停，却又冒出这么一茬，不单单是太傅大人，叶谷主与温大人也有些忧虑，觉得婆轮罗应当不会无故重现，总得有个目的，怕就怕他们的目的是大楚。”

“鬼船漂在海上，都做了些什么？”段白月又问。

段瑶摇头：“屠不戒前辈只在荒岛上远远望了一眼，并未看清。”

段白月继续道：“那陶大人打算何时将此事上奏皇上？”

“明日。”段瑶道，“今日大典，提这个未免太过扫兴，也不急于这一天两天。”

“也好。”段白月道，“辛苦了，接着睡吧。”

“你也早些回去。”段瑶钻回被窝里，又叮嘱他哥，“换身衣裳。”既是要庆贺楚军大捷，不说披红挂彩，总也能换掉这一身白，太寡淡，一点也不雍容华贵。

段白月敲敲他的脑袋，转身回到住处想喝杯茶，四喜却早已准备好了一身新衣，说是皇上亲自挑的样式，依旧是王爷惯常穿的白桑雪缎，配了条紫锦祥云龙纹腰带，是江南三年才产一批的好布料。

“王爷若不喜欢，还有别的。”四喜笑容可掬，“时间太赶，只来得及做了六身。”

段白月哭笑不得，这是真打算将自己养在这里了不成。

“王爷先更衣，稍后便送汤品过来。”四喜继续道，“桃胶炖雪耳，山药煨排骨，还有虫草乳鸽盏，红枣莲子羹，各一样。”

段白月听得头皮发麻，换好衣服便逃也似的出了大殿，生怕当真被拉住喂大补汤。

御书房内，楚渊处理完政务，还没来得及喝杯茶，外头便有内侍扯着嗓子喊：“西南王到。”

段白月推门进屋，楚渊道：“过来。”

内侍极懂眼色，赶忙替两人关上门。

“就知道欺负我。”段白月道。

“欺负什么了？”楚渊无辜道：“锦衣玉食供着你，难不成也有错。”这般任性刁蛮，若让史官知道，估计罪责写三页都不够。

段白月挪过一把椅子坐下。

“我知你喜欢穿雪缎。”楚渊道，“还有，那些汤品不是胡闹，当真是炖给你的，这一路舟车劳顿，得好好养身子。”

“庆典何时开始？”段白月问。

“这就该出发了。”楚渊站起来，“对了，方才你是去找瑶儿了吧，昨晚太傅大人怎么说？”

“关于你我的事情，没说多少就被引开了话题。”段白月道，“今日庆贺大捷，该高高兴兴才对，有什么事明天再说也不迟。”

“也成。”楚渊点点头，与他一道往外走，銮驾早已准备好，这回总算不用再坐那香喷喷的软轿，西南王翻身上马，很是庆幸。

正德殿前，文武百官手持玉笏，按品阶分立两边，另有三千大楚将士整齐列队，铁盾冷矢银甲长枪。无边旌旗迎风猎猎，除了楚军的明黄九龙旗，还有西南府的黑虎战旗。

段白月翻身下马，替楚渊掀开銮驾的车帘，低声道：“到了。”

在场官员愈发谨慎地低下头，面上虽看不出什么，却也各怀心思。楚渊自然知道此时此刻，这在场的人心中都在想些什么，却也不想多加理会。只与段白月并肩登上长阶，越走越高。晨光在一瞬间穿透漫天朝霞，将金色大殿染得愈发耀眼辉煌，凝结了整整一夜的白雾此时已散去许多，往远处看，依稀可见整座王城的轮廓，无数精巧建筑起伏错落，护国寺内隐约传来钟声，西侧一条白色玉带河蜿蜒而过，源源无尽奔流出城，最终汇入连绵群山，雄伟起伏，江山如画。

“参见皇上！”群臣跪地行礼。

楚渊笑笑：“众爱卿平身。”

薛北岳策马自阵中冲出，雷雷鼓声中，大楚将士阵型变换，依序而列。这三千玄衣卫是楚军最为铁血的一支部队，战功赫赫，亦曾伤痕累累。天边云海翻腾，耳畔风声萧瑟，薛北岳一声令下，数千将士同时单膝跪地，呼声震天：“吾皇万岁！”

叶瑾站在一处高塔上，也正远远看着大殿长阶，心情很是复杂，因为他突然发现，在看惯了段白月后，无论是哪种类型，似乎都比不过这个秃头顺眼。

要死了啊。

叶谷主沉重地想。

一定是自己中了邪。

要吃药。

诚如楚渊所言，这场大典的流程的确极为烦琐，叶瑾没多久便打着呵欠出了宫，打算去日月山庄的商号内躲清闲，段瑶更是醒了睡睡了醒，直到天黑才爬起来，却听侍卫说王爷还在酒宴上，内心顿时充满同情，原来还是件体力活。

又过了两个时辰，宫里总算安静下来，楚渊肚子饿得咕咕叫，从段白月手里抢花生吃。

“说出去谁能信。”段白月叹气，“就这还一整天都在摆宴。”

“温爱卿倒是一直在吃。”楚渊道，“可我不行，小时候若在酒宴上贪嘴，回去是要被母后罚跪的。”

“都什么破规矩。”段白月到，“你想吃什么，我这就吩咐御膳房去做。”

“打发侍卫去外头，买几碗馄饨回来吧。”楚渊道，“我们先前去吃的那家。”

“这街上馄饨摊子多，侍卫怕找不到是哪家，我亲自去。”段白月道，“你等我片刻。”

“你要去？”楚渊摇头，“也不嫌累，那算了，让御膳房煮碗面便成。”

“买碗馄饨有什么好累的。”段白月好笑，“等我，半个时辰内回来。”

楚渊想了想：“那我同你一道去。”

“方才还在说腰疼。”段白月无奈。

“腰疼是坐的，出去走一走便好了。”楚渊道，“正好，一起出去透透气。”

第五十九章

楚军大捷归来，王城内的百姓自然也是欢欣鼓舞，虽已是深夜，街上却依旧人声鼎沸。两人穿过小巷，就见先前那小小的馄饨摊已经搬到了铺子里，客人太多坐不下，连街上也撑着几张桌椅，店主换成了一对年轻人，像是先前那老夫妇的儿子与儿媳，正背着一个胖娃娃忙进忙出。

“一碗鸡汤馄饨，一碗麻酱拌馄饨。”段白月拉着楚渊，挑了张灯火昏暗些的桌子坐下，“再来几个小菜。”

“好嘞。”后生答应一声，赶忙端来两杯茶水。

“生意好吗？”楚渊笑着问。

“好，比先前好多了。”后生手脚麻利擦桌子，“王城里的客商越来越多，连晚上也热闹得很，若换作我爹摆摊那几年，这阵哪里还会有人，也就更夫与行脚人会来填肚子。”

除了这馄饨店，周围还有卖煎饼的，熬桂花糖芋的，炒栗子的，每家店铺前都站满了人，排着队有说有笑，一旦话题扯上南洋战事，声音便会压低几分，其余人也喜欢围上去凑热闹，听得极入迷。

段白月笑笑，将汤馄饨放在楚渊面前。

颜色看着有些寡淡，楚渊拿起辣油加了满满三大勺，方才觉得有了些滋味。

“你最近口味怎么越来越重。”段白月疑惑，“不嫌辣？”

楚渊嘴一撇：“想吃金婶婶做的饭菜。”

“这……不如我寻个好厨子，送去御膳房？”段白月为难，总不能将婶婶也弄来皇宫。

“不必了。”楚渊低头继续吃馄饨，与其说是想金婶婶，不如说是想西南府，想那十天自在无忧的日子。

段白月猜出他的心事，嘴角轻轻扬了扬。

一碗馄饨还未吃完，天上就淅淅沥沥下起了小雨，段白月在隔壁买了桂花糖芋，小跑暂避到了一户人家的屋檐下。

于是原本已经准备好轿子，要来接两人回宫的侍卫只好又退了回去，继续远远守着。

秋末的夜里有些起风，冒着热气的糖芋入口绵软，还有储存了一整个夏天的桂花香气，坐在台阶上甜滋滋吃一碗，看雨水淅淅沥沥落下屋檐，在地上溅起一个又一个小小的涟漪，也不觉得有丝毫寒意。

楚渊闭起眼睛，惬意地听风听雨。

“在想什么？”段白月问。

“想过段时日，要在王城里摆的宴席。”楚渊扭头看他。

段白月挑眉。

“这回可不比西南那次。”楚渊眼底映出灯火闪烁，“我不单单要昭告天下册立太子，封你为一字并肩王，还有周边一众附属小国，加上西洋南洋东海，谁若想继续同大楚通商，庆典时便一个都不准缺。”

段白月道：“这种事也能强迫别人？”

“不管。”楚渊道，“朕是皇帝。”就是如此不讲道理。

段白月笑着摇头。

“你呢？”楚渊道，“方才在想什么？”

“在想西南府，”段白月道，“还有师父。”

“师父会没事的。”楚渊道，“即便现在就通传下去，可前往诸国的路途迢迢，典礼也要等到一年后，师父睡够了，就会起来喝酒，顺便与太傅大人吵一架，你信不信？”

段白月点头：“回去吧，明早你还要上朝。”

“先去帮瑶儿买一包糖炒栗子。”楚渊拉着他站起来，“他喜欢吃这些小东西。”

经过方才一场秋雨，街上的人已经少了许多，楚渊要了几包栗子，道：“我没银子，你付账。”

小摊主一听没银子，还当是要吃霸王餐，抬头想要理论，却觉得面前这位公子有些眼熟，再往旁边一看，可不就是近日来画像到处都是的西南王，心里顿时轰然一响，晕晕乎乎接过银子，也不知要说什么，只傻看着他二人说说笑笑，越走越远。

这当真是……皇上与王爷？

回宫已是后半夜，段瑶正四仰八叉，抱着被子呼呼大睡，段白月将糖炒栗子轻轻放在桌上，转身出了小院。

第二天清晨，四喜已经差不多缓回精神，一早便过来伺候。

“高烧退了？”楚渊冲他招招手。

“回皇上，九殿下的药好，已经无碍了。”四喜答。

“那也不行，回去接着睡吧。”楚渊道，“十日后再来。”

“这……”四喜为难，看外头那些新来的内侍，一群什么都不懂的崽子，也不像是能伺候好的。

段白月上前扶着他往外走，顺便使了个眼色，一路将人强塞给侍卫，笑着摆摆手：“公公还是快些回去歇着吧。”

看着好不容易盼回来的大公公被扶进轿子里抬出门，一圈小内侍都很想号啕大哭——不要走！

段白月转身回到寝殿，楚渊已经自己换好龙袍，正在懒洋洋打呵欠，直到内侍在外头轻声禀报，说龙辇已经备好，方才一道出了门。

段白月在金殿对面寻了处平整房顶，躺着一边吹风，一边等他下早朝。谁知还没过多久，便有内侍送来了软椅与果品，在院中搭出一方小憩之地。

内侍笑容可掬道：“王爷这边请。”

段白月道：“屋顶挺好。”

内侍坚持：“屋顶太硌。”

看着那香喷喷的大软椅，段白月面露犹豫，实在没有勇气躺上去。

内侍跪地不起，涕泪横流：“王爷！”

……

段瑶美美一觉睡醒，美滋滋吃着糖炒栗子来找他哥，结果推门就被震了一下。

段白月手里捏着一把瓜子，冷静和他对视。

段瑶道：“你高兴就好。”

段白月脑袋嗡嗡响，随手扬起一道掌风，把弟弟拍了出去。

周围一圈内侍腿肚子哆嗦，毕竟先前谁也没伺候过如此暴力的……王爷，没什么经验。

很是胆战心惊。

在前日楚渊刚回来时，朝中积压政务便已经被处理得七七八八，因此早朝时也只有零星几位官员上奏，其余人都小心翼翼留意着皇上与太傅大人的脸色，听到“散朝”二字，便逃也似的告退，有胆小的官员，甚至后背都被冷汗浸湿。

“如何？”饭厅里，段白月递过来一碗白粥。

“太傅大人？什么话都没说，估摸着要等我去御书房。”楚渊擦擦嘴，“你呢？又去哪偷懒睡觉了。”

“这回可真没有。”段白月苦恼道：“一圈内侍跟着我，不准躺屋顶，在院子里搭了个大椅子，哭着要我去睡。”

楚渊：“……”

“我当是你又欺负我。”段白月用筷尾敲敲他，“不知情？”

楚渊哭笑不得：“是我疏忽了，回来刚两天，怕是宫里的人不知该怎么伺候你，四喜生病卧床也无人可问，只能殷勤追着到处跑。”

段白月发自内心道：“忒吓人。”

“就你这样，还吹嘘要睡孔雀毛的毯子骄奢淫逸。”楚渊语调很是同情。

早膳方才用罢，果然便有人来通传，说太傅大人已经候在了御书房。段白月叹气：“得，躲不掉。”

“我可没想着要躲。”楚渊道，“早些年有些顾虑，是因为边陲未定羽翼未丰，任性骄纵不得。可现如今四海升平军权在握，陶家这些年安插进来的人，也早已成了我的人，这一路与其说是想躲，不如说是担心。”

段白月道：“担心？”

“太傅是我的恩师，就像是师父对于你。”楚渊笑笑，“这朝中拉帮结派成性，我与太傅虽也有相互猜忌的时候，可这么多年，他也总算是一心一意为我出谋划策。若没有他的势力，当初在我登基时，大楚至少也会多乱上两年。”

段白月挑眉：“这么厉害？”

“现在一切都已尘埃落定，太傅也老了。”楚渊道，“我自然可以下一道圣旨，送他回乡安度晚年。可若有可能，我却更想让太傅留在朝中，至少多过几年悠闲日子再走。”

段白月问：“要我帮你吗？”

“你少气他两回就好。”楚渊道，“走吧，去御书房。”

“也别太担心。”段白月与他一边走，一边道，“太傅应当还有另一件事要找你。”

“对了，昨日你提过。”楚渊道，“是什么？”

段白月答：“婆轮罗。”

楚渊有些不解。

“是出现在南海的一艘鬼船。”段白月挑重点将事情说了一遍，道，“你听过吗？”

楚渊迟疑摇头。

“先去听听太傅怎么说吧。”段白月道，“而后再做决议也不晚。”

与陶仁德一道来的还有温柳年，手中抱着厚厚一摞书册，都是关于婆轮罗的记载。

“西域妖僧，南洋鬼船？”楚渊草草翻了翻。

“是。”温柳年道，“微臣查过不少资料，不过大都是民间传闻，并且由于该教派已经销声匿迹多年，连沈盟主也对其知之甚少。”

“太傅大人怎么看？”楚渊问。

“此事大意不得。”陶仁德道，“即便对方暂时不会登岸，但南洋岛屿诸多，就怕这伙妖僧盘踞一方暗中壮大势力，如同前一伙叛军那样，迟早会对大楚造成威胁。”

“太傅所言极是。”楚渊道，“只不过南洋海域茫茫，那位屠前辈又说不清具体是在何处见到的婆轮罗，想要应对有些棘手。”

“不如皇上先派出几队人马，伪装成远航商队一路留心观察。”温柳年道，“若那婆轮罗当真心怀不轨，定然还会再度现身。”

楚渊点头：“待明日千帆回来，让他来见朕吧。”

温柳年领命，躬身退出御书房后，见段白月正站在对面，于是道：“皇上刚刚才说完婆轮罗的事情，太傅大人还在里头。”

段白月道：“多谢大人。”

“王爷不妨去隔壁喝杯茶，坐着等。”温柳年压低声音，“按照皇上的性子，这场谈话用不了多久，不必担忧。”

内侍端了香茶进来，楚渊笑道：“试试看，是太傅大人喜欢的武夷茶，朕特意向温爱卿要来的。”

陶仁德跪地道：“恳请皇上恩准老臣，告老回乡。”

楚渊摇头：“太傅大人这是何必。”

“皇上至今不肯立后，老臣愧对先皇所托。”陶仁德老泪横流，以首叩地。

“不试着劝劝朕？”楚渊放下手中茶盏。

陶仁德颓然道：“皇上不会听。”

楚渊走下龙椅，如同儿时一样盘腿坐在他对面，吩咐内侍拿了几个软垫进来，扶着陶仁德坐下。

“儿时第一次见太傅，就是在这御书房。”楚渊笑笑，“一晃眼便是二十多年。”

陶仁德默不作声。

“小满是楚项的儿子。”楚渊递给他一杯茶，“刚满月便被锦娘带着逃出翡缅国，也凑巧，刚好被西南府收留。”

陶仁德接过茶杯：“谢皇上。”

“西南府的人从来就没有觊觎过皇位。”楚渊靠在墙上，更像是在自言自语，“从太子之位到皇位，这一路朕走得不容易，可再难也比不过段白月。为了不让旁人起疑，他背负了多少年狼子野心的无辜骂名，又多少次刀尖踩血。那些被太傅大人夸赞的政绩里，至少有一半都是他所为，可除了朕，又有谁会知道。”

陶仁德哑声不语。

“还有裂山那回，我以为他轻而易举便能取了楚江性命，却不知那时他正在潜心练功，原本不该出关。后来他走火入魔，饱受十年毒物噬心之苦，后来实在熬不下去，便躲去一处冰室。”

陶仁德在心里叹气。

楚渊苦笑，“南海之战打得艰辛，他受过伤也坠过海，多少回刀光剑影命悬一线，不过幸好一切都过去了，是不是？”

陶仁德颤颤巍巍站起来。

楚渊道：“朕最想邀请参加王城欢宴的，只有两人，一是南摩邪前辈，他为了救朕，至今昏迷不醒生死未卜；还有一人，便是太傅大人。”

陶仁德躬身道：“还请皇上答应。”

楚渊看着他：“太傅大人依旧不肯留在朝中？”

陶仁德道：“是。”

“也罢。”楚渊叹气，“朕明日便下旨，差人送恩师回乡。”

陶仁德却道：“辞官之后，老臣还想在王城……多住几年，带带孙儿。”

楚渊愣了片刻，旋即笑道：“好。”

“谢皇上。”陶仁德行礼，退出门时抹了把泪，却也未停下脚步。

片刻之后，段白月推门进来："谈得如何？"

楚渊不语。

"哭了？"

"太傅大人辞官了。"楚渊闷声道。

段白月顿了顿，轻声安慰："一大把年纪，回乡养鸟种地也不错。"

"其实也是意料之中的事。"楚渊抬起头，"父皇在临终时将我托付给了太傅大人，如今既是有负父皇所托，便只有挂印辞官，才能勉强将此事了结。"

"心里不舒服？"段白月问。

"算不上。"楚渊道，"太傅答应会留在王城，至少会喝一杯酒。"

"这不挺好。"段白月道，"事情解决了，回去歇一阵子？昨晚就没怎么睡，今早又天不亮就起来。"

"你怎么也不问问我婆轮罗的事？"楚渊又道。

"方才我在外头等你，恰好遇到温大人，"段白月道，"说你想将此事交给沈将军。"

"不一定，不过至少问问他的看法。"楚渊道，"千枫写了信去问鬼手神医，还有东海那头，我稍后也会送密函过去，先看看诸位前辈知不知道这婆轮罗。"

"云前辈？"段白月点头，"也对，潮崖不能白给。"

"一伙妖僧罢了。"楚渊道，"走吧，不提这个了，回去睡觉。"

陶仁德辞官一事，不多时便传得人尽皆知。下午时分，刘大炯拎着两坛陈年老黄酒登门，强行将他从床上唤起来，非要到花园中喝一杯。

"你这又是发哪门子疯。"陶仁德心力交瘁。

刘大炯叹气："你这一走，朝中还有谁能请我吃火烧。"

陶仁德吹胡子："你这长吁短叹的，就在遗憾这个？"

"啊，不然呢。"刘大炯放下酒杯，"从此之后，你在家种花养孙子享清福，留我一人在朝中鞠躬尽瘁，还没火烧吃。"谁更可怜一目了然，简直闻者流泪。

陶仁德闷声喝酒，不想再同此人说话。

第二日早朝，文武百官看着最前头骤然空出来的太傅之位，心里都是唏嘘，却也更加明白了几分当前的局势。能在朝中混得如鱼得水，也没几个是傻子，既然事情已经如此，那还有何好争，不如当个闷声葫芦。幸好现在太子候选人也有了，虽说是楚项之子，但自幼在西南府中长大，据说品行还挺周正，连温大人都在夸。

三天后，数百封请柬被快马加鞭，昼夜不停送往全国各处与一众属国，将大宴定在了来年八月，是一年当中最好的时节。

秋末冬初，城外山林被霜叶层层浸染，段白月寻了块平整的大石头，让楚渊坐着休息。今日难得有空闲，两人便相约出城登山，一路流水潺潺红叶满天，连带着心情也轻松起来。

“吃不吃？”段白月递给他一捧豌豆大小的红色浆果，“酸的。”

楚渊原本已经伸出了手，听到后又背回去：“酸的不要。”

“这种小果子，酸了才有意思。”段白月丢进自己嘴里，“吃个好玩罢了，小时候师父经常拿这个骗瑶儿。”

“西南也有吗？”楚渊从他手中取了一个，用舌尖抿开，果真又酸又涩。

“这种小果子能爬藤，无论是哪，只要有块地就能长。”段白月道，“还能晒干了做点心。”

“西南府来书信了吗？”楚渊问。

“嗯，说师父还是老样子。”段白道，“不过总有一天会醒的，别担心。”

因为有了鬼手神医的药，这回便没有再将人埋进坟堆里，而是一直安放在后山冰室，派兵守着洞口，只盼哪一天便会像先前一样，顶着一头乱糟糟的头发冲出来喊饿。

没有什么烦心事，时间总是过得飞快，似乎刚回王城没多久，便已到了飘雪腊月。

沈千枫与叶瑾在上月便告辞回了日月山庄，段瑶也嫌闷溜出王城，不知去了何处游山玩水。温大人的爹娘与大哥拖家带口，欢欢喜喜来王城过年，带了不少江南特有的吃食，往宫里也送了不少，硕大一个熏猪头被架在礼盒最顶端，嘴里塞着果木，耳朵上还扎着红绸带，段白月看得稀奇，围着转了大半天。

内侍自然要将此事回禀给皇上，楚渊吃惊道：“这么想吃啊？”

“可不是。”内侍笃定道，“王爷围着那猪头，看了少说也有一盏茶的工夫。”

于是当晚，段白月便吃到了凉拌猪耳，辣椒炒猪皮，切片拱嘴，还有火锅里烫的黄喉与肉片。

“多吃些。”楚渊替他夹菜，顺便在心里反思，是不是最近陪着自己吃素太多，将人饿到了。

段白月不明就里，吃得还挺高兴。

于是楚渊，晚上从御书房回来后，又让御膳房弄了一锅都是肉的排骨汤。

全皇宫的太监宫女都在艳羡。

腊月二十八，段白月上街想给楚渊买些稀罕的小东西，过年好讨个欢喜，结果一个没留意，街对面便风风火火冲来一个人，张开手臂笑容满面。

周围百姓倒吸冷气，瞠目结舌，了不得啊，有登徒子胆大包天要轻薄王爷。

“段兄！”司空睿久别重逢，热泪盈眶。

段白月冷静地闪开。

司空睿一头栽到了首饰摊子上。

……

赔完摊主的损失后，司空睿扯着段白月，硬是在山海居中敲诈了一顿鲍鱼海参，方才带着秀秀与儿子，心满意足一道进了宫。

楚渊笑道：“有了司空少侠一家人，过年也热闹。”

四喜赶忙差人清扫了一处偏殿，登高便能看到王城，视野极好。

司空睿感慨，两人狐朋狗友一场，被坑了这么些年，此番总算捞到了些好处。

小满不在宫中，数月前他便随军一道暗中去了南洋，追寻婆轮罗的下落，只怕要到来年夏天才能折返。

除夕当夜，楚渊宴罢群臣，带着微醺醉意回到寝宫。

小叶寺内，妙心正在敲着木鱼喃喃诵经，身后却传来风声。

妙心微微敛眉，一语不发，也未回头。

“不想去阻止吗？”那黑衣人道，“现在一切都还来得及更改，如若不然，他将来当真舍弃江山走了，你猜后世会如何评价这位皇帝？”

妙心暗自握紧念珠，声音波澜不惊：“皇上心意已决，贫僧一介出家人，又能如何。”

“既然不能改变心意，为何不干脆……”黑衣人扶住他的肩头，弯腰凑近耳边，喃喃如同蛊惑，“杀了他！”

妙心眼底骤然闪过一丝亮光，杂糅着痛苦与挣扎。

“杀了他，便能阻止一切。”黑衣人猛然握紧他的肩膀，指甲几乎要嵌进血肉，“忘了面前这尊泥像，王城里那高高在上的帝王，才是你心里唯一想要顶礼膜拜的神明，没有人能遮盖他的威名，没有人。”

战船上的画面又一幕幕映入脑海，妙心面容痛苦扭曲，抬手一掌拍在黑衣人胸口，将他从窗户推了出去。手中念珠毫无征兆地断裂，菩提子四处滚落，妙心跌坐在地，眼底赤红，几乎要将拳头捏得粉碎。

大年初一，天子要率文武百官祭天。

大年初二，要招待各国使臣。

大年初三，漠北部族的小王子吃多了糖枣，嗷嗷叫着喊痛，楚渊不得不一大早就去探视。

大年初四。

大年初五。

一直到了元宵节，楚渊才总算是得了一天空闲，段白月道：“想出去看看吗？今日正月十五，王城应当挺热闹。”

“是挺热闹，猜灯谜赏花灯，不过若你我这阵出宫，只怕要被看一路。”

段白月遗憾：“也是。”

“来。”楚渊一路往御花园走。

“大冷天的，要去做什么？”段白月不解。

“去了就知道。”楚渊不准他多说话，穿过九曲回廊，转弯面前却是一片亮光。无数花灯被挂在树梢上，像是星辰坠落，连绵无边。烛火闪烁跳动，隔着棉纸染出一片橙黄。

“你弄的？”段白月意外。

楚渊站在最大的花灯下，笑道：“虽说比不上外头热闹，可花灯是一样的，还没人打扰。你想吃元宵吗？御膳房今日特意在外面买了芝麻馅儿的。”

“下回别再费心准备了。”段白月道，“我也就随口一说，又不是七八岁的小娃娃，非要看这种热闹不可，只是想出去散散心罢了。”

“不止花灯，还有别的。”楚渊道。

“还有？”段白月笑问。

天边忽然绽开一朵焰火，如同挂在穹顶的一道金色瀑布，将御花园内照出一瞬间通明。王城里头的百姓看到后，欢呼声便越发大了些，小娃娃笑着鼓掌，每每看到烟花升起，就跳高举起双手，像是想要握住那美好的瞬间。

“最近看你忙得饭都顾不上吃，还有心思准备这个。”段白月道，“怪不得四喜也跟着一道神神道道。”

“先说喜不喜欢！”

“如何会不喜欢。”段白月道，“只可惜攥不住藏不了，还要与全王城的百姓一道共享。”

“大气一点。”楚渊拍拍他，看个焰火都要私藏，史书不好写。

段白月握过他的手，塞过一个小小的布包：“有来有往，给你的。”

“是什么？”楚渊问。

“打开看看。”

“糖？”楚渊将里头的东西倒出来，“哪来的？”

“自己去御膳房做的。”段白月道，“用了你喜欢的松仁，还有从温老夫人那里要来的蜂蜜。”

楚渊嚼了一小粒，入口生香。

虽说已经开了春，料峭寒气却丝毫不减。这日在早朝时，楚渊被一干大臣吵得头昏脑涨，于是下朝后便独自去了御花园，想吹吹风透透气。

没多久，段白月就寻了过来。远远见他正坐在回廊下，裹着厚厚的白色大氅，手里捧了杯茶也不喝，只看着前头发呆。

听到脚步声，楚渊回头看他。

“怎么了？”段白月笑着蹲在他面前，将那杯凉透的茶拿走，“一个人坐在这，谁又惹你生气了？”

“什么时候回来的？”楚渊问。

“今早，昨晚与司空在外多聊了一阵，便索性睡在了锦缎庄。”段白月道，“替你买了烤包子和桂花酒酿，想不想吃？”

“没胃口。”楚渊撇嘴，“今日上早朝被吵得头疼。”

“说吧，要我去打谁？”段白月撸起袖子。

楚渊笑着说：“闹。”

“他们吵他们的，饿自己的肚子算怎么回事。”段白月一路往回走，“就当是陪我吃早饭。”

“你昨晚在同司空聊些什么？”楚渊问，“还非得跑出宫。”

“秀秀想在王城内开一家绣庄。”段白月道，“司空拉我就是出去看地方，最好能赶在入秋前开出来。”

楚渊意外道：“这是打算长住王城了？”

“至少要等到后年，才会回望夕礁。”段白月道，“秀秀是闲不住的性子，一直无所事事住在宫里也闷得慌，随便找些事做也好。”

“这可不是随便找的事。”楚渊笑笑，“王城大宴之时，各国君主与使臣都会来，千里迢迢的，总不能光喝杯酒就走，总要带些东西回去，丝绸刺绣瓷器茶叶，到那时怕是一货难求，若是能借此打开商路，往后源源不断有的是银子赚。”

段白月摸摸下巴：“怪不得，还挺会挑。”

“司空当初也没有白被狗追。”楚渊打趣道，“至少娶了个会持家的好媳妇。”

四喜跟在后头，心说皇上果然还是听王爷的，这才聊了几句，便不见了方才的满脸烦躁，说说笑笑要去吃早点。

烤包子咬下去酥酥脆脆，满满都是肉汁。段白月一边看着他吃一边道：“朝中的事当真不要我帮忙？”

“你说今早那群人吵架？”楚渊摇头，“不用理会，不是什么大事，过几天便会自己消停。”

段白月笑容温柔：“那我——”

“不准出宫。”楚渊一口拒绝。

段白月：“……”

“随我去批折子。”楚渊擦擦手指，“走。”

段白月耍赖抱着椅子不肯起来，“脑袋疼。”

“真的疼？”楚渊问。

段白月虚弱道：“嗯。”

“四喜。”楚渊冲门外吩咐，“即刻传小瑾进宫，就说王爷头疼。”

段白月道：“我认输。”

叶瑾道：“你这不举之症，当真没药救。”

前来求医的富户泪流满面，让下人搀了回去，那十八房姨太太要怎么办。

“下一位！”小厮在旁扯着嗓子喊。

百姓在善堂外排着队，都感慨叶神医可真是一等一的好人，不单亲自来城中善堂坐诊，还将宫里的章太医也带了出来，免费替大家瞧病，这可是先前想都不敢想的事情。

再过几天，十里八乡的百姓听到消息，也纷纷抬着病人往王城赶。这日陶仁德坐在善堂对面的酒楼里，点了一碗素面几道小菜慢慢吃，周围有不少人在聊天，内容无外乎是说九殿下医术高超又心善，那位年轻的太医笑眯眯也挺好之类，后头便又说到了皇上，据说近日宫里光绸子就准备了数百匹，玛瑙、翡翠、玉珊瑚，只怕用来铺路都嫌多。

百姓神情艳羡，也不知大宴的菜里会不会放珍珠与金箔。

我们都很想吃。

一群后生眉飞色舞，正在讨论玄冥寒铁与菩提心经，虽然并不懂这究竟是个什么玩意，但光是听名字就知道定然极厉害。小话本上也有说，在南洋之战时，王爷一剑便冻住了对方数百艘敌船，还将滔天巨浪变成了暴雪狂风，吓人得很。

陶仁德心里叹了口气，放下筷子想离开，对面却坐了个人。

“太傅大人，”段白月道，“这么巧。”

“王爷。”陶仁德摆摆手，“老朽已经辞官，不再是什么大人了。”

“这酒楼最好吃的是鱼头泡饼。”段白月笑笑，替他倒了杯茶，“太傅却只点一碗素面，亏了。”

“王爷找老朽有事？”陶仁德问。

“只是恰好路过罢了，见太傅在这，想起皇上昨日还在念叨，便上来看看。”段白月道。

陶仁德沉默。

“即便不做官，他日若是有时间，还是进宫坐坐吧，哪怕只是陪皇上聊聊天。”段白月诚心道，“最近朝中各派因为淮南盐司争来吵去，闹得慌，皇上也在头疼。”

陶仁德摇头："皇上知道该怎么做，之所以拖着，无非是要等王喆一方先妥协罢了。"

段白月失笑："果真是太傅，在下佩服。"

段念从楼梯上来，手中拿着一个小匣子，打开之后满是药香。

"听闻府上二公子年少时受过骨伤，落下了病根。"段白月将药材推到陶仁德面前，"这是西南才有的药材，用量用法都在纸上，按时吃便会痊愈。"

"这……"陶仁德犹豫。

"太傅就当成是皇上所赠吧。"段白月道，"我并无任何事相求，也算不上贿赂，二公子的身体要紧。"

"多谢王爷。"陶仁德道，"那老朽就代犬子收下了。"

周围百姓自然也注意到了这一桌，无人敢打扰，却也都不愿就此离去，纷纷压低声音一边装模作样聊天，一边偷眼打量。直到两人一道离开，方才各自回家，打算向媳妇炫耀——毕竟不是谁都能看着王爷下饭，至少能吹三个月。

过了几日，陶仁德果真带着几个小孙子进宫，与楚渊一道吃了顿饭。席间小孩追打互相闹，楚渊全程和善微笑，待到人走后，方才头晕眼花一头倒下，比上朝还累。

段白月严肃道："嗯。"

送往各处的请柬逐渐有了回信，王城既要举办大宴，周围属国也差人昼夜不停送来贺礼。追影宫暗卫赶着马车喜气洋洋进了城门，热情地朝周围的百姓猛烈挥手，宛若状元郎还乡。西南蜀中富可敌国，送来的贺礼必然不会寒酸，礼官盯着内侍一箱箱卸货，忙了整整三天才登记完，满当当的金子堆满国库，还送了一小瓶凤凰血。

暗卫道："包治百病。"虽说听起来有些像街边的大力丸，但谁用谁知道。

楚渊笑笑："待朕谢过秦宫主。"

四喜替众人安排完住处，依旧是被架起来满皇宫飞着走，一圈小内侍看得提心吊胆，伸出手跟在后头跑，可千万别把大公公摔下来，毕竟胖，不是人人都能接得住。

"秦兄倒是挺会送礼。"段白月将金子丢回箱中，"知道朝廷刚打完仗，国库亏空。"

楚渊挑眉："否则怎么说是追影宫主。"

阿离与曲蕴之也弄来了满满一车好酒，开封后异香扑鼻。云断魂则是送来一封信，除了道贺之外，还有一张东海诸岛的地形分布图，极为翔实——除了落樱岛与鱼尾族人的位置，依旧是茫茫一片白雾。

段白月道：“下回有机会，我带你去东海拜会前辈。”

楚渊点头，将地图小心翼翼收了起来。

两人正说话间，内侍又来禀报，说七绝国的贺礼也已送到，除了金银珠宝外，还有两幅巨大的卷轴，叮嘱务必不能收归国库，要找个显眼处并排挂起来。

楚渊：“……”

段白月不解：“怎么了，画像有问题？”

楚渊心累道：“你不懂。”

片刻之后，段白月看着画卷上那金光闪闪的七绝王画像，心情复杂。

为何有人会喜欢将他自己的画像拿来送礼。

还有另一幅画像，自然就是七绝国的国师黄远。楚渊抖开一张密密麻麻的信纸，开头果然又是一大段“七绝王与国师平日里的生活琐事”，中间随随便便敷衍了几句恭贺大楚全胜而归，后头就又将话题转了回去，很有几分绵绵不尽的意思。

“七绝王此番会亲自来吗？”段白月问。

楚渊道：“朕倒是想他不来。”但可惜这种凑热闹的场合，想也知道慕寒夜定然不会错过。不单单会来，只怕还会……提前很久来。

段白月安慰：“别人好歹送了礼。”就请一顿饭，也不亏。

楚渊摇头：“他一个便顶得过十个金泰。”

段白月奇道：“这么难缠？”

楚渊继续道：“还要加上十个吴登，十个纳瓦。”

段白月：“……”

段白月道：“是问大楚要银子吗？”

“七绝国虽小却出产宝石，慕寒夜可不缺银子。”楚渊头疼道，“等见了面你就会知道，此人究竟有多么……奇特。”

第六十章

这日午时，四喜公公专程抽空，出宫去司空睿的锦缎庄里找段白月，愁眉苦脸说不知为何皇上这几天胃口又不好。

段白月笑道：“应当没什么事，公公不必担忧。”

果真没什么事吗，四喜依旧忧心忡忡，皇上今日下朝后，可是连早饭都没吃就去了御书房，方才问了，居然连午膳也不想用，这可如何是好。

段白月道：“本王稍后便回宫。”

四喜这才松了口气。待这位胖公公告辞离开后，司空睿赶紧撇清关系：“我可就借了你七八天。”

段白月拿起茶壶，还没来得及倒水，便被司空睿劈手多夺下，连连催促道：“还喝什么茶，赶紧回宫！”

段白月：“……”

见他站着不走，司空睿索性弄了顶轿子，强行给塞了进去。

御书房里，楚渊单手撑着腮帮子，正在无聊翻看面前一本奏折。

段白月推门进来，往龙案放了一壶酸梅汤。

“咦，你回来了。”楚渊坐直，“先前不是说要在宫外忙至少五天。”

“司空那头的事情都差不多了，也不用我做什么。”段白月替他倒了一盏酸梅汤，“又没好好吃饭？”

楚渊打呵欠：“天气热。”

段白月道：“那去御花园坐坐？这些折子先放着，过半个时辰我陪你回来接着批复。”

“没什么大事，一些请安折罢了。”楚渊问，“吃过饭了吗？”

段白月摇头：“司空那般小气，你还指着他能给我饭吃。这几天都是馒头咸菜酱豆腐，好不容易回来，你可得给我吃顿好的。”

“乱讲。”楚渊笑着起来，一路去了御花园。

凉亭里头微风徐徐流水潺潺，将先前的闷热之气冲散不少，坐着挺惬意，四周安安静静，只有偶尔传来的蝉鸣与鸟鸣。

御花园外，侍卫道：“烦请公公禀告一声，七绝王求见。”

四喜闻言吃惊：“怎么现在就来了。”

侍卫道：“七绝国的队伍还在百里开外，七绝王是提前来的，据说是嫌队伍太慢，沿途又没什么风景。”

四喜：“……”

楚渊闻讯倒是一点也不意外：“早就说了，慕寒夜对这种事极为热衷，定然会提前来。”

别国君主来朝，大楚的天子自然要亲自接见，哪怕这个是提前跑来的，也总不能晾着等大典。只是两人还未出御花园，却又有侍卫急急前来，说七绝王等了一阵子，见皇上政务繁忙，便要先去王城逛一圈，这阵已经走了。

段白月：“……”

楚渊闻言倒是松了口气。慕寒夜向来行为乖张离经叛道，按照他的性子来说，来了又走也不算失礼冒犯，相反能多一天清静，也挺好。

第二日早朝后，楚渊摆驾去了御书房，原想召见慕寒夜与黄远，却只来了一名七绝国暗卫，说王上直到今晨才发现，想要带给楚皇的贺礼不知丢在了哪里，所以已经带着国师出了宫，打算沿途折返搜寻。

楚渊：“……”

城外山道上，一名面容清俊的公子正在急匆匆前行，在他身后跟着的高大男人，便是传说中能令人闻风丧胆的七绝王慕寒夜。

“阿黄。”慕寒夜小声叫。

黄远走得飞快。

慕寒夜只好伸手拖住他：“找东西要慢些走，像这般火急火燎，莫说是丢了一串珠子，就算是丢了一扇石磨，只怕也发现不了。”

黄远拿着一根小棍子到处刨——大楚王城什么都好，就是夏天着实太热，于是这回在准备贺礼时，便特意挑了一串沁凉的珠子，放在床头便能降暑。只是途中却不知遗失在了何处，只好再出来找一回。

慕寒夜跟在后头，无所事事，于是从怀里掏出来一个豪华大弹弓。

黄远心力交瘁：“你又是从哪弄来的这玩意？”

“木痴老人。”慕寒夜道，“昨晚恰好在皇宫里碰到了，便让他做了一个，就是阿黄洗澡那阵。”

黄远疑惑：“你先前认识这位前辈？”据说千金难求一木器，怎么还能随随便便就让人做一个。

“不认识啊。”慕寒夜道，“但就一个弹弓而已，又不是要金要银，没什么可不好意思。”

黄远道：“下回不准再随便问别人要东西。”

慕寒夜道：“哦。”

黄远伸手：“没收。”

但慕寒夜坚持要先玩一次。

黄远只好在一边等着他。

慕寒夜从地上捡起一枚石子，随手向山林深处打去。

一声惨叫传来，而后便从半山腰处骨碌碌滚下来一个人。

慕寒夜道：“哇。”

黄远愣了愣，问：“你何时发现的？”

慕寒夜得意扬扬道：“你猜。”

七绝国暗卫追上前，将那滚落山崖的人带到了慕寒夜面前。黄远见到后微微皱眉，头顶上有戒疤，和尚？

“说吧，一直盯着本王要做什么？”慕寒夜蹲在他面前，满脸阴冷，与方才判若两人。

那和尚看着约莫四十来岁，表情痛苦却不答话，腿上有一个血洞，正是被方才那枚石子所穿透。

“胳膊断了。”七绝国暗卫检查了一遍，回禀。

“带下山，先找个地方安置。”慕寒夜道，“不要让别人发现。”

七绝国暗卫领命，找了个大披风裹住那和尚便下了山。黄远担忧道：“这是在大楚境内，不然先上报给楚皇？”

“现在报给楚皇，只怕他会以为是我自己演戏，想要趁机讹大楚一笔。”慕寒夜道。

黄远直白道：“你的确能做出这种事。”所以也怨不得别人。

慕寒夜哑然失笑：“好吧，其实我就是想知道对方到底有何意图。若是就这么交给楚国，在牢狱里熬不过大刑死了，我岂非永远也不能知道他的目的是什么。”

“那先说好，问到之后就将人还给大楚。”黄远叮嘱。

慕寒夜点头：“阿黄说了算。”

第二天，第三天，一连过了五天，慕寒夜与黄远都不见消息，只有七绝国暗卫又来禀告了一次，说王上还在漫山遍野找贺礼，毫无头绪，极为焦虑，还请楚皇再多等两天。

“要派人去帮忙吗？”段白月问。

“若需要人帮忙，信一早就该写来了。”楚渊道，“慕寒夜还是大可放心的，估摸是在大漠里待久了嫌闷，此番出来正好折腾唱戏，罢了，随他怎么闹。”

“这么信得过？”段白月坐在他身边。

“七绝国水脉与大楚早已连为一体，背后还有追影宫与日月山庄，他可比其余人要可靠得多。”楚渊将一本折子递给他，“就是性格让人头疼了些，可一两年来一回，也能勉强接受。”只要别像金泰那般，恨不得长住王城就成。

段白月接过折子，道：“又要我帮你看？”

“嗯。”楚渊懒洋洋打呵欠，“最近的折子都是在奉承你，自然要你亲自看。”

“又是这个贵州王大成。”段白月打开就头疼，“这人难不成有写奏折的瘾？”

“他先前三不五时就要上一封折子，弹劾你西南府。”楚渊道，“现在估摸吓得不轻，自然要多写几封折子吹捧，求个心安。”

“我先前也没得罪他吧？”段白月莫名其妙。

“你是没得罪，不过他也没有别的政绩，总不能一年半载什么都不奏，正好离你挺近，所以只能拿这个凑数。”楚渊笑道，“听着庸碌，可当时你在云南拥兵自重，边境战乱频发，贵州若再放个硬脾气，只怕三月不到就会出事，他反而最合适。”

段白月摇头：“也亏你能将每个官员的性格都摸透。”

“不然怎么做皇上？”楚渊道，“当初我最摸不透的，你猜是谁？”

段白月道：“我？”

楚渊笑：“嗯。”

段念在外头兴冲冲道：“王爷，王爷！”

段白月上前打开门：“何事？”

“王爷，”段念手里捏着一封信，气喘吁吁道，“金婶婶派人送来的，说南师父又诈尸了！”

“师父现人在何处？”段白月闻言大喜。

“不知道啊。”段念道。

楚渊一愣：“不知道？”

段白月拆开信草草扫了一遍，道：“冰室里只剩下了那朵汨昙，师父没回西南府，不知去了何处，只在墙上留下了歪歪扭扭的‘我走了’三个字。”

“为何不回府？”楚渊道，“不会又有什么乱子吧？”

“冰室四周都是毒虫蛇蝎，又有重兵把守，旁人闯不进去的。”段白月道，“况且冰室内遍布机关，能来去自如的，只有师父与我。”

“那前辈会不会是来了王城？”楚渊猜测。

段白月点头：“九成九。”

“若真这样，那就太好了。”楚渊握住他的手，眼底是掩饰不住的兴奋。

段白月笑笑：“嗯。”

段瑶原本在外头玩，听到西南府的侍卫送来消息，也赶紧兴冲冲回了宫，抵达王城时恰好是八月初，楚国大宴便在十日后。

段白月摇头：“还知道回来。”

段瑶表功：“我给你带了好东西！”

段白月道：“什么？”

段瑶神秘地塞给他一瓶药膏。

段白月敲了敲他的脑袋，坦然笑纳。

段瑶嘿嘿笑：“有师父的消息吗？”

段白月摇头。

“不应该啊。”段瑶道，“金婶婶的信都送来了，师父那么想喝酒，难道不该昼夜不停狂奔来王城才是。”

“说不好。”段白月叹气，“毫无头绪，也只能等着了。”

段瑶闷闷撇嘴，还是很想明日就见到师父。

司空睿抱着儿子走在大街上，目不暇接，感慨万千。王城内早已张灯结彩，华美高贵，到处都是绸缎，树上与店铺门口亦挂满灯笼，喜盈盈映着漫天朝霞。百姓也是个个笑逐颜开，街边卖早点的小贩都知道在包子馒头上点个红点讨喜，连带着各种毒物泡的酒也比往年畅销了许多——据说西南王便是自幼就喝这个，才能如此潇洒高大。

各国君主与使臣也已陆续抵达王城，吴登与纳瓦结伴而行，身后轿子里是金姝与坤达，百姓挤在街道两边看热闹，也搞不清楚这到底是哪国的王上，只管欢呼鼓掌便是。一时之间，宫里各处大殿都住满了宾客，酒香与花香终日萦绕不散，无数奇珍异宝塞满国库，几乎要溢出来。七绝国的队伍也在大宴前三日抵达，慕寒夜却依旧不见踪迹，打头的侍卫队长连连道歉，只说再等两天，王上便会赶到。

宫里头闹哄哄的，段白月关上门，对楚渊道："什么都别管了，好不好？"

楚渊道："不好。"

"有温大人与张大人，还有一大群礼官，不差你一个。"段白月道，"前几天分明还好好的，怎么今天又开始闹脾气。"

楚渊道："不知道。"就是紧张，做梦都梦到礼台坍塌，宾客失踪，还梦过被人偷走了准备好的菜肴，大家只能吃馒头。

段白月拍拍他的背，将人从后门带出宫，吩咐轿夫捡人少的路走。

楚渊问："你要带我去哪？"

"去哪都好，图个清静。"段白月道，"总比在宫里火急火燎要好。"

两人一道登上高处，守卫见着后，赶忙躬身退下。楚渊坐在城墙上，看着远处的漫天晚霞出神。

"怎么样，比宫里畅快吧？"段白月坐在他身侧。

"嗯。"楚渊闭着眼睛吹风，过了阵子，扭头问，"有南前辈的消息吗？"

段白月摇头。

楚渊勉强笑笑："嗯。"

"既然都醒了，就一定会来，说不定是想给你我一个惊喜呢？"段白月道，"别皱眉。"

"这可是你说的。"楚渊道，"前辈一定要来。"

晚霞映照下的王城，看着要比以往更加雍容庄重。街上人头攒动，相隔再远也能感觉到那发自内心的笑闹。明日天子会率文武百官出宫前往大雍塔祈福，因此在下午的时候，正阳街两侧便已有重兵列队把守，在拥挤的王城中辟出了一块静地。而在更远处，则是无边良田，满目皆是最蓬勃的绿。

“是你的江山。”段白月道。

“是我们的。”楚渊笑笑，“这些年，多谢。”

这日两人一直在城墙上聊天，直到星垂四野城中寂静，方才肩并着肩，也没坐轿子，就这么一路往宫里走。城门口的守卫总算是松了口气，赶紧招呼着各自回家吃饭，皇上与王爷也真是，就那么坐在上头好几个时辰，饭也不吃。

“饿不饿？”段白月问。

楚渊点头。

“等我。”段白月拍拍他的手，自己转身去了一户还亮着灯的人家门前敲，片刻之后要回来几个包子，笑道，“天黑，没认出我。”

“堂堂王爷，去要百姓的包子吃。”

“先前经常昼夜兼程来王城，赶路来不及吃饭，又没干粮，就只能找个村子蹭饭，这算是最好吃的东西。”段白月道，“我可是都付银子的。”

手上有些灰，楚渊低头咬了一个小包子，仰头一口吞下去，腮帮子鼓鼓囊囊：“热的。”

包子不算好吃，八成是个刚成亲的笨媳妇。楚渊将菜根吐出来，皱眉道：“有沙硌牙，下回挑个厨子家。”

段白月笑：“好。”

楚渊擦擦嘴，与他一道回了皇宫，胃里很暖，心也很安。

第二日一早，宫内便忙碌起来。楚渊换好龙袍，打着呵欠不想动。

段白月从外头进来。

楚渊半睡半醒道：“去哪了？”

“让你昨晚早些睡，非不听。”

楚渊敷衍道：“哦。”

段白月递过去一个小圆球。

楚渊皱眉：“酸，什么东西？”

“糖，从温大人那里要的。”段白月道，“清醒了？”

“你还能从温爱卿手里要来吃的。”楚渊晃晃脑袋，打算去外头吹吹风。四喜瞅着空，低声对段白月道：“自打王爷来了，才看到皇上的小孩子心性。”年少时登基连笑都极少笑，成日里一板一眼，更别提是赖床要糖吃。

段白月笑道：“挺好。”

是挺好。四喜公公也笑，紧走几步追上楚渊伺候。

宫外空地上，文武百官早已列队候着。楚渊身形利落翻身上马，段白月与他并肩而行，两人相视一笑，周身浴满朝阳。

能同时见到皇上与王爷，这种机会自然不常有，所以百姓都是一大清早就起床占位置，想寻一个离得最近的地方。几乎所有的店铺都关了门，连早点摊子也没有摆出来，看皇上与王爷要紧，还吃甚早点。

街边有少女手里捏着画像，心里雀跃想看西南王，又羞涩不敢抬头，等队伍快走过了，才着急抬头看一眼，脸却更红了几分，王爷比画里更好看。

段白月策马前行，五官在银白衣袍的映衬下有些清冷，看向身侧之人的眼里却又满是温情，高大身形逆着天光，让人有些睁不开眼。

人群之中，黄远低声咬牙：“你挤什么？”

慕寒夜穿着一身粗布衣裳，脸上还涂了灰，答得理所当然：“看热闹，自然要往前挤。”

黄远踉踉跄跄，几乎要站立不稳，不得不抓住他的手臂道：“回去！”

“来都来了，这就回去？”慕寒夜在耳边低声道，“这种热闹可不常有，错过岂不可惜。”

黄远还想说话，却不知是被谁踩了一脚，疼得直抽气。

慕寒夜见状惊怒，拱起手将周围一圈人都嗷嗷顶开，引来一片抱怨。

在少说也有二十人的注视里，黄远面红耳赤，觉得下回再也不要同此人一道出门。

“让一让，让一让啊！”一个老头顶着一头蓬乱白发，嗑着瓜子到处乱挤。

“你这老乞丐！”一个后生抱怨，“快些走开！”

“走什么开，你能看皇上，我看不得？”老头将瓜子壳一扔，叉腰就要吵架。

“别，皇上就要到了，当心有官兵。”另一个后生拉住先前那人，“忍一忍。”

“哼！”那后生掸了掸身上的灰，嫌恶地离老头远了些。

队伍越来越近，百姓也越来越兴奋，那鸟窝头的老头也笑呵呵踮起脚，拼命伸长脖子想要看热闹，却冷不丁被人从身后一把抱住。

“啊！”人群惊呼，为何会有人从天而降。

“师父！”段瑶喜极而泣。

南摩邪一把捂住他的嘴：“你认错人了。”

段瑶眼含热泪：“啊？”

“你认错人了。”南摩邪松开手，快速使了个眼色。

段瑶将眼泪憋了回去：“哦。”

南摩邪自己挤去另一边，继续气定神闲地嗑瓜子。

段瑶心里的狂喜还未散去，便又多了满心茫然，远远看着师父也不知该哭该笑还是该面无表情，只好拼命吸溜鼻子。

周围百姓都感慨，若论起激动，大家还是比不过这位年轻好看的公子。

皇家护卫军分列两边，以防出现乱子，慕寒夜小声道：“喏，热闹来了。”

黄远心里叹气，这人还真是唯恐天下不乱。

行至中途，楚渊微微皱眉，又往左侧人群中看了一眼，在这等骄阳烈日的天气，为何会有人将他的整个脑袋都用花布包起来。

南摩邪裹着头，笑容满面与他对视。

楚渊眨眨眼睛，想要看得更清楚一些，对方却又低下了头。

段瑶挤在不远处，拼命朝皇上使眼色——不要理！就当没看见！

楚渊没看到段瑶，皇家护卫军却看到了南摩邪。毕竟如此奇特的打扮，若是再注意不到，那就当真是眼瞎了。眼看三五名官兵已经围了上去，段瑶拍拍脑门，刚想挤上前解围，楚渊却已经出声：“住手！”

“是。”护卫军停了下来。

段瑶：“……”

段白月问：“怎么了？”

楚渊翻身下马。

南摩邪赶紧往人群里挤去。

“拦住他！”楚渊下令，“切莫伤人。”

“是！”一队官兵追上前，人群骚乱了片刻，后头的文武百官也停了下来，面面相觑不知出了何事。

“那个人像是师父。”楚渊急道。

段白月纵身下马便追了过去。

楚渊只顾着看他，却没料到身后却骤然杀出来一群人。

百姓惊呼出声，楚渊心知中计，反手龙吟一闪寒光出鞘。与此同时，人群中也有人冲上前，一个是嫌干看热闹没意思的慕寒夜，也不知从哪扯了一块蒙面巾，捂得还挺严实，还有两人是司空睿与赵越，像是早有防备。

“你那小皇帝都遇刺了，还来追我。”南摩邪一把扯下包头，叉腰怒斥大徒弟。

段白月来不及多问，将他一把拎起甩给段瑶，自己匆匆折返回去帮忙。

先前以为只有三五刺客，却没料到后头会越杀越多，从人群中冲出来三十人还不止，武功路子都极其邪门。街上百姓尖叫奔逃乱成一片，众人也不敢大开杀戒，唯恐伤及无辜，段白月护在楚渊身前，周围则是一圈御林护卫军。

“是和尚？”段瑶道。

南摩邪叼着一根不知从哪摸来的麻花，道：“嗯。”

“婆轮罗？”段瑶又问。

“什么婆？”南摩邪掏掏耳朵，“我不知道这群人的来历，途中无意中撞到的，便跟了几天。”

段瑶抱怨：“师父怎么也不早些跟哥哥说此事。”

南摩邪道：“又不会出事，慌什么，不坏你哥哥的心情。来，给师父捏捏肩膀。”

一片混乱中，楚渊目光冷冷扫向人群。

妙心站在一处屋檐下，表情波澜不惊，眼底却是看不明的风暴和情绪，手背亦是青筋暴起，像是在忍耐什么。

段白月沉声道："我先带你回宫。"

楚渊道："让他来见朕。"

段白月道："小渊！"

两方厮杀僵持不下，远处已有军队赶来，一人扭头大吼："还愣着做什么！你忘了自己最想要的东西吗！"

妙心眼中猛然闪过一道寒光，像是终于做出决定，手中念珠顷刻化作无数菩提子，却没有射向楚渊，而是狠狠嵌入了那和尚的喉结，带来一片喷薄血雾。

见妙心已然倒戈，那伙妖僧便愈发疯狂。段白月带着楚渊退到安全地带，向冽率领大军及时赶到，将刺客团团围了起来。

妙心似是对这群人的武功路数极为熟悉，叶瑾远远看了一阵，道："先前在海上的时候，可没见他使出过此等邪门功夫。"

"江湖中人，只怕大多会留一手。"温柳年道，"以备不时之需。"

两人说话间，那伙刺客已经被制服，为首那人见计划败露，恼羞成怒拼死挣扎，扭头像是要对妙心说些什么，却没留意身后淬毒暗器破风而至，脖颈处瞬间传来一阵凉意，只能大张着嘴嘶哑发不出声。

妙心看了眼段白月，手里方才握紧的拳头又松了下去，一枚菩提子掉落在地。

"带下去。"楚渊沉声吩咐，"看紧一点，休得再胡言乱语。"

向冽领命，率人将刺客押送回宫。妙心的手臂在方才打斗时受了伤，隐隐渗出鲜血，依旧站在原地未动，周围一圈御林军将他团团围住，手中长剑闪着寒光，却不敢轻举妄动，不知此人是敌是友，只等楚渊与段白月的命令。

四周一片寂静，只有风吹起地上细小灰尘。妙心低头敛眉，脸上辨不清是何表情，也未再看楚渊，单手捂着胳膊转身缓缓向城外走去，步伐有些踉跄，像是受了内伤。

"要我去拦住吗？"段白月问。

楚渊摇头："他若不想说，便没人能撬得开嘴，就这样吧。"想要知道事情原委，方才擒获的那些妖僧应当也能说个七七八八。

这场变故来得快，去得也快。将领率人将受伤的兵士抬了回去，泼水洗去街上血迹后，便像是什么都没有发生过一般。众人重新启程前往大雍塔祭天祈福，百姓战战兢兢，也不敢再出门，只在心里后怕回想方才那一幕，觉得皇上也不好做，走在街上都有人要搞暗杀，还是像自己这般，过寻常日子要更好些。

在方才妙心刚一动手，慕寒夜便知这场冲突很快就会结束，于是早早就带着黄远趁乱隐入了一条小巷子中，七绝国暗卫很快便送来干净的衣服，两人寻了处客栈换好，方才体体面面，正大光明一路去了皇宫。

天子率众祈福，自然是有不少冗长的礼仪要遵守，即便楚渊心中再想快些结束，也依旧是到了深夜方才回宫。南摩邪正在大殿中吃夜宵，八个碟子八个碗摆了满满一桌，连筷子上都镶着金，总算过上了纸醉金迷的日子。

“南前辈。”楚渊笑着进门。

“皇上。”南摩邪站起来，原本挺乐呵，一想却又有些沮丧，毕竟错过了一顿西南府的席面。

“金婶婶还在四处找师父。”段白月道，“怎么醒了也不回家。”

“为师着急。”南摩邪一拍大腿，“下了后山不得了，全大理城的人都说你们早就离开西南来了王城。”于是便昼夜兼程一路狂奔，生怕又错过第二顿宴席，幸好在路上一打听，知道日子是在八月，方才松了口气。

段瑶道：“我还当师父不敢回府，是怕又被金婶婶梳头。”

南摩邪又想起来一件事：“为何这回没有将我埋进坟里？”醒来时居然躺在山洞中，险些不知该如何诈起来。

段白月道：“因为瑶儿懒得挖坑，就随便找个地方摆一摆。”

段瑶道：“嗯。”

“你可不准学这两个浑小子。”南摩邪将楚渊拉到一边，“你跟师父说说，为什么？”

“喂。”段白月在身后提醒，“红包还没给，叫什么师父。”

楚渊笑道：“是鬼手前辈，他给了一瓶药丸，说可治前辈的假死之症，以后便不用再进坟堆。”

南摩邪闻言意外，而后又叉着腰吹胡子：“然后你们就信了？”

段白月道：“不然呢？那可是江湖排名第一的神医。”

南摩邪活动了一下筋骨，想要努力找出一些不适，以证明自己还是很需要进坟，却觉得周身舒畅，很是神清气爽，于是愤愤怒曰：“死老头。”

段瑶实在好奇：“师父先前是与鬼手前辈有过节？”

南摩邪摆摆手：“没见过。”

段瑶：“……”那为何总是在背后抱怨别人？

南摩邪道：“因为他的徒弟成亲早。”

段瑶惊道：“这也不行？”

南摩邪道：“自然不行。”武功比不比得过是其次，名气更是身外之物，唯有别人家的徒弟成亲早这种事，不能忍。

段白月清清嗓子，诚恳建议道，“你可以试着去收秦宫主为徒。”

“不许胡说。”楚渊拍了他一巴掌，拉着南摩邪坐下，“前辈既都来了王城，为何又要蒙着头站在大街上？”

段瑶扶住额头，丢人。

“我原本早就该到了。”南摩邪道：“只是在途中遇到了七绝王慕寒夜。”

“白日里蒙面那人？”段白月问。

南摩邪点头，又是一个成亲早的，别人家的徒弟。

段白月道：“说正事！”

南摩邪撇撇嘴，往楚渊身边挤了挤，离自家徒弟远些，方才将事情原委大致说了一遍。

那日在紫铜镇外的山上，南摩邪寻了处树荫原本在打盹，却被一阵细碎的窸窣声吵醒，睁眼就见一个和尚正躲在不远处，很是鬼鬼祟祟。或许是在南洋作战时被叶瑾念叨了太多次秃头，连带着南摩邪也开始对和尚格外关注。只是还没等他看出端倪，那和尚却已经惨叫一声，跌落下山。

此等热闹，自然是不能不看的，更何况离大宴还有一段时日，也不着急，于是南摩邪当下便暗中跟下山，一路去了城中一处客栈。

窗户上糊着窗纸，南摩邪兴致勃勃吮了吮手指，想要捅个洞看看，身后却有人冷不丁道：“这位前辈。”

“啊呀！”南摩邪被吓了一跳。

慕寒夜靠在门框上，气定神闲看着他。

南摩邪冷静道：“我走错了房间。”

慕寒夜道：“这整座客栈都被我们包了下来。”

南摩邪称赞：“真有钱。”

黄远：“……”

“那我就先走了。”南摩邪淡定转身，试图下台阶。

慕寒夜一把拎住他的后衣领。

南摩邪哭道：“我当真只是个可怜的乞丐。”为何就不能放老人家一马。

慕寒夜道：“谁若能有前辈此等身手，怕是早就混到了丐帮长老。”

南摩邪抬手擦了下眼泪，忽而冷不丁向他面门攻去。

慕寒夜嘴角一扬，拉着黄远向后退两步道：“我可不能与前辈交手，否则只怕会被楚皇降罪。”

南摩邪：“……”

慕寒夜道：“前辈这一身功夫，一头乱发，想认不出都难。”

南摩邪干笑：“好说。”

既然大家都是大楚的朋友，那么此后的事情便简单了许多。那和尚原本还嘴硬，最后却也抵不过酷刑，很快便交代了自己的来历，西域婆轮罗。

“西域？”黄远看向慕寒夜，“你先前听过吗？”

“消失了数百年，原来还没死绝。”慕寒夜道，“说吧，跟着本王想做什么？”

和尚有气无力，他当真只是恰好路过，见到山间有两人迎面走来，便躲在了草丛后，却没想到居然会被打下来。然而慕寒夜却不相信，既然是西域邪教，那盯着大漠的王便很合理，毕竟大家差不多来自同一个地方。

和尚奄奄一息百口莫辩，几欲吐血。

当然，最后众人还是大致弄清了此事的前因后果，一听妙心要带着这伙人前往王城刺杀皇上，南摩邪眼前发黑，掉头就往楼下跑——好不容易才等来四海平安，可千万莫要再出乱子。

慕寒夜一把拉住他，将人生生拖回了房间。

王城防守严密，那伙婆轮罗原本想要混进宫内，却被妙心否定了计划，最后只能商议在楚皇祭天时，埋伏在正阳街行刺。于是慕寒夜便也率部，暗中同南摩邪一道折返王城，提前一天将此事告知了赵越与司空睿，让他们在翌日多加留意。

“为何不告诉段兄？”司空睿不解。

南摩邪振振有词：“大宴在即，操心正事都来不及，何必让这些个鸡毛蒜皮坏了心情。”

司空睿了然：“也对。”

“还真是婆轮罗。”在听完事情原委后，段瑶道，“这哪里像邪教，更像是中了邪，专门挑正阳街上大军最多的时候来行刺。”

段白月看了眼楚渊：“这伙人究竟是何来历，为何心心念念要行刺大楚的皇上？”

“或许是数百年前，与楚家先祖有过节。”楚渊摇头，“总有些人喜欢将仇恨代代相传，也不知是图什么。”

“闹剧一场，没事就好。”段瑶道，“现在闹一闹，总比大宴当天……啊！”

“也不知道说些喜庆的。”南摩邪将小徒弟拦腰扛起来，“走，回去，让你哥哥早点歇着。”

“放我下来！”段瑶挣扎。

南摩邪两步跳上了墙。

楚渊眼睁睁看着两人消失，道：“我还没来得及向前辈道谢。”

“留着以后再谢也不迟。”段白月笑笑，“走吧，我也带你回去休息。”

楚渊点点头，随他一道回了宫，白日里有些累，脑袋沾到枕头便睡了过去。段白月方才掐灭安神香，推门出了宫。

天上飘着牛毛秋雨，顺着沿途西南府留下的暗号，段白月很快便追到了城外一处破庙，段念守在外头，低声道：“王爷。”

空旷的殿内燃着一堆篝火，妙心正在一旁闭目养神。

段白月坐在他身边。

妙心并未睁开双眼，只是哑声道：“王爷来做什么？”

段白月问：“为何要这样？”

妙心喃喃：“皇上没事就好。”

“若本王没猜错，这些婆轮罗并不打算在此时行动。”段白月笑笑，“是你从中作梗，他们才会被蒙蔽，心甘情愿跟来王城刺杀皇上，是吗？”

妙心道：“这些人迟早会对皇上动手，与其等到几年后他们势力壮大，神不知鬼不觉潜来王城，不如现在由贫僧带来，还能有所防备。”

“婆轮罗在百余年前便被驱逐出海，按理来说不该与皇上有矛盾。”段白月道，“可是祖辈恩怨？”

妙心摇头：“经此一劫，这伙人至少在此后三十年都不会再主动出手，王爷不必担心，也不必再问了。”

“好吧。”段白月往他面前放了一个小药瓶，“这是伤药。”

妙心重新闭上眼睛。

段白月却并未离开，而是将火堆拨亮了些，嘴角扬了扬：“有时候仰望一个人，是掩饰不住的。”

妙心身形猛然一僵。

“小渊看不到，是因为他压根不想看到。你不敢做的，也不代表就是错的，更不代表本王不敢做。”段白月丢下手中木棍，“不管怎么样，今日多谢。”

妙心眉头拧成死结，直到听他脚步声逐渐远去，方才睁开眼睛，有些失神茫然。

那是高高在上的，遥不可及的，如同一束刺眼光芒，让人无法忽视，却又不可触碰。只是越遥远，便越想握在手心。在意识到这件事后，妙心惊慌失措，连夜辞别离开王城，昼夜不歇回了小叶寺，在那里静心礼佛，才将心中邪念压下。只是有些事情却在心里扎了根，越黑暗越叫嚣，到实在压抑不住时，便寻个无人处发一场疯，只求能轻松片刻，也是因此，才会在荒岛上碰到婆轮罗。

妙心抱住头，痛苦闷吼出声。

“大师。”段念敲敲门，好心提醒，“你还是快些上药吧。”毕竟流了一路血。

段白月翻上马，头也不回折返王城，入宫之时，恰好天色发亮。

楚渊靠在床上，正在看着他。

“被发现了。”段白月举手，“我认错。”

楚渊问：“怎么样了？”

段白月点头：“嗯。”

楚渊笑笑："有劳。"

"要上早朝吗？"段白月问，"我陪你。"

楚渊传来四喜，要了沐浴用的热水，"在外奔波了一晚，还上什么早朝，好好睡。"

段白月点头："也好。"

小内侍鱼贯而入，手中拎着铺满花瓣的篮子，哗啦倒进水中。

段白月："……"

楚渊头疼道："告诉过张嬷嬷多少回，王爷不用准备这些。"

小内侍诚惶诚恐道："嬷嬷说了，王爷平日里不用也就罢了，可大宴前两日是一定要的。"毕竟事关一国体面。

"罢了，朕等会亲自去找她。"楚渊让四喜系好腰带，对段白月道，"不然今日你先凑合？"

西南王看了眼那桶香喷喷的水，心情复杂，若是被师父看到，只怕会与尿床并列天天讲。

然而事实上，南摩邪并没什么心情管他，此时正抱着脑袋满院子嗷嗷乱跑——为何都到了皇宫里，还是一样要被梳头，而且这群人到底是谁，根本就不认识。

张嬷嬷站在台阶上，指挥手下一群嬷嬷将他按住，篦子如飞。大小是王爷的师父，不富贵就算了，至少也要体面干净，将头梳好。

南摩邪惨叫连连，生不如死。

段瑶在屋内用被子捂住头，坚定地重新睡了过去。

下早朝后，慕寒夜精神抖擞去见楚渊，喜滋滋道："昨日的事，楚皇不必言谢，随便给个万儿八千两银子就好。"

楚渊态度和善："慕王先坐，温爱卿随后就到。"

谁？慕寒夜咳嗽两声，坐直道："没有银子也无妨，不如先趁着人少，来谈谈通商之事？"若是等那位温大人来了，要不到银子是一回事，说不定还要被倒忽悠走几百两，这种事先前也不是没有过。

楚渊一笑："也好。"

寝宫内，西南王洗完香喷喷的花瓣澡，打着呵欠上了床，直到被人唤醒。

“都中午了。”楚渊道，“起来吃饭。”

“这么快。”段白月打了个呵欠，“累。”

“方才我在回来的时候，遇到了张嬷嬷。”楚渊道，“她说要教你学这宫里头的规矩。”

段白月瞬间清醒。

楚渊道：“我答应了。”

段白月艰难道：“还要学这个？”

“对啊。”楚渊道，“这深宫大内，规矩礼仪多着呢。”

段白月表情一言难尽，心情亦是一言难尽。

“怎么？不愿意学？”

段白月从牙缝里往外挤字：“嗯。”

楚渊撇嘴：“那可不行，事关皇家体面。”

段白月：“……”

楚渊咬着下唇，实在忍不住笑。

段白月总算反应过来：“骗我的？”

楚渊闷笑：“傻。”

段白月松了口气：“越学越坏。”

“我没骗你，当真碰到了张嬷嬷，那是宫里的老嬷嬷，连母后刚进宫时都要听她教规矩。”楚渊道，“小瑾小时候最怕的就是她。”

段白月发自内心佩服：“原来世间还有叶谷主会怕的人。”

“方才嬷嬷遇到了南前辈，便顺便给他梳了个头。”楚渊道。

段白月道：“噗。”

“这宫里还有许多好玩的人，将来我一个一个说给你听。”楚渊道，“走，我们去吃饭。”

段白月自暴自弃：“我却只想日日吃燕窝。”

楚渊道：“哦，那传张嬷嬷。”

段白月捂住他的嘴，大步出了寝宫。楚渊笑着挣扎，一圈小内侍齐刷刷低头，什么都没看见。

屋外阳光正好。

在一片忙碌中，庆典前的一切事宜总算筹备完成。这一晚，段白月前往一处偏殿想休息片刻，结果进门就见司空睿与段瑶正在笑容满面鼓掌，南摩邪蹲在椅子上摇头晃脑，头发很整齐，后头是一圈追影宫前来送礼的暗卫，以及强行被拖来的七绝国影卫，日月山庄暗卫——吃酒席这种事，自然要拉上好朋友一起，否则人生还有什么意思。

段白月面无表情地转身："打扰诸位，走错门了。"

段瑶飞扑挂在亲爱的哥哥背上，硬生生将他拖回了房内。

段白月心力交瘁，为何他弟越来越像一只猴子。

四喜公公小心翼翼替众人关上门，临走时不忘叮嘱，今晚莫要闹得太凶，明日还要早起。

屋内欢声笑语，并没有人听到他在说什么。

四喜："……"

楚渊独自躺在龙床上，即便梦中也在笑。

第二日天还没亮，宫内便忙碌起来，处处金玉生辉，道路两旁花团锦簇暗香浮动，引来无数彩蝶，与树上的五彩丝线相映成趣。楚渊坐在桌前，让四喜伺候换上了朝服，与西南府那套比起来，要隆重华美许多，是宫中绣娘花了整整一年时间方才制成，锦缎间杂着金线，在朝阳下映出脉脉流光。铜镜中的五官英挺俊朗，恍惚间，像是又回到初见，一转眼，许多年。

"方才听人说，城中今日也是张灯结彩，热闹得很。"四喜道，"百姓纷纷涌上街，比过年都高兴。"

正说话间，殿外便传来鞭炮声，一行人欢欢喜喜簇拥着段白月进来，楚渊抿抿嘴唇，笑着抬头看他。

两人一路骑马前往大殿，阳光融融落满长街。

南摩邪喜得险些要流出泪。

段白月在一旁提醒："红包。"

南摩邪从旁摸出来一个小红包，包得很严实。

楚渊接到手中，脸色一僵，为何还会动。

段白月从牙缝里往外挤字：“师，父。”

楚渊定了定神：“多谢师父。”

南摩邪还惦记着坐轿子游街。

四喜挥挥手，便立刻有八名轿夫抬了一顶披红挂彩的软轿过来，上头铺着华美锦缎，四周围着碧玉雕刻而成的蝴蝶喜鹊与芍药牡丹，连露珠都是用宝石点缀，活灵活现。南摩邪躺在上头，心旷神怡，觉得自己应当能活两百岁。

“起！”轿夫一声长呵，稳稳抬着他出了宫，第一处要去的便是太傅府，另有两名壮汉扛着磨盘大小的鞭炮，只等到了门口点燃。

陶仁德：“……”

这日的皇宫，是前所未有的热闹，直到深夜时分，大殿内的宴席还未结束，宫灯高悬，映着下头喧嚣的人群，美酒一坛一坛被启封，歌舞缠绵笑声不断，都说要不醉不归。待到临近结束，连楚渊也多了几分醉意，被段白月搀着坐回了轿子里。

十日之后，各国使臣陆续离开，慕寒夜则是带着黄远，兴致勃勃前往追影宫找秦少宇叙旧。七绝国影卫生不如死，追影宫暗卫倒是很高兴，甚是还要抢着帮异国的好朋友背包袱。

送走这群人后，宫内便安静了许多。楚渊活动了一下酸痛的筋骨，将厚厚一摞奏折交给四喜，累得不想动：“王爷呢？”

“回皇上，在御花园。”四喜答。

楚渊撑着站起来，一路寻了过去。段瑶正在园子里刨土，打算种些花。

“你哥哥呢？”楚渊问。

段瑶向后指了指：“在练功，不过不让旁人靠近。”

楚渊闻言疑惑，自己往练武场走，段瑶也没拦着，继续刨坑种草。皇上自然不算旁人，不管他哥是在练功还是发疯，都完全可以看。

玄冥寒铁闪着寒光重重插入地下，引来脚下一阵轻颤，楚渊：“……”

“你怎么来了。”段白月被吓了一跳，赶忙收招落地。

“一早上都不见人。”楚渊道，“我批完折子了，找你吃饭。”

两人一道往回走，楚渊突然道：“不如去山海居？”

“怎么，想吃外头的馆子？”段白月问。

楚渊道：“自从大宴之后，还没出过宫。”

段白月想了想：“也好，不过也别去山海居了，去司空的锦缎庄蹭顿饭如何？吃个新鲜。”

“好。”楚渊一口答应，拉着他回去换衣裳。

司空睿听到消息，直感慨，自己还能有被皇上吃白食的一天，也不知此事会不会写进列传。

司空睿开的绣庄不大，距离绣庄不远处的私宅倒是不小，后院小桥流水郁郁葱葱，即便是在盛夏也不觉闷热。家里还未来得及请厨娘，秀秀索性亲手下厨煮了一桌饭菜，虽都是家常，却也是外面吃不到的滋味。

厨房里头，别人家小两口有说有笑忙忙碌碌。厨房外，楚渊与段白月坐在石桌边，喝空一壶茶后也不知该做些什么。按照礼数，似乎应当去灶台边搭把手，但想一想，两人又淡定坐了回去，毕竟连米都不会洗。

不远处的炉火上咕嘟咕嘟煮着鸡汤，香气扑鼻，段白月低声问：“饿不饿，我先去给你弄块肉吃？”

楚渊踢他一脚，丢不丢人。

那坐着也没事做……段白月撑着腮帮子打呵欠，昏昏欲睡。

楚渊看得好笑，司空却刚好端着一大盘凉菜笑容满面跨出门。

段白月表情一僵，掩饰性端起茶杯。

司空睿冷静道：“也不知道为什么，我最近突然患了眼疾，说瞎就瞎。”比如说方才，就什么都没有看见。

段白月从他手中接过菜盘，将人一掌拍回了厨房。

饭厅里嫌闷，众人索性在院中撑开一张圆桌，酒是特意从宫中带出来的雪幽，注入杯中清澈透亮。天边星辰闪烁，耳边蝉鸣叶响，树上挂着大红灯笼，挑出一方温柔亮光。

除了绯霞，楚渊平日里极少饮酒，今日却也破了例，待到宴罢回宫时，已然动也不愿动，只有一双桃花眼里闪着光亮。

如此，真好。

一年后，刘锦德被当众斩首于菜市口，至此楚项叛军全军覆没，而南海也早已恢复了往日的平静，潮起潮落间，无数白色浪花如同细雪，纷扬落在鱼舱之中。商船来往如织，满载着货物与希冀。白象国、翡缅国连同其余岛国水路连通，诸多商队前往星洲补给淡水后，便又会扬帆起航，继续向着深海前行，沿途旭日喷薄，波澜壮阔，各国民风迥异，有文人将其结集成册，百姓争相购买，阅后称奇。

而在茫茫东海，来往渔民亦是喜气洋洋，都说大明王已率旧部接管潮崖，那处海域早就没有了漩涡与迷雾，往后再想远洋便不用特意绕路，还能专程去岛上喝一杯茶。

大楚境内，百姓丰衣足食生活和美。小话本生意照旧红红火火，从追影宫到日月山庄，再到七绝国、朝暮崖，想看哪一处的故事都能买到一大摞。当然，若是与老板相熟，王爷的话本也不是没有，但价格要高一些，若是运气好，还能加送《菩提心经》与一把玄冥寒铁，街头王铁匠打的，质量好，忒沉，剁肉砍柴都好使。

天和门外，数千军人整齐列队，最前方傲然而立的是一位玄衣少年，英姿勃发神采飞扬，眉眼依稀与年少的楚渊有些相似，正是当年的小满，如今的宁王楚怀熙。四周臣子都在心里感慨，如此年少便率军东征西战，追着婆轮罗从南洋一路打到西域，据说连妖僧老巢也被一把火烧成废墟，被狂风吹散在了大漠中。

少年笑容桀骜，腰间长剑折射出炫目明光。

翌日，御书房中。

楚怀熙单手撑着腮帮子，看着面前的新上任的太傅：“当真要罚抄吗？”

温柳年坚持：“晚来一刻钟，便要多抄二十遍。”

即便战功赫赫，那也不能免。

桌上冷不丁出现了一只胖虫。

温柳年：“……”

于是当夜，温柳年在丞相府收拾包袱，打算告老回乡。要教一个长得像皇上的年轻西南王，这种事想一想便精疲力竭，不如早些辞官。

御书房前，太子正在意料之中被父皇罚跪，看着满天星星撇嘴。

义父也不帮自己求求情。

段白月咳嗽两声："还不打算让那小鬼起来？"

楚渊放下手中折子，头疼道："跪够两个时辰，我自然会让他回去。"

"一个时辰得了。"段白月道，"一只乌头虫而已，又没毒，当年我也经常往夫子杯子里丢。"

"还好意思说。"楚渊光火，"就是你教出来的，若是将温爱卿吓出好歹，你便与那棵树一起待着！"

段白月笑容淡定："好好好，你继续看折子，让那小鬼继续跪着便是，我不管了，两个时辰太短，不如跪一夜如何？"

楚怀熙在外头听到，抽抽嘴角望天。

春去夏来秋流转，时间也一寸寸从指间流走。炎炎盛夏，北行宫内却分外凉爽，湖面一叶扁舟停泊，楚渊与段白月一道，听远处丝竹声声，笑语阵阵。

"还记不记得我们第一次来这里？"段白月问。

楚渊点头，坐起来看着他，依旧是熟悉的英挺眉眼，像是一直就未曾改变，想起当初在北行宫内的分别，却又恍惚觉得早已万水千山。

"想好了？"段白月道。

楚渊点头："嗯。"

段白月笑笑："舍得？"

"有何舍不得？"楚渊回，"早就说定了。"眼底清澈灵动，一如当年。

三月之后，一道消息震惊全国，天子楚渊退位，太子楚怀熙登基为帝，改国号天和。

新帝登基，天下大庆，连卖枣糕的小摊生意也好了许多，小摊主忙得顾不上歇息，刚出锅的糕点热气腾腾用荷叶一裹，香气能传遍整条街。别说是寻常百姓，就连达官贵人与江湖大侠也喜欢吃。比如这位白衣客人，天还没亮就来敲门，死活也要买一块糕。

回到客栈后，楚渊还未起醒，段白月蹲在床边，将香喷喷的枣糕凑在他鼻子前。

“起来，去看日出。”

冬日天寒，山里的人也少了许多，挺清静。后山一处陡峭悬崖，段白月单手拖住楚渊，纵身一跃而上，脚尖如履平地般掠过枯藤与石壁，须臾便到了山之巅。远远望去，恰好一轮朝阳喷薄而出，驱散山间霭霭白雾。

“冷吗？”段白月问。

楚渊摇头。四野寂静如斯，云端华光万里，日光照耀下的每一座城池，每一道山峦，每一条河流，每一棵树，每一朵花，都曾是并肩守护过的江山，而在歇下肩头重任后，也终于能就此归隐，从此恬淡安稳，看尽世间。

数月后，两人抵达大理，城中百姓载歌载舞，西南府内结彩张灯，已经先一步抵达的四喜公公守在门口，乐呵呵道：“皇上。”

“我现在可不是皇上了。”楚渊笑着拍了一把他的肚子，“走吧，去看看你的住处。”

段白月奇道：“师父今日居然梳了头。”

南摩邪蹲在台阶上，生不如死——若非是被强行压住，谁要梳头。

“小王爷写了书信回来，应当下月才会到。”金婶婶道，“路上还要耽搁一阵子。”

一条大蟒嘶嘶爬过房檐，段白月抬手将其打落，头疼道：“说了多少回，藏好。”

藏不住啊……金婶婶很是为难。这可不比先前皇上来，藏个三四天还成，现在要长住，总不能一直将阿青盘在缸里。

恰逢八月时节，漫山遍野绯霞开得正艳，段白月与楚渊登上高处，段白月道：“明日教你酿酒？”

楚渊问：“绯霞吗？”

段白月点头：“嗯，你最爱的酒。”

楚渊答应：“好。”

段白月问他：“你知不知道，酿酒的第一步是要做什么？”

楚渊想了想，道：“买坛子。”

“坛子有家丁去买。”段白月道，“不过米要自己洗。”

楚渊淡定道：“那还是你自己去酿吧。”

谁要洗米。

即便是退了位，那也不洗。

段白月忍笑。

院落极大，也极静。每一个清晨都有阳光洒进窗棂，楚渊睁开眼睛，一只漂亮的金色的大甲虫正趴在床头，抱着一根草哨——是当初师父送的红包。

楚渊懒洋洋伸出手，让它顺着爬在自己的手背上，带着去洗漱。

段白月很是欣慰，按照这个趋势，那再过数月，应当就能将小青从缸里放出来，重新盘回房梁。

春光三月，王城皇宫。

年轻的帝王放下手中奏折，随手端起身边酒盏一饮而尽，是西南府刚送来的礼物——据说是父皇与义父亲手酿的酒，入口余味绵长。

“皇上。”薛将军奏报，“听闻前段时日，西南府的船队驶出关海，像是要去哪处海岛。”

“绯雪。”楚怀熙道。

薛将军没听清：“皇上？”

“那处海岛叫绯雪，据说岛上亭台飞瀑巧夺天工，奇花异草美不胜收，是人间仙境。”楚怀熙道，“先前朕在西南的时候，经常会帮义父酿酒，他喜欢雪幽，可最常酿的酒却是绯霞，每隔一段时间就会派人送往王城，风起之时，满街都是酒香。”

薛将军看了眼桌上的酒壶。

“这可不是绯霞。”注意到他的视线，楚怀熙大笑道，“义父的绯霞，此生都只会酿给一个人。”

浩渺南海波光粼粼，楚渊站在礁石上，听风从耳畔飒飒而过。

段白月站在身旁。

天边云霞灼灼，海浪冲刷着白色沙滩，卷上无数晶莹细碎的贝壳，又在下一瞬将其带回深海，如此周而复始，生生不息。举目远望处，潮起潮落，皆浮光绚丽，浩瀚无边。

是曾经并肩作战的铁血疆场，也是繁华过后，人生终归寂静的安宁乐土。

两人默契相视一笑，低声细语，一同慢慢回了住处。

身后长风千里，碧波万顷，半天火烧流云。

是如画的江山。

生辰

正月二十八，虽说已经过完了年，宫里头却依旧是喜气洋洋，热闹非常。谁都知道皇上最宠爱太子，再过五日便是他的十六岁生辰，可马虎不得。

四喜公公在外头小心翼翼地叫："太子爷，皇上有旨，宣您即刻前往御书房。"

楚渊放下手中书册，歉意地向陶仁德行礼："太傅大人见谅。"

"太子言重了，这几日事情多，少上几堂课也无妨。"陶仁德道，"那今日便到此为止吧。"

楚渊点头，叫来内侍先将陶仁德送出宫，方才换了身衣裳，前往御书房。

"是好事。"途中，四喜道，"据说皇上高兴得很，龙颜大悦。"

"能让父皇喜欢的，可未必就是好事。"楚渊拍了拍他的肚子，"忘了上回那回疆公主？我可是在正阳殿跪了整整三天，你也不知道给我送些糕饼。"

四喜赶紧摆手："这回不会了，这回来的是丹东王，丹东那头可没有年龄与太子相仿的王室女子，想送来和亲也不成。"

楚渊笑着摇摇头，抬脚跨进了门。

御书房里，当朝天子楚稷正在翻阅奏章，见到楚渊进来，招手道："快些过来。"

"儿臣参见父皇。"楚渊行礼。

"这个时辰，想来你应该还在念书。"楚稷道，"不过你母后却说朕将你管得太严，这快要过生辰了，理应轻松一些，看些有趣的东西，而不是日日对着陶仁德那张惹人心烦的老脸。"

楚渊笑道："太傅大人又惹父皇不高兴了？"

"他就没有让朕高兴的时候。"楚稷走下龙椅，"早上还递了个折子，谏了一堆，也不知到底要说个什么事，聒噪至极。"

楚渊扶着他一道往外走："那父皇可要去御花园散散心？"

"去国库看看。"楚稷道，"虽说这回没有宴请八方，周边各国却也送了不少稀罕物件给你庆生，挑挑看有没有喜欢的。"

"是。"楚渊问，"各国都送了吗？"

"我的渊儿过生辰，谁敢不送？"楚稷拍拍他的手，"就连南洋几个岛国，也一早就送来了蜜饯果品与珍珠宝石，说是图个好兆头。他们可不傻，这几车蜜饯，将来或许会换得无数与大楚通商的机会，一本万利的生意，谁不想做？"

楚渊道："多谢父皇教导。"

楚稷摇头："这些即便朕不说，你也懂。内敛些是对的，可偶尔嚣张些也无妨，大楚的太子，不霸气可不成。"

楚渊笑笑："是。"

由于各国的礼物是陆续才送到，因此尚未来得及收归国库，正摆在屋内清点。楚渊一处处看过去，稀罕物件还当真不算少，甚至还有一把玲珑弓，算是传闻中的神物，可射星穿月。

“只有这些吗？”楚渊问。

“只有这些还不够？”楚稷大笑。

楚渊道：“西北，东北，东南，南洋，差一处。”

“也对，你不说，朕还没注意。”楚稷道，“西南府的礼物至今未到，这可不是段景的作风。”

楚渊淡淡道：“儿臣随口一提罢了，年年都是送药材与锦缎，今年想来也是一样，没什么稀罕的。”

“可数月前，西南王府就递来了折子，商议送礼之事，还说是由世子亲自押运前来。”楚稷皱眉，“理应不该拖这么久。”

楚渊眼底一亮，却很快便恢复如常。

“那或许，是路上耽搁了吧。”

官道上，一个白衣少年正在策马前行，五官霸道邪气，肩头落满余晖。黑色骏马一路绝尘，速度如同闪电奔雷。

十几里地外，西南府的车队正在紧追慢赶，险些赶断气——按理来说这大楚太子的生辰还有几日，退一步说，就算晚个三五天也无妨，何必如此拼命。

“驾！”段白月一甩马缰，眼底写满笑意。

马夫抱着树喘息，不追了不追了，世子疯了，追不上了。

一日，两日，三日，四日后。

楚渊道：“太傅大人。”

“太子何事？”陶仁德放下手中的书卷。

楚渊道：“我饿了。”

“饿了啊。”陶仁德看了眼外头，恍然一拍脑门，“哎哟，这天都黑了，怎么也不见四喜来叫。”

“四喜来过了。”楚渊道，“只是见太傅大人正在授课，便又悄悄退回去了。”

“这可就是老臣的不是了。”陶仁德道，“太子快些去用膳吧。”

“多谢太傅大人。”楚渊伸了个懒腰，看着心情颇好。去吃了几口粥饭小菜后，便回了寝宫，将四喜也打发出去，自己早早上床看书。

到了后半夜，窗户轻轻响了一声。

楚渊头也不抬，懒洋洋道：“抓刺客。”

段白月看着他笑。

“三更半夜，来做什么？”楚渊丢下书，抬手。

“给你庆贺生辰。”段白月蹲在床边，“外头可没多少人把守，知道我会在今日来？”

楚渊道：“不知。”

段白月辩解：“在路上耽搁了两天，来晚了，可也不算迟，是不是？”

楚渊问：“不算迟？”

段白月道：“明日才是你生辰。”

楚渊指指天色："已经过了子时。"

段白月："……"

楚渊问："晚了吗？"

段白月识趣："晚了。"

"好了，退下吧。"楚渊靠回床头，"本王要歇息了。"

"不问我为何会耽搁？"段白月鼓着腮帮子。

"与我何干。"楚渊用书遮住脸，"四喜，四喜，四喜！"

"四喜去睡了，我特意看过。"段白月坐在床边，"别的礼物能送给国库，有两件可不行，你得亲自收。"

"是什么？"楚渊挑挑眉梢。

段白月打开随身带着的包袱，里头赫然一个人头骷髅。

楚渊："……"

段白月道："猜是谁。"

楚渊道："你若能留一张皮，我还能猜。"

"是高德。"段白月道。

楚渊皱眉："楚项的人？"

"他上回派人刺杀你，我可一直记在心里。"段白月道，"此番前来王城，恰好得知他被楚项暗中派往随州，那是你的地方，要去做什么不言自明，索性一刀宰了干净。"

楚渊道："丢远些。"

"还有件东西。"段白月道，"再猜一回？"

楚渊道："楚项的脑袋。"

"你想要他的命，我迟些再给你。"段白月展开手心，"过生辰，自然要图个吉利。"

"糖？"楚渊不解。

"是西南的五福糖，幸好你的生辰不在三伏天，否则一路怕是早化了。"段白月道，"在西南，满了十六岁人人都要吃，吃了才能长高。"

楚渊对此毫无兴趣。

"吃一个。"段白月哄骗，"就一个。"

"不吃。"楚渊道，"有毒。"

段白月自己吃了一个："喏。"

楚渊道："还是有毒。"

段白月问："要怎么样才肯吃？"

楚渊道："看你这般穷追不舍，想来也不是什么好东西，死也不吃。"

段白月："……"

"退下吧。"楚渊裹紧被子，"带走你的贺礼，本王阅过了。"

段白月道："这糖我贴身带了一路。"

楚渊索性连脑袋都捂住。

那就更不吃了。

段白月叹气："好好好，我走便是。"

楚渊道："带上窗户。"冷。

段白月道："那明日宴席时，我要坐在前头。"不要又像上回，将自己安排到偏位，肥头大耳的回屾太子倒是坐在首位，与他相谈甚欢。

楚渊闷笑，直到听到他离开，方才揭开被子。

第二日傍晚，楚皇大宴群臣，西南府世子自然也在受邀之列，而且当真是坐在首位，与太子仅三尺远。

段白月心情甚好。

众人举杯相庆，很是喜乐融洽。酒过三巡菜过五味，歌姬舞娘献艺助兴，内侍也撤了酒菜换上点心，头盘便是楚渊平日里最喜欢的荷花糕，清淡又雅致，方方正正一小块，入口即化滋味正好。

楚渊拈起一块，送进了口中。

绵软化开之后，却有一个硬硬的小糖块，酸酸甜甜。

楚渊皱眉看向段白月。

世子爷单手撑着腮帮子，望天。眼底有些笑意，有些无辜，有些无赖。

楚渊叫过四喜低语几句。

四喜面色为难。

楚渊道："去吧。"

四喜哭笑不得，出去端了一个金盏回来，放在段白月面前，悄声道："世子，这是太子……请您的。"

"渊儿。"楚皇看到后，打趣道，"莫非你还私藏了佳酿不成，连父皇都不知道，怎么就单单送给世子。"

"太烈，父皇还是少饮为好。"楚渊面不改色，继续坦然吃点心。

段白月端起那杯陈醋，仰头一饮而尽，淡定无比："太子所言甚是，的确有些烈。"

一盏醋而已，只要肯乖乖吃了糖，再喝一缸也无妨。

大理城内，卖此糖的小摊子生意也极为红火，这五福糖可缺不得，吃了日子能甜甜蜜蜜。

年少

初夏，荷香，风徐徐。

东宫里头，楚渊坐在案几后，正在随手翻看面前一摞闲书——是先前护卫出宫时带回来的，写些民间趣闻轶事，看着还挺有意思。

过了午时，气温变得有些闷热，四喜推门悄悄看了一眼，小心翼翼道："太子，可要传些消暑的甜品上来？"

"不吃。"楚渊丢下书，"父皇那边今日要宴请西南王，这阵该开始了吧？"

"小半个时辰前便开始了。"四喜道，"高丽王也在，还带了舞姬助兴，听说热闹得很。皇上方才还差人传话，说太子若是身体舒服些了，便也一道过去。"

楚渊撇嘴："我不去。"

四喜自然知道他并未中暑，却也不知他究竟在为了何事闹别扭。早膳午膳都不肯吃，也不去赴宴，一直就坐在书房里闷不吭声翻书。想了想，还是壮着胆子道："老奴方才问过了，这回进宫的只有西南王，段小世子不在。"

楚渊闻言一皱眉，抬头道："他这回没来？"

"来是来了，可没进宫。"四喜道，"据段王爷说是要去见几个江湖上的朋友。"

"江湖上的朋友？"楚渊站起来，"是谁？"

"这就不知道了。"四喜为难。

楚渊又问："去了哪里？"

四喜赔笑："这个，也不知。"

楚渊："……"

楚渊道："哼。"

"太子，太子慢着点走。"四喜跟在后头小跑，"当心摔了。"这又是怎么了啊。

楚渊一路回了寝宫。

"太子？"四喜笑呵呵试探。

"谁来也不许吵。"楚渊扯过被子捂住头。

"是。"四喜看得心发虚，这大热天的，闷坏了可如何是好。

过了一阵子，楚渊将被子推到一边，趴着继续睡。

四喜偷偷摸摸将脑袋探进来。

楚渊幽幽与他对视。

四喜赶忙退回去，站在门口继续纳闷，还当小世子不来宫里是好事，怎么太子这阵看上去，心情反而还不如头几回。

再过一个时辰，便又有侍卫来通传，说宴席已经散了，西南王等人也回去了，皇上让太子好好休息，就不必过去了。

楚渊道："晚膳也不必备了。"

四喜道："啊？"

"谁也不要跟来。"楚渊翻身下床，"我去御花园逛逛。"

四喜揣着手直叹气，这西南府的小世子也不知是怎么回事，回回不管进不进宫，怎么都有本事将太子惹毛。

夜色渐深，城中的热闹却半分未消。酒楼中觥筹交错，门前两串大红灯笼随风摇摆，街上百姓有说有笑，天南海北各地的客商都有，只要扯着嗓子喊一声，保管有同乡应答，拉着一起到街边喝碗消暑的绿豆汤，便又多了个朋友。

司空睿道："啧啧，果真是大地方。"

段白月问："当真要管这门闲事？"

"如何能是管闲事。"司空睿道，"解救漂亮姐姐于水火，这是善举，搬到戏台子上也能唱三天。"

段白月抬头看了眼面前披红挂绿的楼宇，问："后门在哪？"

"又不是没银子，走甚后门。"司空睿扯了扯腰带，"我们大摇大摆进去。"

段白月道："你看上去只有十二岁。"

司空睿道："我本来就只有十二岁。"

段白月看着他。

司空睿沉思片刻，道："不如你来演客人，你年纪大些，明年就能满十五。"

段白月又问了一次："后门在何处？"

司空睿悻悻伸手一指，还是很想走前门。

段白月纵身跃起，两步翻过了小巷，司空睿紧随其后，只是一眨眼的工夫，两人便消失在了夜色中。只留下一个白白嫩嫩的小男孩，穿着锦缎戴着玉，手里举着一个糖人，站在原地一脸茫然。

段瑶："……"

段瑶道："哥。"

过来一个人贩子，看着四下无人，笑呵呵抱起来就走。

段瑶："？"

司空睿后知后觉，道："我们好像把瑶儿弄丢了。"

段白月道："无妨。"

司空睿道："哦。"

醉香楼里头不算小，段白月问："你要救的人在何处？"

司空睿道："若按照戏文里的套路，八成在柴房。"

段白月随手拎过一个人，问："柴房在哪？"

那人醉眼昏花，道："小月儿，给本大爷舞上一曲。"

段白月飞起一拳，将人打到了水缸里，哗啦一声响后，便是一声杀猪般的哀号："杀人了啊。"

"喂喂喂！"司空睿忙不迭将段白月扯走，在龟奴赶到前纵身飞上一栋三层小楼，"别捣乱啊，说好是来救白日里那姐姐的。"

段白月一把扒开他，趴在栏杆上往下看。

司空睿笃定道："我已经看到了柴房。"

"我在这里替你望风。"段白月拍拍他的肩膀，"你快些去吧，说不定白日里那姐姐受人欺负，此时正哭着等你去救她。"

司空睿一听，撸起袖子便去了柴房，气势汹汹。

段白月整了整衣服，从楼下一跃而下，稳稳落在一条安静的小巷子里。

楚渊被惊了一下。

段白月笑道："你怎么来了。"

楚渊抬头看了眼他跳下的小楼，道："我来逛青楼。"

段白月："……"

段白月道："你听我解释。"

"要你解释作甚。"楚渊绕开他继续往前走，"要做什么自便，别跟着我。"

"我是被朋友硬拉来的，他要救一个大姐姐。"段白月道，"那姐姐白日里在街上被人欺负，嘶……好好好，我错了，我错了错了。"

楚渊松开手："不，准，跟，着，本，王。"

"原本想着入夜再来找你的。"段白月挡在他面前，"白日里那宴席有高丽王在，我知道你定然不会去。正好瑶儿头回来王城，我便带着他看看热闹。"

"你弟弟？"楚渊问，"他人呢？"

段白月四下看看，道："找不着了。"

……

段瑶道："我想吃那个。"

人贩子只当拐了个大户人家的傻儿子，怕他吃不到又在街上闹，便从兜里摸了铜板出来买。谁知这一买便一发不可收拾，沿途见着什么都要，吃的玩的穿的，甚是连一串干辣椒都要买，好不容易遮遮掩掩将他抱回家，心里直肉痛方才花出去的银子，又一想，这富贵人家的小公子或许身上会戴些金锁扣银镯子，于是便上手去他的小布兜兜里掏。

段瑶咬着面糕，嘴里含糊不清道："会咬人。"

那人贩子惊呼一声跌坐在地，看着胳膊上一条红黑相间的小蛇，半边身子冰冷发麻。

段瑶将面糕咽下去，奶声奶气又重复了一遍："有毒，会咬人。"

屋外，西南府的杀手不耐烦地哐哐敲门，心说这人，抱着我家小公子回家作甚，还当是什么了不得的大人物，结果跟了一路也没见有动作。

段瑶自己噔噔跑出来，手里拖着一串干辣椒，挥手："走，回去！"

下属答应一声，抱着他翻身上马，一路风驰电掣回了皇宫。

楚渊远远见着，问："是你西南府的人？"

段白月点头，靠在栏杆上吹风看夜景。两人此时正在一座宝塔上吃东西，往下看去，整座王城灯火烁烁，一派盛世之象。

段白月递给他一条烤小鱼。

楚渊道："不要，辣。"

段白月道："西南的东西都辣。"

楚渊看着远处："与我何干？"

段白月嘴里嘀咕了一句什么。

楚渊抬手一巴掌拍过去。

怎么这么凶啊……段白月叼着半根鸡翅，一脸衰相。

"伤好了吗？"过了一阵子，楚渊又问。

段白月撸起袖子给他看——胳膊上有一道红色的狰狞伤疤，虽说创伤已经愈合，看着却依旧让人后怕。

"命大，骨头没断。"段白月喂给他一个糖果子。天气太热，上头裹着的糖粉已经融了大半，留下黏糊糊的糖浆在手上，段白月自己吮了吮手指，又问："还想吃什么？我买给你。"

楚渊拉住他的手。

段白月心里一惊一喜，还没来得及反应，却已经被拖着跳下了九层宝塔，耳畔风声呼啸，须臾便落在地上。

"吓死我了。"段白月长出一口气，"幸好我反应快，不然摔了你怎么办。"

楚渊："……"

他一直以为自己功夫不算低，但为何这人居然能在眨眼间便将自己拉住，还是在半空中，简直见了鬼。

"怎么了？"段白月凑近他，小心地问。

"没。"楚渊有些不自在，躲开他的视线。

段白月笑。

楚渊皱眉："笑什么笑！"

"笑还能为什么。"段白月有些无赖道，"高兴呗。"

"走吧。"楚渊道，"带你看样东西。"

段白月问："看什么？"

楚渊道："出城。"

段白月意外："这会儿出城？"

楚渊却已经独自向城门走去。

有守卫盘查，光明正大出不去，不过两人都是高手，轻而易举就翻出了城。山道上极为寂静，走了约莫一个时辰，方才到了一处山岗。阴风阵阵，四周都是腐臭的气息。

段白月有些不解："为何要来乱葬岗？"

"这下头躺着的，便是当初伤你的人。"楚渊道，"十八个，一个也不缺。"

段白月皱眉："说了你不准插手，若是被皇上知道，这可不是小错。"

楚渊道："那阵我没收到你的回信。"

段白月："……"

半死不活躺在床上，要怎么回。

楚渊道："所以他们必须死。"

段白月哑然。

"你没事就好了。"楚渊淡淡道，"回宫吧。"

山道很窄，段白月护在他身后，一边走一边道："又不高兴了？"

楚渊没说话。

段白月抓心挠肝，道："我也不是故意不回你书信，下回，下回就算我胳膊断了，也……小心！"

楚渊揪着他的衣领，将人重重按在山壁上。

"老天。"段白月，使劲让两人换了个位置，方才松了口气，"下头是悬崖，你不要命了。"

楚渊与他对视，半空月色皎洁，隐匿的星辰悉数落在眼中。

段白月一愣，觉得自己应当是眼花，想要凑近看清些，楚渊却已经将头扭向一边，只留给他一个侧脸："放开我。"

段白月有些手足无措，满脑子都是方才那一瞥。他先前只会将人惹炸毛了再觍着脸皮哄，却没想过要是惹红了眼眶，接下来要怎么办。

四周很安静，楚渊道："以后别受伤了。"

"我不会出事的。"段白月跟在他后头，急急忙忙道，"我要长命百岁，将来，将来还要带着，回西南。"最后说得声音极小，也不知对方是听清了没。

楚渊加快了脚步。

段白月又道："西南可好了。"

楚渊问："有多好？"

"洱海边的景致比三月江南还美。"段白月道，"想吃什么都有，隔三岔五便有集会，十里八乡的寨子都会聚集在一起载歌载舞，怎么样，喜不喜欢？"

楚渊道："不喜欢。"

段白月趁机道："西南还有我呢。"

楚渊停下脚步。

段白月神情雀跃。

片刻之后，山道上鸡飞狗跳，西南府的世子爷抱着头到处跑。

“当我没说，当我没说行不行？喂喂这里是枣刺，这里是水塘……啊！”

扑通一声响，溅起一人高的水花。段白月擦了把脸上的水，扑腾到岸边欲哭无泪：“都说了有水塘。”

楚渊：“……”

“一起下来？”段白月伸出手，“还挺凉快。”

楚渊道：“想得美。”

段白月冷不丁朝他做了个鬼脸。

楚渊：“噗。”

“肯笑了啊？”段白月朝他弹了弹水花，“傻。”

楚渊丢给他一块手帕，自己转身往山下走。段白月紧走几步追上去，湿答答有些狼狈，却也不以为意，心里头反而挺畅快。

月色如水，将两人的影子拉得很长很长。

比武

傍晚时落了一场雨，夏夜顿时凉爽许多，处处都是槐花香。

几匹骏马闪电一般在山道上疾驰，打头的是一个白衣少年，十四五岁的年纪，银冠玉带春风得意，腰间佩着一柄长刀，回首之间，眼底的光映着天上的月，仿佛整个人都是亮的。

西南府的侍卫紧随其后，心里都在想，世子爷这回可当真是心情好，好到连一丝掩饰也懒得有，就这么大剌剌将“高兴”二字写在脸上，任谁都能看出来。

皇宫里，楚渊正在御书房看折子，夜半时分，四喜在旁小心翼翼道：“太子，该回去歇着了。”

“不困。”楚渊头也不抬。

“可明早还要前往鹿山别院，卯时便要动身了。”四喜提醒。

楚渊道：“不去。”

四喜愁眉苦脸：“皇上已先一步到了鹿山，太子怎可说不去就不去。”

“父皇是去避暑围猎，我为何非得跟着去？”楚渊道，“在宫里也挺好，还清静。”

四喜继续劝：“太子先前年年都去的，今年突然不去，怕是说不过去。”

楚渊丢下折子，往后瘫靠在椅上，满脸不悦。

四喜却看得有些想笑，平时在皇上面前不管坐着站着，后背总是挺直，这偶尔赌气犯懒一回，才总算是有了几分孩子气。

楚渊问：“丹东王去吗？”

四喜道：“自然是去的，今年鹿山可热闹，各地封王都会来。”说完又道，“除了西南府。”

楚渊：“……”

楚渊道：“非去不可？”

“这……太子若实在不想去，不去，也成。”四喜从小就疼他，见这满脸的不甘愿，到底还是舍不得，于是低声道，“可太子得找个理由。”

楚渊问：“装病啊？”

四喜嘿嘿干笑：“太子最近原本就不舒服，今儿早上不还说头疼。”

楚渊将狼毫洗干净，站起来道：“走吧，回宫。”

“那老奴去传太医？”四喜试探。

“不必了。”楚渊道，“不就是鹿山吗，我去。”

四喜闻言顿时松了口气，一路回东宫伺候他歇下，心里却也纳闷，也不知今年太子是怎么了，为何一提鹿山便满心不高兴。

楚渊趴在床上，手中攥着一根玉笛，闭着眼睛也不知睡没睡着。第二天东方初露白，四喜轻手轻脚进来，在床边小声道：“太子，该起来了。”

楚渊扯过被子捂住头，过了好一阵子，方才伸出一条胳膊。

四喜乐呵呵，将他扶了起来，一边换衣服一边道："这回是宁将军亲自来接，说鹿山别院中山枣长得正好，又红又甜。"

楚渊道："哦。"

四喜咳嗽两声，识趣噤声。怎么连山枣都不感兴趣了，去年不是很喜欢的吗?

马车一路驶出皇宫，楚渊靠在窗口，耳边风声阵阵，倒也将心里的烦闷吹散不少。

鹿山行宫距离王城不远，快马加鞭七八天就能到。待楚渊一行人抵达时，行宫内也正好散了一场晚宴，宾主尽欢，楚皇带着七分醉意，大笑着将楚渊叫到身边问了几句话，便打发他回去歇着，说明早再去怀乡亭。

楚渊应了一声，告退后独自回了住处，是一处挺安静的小院子，有树有水有石磨，连桌上的点心都是此处特产的粗米饼，四喜道："太子尝尝?据说挺出名。"

楚渊咬了一口，撇嘴："八成是因为难吃才出名。"

四喜笑道："那老奴这就传人撤了，换成从宫里带出来的蝴蝶酥。"

"不必了。"楚渊道，"累了这几天，你也回去歇着吧，我一个人坐一阵子。"

"是。"四喜又叮嘱，"明早怕是也要早起，太子可要早些歇息。"

楚渊点点头，待他走后，便独自一人坐在院中，盯着月亮发呆。

院外传来一阵蝉鸣。

楚渊："……"

片刻之后，蝉鸣戛然而止，墙头传来一阵窸窣之声。

楚渊："……"

段白月双手攀上院墙，露出脑袋看着他笑。

楚渊："……"

"嘘。"段白月跳到院中，对他做了个噤声的手势，拉着人的胳膊就跑回了卧房。

楚渊："……"

"没人看到我。"段白月关上屋门，拍拍胸口松了口气。

楚渊继续看着他。

"说话呀。"段白月道，"高不高兴?"

过了半天，楚渊才纠结道："你……"

"我，我怎么了?"段白月问。

"你翻墙做什么?"楚渊指着外头。西南府世子，又不是江湖小毛贼，难道不该堂堂正正被请过来。

"父王有事来不了，可若我独自一人来，未免又太失礼。"段白月用袖子擦了把脸，"父王不准我来，师父也不准我来，我只好偷偷跑来了。"

"不准来，别来就是了。"楚渊坐在凳子上。

“那不行。”段白月蹲在他面前。

楚渊嫌弃：“脸脏死了。”

“我一直躲在外头草丛里，皇上少说也派了三支御林军护着这小院。”段白月苦着脸，“里三层外三层的，比幻崖还难闯。”

楚渊拍拍他，出门要了热水，看着他将脸洗干净。

段白月放下帕子：“你笑什么？”

楚渊表情一僵，道：“我没笑。”

段白月摸摸肚子，四下看了眼，问：“桌上的点心能吃吗？”

楚渊道：“我替你传膳。”

“别了，吃几个饼就成。”段白月坐在桌边，“听说你明早要去怀乡亭比武？”

“比武？”楚渊递给他一杯茶，“父皇只说了要我去怀乡亭，没说是为何要去。”

“我听那些御林军闲聊时说的。”段白月道，“这次有几个漠北部族的贵族少爷，估计就是同这些人比试。”

楚渊道：“你认识他们吗？”

“不认识，不过据说功夫不低。”段白月道，“你要小心些，我也会在暗中护着你。”

楚渊道：“早知如此，就不来了。”

段白月伸出手指，戳了戳他的肩膀。

楚渊挪着椅子坐远了些，道：“吃你的点心！”

段白月已经饿了一天，此时倒也不挑，觉得那些粗米饼还挺好吃。楚渊下巴抵在桌上，看他一口气吃了大半盘，心里盘算，挺好养。

“太子。”有内侍在外头轻声道，“该歇下了。”

“你睡吧。”段白月咕嘟咕嘟喝了半壶茶，擦了擦嘴站起来，“我去外头。”

楚渊问：“外头？”

段白月答：“对，有棵大槐树，枝繁叶茂的，旁人定然不会发现。”

楚渊：“……”

楚渊道：“哦。”大槐树。

“你也别怕，明日比武有我在，没人能欺负你。”段白月拿起桌上长刀，想了想又从怀中取出一个小瓶子，“这个给你。”

楚渊背过双手，道：“虫？”

“不是虫，是药。”段白月拔开塞子，“这山上蚊虫多，随身带着，免得被叮咬。”

药啊。楚渊道：“多谢。”

“那你睡吧。”段白月道，“明早我再偷偷溜进来。”

楚渊眼睁睁看着他出了房间。

……

桌上还剩下一块粗米饼，楚渊想了想他方才的狼吞虎咽之相，自己也犹豫着拿起一块，咬一口觉得似乎不难吃，便就着冷茶慢慢吃完，方才洗漱歇息。

枕边的草药瓶并不难闻，还有些幽香，楚渊将手伸到枕头下，握住那短短的玉笛，也没再想第二天比武的事情，很快便睡了过去。段白月靠在外头的树杈上，看着透过窗棂的暖暖烛火，吹着小风，也觉得挺惬意，想七想八不舍得睡，只在天快亮时稍微眯了片刻，谁知再睁眼就看见门口已经站了一圈内侍，四喜公公正在门口低声道："太子，该起来了。"

段白月："……"

楚渊靠在床头，懒洋洋道："进来吧。"

"太子。"四喜进屋后往桌上扫了一眼，被空盘子震了一下，"这……"

楚渊无辜道："昨儿半夜饿醒了。"

"是老奴失职了。"四喜将他扶起来，"太子下回可莫要再吃这些东西了，一口两口尝个新鲜也就罢了，这一口气吃一盘，今日还要比武，若是伤了胃可怎么得了。"

楚渊让他伺候着洗漱完，道："不去饭厅了，将早膳传来卧房吧。"

四喜应了一声，刚要出门，楚渊又道："多送些。"

四喜面露难色，这一大盘子米饼吃下去，还当早饭顶多再吃一小碗银丝面配一壶茶，怎么还要多送些。

楚渊皱眉："饿着肚子，比武之时打不动。"

四喜只好依言照做，在心里自己寻安慰，或许是这山中凉爽宜人，所以太子胃口也比往常好了许多，不妨事。

早饭是山里特有的野菜猪肉饼，楚渊撑着腮帮子坐了半天，段白月才从窗外钻进来。

"去哪了？"楚渊问。

"洗了把脸。"段白月拉开椅子坐下。

楚渊道："我把院子里的人都支开，你却跑去外头洗脸？"

段白月道："灰头土脸的，你又要嫌弃我。"

楚渊盯着他看了一会，点头："没错。"

一顿早饭吃完，段白月道："时间差不多了，比武之时别怕，嗯？"

楚渊道："比武而已，又不是打仗，有何好怕的。"

"怕输啊，那多没面子。"段白月双手扶住他的肩膀，"不过别怕，有我在，你不会输。"

"输就输吧，最近动作有些大，早就有人看我不顺眼，输一场两场，也好让他们安心。"楚渊回到床边，从枕头下拿出那支玉笛，"这个送你。"

段白月惊讶道："送我？"

"知道你不会吹，也听不懂。"楚渊撇嘴，"可上回你说要找玉笛送人，恰好宫里有，要不要？"

段白月诚心实意道："听我还是会听的。"又不聋。

"那到底要不要啊？"楚渊难得拉长语调，眼角上扬，笑眯眯的。

段白月深吸一口气，将玉笛攥进手里。

自然是要的，而且要了就是自己的，谁还舍得送人。现在不会吹，学一学，总是能学会的。

西南府世子对自己极有信心，再难还能比打仗难。

没多久，四喜又来催了一回，段白月问："那你到底是想赢还是想输？"

楚渊想了想，道："赢。"

段白月道："要赢，可又不想让对方太没面子，还不能让朝中那些人太眼红，是不是？"

楚渊点头。

"我知道了。"段白月道，"去吧，你先自己应付，若应付不来，我再帮你便是。"

楚渊叮嘱："你自己也要小心。"

段白月笑笑，目送他一路出了房间，自己也转身跃出窗户，向着后山而去。

怀乡亭外早已守了不少人马，楚皇看到楚渊过来，笑着将他叫到自己身边问："方才还在念叨，这就来了，用过早膳了吗？"

"嗯。"楚渊点头，坐在另一侧的椅子上，对面是四个异族打扮的少年，应当就是漠北部族带来的小王子。

不远处，段白月纵身攀上一棵大树，身姿轻灵悄无声息，周围少说也有数百御林军，竟是无一人发觉。

不行啊这些人……段白月心底嫌弃，想着以后是不是要寻个借口，往宫里安插些西南府的杀手，至少也能在自己不在时护他周全，否则若是伤了病了，这世间可没得后悔药吃。

身边一窝雏鸟叽叽喳喳，大张着嘴要食吃，段白月往里倒了几只虫，就这一晃眼的工夫，怀乡亭那头已经有了动静，大楚只来了一个太子，对方却有四人，虽说年龄相仿，身形可是差了足足一圈。段白月单手拖着脑袋，心说这伙人忒不厚道，以四敌一也就罢了，居然还是一起上阵。

所幸楚渊所学轻巧灵活，平日里都是十几个武师陪着练，这阵倒也不觉对方人多，手中一柄木剑斩风落花，百余招内便已击退三人。漠北部族众人面子上有些过不去，楚皇微微一笑，面色如常放下手中茶杯。

眼见时间已经差不多了，段白月从袖中抖出一只大虫，只是还未来得及有所动作，楚渊手中木剑却已经掉落在地，往后踉跄几步捂住胳膊，指缝间隐隐有鲜血渗出。

段白月顿时瞪大眼睛，周围侍卫早已围了上去，漠北部族最后一名王子从地上爬起来，有些狼狈地擦了把脸上尘土，也不知这回算赢还是算输。他方才被楚渊刺中胸口铁甲，得了破绽方才能借机进攻——可若那把木剑换成真正的武器，只怕自己也不会有机会再攻击。

见到大楚太子受伤，漠北众人也有些慌乱。幸好太医检查过后说只是皮外伤，休息三四天就会没事，楚皇摆摆手道："无妨，比武哪能没有磕磕碰碰，诸位不必自责。"

段白月看得脑袋直疼，见楚渊坐着轿子回了住处，便也跳下树跟了过去。这头四喜才刚关上房门，另一头窗户就已经被人推开，一个瓷碗跌落在地摔得粉碎，楚渊坐在床边幽幽道："那是内侍刚送来的红枣汤。"

段白月："……"
段白月问："汤为何要放在窗台上。"
楚渊答："防贼。"
段白月："……"
楚渊撇嘴："烫，放那吹吹凉。"结果还是没喝到嘴。

"我等会去街上给你买。"段白月蹲在床边，"还没说，好端端的为何要让那傻大个砍你一刀。"

楚渊皱眉："为何每一个比你高的人，你都要叫人家傻大个？"

段白月答曰："因为他们比我高。"

楚渊："……"

楚渊道："嗯。"

段白月捏了捏他的胳膊，绷带缠得并不厚，似乎是没伤到筋骨。

楚渊道："我说了不想输，可若赢得太利索，漠北那些人怕是会下不来台，所以只能受些伤。"

"就不能等着我帮你？"段白月道，"虫都准备好了，铜钱大小满是花纹，看着瘆人至极，众目睽睽下咬对方一口，这场对战便没了输赢，只能算你运气好。"

楚渊摇头："现在这样才是最好。"

段白月戳戳他的胳膊，流血了还叫好。

"来此地本来就是为了躲清闲，受了伤，才能安安心心待在小院里。"楚渊道，"否则日日陪着父皇，事情只会比在宫里时更多。"

"倒也是。"段白月坐在他身边，"这回像是来了不少人，闹哄哄的，成日里也没别的事，就是喝酒赏乐，叮叮哐哐听得闹心。"

楚渊看着他笑："那是大楚顶有名的乐师，就知道你听不懂。"

哦。段白月皱皱鼻子："那还想喝红枣汤吗？我去街上买给你。"

"御厨就在后院，去什么街上买。"楚渊摇头。

"那不一样，有些东西，街头小摊做出来才好吃。"段白月道，"就在西街尽头，有一家糖水铺子，据说想买还要排队。"

"你也才刚来没多久，怎么打听得如此清楚。"楚渊站起来。

因为知道你挑嘴。段白月想，事先派人问清楚些，想吃什么才好去买。

"不如你陪我去后山？"楚渊突然问。

"后山？"段白月不解，"去那做什么，你还受着伤呢。"

"皮外伤罢了，骑马打架都不碍事。"楚渊道，"如你所言，这别院中到处咿咿呀呀丁零当啷，听着闹心。既是避暑，自然要找个清闲之地，反正我现在受了伤，父皇也不会多做要求。"

"也行。"段白月答应，"不过要动身也得是明天，今日你好好歇着。"

楚渊点头，伸出手指戳戳，打发他："那去买红枣汤。"

段白月转身跳出了窗户，很是春风得意。

楚渊沉默了一阵，扯高被子捂住头，向后瘫在床上，动也不愿动。

买回来的红枣汤很甜，额外多加了一大勺糖，更甜。楚渊吃了小半碗便齁得嗓子直痒，于是将剩下的一半塞回他手中，自己漱口上床歇息。段白月端着碗坐在床边，叼着勺子心情极好。夜幕低垂时细雨霏霏，楚渊闭眼睡得香甜，段白月将他受伤的胳膊小心翼翼放回被子，自己转身出了卧房，策马向着后山而去。西南府侍卫一个头两个大，一窝蜂跟在后头追，也不知世子又想做些什么。

从别院到后山不算远，即便是山道落雨湿滑，第二天段白月也依旧在楚渊醒之前就折返，还换了身干净衣裳，发间带着山间清晨的风和叶香，手中握着一根碧绿的草叶，在他脸上轻轻晃了晃。

楚渊闭着眼睛，抬手便是一道掌风。

“喂。”段白月侧身躲开，笑着握住他的手腕，“快起来，否则等皇上再来传唤你，可就跑不掉了。”

“父皇今日没空理我的。”楚渊坐在床边，“不过你得想个法子，让我甩开这些侍卫。”

“你这些侍卫吧，”段白月将手巾递给他，“也就比摆设强一些——嘶。”

楚渊松开手。

段白月捂着耳朵：“说实话也不行？”

“新换的。”楚渊洗脸。

段白月道：“那也不能换这么一批人啊。”

“为了来鹿山，才换的。”楚渊看着他，“若换成宫中的侍卫与御林军，只怕你此时还蹲在别院外头，嗯？”

段白月：“……”

段白月道：“为了方便我翻墙啊？”

楚渊坐在桌边：“我不想出乱子。”

“我当然不会给你惹麻烦。”段白月拿起梳子，看着铜镜中的人，跃跃欲试道，“我帮你？”

楚渊问：“会吗？”

段白月笃定：“会。”

楚渊嘴角一扬：“再说一遍。”

段白月道：“不会。”但可以学，毕竟看了很多次金婶婶给师父梳头。

楚渊伸手。

段白月乖乖将梳子还给他，自己纵身跃到房梁上，长吁短叹看着四喜笑容满面一路小跑进屋。

撇嘴。

还是想梳。

两人虽说年岁不大，武功却都不低。再者楚渊为了方便段白月出入，出发前便将所有高手都留在了宫中，余下侍卫只知道按时巡逻，因此几乎不费吹灰之力便溜出了别院。西南府的人早已备好了两匹骏马，楚渊一跃而上，单手扬鞭风声飒飒，眼底笑意也多了不止一分。

“别去山巅。”段白月策马追上前，单手握住他的马缰，“胳膊还有伤，也别太用力。”

“那要去哪？”楚渊问。

段白月腾空跃上他的马背，调转马头向南而去。

西南府侍卫在后头面面相觑，如此随随便便就带着太子到处跑，被王爷知道怕是又要罚跪祠堂。

沿途景色不断变换，不知究竟要去向何处，楚渊索性闭上眼睛，不去想也懒得想，任由他带着一路穿过山泉水涧林地花田，最后停在一处山谷里。

“到了。”段白月在他耳边轻声道。

楚渊睁开双眼，恰好有两只蝴蝶蹁跹而过，稳稳落在黄色花蕊上。四周绿树环绕，脚下流水潺潺，藤蔓爬满山壁，开出粉紫色的小花，一望无际，香气扑鼻。

“喜不喜欢？”段白月问。

楚渊四处看看，道：“鹿山来了少说也有七八回，却从不知还有这处风景。”

“我也是昨晚刚找到。”段白月带着他下马，“原只想寻一处僻静之地，却没想到误打误撞来到了这里，你喜欢就好。”

“又是一夜没睡？”楚渊坐在草地上，眯眼看着远处，“出来散心而已，何必这么累，这鹿山连绵起伏，想寻一处无人打扰之地还不简单。”

“不一样。”段白月从地上捡起一朵小花，轻轻放在他掌心，“难得陪你出来，至少要是个风景宜人之处，将来回西南再想起来，才更有滋味。”

楚渊扭头看他，问：“奔波了一夜，累吗？”

段白月摇头。

楚渊道：“肩膀借你。”

段白月顿了顿，冷静改口：“累。”

楚渊笑，挪着与他坐近了些，侧首并肩靠在一起，安安静静看着远处无边花海出神，却谁也没说话。一切景象都太温柔，闭上眼睛就能听到微风，带来远处的飞瀑与鸟鸣，恬静而又缓慢，仿佛能凝固时间。

“何时回西南？”许久之后，楚渊问。

段白月“嗯”了一声，却也没回答，而是道：“你要是喜欢此处，那应该也会喜欢大理。”

楚渊想了想，摇头：“大理有虫。”

段白月辩解：“养一条大蟒，屋子附近便没虫了。”

楚渊：“……”

楚渊道：“你还是一个人回去吧。”

大蟒？蟒也不行啊，段白月撇撇嘴，小青又不咬人，花纹好看，夏天抱着还凉快。

楚渊换了个舒服的姿势，闭着眼睛昏昏欲睡：“不许再提你的虫和蟒，还有蛤蟆蜘蛛蜈蚣五步蛇。”

段白月道：“哦。”那毒草呢。

楚渊道：“也不能。”

段白月：“……”想一想也不行。

西南府的侍卫远远看了眼，便挥手示意众人退后，给两人围出了一方僻静天地。顺便在心里感慨，世子爷还挺厉害，大楚的太子也能被哄得如此服帖，孤身一人就敢来这幽静山间。

段白月伸手接住一朵落花，凑近鼻尖便有淡香溢出，于是带着一丝恶作剧别在他发间，眼底却不自觉就染上了笑意。身边人呼吸绵长，睡得香甜而又安静，像是已经累了很多很多天，此番终于能放下戒备。段白月手掌覆上他的双眼，将淡淡天光也阻隔在外。

时空静谧，西南府小世子嘴里叼着草叶，向后懒洋洋靠在树上，继续独自看着流云出神。盘算等以后两人都长大了，不单单要回西南，还要去雪山，去大漠，去南海，去每一处现在想去而又不能去的地方，哪怕什么都不做，只是听听风看看浪，也好。

想着想着，困意便渐渐袭来，于是索性与他一并躺在厚厚的草地上。阳光暖融如絮，连夏蝉与鸟雀也噤了声，像是怕打扰到这两个小小的少年。

旁边有白色小花迎风摇曳，是关于这个夏天最好的梦境。

蝴蝶会

王城三月，夜雨绵绵，悄无声息滋润着刚抽出嫩芽的柳条，一片静谧。

御书房内，四喜公公小心翼翼道："皇上，该用膳了。"

楚渊放下折子，揉了揉太阳穴，问："王爷回来了吗？"

四喜公公答曰："没有。"

楚渊："……"

四喜公公又猜测："王爷许是外头有事耽搁了。"

出去见个江湖中的朋友，也要这么久？楚渊又看了眼天色，雨像是又大了些。

四喜公公试探："可要派人去寻王爷回来？"

楚渊摆摆手："不必了，大概是见雨下得大，去锦缎坊歇着了。"

话音刚落，果然便有西南府的侍卫回来报信，说今晚王爷有事，怕是明早才会回宫。

楚渊问："何事？"

侍卫道："据说是要帮忙盯着一个女飞贼。"

楚渊："……"女飞贼？

四喜也纳闷，为何这种官府衙门该操心的事情，居然还要王爷亲自来做。

客栈外，段白月正蹲在一户人家的屋顶，撑住腮帮子盯着不远处，肩头白衣被雨水打湿，脸颊微微有些凉意。后半夜时，身后传来窸窣声，极轻微，像是有谁在走动。段白月暗自皱眉，按理来说巷子口有不少西南府的侍卫埋伏，居然还能有人混进来？可听脚步也不像是个绝世高手。心中纳闷，右手旋即悄无声息握住腰间玄冥寒铁，微微侧身余光一扫，却整个人都愣了一下。

见像是已经被他发现，黑色身影攀过墙头，向远处急速掠去，段白月飞身下树两步追上，将人一把拉住，惊道："小渊？"

楚渊："……"

段白月伸手拉掉他的蒙面巾。

楚渊面无表情道："大胆。"

看着他一身黑色夜行服，段白月觉得自己脑子有些打结："你怎么来了？"

楚渊撇嘴："你管我。"想来就来，普天之下莫非王土，更何况这里是王城。

天空传来一声惊雷，段白月拉着人躲到屋檐下，替他拍了拍肩头的雨水："外头这么冷，想找我差人传话便是，穿这么单薄，明早别又着凉了。"

"你在这里做什么？"楚渊实在不想再谈论衣着这件事。他先前在宫里听侍卫说段白月在暗探，就理所当然觉得应该穿夜行服，却没料到此人居然如此明目张胆，一身白衣便蹲在了别人家的屋顶上，反而显得自己很蠢一样。

段白月一招手，立刻便就有其余侍卫上前，接替他继续盯着那处客栈。

楚渊道："你去做你的事，不必管我。"

"盯着个小丫头罢了，旁人也能做。冷吗？"

"你三更半夜，盯着别人家的小姑娘做什么？"楚渊不满。

段白月笑道："还真不是我要盯，其中故事可长了，简而言之便是那院里头的小姑娘长得好看，武功也不错，因此江湖中有不少人喜欢，我有一个朋友更是不远千里，从云南一路追她来这王城，谁知却水土不服病倒在了客栈，上吐下泻发着高烧爬不起来。"

楚渊："……"听着有些倒霉啊。

"担心有仇家会对这小丫头不利，他就来找我，还说务必要亲自出面，不能交给侍卫去做。"段白月道，"想着也就一两晚的事情，便没有推脱，况且当年他父亲也算是对我有恩。"

"可为何说是女飞贼？"楚渊不解。

"我对中原江湖的事情不了解，你先前听沈盟主提起过一个飞贼，名叫小昙吗？"段白月问。

楚渊摇头："从未听过。"

"也对。"段白月道，"只是个初出师门的小姑娘罢了，应当入不了沈盟主的眼。她是飞芜门的人，平日里刁蛮任性惯了，受不了门规森严，便自己逃了出来，或许是因为花光了手里的银子，便经常夜闯各大门派去偷，由此得了个飞贼的名号。"

"好好一个姑娘家，做贼干甚。"楚渊摇头，"你那朋友若真心喜欢她，便该劝她别再胡闹下去，否则就算江湖事朝廷不插手，也迟早会有人闹去武林盟。"

"我知道了，会转告他。"段白月又看了一眼客栈，道，"先前也是不放心，才会亲自来盯，不过现在看来没什么事了，西南府的人留在此处也足够，我带你回去？"

"答应了别人，便好好做事。"楚渊拍拍他的胸口，"天快亮了，守着吧，等会还能去早点摊上吃碗豆腐花。"

段白月扯扯他的衣服："哪有人在天亮了，还穿着这一身黑到处乱跑。"

楚渊："……"

段白月识趣道："天快亮了我们便去锦缎坊，换身衣服便是。"

楚渊只当没听见，自顾自翻身上了房顶。

虽说雨已经停了下来，寒意却更深了几分。段白月时不时问一句冷不冷，再说两句话哄个开心，顺便商量明早是要先去吃豆腐花，还是要先去吃阳春面，倒是挺快就等到了天亮。

"走吧。"段白月道，"总算是一夜相安无事，我们回锦缎坊。"

楚渊打了个呵欠，道："困。"

段白月哭笑不得："不然今天就别去上朝了，在外头歇一天，嗯？"

楚渊想了想，道："我考虑一下。"

"最近连着两月都朝中无事，何必在乎这一天。"段白月推着他往外走。

侍卫守在巷子口，像是有话要说，段白月示意他进来，问过之后才知昨晚后半夜时曾有两名男子来这附近晃过一圈，形迹可疑，不过却也并未做什么，没多久就掉头去了南边。

楚渊道："今日没做什么，可不代表往后就不会做什么，还是去告诉你那朋友一声吧。"

段白月点头，待侍卫离开之后，方才笑道："昨晚你我可未遮掩行踪，除非对方是傻子，否则看到之后自然会赶紧走。"

"为何你这些朋友，相中的人一个比一个能闹腾。"楚渊与他一道，慢慢往锦缎坊走，"司空是被狗追，这个是追着天涯海角跑，还要时时在暗中护着。"

"那是，总不能人人都像我。"段白月道，"媳妇又好看又体贴，有求必应。

楚渊扭头问："你打算何时介绍你个媳妇给我认识？"

段白月道："今日天气不错。"

楚渊眼底带笑，自己推门进了锦缎坊。

天气的确不错，天上日头明晃晃的。段白月挑了一身轻薄些的衣裳替他换好，是平日里极少穿的水蓝色，显得整个人少了几分霸气凌厉，多了几分文质彬彬。

段白月道："好看。"

楚渊道："好看你也不能一直盯着看。"

段白月道："当真要自己出去吃？外头冷，差人买回来也成。"

"出宫就是为了透气，否则还不如去上朝。"楚渊催促，"快些，豆腐花要卖完了。"若是吃不到，今晚你就去，抱着梅树一起睡。

这王城中卖豆腐花的不少，楚渊爱吃的却只有这一家，生病了要吃，没胃口时也要吃。消息传出去，生意自然是翻倍地好，通常还没出摊就有人排队，外头来王城的人更是无论如何也要吃上一碗，回去好向同乡炫耀。

两人同往常一样，在小摊对面的茶楼寻了个雅间坐着，段白月出去买豆腐花，楚渊点了一壶茶等他回来，只是还未来得及泡开，窗外却骤然钻进来一个人。

暗处的御林军也没料到，此人会有如此快的速度，刚欲冲上前，却被楚渊暗中抬手制止，于是便又退了回去。

不速之客是个小丫头，约莫十七八的年纪，大眼睛小鼻子，不算绝色，却也是张让人过目难忘的漂亮脸庞——正是昨夜段白月一直守着的小昙。

楚渊猜出她的身份，笑道："怎么，姑娘找我有事？"

"我……就看着这里的窗户开着，进来躲一躲。"小昙道，"你可别赶我出去，外头有个臭男人想占我便宜，等他走了我就走。"

楚渊问："要帮姑娘报官吗？"

"不要。"小昙赶紧摇头，还担心会被人发现，索性伸手关上了窗户。

外头一群御林军与西南府侍卫面面相觑，这个……

"你是这王城里头的公子吗？"小昙问。

楚渊点头："算是。"

小昙道："那你成亲了吗？"

楚渊笑道："自然。"

小昙道："你媳妇一定长得很好看。"

楚渊道："嗯，倾国倾城。"

话音刚落，段白月便端着两碗豆腐花回来，却没料到屋里竟然多了个姑娘，一时有些疑惑。

小昙看了眼楚渊，又问："是你的朋友吗？"

楚渊笑笑，并未答话。

那就是了，小昙看着段白月："那，你成亲了吗？"

段白月："……"

楚渊忍笑，替他暗中做了个手势。

段白月点头："成了。"

"怎么好看的都成亲了。"小昙跺了下脚，"早知如此，我就该早些来王城。"

段白月道："姑娘若是想嫁，这城里还有许多青年才俊。"

"呸，谁要嫁了！"小昙一口茶喷出来，丢下茶碗就往外跑。

段白月看着她一路下了楼，转身道："这小丫头害羞的方式，也算是别致。"

"你猜她是谁？"楚渊问。

"还能是谁，看轻功年龄长相武器，都能猜到。"段白月道，"怎么跑来你这了，莫非昨晚盯着她被发现了？"

"不像是一路跟来的，应当是慌不择路。"楚渊道，"据说外头有个臭男人要轻薄她，估摸就是你那朋友。"

"羽玦虽说无门无派，却也算是后起之秀，如何会当街轻薄她。"段白月摇头，"只怕又是这小丫头胡言乱语。"

小昙出了酒楼，一路拐进小巷，却恰好被人在死路堵了个正着，是一群玄衣女子。

……

"你那朋友，长得好看吗？"楚渊问，"方才看那小丫头，应当只喜欢好看的男人。"

段白月摇头："不单单是她，飞芜门出来的，都喜欢好看的男人。"

楚渊："……"

楚渊道："怎么听着像是邪教。"

段白月笑道："这你可就说错了，爱美之心人皆有之，喜欢好看的人没错，可一门心思想要将好看的人抢回去，就有错了。"

"就是这里？"茶楼外，打头一名玄衣女子问。

"对！"小昙点头，"两名男子，一个比一个好看，高大英俊，而且都还没成亲，门主婆婆肯定喜欢！”所以你们快些去抢，只要别再跟着我就什么都好说。

暗处的御林军听到后，都觉得心情颇为复杂。

听这架势，是有人要抢皇上与王爷回去成亲？

楚渊吃完最后一勺豆腐花，道："今日味道有些淡。"

"这个包子也吃了。"段白月道，"阳春面等会再去吃，我已经让段念去转告摊主，请他留两碗面到中午。"

"吃个早饭也不消停。"楚渊叹气。

段白月笑道："听到了？"

"我又不是聋子，方才外头那么大阵仗。"楚渊捧着茶盏慢慢喝，"包子不吃了，撤了盘碗，然后将人带进来吧。"

包间外头的大厅里，客人早已跑了个干净。只有老板战战兢兢躲在柱子后，不知为何会突然涌进来一群姑娘，更不知为何御林军会从天而降，以迅雷不及掩耳之势将这伙人抓获——自己分明就什么都没有干过，是个好人。

"那小丫头还在吗？"楚渊问。

"将仇家引来，自己早就跑了。"段白月道，"若没好轻功，如何能接二连三闯入那么多江湖门派，不过有她的心上人去追，你我就不插手了，不如先将外头那些人带进来问问？"

这群飞芜门的弟子也没料到，竟会刚一到王城，就被自家顽劣小师妹骗进圈套，周围一圈都是御林军，自然也能猜到屋里到底是何人，一时间面面相觑惊慌不已，也不知该接下来会被如何处置。

"你想亲自审吗？"段白月问，"外头那些也不是存心想要冲撞你，被人坑了而已，若是懒得搭理，交给我也成。"

"是没什么好审。"楚渊活动了一下筋骨，"可既然撞上了，就当是听一场武林奇闻轶事，也不亏。"

段白月笑着摇摇头，吩咐御林军将人带了进来。

"见到皇上与王爷后，小心说话，可明白？"向冽沉声叮嘱。

那些弟子心里惴惴不安，自是连连点头。进屋之后，有胆大的扫了一眼椅子上坐着的人，便又赶忙低下头不敢再抬起，心里却想皇上可真好看，眼似朗星鼻若悬胆，即便没穿龙袍，一身水蓝便服也掩不住周身帝王华贵气度。至于站在他后头的白衣人，应当就是传闻中的西南段王，没看到脸，却也应当是个极俊朗的人。

"别怕，先平身吧。"见众人面有惧色，楚渊笑笑，"朕不会为难你们，只需将事情经过说清楚便可，为何要来王城，又为何要闯这茶楼。"声音温润清雅，极好听。

"回皇上。"有弟子壮起胆子道，"我们并非有意冲撞皇上与王爷，是被小师妹骗来的，她说……"

"说什么？"楚渊问。

"说这茶楼中有好看的男子，还骗我们说未曾成亲，所以……还请皇上恕罪。"声音越来越小，显然也是心中清楚，即便受了骗，一群姑娘家听到有好看的男人便硬往里闯，也有些不好听，更没道理。

“若这里坐着的不是朕与王爷，而是两个好看的未婚男子，又当如何？”楚渊饶有兴致，“抢回去？”

段白月在心里叹气，学坏了，先前可不会对这种事感兴趣。

“自然不是。”那弟子赶忙辩解，“只是会请回去，请婆婆看看，不行就放了。”

段白月摸摸下巴，显然在忍笑。

拿刀剑相逼往回“请”，飞芜门的这招在江湖上人尽皆知。

楚渊亦是嘴角一扬：“是吗？”

那群弟子头上冒冷汗，也不知该如何解释，磕磕巴巴许久，才总算是将前因后果大致说清楚。

飞芜门喜欢好看的男人，这件事也是近几年才传出江湖，只因门主婆婆收养了一位故人之女，到了该嫁人的年纪，却谁也相不中，只说要找个全天下顶好看的男人。可江湖之中，谁都知道顶好看的两个男人都已经成了亲，没人敢去抢沈公子，亦无人敢去招惹无雪门主，眼看时间一晃就是两年，门主婆婆心里着急，便命弟子全天下去寻好看的未婚男子，下令无论如何也要“请”回去，给小姐看一眼。

“就因为这个理由？”楚渊扭头看了眼段白月。

段白月笑笑，眼底含义不言自明——这当口，可没人敢骗你，八成就是因为这个无趣的理由。你若想听魔教老妇抓美男子回去颠鸾倒凤，怕要去说书馆，而不是此处。

楚渊淡定坐直，心里有些郁闷，为何此人回回都能看穿自己的心事。

“皇上，那些外头之人说本门强抢男人，都是污蔑之言。”那弟子见楚渊不语，又急急道，“虽说有时的确会胁迫，可带回去后若婆婆不喜欢，都会给银子打发走，并不会做枉顾律法的荒唐事。”

“小姑娘。”段白月笑着提醒，“抢人回家，就已经是有违律法了，可不是没割两刀就不叫伤。”

弟子低头不语，面上却红了一大片。

“回去告诉你家婆婆，这种事以后别做了。”楚渊道，“退下吧。”

“是。”那些弟子松了口气，连忙退了出去，都有些庆幸。

“全天下最好看的男人。”段白月摸摸脸颊，突发奇想道，“难道不该是本王？”

楚渊险些被一口茶呛到。

段白月道：“书里都这么写。”

楚渊道：“你想清楚，若实在想要这名号，我这就回宫去拟旨。”

“咳。”段白月转移话题，“谁都没有小渊好看，要回宫吗？”

“难得出来一天，晚些再回去。”楚渊道，“宫里头闷。”

“那想不想去听说书？”段白月问。

楚渊拒绝：“十个说书人，有九个都在说沈家小少爷呼风唤雨，不去。”听一两回还好，回回都是一个故事，也不知为何居然能说这么多年，还有一大群人天天捧场，往台上撒银子。

段白月笑道：“不爱听戏，不爱听曲儿，说书也不听，那就只有回去批折子了。”

楚渊挑眉：“分明就是怪你一不通音律，二不会手谈，三不懂茶道，想找点乐子都不行。”回回都是一起练武，又打不过你，无趣！

“我不会，温大人会啊。”段白月辩解，“他能陪你。”
楚渊奇道：“所以你的意思，是让我现在去找温爱卿？”
段白月被他噎了一下，过了一会儿，道：“我发现回回斗嘴，都是你赢。”
楚渊道：“是吗？”
段白月及时补充：“自然，那是因为你每一回都占理，而我回回都是无理取闹。”
楚渊满意点头：“嗯。”

“那现在要做什么？我是当真不会下棋。”段白月苦着脸道，“也别让我学，看着黑黑白白眼晕。”
楚渊直乐：“我们去城外逛逛，好不好？”
“自然好。”段白月道，“难得你愿意出宫，想去哪我都陪着。”

自打南海之战后，段白月一年有多半时间都待在王城，皇上自然不能满江湖乱跑，因此若是嫌宫里烦了闷了，两人最常去的地方便是城外翠屏山，哪怕只是寻一处僻静之地坐着吹风，也会觉得畅快许多。
只是这回却有些出乎两人预料——山上已经有了不少人，推着车扛着包，看上去还挺热闹。
“这是要做什么？”楚渊皱眉。
段白月拍拍他，自己上前两步拉住一个路人询问，半晌后回来说是这些都是商人，为了赶着参加五日后宣云镇的蝴蝶会，方才会选择翠屏山抄近路。
“大冷天的，也有蝴蝶？”楚渊不解。
“不是蝴蝶，是香料。”段白月道，“从熏制衣物到炒菜做饭，从南洋到西域，各地的香料都有，前几日听段念说过，像是挺热闹，不过按照日子，像是该下月才对，不知为何会提前。”
“宣云镇，距离王城快马加鞭，也就一两日的路途。”楚渊道，“还是数年前去过一回。”
段白月道：“想去啊？”
“为了看香料，便丢下朝中政务？”楚渊笑，“你若是嫌宫里闷，去看看也无妨，却不准拐我也一道。”
“你既是不去，我吃饱了撑的才会一个人跑去看陈皮八角桂花香叶。”段白月道，“走吧，无处可去，只有回宫接着看折子。”
楚渊兴致缺缺往回走。

御书房外并无臣子等候，桌上折子也不多，一些鸡毛蒜皮的小事，不到半个时辰就批复完。楚渊打了个呵欠，一夜未眠的困倦这才渐渐袭来，懒得回寝宫，于是干脆靠在一边的软榻上睡了过去，花里胡哨做了不少梦，最后惊醒之时，恰好与段白月来了个对视。
……

西南王淡定起身。
“方才做梦了。”楚渊道。
段白月下巴抵在枕侧，挺喜欢他刚睡醒时懒洋洋的声调：“梦到什么了？”
“忘了。”楚渊眼角有些红，像是倦意未消，“醒来就看到你。”

段白月笑笑："还累不累？再睡一阵吧。"

"王爷。"段念在外头叫。
楚渊坐起来。
段白月道："接着睡。"
"怕是你那朋友又出了乱子。"楚渊道，"否则段念可不是鲁莽之人。"知道两人在御书房中独处，还跑来打断。
段白月叹气："交友不慎。"
楚渊笑着拍拍他："别闹了，出去看看吧。"

段白月出门，段念果真一脸愁苦样，看起来很是不愿意来，却又不得不来。
段白月问："何事？"
段念道："是羽玦公子，此时正在宫外，说是想请王爷一道去蝴蝶会。"
楚渊在屋里听到后，撇嘴，缓慢用被子捂住头。
"他一个武林中人，跑去凑什么商会的热闹。"段白月道，"不去追着那小丫头到处跑了？"
段念道："这属下就不知道了，王爷若想知道，怕是要亲自问羽玦公子。"
段白月摇头："先让他去客栈吧，本王稍后再答复。"
段念领命，转身退了下去。段白月回了御书房，见楚渊捂着头背对门，立刻道："我又没答应。"
"可九成九你是要去的。"楚渊翻身趴着，头发有些乱，"我还不知道你，兄弟义气大过天，最近宫里又没事。"

段白月笑："你若不想让我去——"
楚渊皱眉："我是那种不讲道理的人吗？"
段白月赶紧道："不是。"
楚渊道："嗯，你不准去。"
段白月："……"
段白月试探："那不然，是？"
楚渊坐起来："四喜！"
"喂喂喂！"段白月一把捂住他的嘴，"有话好好说，不准叫四喜。"答是也不对，不是也不对，为何一点道理都不讲，脑袋疼。

御书房外，一圈小内侍都试探看着大公公。
四喜摆摆手，压低声音道："当没听见。"
小内侍了然，继续盯着草叶里的胖虫子发呆。

楚渊笑道："逗你的，去吧，路上小心便是，处理完事情就早些回来。"
段白月叹气："我可真不想凑这热闹。"

“顺便买点稀罕香料。”楚渊道，“这段时间宫里也没多少事，我一人处理绰绰有余，你闲着也无聊，反而不如去散散心。”

“谁说的，我可不无聊。”段白月道，“天天躺在孔雀毛毯上吃燕窝，人间一大乐事。”

楚渊自己坐起来伸了个懒腰，打算去寝宫接着睡。

“王爷。”段念又在外头叫。

楚渊：“……”

段念苦兮兮道：“属下当真是……可羽玦公子说王爷再不出去，他就要在宣武门口上吊。”

楚渊：“噗。”

段白月很是想不通，为何自己会认识如此丢人现眼的朋友。

楚渊倒是颇有兴趣：“我能随你一起去见他吗？”

“你若想去，当然可以。”段白月道，“只是此人比司空还要不靠谱几分，你怕是受不了他的闹腾性子。”

那就更要去见一见了。楚渊将四喜传进来，洗漱更衣后随段白月一道出了宫。宣武门口果真有个年轻男子，正蹲在地上悲悲切切，周围一圈守卫都对他束手无策——毕竟是王爷的朋友，又没做什么逾矩之事，就只蹲在这里时不时仰天号一两嗓子，也不能直接将人撵走。

段白月划清关系：“我与他不熟。”

“不要学小瑾说话。”楚渊踢他一脚，“你这朋友看上去的确颇为伤心，快些去安慰两句。”

见到皇上与王爷过来，宫门口的守卫都松了口气，躬身后给两人让开路。白羽玦原本还在悲悲切切，抬头看到段白月总算肯出现，袖子一抹脸便要冲上去，却被西南府的侍卫拔刀拦住。

……

心略疼。

“又出什么事了？”段白月挥挥手，示意侍卫退下。

白羽玦看着他身后一身龙袍的人，稍微收敛了一下表情。

“阁下不必多礼。”楚渊笑笑，“朕恰好闲来无事，所以一道出来看看。”

白羽玦惴惴不安搓了搓手，也不知该不该跪，余光瞥了一眼段白月——为什么要带皇上出来！明知道我是乡下人，并没有见过什么大世面。

“好了。”段白月丢给他一块手巾，“将脸擦干净，再把事情说清。”

“蝴蝶会，我要拿那块穿魂香。”白羽玦道。

“去就去吧，与我何干？”段白月问。

白羽玦道：“我没银子。”

段白月失笑：“想要多少，尽管去找段念去拿。”

“有银子还不够，这江湖中想要穿魂香的人不少，万一有人出价不得便硬抢，你得帮我。”白羽玦道，“若是实在打不过，还能有个官位压一压场。”

段白月摇头：“我可不会仗势欺人。”

白羽玦嘴角抽了抽，就你小时候做的那些缺德事情，如何能好意思在这里装高风亮节。

段白月挑眉。

白羽玦立刻道："当然，谁能比得上王爷出泥不染，堂堂正正，声名远播，威严高大。但此番当真要帮小弟，不然我就去死。"

段白月道："去吧。"

白羽玦："……"你说啥。

楚渊看够了他二人斗嘴，方才出来圆场，笑道："不如进宫去慢慢说？"

看到没有，这就是做人的差距。白羽玦用胳膊肘推开段白月，笑容满面很谄媚："多谢皇上。"

生平头回进宫，白羽玦自是看什么都觉得颇为华贵，甚至还恋恋不舍抠了一把廊柱，想看看能不能弄下一块金箔来。段白月看在眼中，脑中隐隐作痛，实在很想让楚渊先回去休息。

"穿魂香是何物？"楚渊问。

白羽玦赶忙放下茶杯，道："是一块香。"

楚渊："……"

白羽玦为难道："至于是做什么用的，我也不是很清楚，只知道人人都想要。"

楚渊了然，又问："小昙也想要？"

白羽玦拍了把大腿，恨道："若她不想要，我还费这力气做甚。"

段白月插话："怪不得突然不跟了，敢情是想拿到穿魂香，好让那小丫头自己来找你。"

白羽玦敷衍："你说得都对。"

"可前日还说怕有人会伤她，才会一直盯着，这阵怎么又不怕了？"段白月又问。

白羽玦："……"为何你一个大男人，废话这么多。

"好吧，当我没问。"段白月站在楚渊的椅子后，微微低头问，"帮吗？"

白羽玦眼底充满渴望。

楚渊道："帮。"

白羽玦霎时热泪盈眶，好人。

段白月站直身体，道："也成，帮。"

白羽玦立刻道："那我们现在就走。"

段白月皱眉："蝴蝶会在数日后，现在做甚？"

白羽玦坚持："免得被人抢走。"

段白月摇头："我想要的东西，没人能抢。"

白羽玦："……"你好了不起。

段念进屋，好说歹说才将白羽玦带回偏殿休息。段白月道："穿魂香，一听便知不是什么正派之物。"

楚渊道："有点像……"

"若真是这样，那即便抢到手也不给旁人了。"段白月挑眉。

楚渊赏他一拳，“虽然不知道这究竟是何物，但既然人人都要抢，你也要小心一点，知不知道？”

段白月笑道：“放心吧，多少大风大浪都过来了，这点小事算什么，就当是去凑个热闹。”

既然答应了帮忙，白羽玦看上去又的确心急如焚，因此段白月便也没再折腾他，答应了翌日就出宫。清晨楚渊照例去早朝，段白月独自去偏殿寻白羽玦，就见他面前摆着七八个碟子碗，正在吃早饭，远处甚至还有人抚琴。

恋恋不舍放下筷子，白羽玦感慨：“怪不得你拼死拼活也要进宫 。”这日子，这靡费，早饭都有八个碗。

段白月道：“若你愿意，尽可以在宫里长住。”

“我当然愿意啊！”白羽玦道，“但现在不行，无论如何也要先拿到香，然后将那丫头打发……哄好。”一个不留意，险些吃了舌头。

段白月皱眉。

白羽玦干笑。

段白月道：“打发？”

白羽玦道：“你听错了。”

段白月道：“除非你想一人去拿香。”

白羽玦只好承认：“……那小丫头拿了我一样东西，追了一路，昨日方才谈好条件，要用穿魂香去换。”

段白月笑着摇摇头：“搞了半天，原来是因为这个理由。”

“走！”生怕他再反悔，白羽玦拖了人就跑。

待到楚渊下早朝，四喜公公禀告说王爷已经同客人出了宫，约莫十日后回来。

楚渊点点头，直接将早饭传到了御书房，最近朝中上下着实没什么事，不到半个时辰就处理完了政务，于是打了个呵欠，靠在软榻上随手取了本书看。

温柳年抱着一坛子自己腌的糖渍酸杏干，进宫来送给楚渊尝鲜，进来前不忘问一句，皇上今日心情如何——免得恰好撞炮口。

四喜公公小声道：“皇上在里头看书呢，王爷出宫了。”

温柳年警惕道：“吵架了？”

四喜公公摇头，将事情大致说了一遍。

“蝴蝶会？这个本官倒是听过。”温柳年道，“据说不单单有大楚的商人，还有别国来的客商，前几年一直在萍城举办，可今年那里要开武林盟会，为了避免两方冲突，这香料生意便改在了宣云镇。”

四喜道：“大人可真是博学。”连这种民间商会都能摸得如此清楚。

“平常多去茶楼便可。”温柳年道，“那里天南地北，四处的百姓都有。”

四喜公公点头称是，又笑道：“大人快些进去吧。”

听到门响，楚渊抬头。

“皇上。”温柳年行礼。

楚渊看着他怀中的罐子，不解：“爱卿这是要做什么？”

“微臣自己腌了些蜜饯。”温柳年道，“阿越从山里摘来的野酸杏，腌了大半年。”

“那朕可要好好吃了，否则如何能对得起这花费的工夫。”楚渊笑道，“既然都进宫了，中午一起留下陪朕吃饭吧。”

温柳年明知故问：“王爷不在啊？”

“装。”楚渊道。

温柳年挠挠脸，哼唧道：“皇上也一道去呗。”

楚渊嘴角一弯。

温柳年道：“勤政爱民是好事，可也不是一直待在宫中看折子，皇上该歇几天了。”

楚渊单手撑着腮帮子，饶有兴致看他。

大楚丞相很是诚恳。

山道上，一辆马车正在前行。白羽玦吃了五六块点心，方才舍得擦擦手指，开始仔细考虑自己是否要接受段白月的建议，来宫里当个御林军小头目，毕竟天天都能有如此好吃的点心与酒，也是美事一件。

段白月问：“你这些年一直在外头吃土？”

白羽玦将思绪拉回来，流利道：“滚。”

段白月一笑：“说说看，想抢穿魂香的都有哪些人？”

既然话题扯到这，白羽玦咳嗽两声，斟酌用词尽量云淡风轻：“旁人倒是无所谓，只有一个对手有些头疼，你可曾记得风飒谷？”

段白月：“……”

段白月掀开车帘便走。

白羽玦眼明手快，一把将人拖住，马车剧烈摇晃，车夫胆战心惊停下，却又不敢出声询问。段白月凌空一掌拍去，白羽玦被震得双眼噙泪，却依旧不肯放手，甚至还撒泼趴在了他身上，四肢摊开装死。

段白月先前也是没料到，自己还能被此人坑一把。

风飒谷地处贵阳，是一个颇大的江湖门派。原本与西南府是没有关系的，但坏就坏在自己的亲爹，当年的西南王段景不知哪里不对，喝了几杯酒便定了门娃娃亲，将自己的小儿子许了出去。

段瑶自打八岁知道了这回事，就一直如雷轰顶，号啕大哭要退婚，对方却一直不肯，最后还是段白月亲自拉着一车黄金去谷中登门道歉，方才将这件事勉强糊弄过去。但这么多年来，据说那风飒谷的小姐一直未嫁人，眼看着都二十好几，自然有多嘴好事之人说闲话，每每传入西南府，里头的人便都是心虚，想再去劝劝，却又不知道这大小姐不嫁人到底和段瑶有没有关系——万一是在等别人，与西南府压根就没关系，那就很蠢了。

“说不定和瑶儿没关系呢。”白羽玦安慰他。

段白月道：“即便和瑶儿没关系，那当年也是家父随口胡说，害得别人家姑娘从小就等瑶儿，直到现在江湖中还有人拿此事当谈资，原本已是内疚，现在我再明目张胆帮你去抢东西，如何能说得过去？”

“来都来了。”白羽玦替他拍抚摸胸口顺气，“不露面也行，可至少陪兄弟一起去，否则我心里没底。”

段白月脑袋嗡嗡响，无力挥手将他打发去一边，只求不要与风飒谷的谷主当面撞上，否则只怕又会出事。

宣云镇虽说不算大，却也算是天子脚下，再加上要办蝴蝶会，城中早在月前便忙碌了起来。段白月一行人进城后，走了好久方才找到还有空房的客栈，进门便是一股霉味。不过幸好众人都是糙老爷们，行军打仗行走江湖，露宿山中也是常有的事，此地至少还能避风挡雨，也不挑。

几个时辰后，另一驾马车驶进城中。楚渊用一块帕子捂着嘴，喷嚏一路没停过。

四喜在旁担忧：“皇上，不然咱先出城吧。”

楚渊摆摆手，将车帘拉紧了些。街道两边都是各色调料，香味混在一起直冲鼻，还有家炒干辣椒，呛得人眼睛都睁不开。

四喜将这城中大些的客栈问了个遍，也没找到段白月住在何处，最后还是一个卖花椒的好心人指路，方才寻到了背巷里的一处简陋客栈。

楚渊踩过咯吱咯吱的破烂楼板，淡定敲门。

四喜在后头直皱眉，王爷为何要住在这里。

段白月打开门。

楚渊与他对视。

……

四喜公公笑呵呵道：“老奴先去厅里喝茶了。”

“去吧。”楚渊挥挥手，自己进了客房，看了一圈，最终还是没有坐下。

破。

“你怎么来了。”段白月又是惊喜，又是哭笑不得，“分明就说好在宫里等我。”

“不行？”楚渊看他。

“自然行，可这城中乱糟糟的，你也不会喜欢。”段白月替他将凳子擦干净，“鼻子怎么红了。”

楚渊随口道：“哭了一路。”

段白月：“……”

“发什么呆。”楚渊好笑，“你那朋友呢？”

“估摸在睡觉。”段白月道，“早知道你会来，我就不住这里了。”

“这小镇虽说不穷，可也不是什么南来北往必经之地，客栈自然不会多。”楚渊道，“四喜应当已经去找住处了。”

“饿不饿？”段白月问，“不然我先带你去主街上吃东西。”

“不去。”楚渊揉了把鼻子，“满大街都是香料调料，打了一路喷嚏，好不容易这里气味才散去一些。”

段白月道：“那怎么办，我买回来给你？”

“晚些时候再出去吧。”楚渊站起来往窗外看了一眼，“没想到小小一个蝴蝶会，也能来这么多人，看来是真有银子可赚。”

“还记不记得当初我和你提过风飒谷的事情？”段白月将自己的水囊递给他。

“嗯。”楚渊点头，“那大小姐肯成亲了？”

“亲是没成。”段白月道，“不过这回据说风飒谷来了人，也要买那块穿魂香。”

楚渊了然：“那你还帮吗？”

段白月摊手。

楚渊拍拍他的肩膀，极为同情。

片刻之后，四喜折返，说已经找到了新的住处，就在县衙里头。

“走吧，带你去住大宅子。”楚渊道，“难得出来一趟，也不知道用你的身份给自己寻些方便。”

段白月道：“我如此老实，难道不该奖励，为何还要被嫌弃。”

本地县令万万没想到，一个小小的蝴蝶会竟然会引来皇上与王爷，听到通传后便赶紧清扫院落，率领家人与家丁候在院中，很是诚惶诚恐。

“这里的县令是个老实人。”途中，楚渊对段白月道，“不会作诗，文章写得不知所云，对对子也不工整，你应当会很喜欢。”

段白月：“……”

段白月道：“为何对对子不公整，我就要喜欢他。”

“因为你这么多年来，已经将我大楚重臣都絮絮叨叨诋毁了个遍。”楚渊道，“既然文采飞扬的你都不喜欢，那这马县令，想来一定会很合你的胃口。”

宣云镇的县令名叫马大山，全靠朝中王大人举荐，方才得了个官职。不过由于府里师爷心思细致，有什么事都能帮一把，审案没出过大娄子，又豪爽，因此百姓倒是挺喜欢这位大老粗县令。

马车一路驶进县衙，段白月便将楚渊扶下来，顺便扫了眼马大山，心里果然被震了一下——黑面庞铜铃眼络腮胡子，宛若张三爷再世，名将之相啊这是。

马大山声如洪钟：“下官参见皇上、王爷。”

楚渊耳朵嗡嗡响，为何几年不见，此人嗓门又更大了些。

师爷原本还教了不少见着皇上后要说的话，马大山先前一直惴惴不安，生怕自己会记错，此时一听四喜说皇上累了要歇息，顿时松了一大口气，将众人送到了住处后便躬身告辞，只盼着千万莫要被传唤。

县衙的宅子自然不会有多好，不过比起客栈却也干净整洁不少，甚至还有一壶不错的茶。楚渊问：“当真不去将那位白少侠也叫过来？”

“不要。”段白月道，“我是真心不想与风飒谷起冲突，可羽玦却势必要拿到穿魂香，两方迟早要正面撞上，我们还是离他远些才好。”

“那这回就不帮了？”楚渊问。

“见机行事吧。”段白月叹气，“交友不慎，又有个不靠谱的爹与弟弟，头疼也没用。”

楚渊纳闷：“此事与瑶儿有什么关系？”

“自然是有关系的。”段白月道，“他若肯乖乖娶了那风飒谷的小姐，如何会有这么多事。”

看着他理直气壮的表情，楚渊觉得自己或许应当再给段瑶找几条宝贝胖虫，毕竟有这么一个哥哥，过得应当也不容易。

客栈里，白羽玦睡醒之后喝了半壶凉茶，方才打着呵欠来找段白月，却被西南府的侍卫告知王爷在两个时辰前，就已经同皇上出了门。

白羽玦惊道：“皇上来了？”

侍卫道：“是。”

白羽玦感慨：“祸国之人。”

侍卫：“……”

当然，皇上肯来也是有好处的，至少靠山又多了一个。白羽玦问：“那皇上与王爷去了何处？”

侍卫答：“属下不知。”

白羽玦解释：“我并不会寻上门。”

侍卫坚持：“属下当真不知。”

看着对方面无表情的脸，白羽玦只好退而求其次，叮嘱了七八回要他转告段白月，到了穿魂香竞拍那一日，无论如何也要去云霄楼。

晚些时候，侍卫前往县衙，将这段话一五一十禀于段白月。

楚渊在屋里听到两人对话，扬起嘴角继续漫不经心翻书。段白月进来后道：“天已经黑了，出去吃点东西？”

“你这位朋友还挺有趣。”楚渊道，“吊儿郎当不拘小节，颇有几分书里大漠游侠意味。”

“多相处几天，只怕你就不会再觉得他像大漠游侠，而是想将此人发配到大漠。”段白月拉着他站起来，“到了真正要买香那一日，你我再去看也不迟，这两天就当是躲清闲散心，可好？”

楚渊答应一声，与他并肩往外走。夜色沉沉，街上的香料摊也撤了大半，不过依旧有不少客商，好不容易寻到一个人少些的小摊，也只剩下了最后两碗素面，一点油星都没飘。

“方才还有个炸豆腐，你想不想吃？”段白月将筷子递给他，“这一碗面清汤寡水的，别半夜又被饿醒。”

楚渊叮嘱：“加点辣。”

段白月一笑，自己起身出了巷子。

炸豆腐的小摊生意挺红火，段白月还在排队，面前却有人递过来一包炸豆腐：“王爷想要？”

……

“怎么，怕我下毒？”见他不说话，身后那人笑道，“这可是阿四刚买的。”

段白月转身道：“乔谷主。”

对方是个约莫二十的年轻人，皮肤白得几乎透明，薄唇桃花眼，正是风飒谷的少谷主乔归。

“王爷怎么会来这小镇子。”乔归笑问。

段白月道：“凑热闹。”

“原来只是为了凑热闹。”乔归看似很庆幸，“我还当是为了抢穿魂香。”

“乔谷主不必如此拐弯抹角。”段白月道，“想要宝贝不稀奇，按照江湖规矩去争便是，争不来就是命了，也怨不得旁人。”

“江湖规矩里，可没有以权压人这一条。”乔归凑到他耳边，低低道，“我不想与王爷起冲突，亦不想让皇上不高兴。”

段白月道：“只怕你已经让他不高兴了。”

乔归皱眉：“王爷这是何意？”

段白月一笑：“你猜。”

乔归迟疑着回首，就见在巷子口一串红灯笼下，正抱臂站着一个白衣男子，嘴角像是扬着，气场却有些冷，引得周围之人想看又不敢看，连说话声音都不自觉压低了几分。

乔归迅速站直。

段白月挑眉：“乔谷主的话说完了？”

乔归咬牙：“我风飒谷可没得罪过王爷。”

段白月摇头：“乔谷主多心了，方才我就说过，想要香便按江湖规矩办，是谷主多疑猜忌，非要说西南府以权压人，我可是站在这里动也没动一下。”

“好，就按江湖规矩。”乔归点头，带着家丁拐进小路，向着另一方急匆匆走去。

段白月捧着豆腐走过去，道：“讹来的，不要银子。”

楚渊将人拎到了无人处。

段白月一边倒吸冷气，一边将纸包及时打开递到他面前。

闻着还挺香。楚渊拿竹签扎了一个吃，顺便审问：“方才是怎么回事？”

“他是风飒谷的谷主乔归。”段白月道，“先前瑶儿定下的娃娃亲，便是他的妹妹，名叫乔心。”

“你与他关系很好？”

“我与他算什么关系好，见面都要绕着走。”段白月面不改色，“不过此人倒是的确喜欢往别人身上靠，或许是因为风飒谷的功夫以缩骨见长。”缩久了，自然就缩出了毛病，比如说站不直。

楚渊哭笑不得：“又胡言乱语。”

“我可没骗你。”段白月坐在台阶上，“之前还说要躲，现在既然躲不掉了，正好你我也光明正大参加一次蝴蝶会，看看那穿魂香到底是何物。”

“方才那个乔归，看起来功夫不错。”楚渊提醒，“白少侠未必能打得过他。”

“这是商会，不是武林大会，即便江湖中人也要遵循价高者得。不过若是一方不守规矩，另一方也不必讲道义。”段白月道，“实打实论功夫，羽玦或许比不过乔归，可论起歪门邪道，还没人是他的对手。”

楚渊问：“若是会出乱子，可要吩咐官府加强戒备？”

“这倒不用。”段白月道，“羽玦与乔归都有分寸，即便真要打，也会避开百姓，不会给此次蝴蝶会多添麻烦。”

楚渊点头："走吧，回去。"
"不多逛一阵子？"段白月问。
"散心未必要在大街上，这里人多来来往往，也不自在。回县衙反而清静。"

两人在回去的路上又买了一壶酒一包卤味，在县衙后院的回廊上听风赏月，倒是的确比在外头惬意。

酒很烈，三盏之后，楚渊手中端着白瓷盏轻晃。

"在想什么？"段白月问。

"想将来的日子。"楚渊道，"是不是也像此时一样，什么都不用做，就喝喝酒，说说话。"

"可惜小满还没长大。"段白月道，"否则真想现在就和你回西南。"

楚渊低低应了一声。

人将醉未醉，月将隐未隐，连风里都带着香。

知道皇上与王爷的喜好，四喜一早便将周围的侍卫都打发到了别处，自己在门口候着，觉得心情颇好，甚至也开始不自觉地想，将来若是随皇上一道到了西南府，会是何种惬意悠闲的情形。

这处小院极安静，时间过得飞快，也不会觉得无趣——至少楚渊是这样想。

面前一张破旧棋盘，段白月撑着腮帮子，睡眼迷蒙，陪着楚渊一道研究数百年前古人留下的残局，顺便在心里庆幸，亏得明日就是蝴蝶会，否则再让自己看两天这玩意，估摸眼都会瞎。

楚渊拈起一枚棋子，随口道："若是困了，就回去睡吧。"

段白月坚定地说："我不困。"

楚渊好笑："是吗？"

又问："你想学下棋吗？"

段白月立刻清醒了大半，自然不想。

"那就老老实实坐着。"楚渊吩咐，"不准乱动。"

段白月答应一声，继续打呵欠，不出半盏茶的工夫便睡着了。

四喜伸手，悄无声息地快速关上了院门。而好不容易才寻上门的白羽玦，也被侍卫连哄带骗从树上强行架走，袖子刮破没人赔，还要担心段白月明日能不能起床，很是凄楚。

皇上要去蝴蝶会，马大山自是提前就准备好了雅间，正对着台子，视野清楚又不容易被旁人觉察。虽说名香都是最后一个竞拍，不过楚渊想看热闹，段白月便一早就带着他过来，吃了一盘点心喝了两壶茶，台上方才有人敲锣。

雅间里头坐的都是贵宾，每一块竞拍的香料都会有样品送上来，楚渊低头闻了闻，道："不好，有些冲。"

"你喜欢清雅的，这个自然不合适。"段白月道，"不过能在今日被摆上台的，都是稀罕物，样样都有人抢。"

"这个倒是不错。"楚渊放下第二块香，"买了送给小瑾。"

段白月点头，吩咐侍卫下去付银子。越往后的香料便越值钱，楚渊先前没参与过此类活动，觉得挺好玩，遇到好闻的香就买下来，要送这个送那个，最后连西南王府的杀猪佬也拥有了一盒胭脂香。

“好了，下一块你可不准再捣乱了。”段白月在他身后道。

“是穿魂香吗？”楚渊问。

段白月点头。

香料稀罕，送上来的样品也极少，摆在红色丝绸上，几乎看都看不到，闻起来也没什么味道，也不知为何能如此值钱。

白羽玦坐在台下，右手暗中握着剑柄，双眼死死盯着那块香料。有段白月在，他不怕与对方拼银子，大不了先借出来，将来慢慢还便是。却着实怕乔归会硬抢——事关重大，能不出事还是不出事为好。

台下鸦雀无声，楚渊道：“看来想要这香的人还不少。”

“这你就错了。”段白月道，“想要香的人不多，好奇的人才是不少。昨日你我上街逛时，几乎人人都在说有江湖人士要抢穿魂香，消息既已经传出去了，那普通的商人九成九都不会再插手，你只管等着看羽玦与乔归两人争便是。”

话音刚落，下头便站起来一个大腹便便的中年男子，拍了拍衣裳上的瓜子壳，豪放道：“不管多少银子，这香本大爷都要了！”

段白月：“……”

楚渊拍拍他的脸颊：“怎么办，下头像是有人存心要拆你的台。”

一听到有人要竞拍这块穿魂香，下头坐着的商人们也纷纷伸长脖子看过去，都好奇是何方神圣，居然要从江湖中人手中抢东西。楚渊差人将马大山传了上来，一问才知此人名叫牛耀祖，是晋地大户人家的少爷，先前都是跟着大哥做事，这还是头一回独自出门。

“怪不得。”楚渊了然，“山西大户，姓牛，主人可是叫牛荣？”

马大山道：“回皇上，正是。”

段白月叹气：“连你都知道，看来下头那位的确是大户人家没跑。”

楚渊提醒：“牛家可是出了名的金银满仓绸缎铺房，你那朋友想与他比钱财，怕是比不过。”

段白月往下看了一眼，果然竞拍的只有白羽玦、乔归与牛耀祖三人，而周围的客商不知何时已悄然散去大半，估摸着是担心若等会当真打起来，会被无辜牵连。

牛家既是大户，自然不缺银子，这牛耀祖又是头一回自己出来做生意，听到这穿魂香是稀罕物，是全身铆足铆了劲想要争，身边随从心怀叵测，也不提醒他，只等着看热闹。

风飒谷是武林门派，银子虽然不缺，却也没到能随意挥霍的份上，白羽玦更是一穷二白，即使有段白月在身后撑腰，也不敢太肆无忌惮。眼看牛耀祖得意扬扬，就要差人去台上取那块香料，两人不约而同握紧剑柄，明显是想要冲上去硬抢。幸好在关键时刻，县令马大山匆匆下楼，举手大呼：“且慢！”

二楼雅间，楚渊坐回椅子上，继续喝茶看热闹。

段白月道："多谢。"

"东西我能扣下，可他二人若是冲上来要抢，这麻烦你自己解决。"楚渊递给他一枚蜜饯，"还有，不许闹出大乱子，更不准将客商都吓跑，这宣云镇难得迎一次蝴蝶会，地方官员还想着能每年都办一回。"

段白月点头，又皱眉："什么玩意，这么酸。"

"酸才好吃。"楚渊擦擦手指，"温爱卿亲手腌的，刘大人想要都没有，据说吃完就能吟诗。"毕竟是文曲星，很合理。

段白月："……"

两人说话间，马大山已经拍到了穿魂香。那牛耀祖虽说愣了些，可出门前却也被父亲叮嘱过多次，别与地方官员起冲突，因此这回一听县令说有贵客想要香，便也爽快让出，并未多做纠缠。白羽玦一见是官员拿到了穿魂香，登时喜出望外，乔归却是皱眉，一路紧随县令上了二楼雅间。

"皇上。"马大山恭恭敬敬将穿魂香呈上。

白羽玦双眼热切。

乔归低声咬牙："王爷昨日说过，不会插手此事。"

段白月道："本王的确未曾插手。"

乔归有些后悔，自己方才该抢了东西就跑。

楚渊将那穿魂香放在桌上，道："两位都想要此物？"

乔归道："自然。"

白羽玦道："是是是。"

"说说看，穿魂香到底有何用。"楚渊又问。

白羽玦看向段白月，我先前说了不知道啊，是那疯丫头想要这玩意，也不是我。

乔归道："白少侠为何不说话？"

白羽玦道："我要拿它换一样东西。"

乔归闻言嗤笑。

白羽玦道："一物换一物，理所应当。乔谷主若是看不上我这理由，莫非是要拿穿魂香去拯救万民，填海补天？"

乔归未再与他争口舌之利，而是对楚渊道："启禀皇上，只要在密室中点燃穿魂香，不出一盏茶的工夫，便能在烟雾中看到心中所思所想之人。"

"原来如此。"楚渊点头，又问，"乔谷主是想要见谁吗？"

乔归道："在下心中并无牵挂，只是我那可怜的妹妹……唉。"

段白月："……"

乔归抬头与他对视，凄凄道："乔某不远千里来这宣云镇，又不惜重金想要购下这穿魂香，只为能让舍妹再看一眼她想了这么多年的心上人，斗胆问一句，段小王爷他最近还好吗？"

段白月冷静道："很好。"

乔归道："那就好。"

楚渊摸摸鼻子，冲白羽玦使了个眼色，速度极快。

白羽玦登时会意，一把抄了穿魂香就往楼下跑，乔归心里一惊，转身想要追，却听楚渊在身后叫了一句："乔谷主。"

白羽玦如同山猫一般攀过院墙，须臾便消失在了巷子口。

乔归心里痒痒，却只能站在原地，等着楚渊说下一句话。

许久之后，楚渊方才道："瑶儿游历江湖自在惯了，只怕喜欢的也是江湖女子，还是别再等了。朕回宫后会差人送一份礼物给乔小姐，盼她能早日觅得良人。"

乔归道："是。"

楚渊又道："时间不早了，乔谷主可要留下一道用饭？"

乔归道："谢皇上，只是在下还有些事情要处理。"

"这样啊。"楚渊道，"那乔谷主自便，朕就不强留了。"

待乔归离开之后，段白月方才道："学坏了。"

"不识好歹。"楚渊道，"我是在帮你那朋友。"

段白月叹气道："一事未了又出一事，只怕从此之后，风飒谷一听到'西南府'三个字便会烧房。"

"我可没留乔归太久，若他有本事，应当还有机会将香料夺回来，这点时间不够出城。"楚渊道，"点燃香料便能看到心中所思，当真这么神？"

"或许吧，这江湖中多的是奇珍异宝。"段白月道，"只是不管是真是假，对你我来说都并无用处。"

楚渊笑笑，道："热闹也凑够了，还要留下帮白少侠吗？"

段白月摇头："你已经帮他一回，香料再被抢走，可就只能怨自己没本事了。"

"那我们回宫？"楚渊道，"再过几日便是太傅的寿辰，若是赶不回去，八成又该生气了。"

段白月问："寿辰是在几日后？"

楚渊道："九日。"

段白月诚心建议："宣云镇风景优美，不如我们多住几天，十日后再动身？"

楚渊道："不许闹，快些赶回去，你好准备贺礼。"

段白月长吁短叹，不仅要去给老头贺寿，还要准备贺礼——又不能送虫，否则一摸一大把，倒也省心。

宫里一切照旧，御书房里折子都没几个。段白月被楚渊打发出去找贺礼，在王城寻了一圈也没见到什么稀罕物。段念不解道："国库里没有宝贝吗？"

"有，不过那是小渊要送的。"段白月蹲在台阶上，嘴里叼着一根草，"我得出宫找。"

段念抽掉杂草，诚恳道："王爷还是站起来吧，看着高大威严些。否则再被秀才看到画成画，又该头疼了。"上回那张《大楚王爷当街吃猪头图》便被炒成了天价，西南府的侍卫为了能收回来悉数销毁，可是花了大银子。

段白月往街角看去，四五个秀才和书商落荒而逃。

段念深深叹气，脑袋疼。

楚渊在御书房内看了一阵书，回宫就见段白月正坐在桌边，于是问："这么快就逛完了？"

"外头没什么稀罕物。"段白月道，"不如自己做。"

"这是你打算送给太傅的寿礼？"楚渊拿起一个瓶子，"是什么？"

段白月道："哑药。"

"不许闹！"

"当真是哑药。"段白月道，"骗你做甚。"

楚渊难以理解："太傅辞官在家养鸟种花，又没什么仇人，你要让他去药谁？"

段白月道："他那几个孙子。"

楚渊："……"

楚渊叉腰道："段白月！"

一群小内侍在外头胆战心惊，为何皇上又在满屋子追着王爷打，是当真龙颜大怒还是又在胡闹着玩，到底要准备鸡毛掸子还是热水，很为难。

"这药吃下去，也就哑半个时辰。"段白月拦住他，"喏，可是你自己说的，一听那几个小鬼的声音就头疼，想来太傅也一样，说不定以后会长期需要，西南府还能发一笔横财。"

楚渊被他气得想笑。

"逗你的。"段白月笑着道，"是好东西，强身健体还能治老人家咳嗽，一日服一勺便是。"

"就知道你没个正经。"楚渊道，"还笑！"

"分明就是你傻，我说哑药还真信。"段白月将木塞塞回瓶口，"这叫礼轻情意重。"

"你亲手做的，这礼可不轻。"楚渊道，"多谢。"

"谢我做什么。"段白月爽快道，"虽说没有教过我，可那死老头……嘶，太傅大人，是你的恩师。"

楚渊松开手。

段白月指了指耳朵，道："红了。"

楚渊道："嗯。"

脸皮这么厚，难得红一下，还挺好看。

西南府日常

西南府中，最不缺的就是各色毒虫。

清晨日头还没出，金婶婶便拿着簸箕与笤帚，将满院子的蛇蝎蜘蛛野蜈蚣都扫走，哗啦啦倒回五毒池，又检查了一遍没有遗漏，方才放心去饭厅看早饭准备好了没——算着时间，两个人也该醒了。

夏末秋初天气正好，不冷也不热，楚渊睡得很熟。段白月坐在桌边，抬头与房梁上的青色大蟒蛇对视。一天往外跑八回，缸上压石头都拦不住。

阿青嘶嘶吐出信子，脑袋甩来甩去，十分不情愿再度被盘回缸里，两下僵持了一会儿，见段白月似乎没有要赶自己走的意思，于是便小心翼翼一圈圈解下尾巴，试图趴到被褥上。

段白月抬手指着它，得寸进尺！

阿青："……"

片刻后，楚渊睡醒，哑着嗓子道："早。"

"早。"段白月又看了眼房梁上已经垂下大半身子的青蟒。

阿青缓慢又坚定地往下滑了几寸，就不走！

段白月脑子直疼，刚想抬手将它扫出去，楚渊却已经翻了个身，懒洋洋看着房梁睁开眼睛。

阿青还是头回与他对视，兴致勃勃极想亲近，全身一抖便扑了下来。凉榻上头没有顶，段白月出手再快也只来得及抱住它的巨尾，另一边的大头则是"咚"一声砸进枕被堆中。

"咳。"楚渊趴在床边咳嗽，险些出了内伤。

阿青亲热卷着他的肩膀，嘶嘶，绞紧。

楚渊挣扎不开，有气无力："段白月！"

……

半炷香的工夫后，金婶婶闻讯上门，埋怨半天后，拉着楚渊去吃早点。留段白月独自蹲在院中，与阿青大眼瞪小眼。

府中下人长吁短叹，造孽啊，估摸今早王爷又会没饭吃。

"阿青是王爷儿时从后山捡回来的小蛇。"金婶婶一边替他盛粥，一边道，"先前都以为是剧毒翠眼，稀罕货王爷不舍得给别人看，就一直在床上养着。后来却长得收不住，转眼便是好几丈长，这才专门找了个缸，不过性子温良，府里的人都挺喜欢它。"

楚渊啃了一口包子，冷静道："嗯。"

"快吃吧。"金婶婶笑着将筷子递过来，"中午想到苍澜亭，那吃完饭后就得出发，我这就去差人备轿。"

金婶婶走后没多久，段白月进到饭厅，识趣举起双手道："阿青已经回到了缸里。"并没有跟着一道来。

楚渊冲他晃晃手指。

"下回我会记得关好窗。"段白月坐在他身边，随口问，"怎么就你一个人，婶婶他们呢？"

"都出去了，准备轿子。"

"准备轿子做什么，你要出门？"段白月有些意外。

"嗯。"楚渊答，"去苍澜亭。"

"去哪？"段白月手下一顿。

楚渊道："苍澜亭。"

"好端端的，去那里做什么？"段白月无奈，"又是师父跟你说的吧？"

楚渊道："师父说西南所有人都在盼着这一天，一年就一回，有许多热闹看。"

"那是百虫会，不准去。"段白月放下筷子，"漫山遍野都是毒虫，你不会喜欢那种地方。"

楚渊："……"

楚渊道："我以为至少有个笼子装着。"漫山遍野？

"值钱货自然有笼子，可也只有值钱货有笼子。"段白月道，"平日里这西南府的毒虫都是精心养的，自然干干净净，可外头就不一定了，地上连绵不绝天上飞舞一片，若是被黏糊糊的毒虫撞到脸上，回来婶婶又要念叨半天。"

楚渊："……"

"好端端的，怎么会突然想去看虫子。"

楚渊顿了顿，道："我以为这种场合，你定然会很想去。"

段白月："……"

楚渊撇嘴："你若不去，那我才不去。"看什么不好，看虫。

"西南府里有的是人去，金婶婶会去，师父也会去，有稀罕货自然会带回来。"段白月道，"最近难得清闲，我还想着带你去云烧谷里住几天，可没打算去苍澜亭凑热闹。"

"那是哪里？"楚渊先前没听过。

"好地方。"段白月笑道，"除了段家人，旁人可进不去，你到后看了便知。"

这么稀罕？楚渊想了想，点头："也好。"

青蟒慢悠悠从饭厅门前蜿蜒爬过，并不打算回到缸里。

段白月："……"

楚渊道："叫进来。"

段白月奇道："你是说阿青？"

"不然呢。"楚渊推推他，"快些。"

段白月犹豫屈起手指，凑在嘴边打了个呼哨。

阿青立刻"嗖"一下冲了进来，沿途带翻花瓶木架，竖起身子把头架在了楚渊膝盖上。

段白月扶住额头，为何这玩意看上去如此没有气势与风骨。

楚渊定定心神，伸出一根手指，犹豫着摸了一下巨蟒的头顶。

阿青看似极为享受。

触感滑腻，楚渊面色冷静收回手，很想在段白月身上擦一擦。

“多凉快。”段白月趁机道，“火烧谷比别处要热一些，不如带着阿青一道？”

楚渊道：“得寸进尺。”

段白月：“……”为何这句话有些似曾相识。

但即便是得寸进尺，最后阿青也还是获准一道随行。下午的时候，楚渊站在后院疑惑：“走过去吗？”

“来。”段白月牵着他的手，推开一扇破旧的木门。阿青先一步爬了进去，熟门熟路消失在了书柜后，显然是有机关布设。

段白月用银针刺破指尖，滴了一滴鲜血入蛊。

书柜微微颤动，须臾便出现一处门洞，要弯腰方可进入。暗道内漆黑一片，仅靠墙上金虫巢发出暗光，走了约莫一炷香的时间，前头总算是有了亮光，一根绳索自高处垂下，段白月一手拉住楚渊，另一手握住绳索，纵身一跃出了暗道。

夕阳将落未落，天边红云灼灼，像是起了一场绵延无边的大火。绿树环抱的山谷内，一处屋宅干净精巧，阿青正盘在屋梁上，嘶嘶吐着信子。

“还记不记得小时候那处山谷？”段白月笑道，“那阵我就在想，将来定要带你来这火烧谷。”

“这里是段家的秘地吗？”楚渊问。

“数百年前，据说是因为先祖要躲避战乱，所以才在幽谷内建了这方寸乐土。”段白月带着他进到屋内，“喜欢吗？”

“嗯。”楚渊手指拂过木架，一丝灰尘也无。

“有避尘珠。”段白月道，“我去煮些茶给你。”

楚渊看了一阵，想起来一件重要的事：“这山谷内只有你我二人？”

段白月点头，又道：“还有阿青。”

楚渊问：“阿青会煮饭吗？”

段白月：“……”

楚渊：“……”

大青蟒滑进屋内，熟门熟路开始打盹。

段白月咳嗽两声：“粥行吗？”

楚渊好笑：“先前你来这里的时候，究竟都吃些什么？”

段白月理所当然道：“靠瑶儿或者小玙。”

古人云，弟弟不用白不用。

楚渊挥挥手将他扫开，自己去了厨房。

段白月顿时惊呆。

楚渊在米缸前站了一阵子，改变主意转身往外走：“我们还是回王府吧。”并不想洗。

段白月笑着从身后拉住他："既然都来了，至少也得住一夜，我煮饭便是。"

楚渊嫌弃："说的你好像会一般。"

"至少不会让你饿肚子。"段白月四下看看，从房梁下解下一块腊肉。

楚渊犹豫了半天，还是忍不住问："你这是打算炒个菜？"

段白月顿了顿："不然呢？"

楚渊诚心建议："不如就煮一碗稀饭吧。"这样对大家都好。

段白月手起刀落，将腊肉切成小块，极利落。

楚渊单手撑着脑袋，提醒："我虽不会做饭，但也在厨房陪过几回婶婶，至少知道这玩意在炒之前，要先蒸一蒸。"

段白月："……"

楚渊趴在桌上笑。

段白月哭笑不得，站在灶台前不知要如何继续，阿青盘在房梁上，看了一阵子觉得无聊，又开始昏昏沉沉打盹，很不给主人面子。

楚渊笑够了，方才站起来推推他："出去吧。"

段白月道："嗯？"

楚渊指指房梁："一并带走。"

阿青无辜垂下头。

段白月惊疑："你要煮饭？"

楚渊挑眉："你猜。"

段白月："……"

天色渐渐暗了下去，山谷内清风阵阵，楚渊和段白月一起在凉榻上看漫天星辰洒落山野，满院皆是脉脉花草香。

如此便是再好不过。

阿青在凉塌下盘了一阵子，也缓缓溜出来，将脑袋凑到了楚渊身上，见没有被推开，于是又往上摇头摆尾挪了挪，很有几分要将段白月挤下去的架势。

楚渊伸手揉揉它，觉得是挺凉快，于是这回摸了半天才放开。

西南王深感欣慰。照此发展，那用不了多久，或许就不用每天早上都麻烦婶婶扫虫，放开在院子里爬来爬去也挺好看，毕竟花花绿绿的。

至于这天的晚饭，到底是有一点糊的腊肉饭，还是山里的野果烤鱼，抑或两人压根就是饿着肚子……你们猜？

上架建议：畅销·青春文学·小说

ISBN 978-7-5492-8220-3

9 787549 282203 >

定价：42.80元